目　录

The Springs of Affection:

Stories of Dublin

Maeve Brennan

情感之泉

都柏林故事集

[爱尔兰]梅芙·布伦南 著

金逸明 译

上海译文出版社

序言

安妮·恩莱特

　　梅芙·布伦南不必非得是女人，才会让她的作品被遗忘，尽管这点肯定有关系。她不必非得变成流落街头的女人，才会让她的作品被复兴，尽管这点可能也有关系。关于她精神状况变糟的故事让任何跟文字打交道的人都感到害怕，大家在她干净尖刻的句子里搜寻她之后发疯的蛛丝马迹，然后又转而审视他们自己。

　　对新生代的爱尔兰女性作家而言，布伦南是尚未胜利的昔日斗争的伤亡人员。她的文字能很好地支撑她被复兴的名声，尤其是那些关于爱尔兰的故事。这些故事极具现代感，就是乔伊斯的《都柏林人》的那种现代感。这部分是因为克制。贝内迪克特·凯利①，沃尔特·麦肯②，可能就连玛丽·拉文③，在《纽约客》的页面上都冒着一眼就能看出是"爱尔兰人"的风险，换句话说就是文字抒情或亲切。弗兰克·奥康纳是这伙人中最讨巧，也最成功的那个。布伦南的文字则始终精准、坚硬：跃然纸上的是某种既美妙又让人难以承受的东西。

　　尽管缺乏表面的妩媚，布伦南其实是非常爱尔兰的。她的母亲乌娜和丈夫鲍伯一起参加了一九一六年的"复活节起义"④，鲍伯因此被捕入狱。起义过后三十七周，梅芙出生了——你或许可以说，在爱尔兰自由邦创立的同一时期，她母亲怀上了她，她是一个真正的复活节起义者的女儿。几年后，鲍伯·布伦南离开他年轻的家庭，参加了爱尔兰独立战争和爱尔兰内战。他东躲西藏，流亡好几个月，梅芙幼时的家几度被持枪男人们突击搜查。爱尔兰自由邦成立后，他为埃蒙·德瓦莱拉创办了《爱尔兰新闻报》⑤，梅芙十七岁时，她的父亲作为爱尔兰驻美国首位公使，被派往华盛顿。布伦南夫妇在韦克斯福德⑥的盖尔语联盟⑦结缘相爱时，他们不可能预见这样的一个非凡未来，但他俩都看到了某种远大的理想。他们的三个女儿的名字都取自爱尔兰古代女王：伊玛、迪尔德丽和梅芙。

她是一位"盖尔公主"。栗色的头发，绿色的眼眸。一个"小精灵"，一个"被仙女调包的孩子"，大家都欣赏她的敏锐才智。对布伦南的描述很难不涉及她的爱尔兰血统。一九四一年，她搬去纽约，在《时尚芭莎》找到一份工作，当她的家人返回爱尔兰时，她则留在了美国，成了一位"定居的旅人"。已经离群索居的她，从一个租屋搬去另一个租屋，极少拥有一个归她独用的厨房。然而，她似乎对爱尔兰或家庭生活有所思念。她的传记作家安吉拉·伯克写道："在她的成年生活中，梅芙对喝茶和直接加热的明

---

① 贝内迪克特·凯利（1919—2007），爱尔兰作家，广播评论家。

② 沃尔特·麦肯（1915—1967），爱尔兰作家，演员。

③ 玛丽·拉文（1912—1996），爱尔兰作家。她的作品主题经常是关于女权主义和天主教信仰。

④ "复活节起义"是爱尔兰在 1916 年复活节周期间发生的一起武装起义。起义由爱尔兰共和派发起，目的是建立一个独立于英国的爱尔兰共和国。起义从 1916 年 4 月 24 日开始，持续六天，最终在英军的镇压下失败，但这场起义是爱尔兰革命时期的首次武装行动，被视作爱尔兰独立道路上的重要里程碑。

⑤ 《爱尔兰新闻报》(The Irish Press) 是 1931 年 9 月 5 日到 1995 年 5 月 25 日期间在爱尔兰发行的一份全国性日报。

⑥ 韦克斯福德是爱尔兰东南部的一个郡。

⑦ 盖尔语联盟是在爱尔兰和全世界推广爱尔兰语的社会和文化组织，成立于 1893 年 7 月 31 日。

火执著到了堪称怪癖的程度。"

一九四九年，三十二岁的她在《纽约客》找到一份工作，威廉·麦克斯威尔为她修改文章，并成为她的挚友。"在她身边，"他写道，"能看到风尚被彻底革新。"布伦南是一名美丽的未婚女子，置身于一个满是男人的昏暗办公室里。她在衣服翻领上别着鲜花，喷着"俄罗斯皮革"——一款香奈儿为敢于在公共场合抽烟的女子设计的香水。她总是在工作，产出却很少，吃煮鸡蛋控制体重。

到一九五〇年代早期，关于她的爱尔兰特质的描述从捉摸不定变成了令人望而生畏。她的措辞尖刻到"能修剪篱笆"，她讲话像"码头工人"一样，她当众说"操"，还在第三大道上的科斯特洛酒吧 ① 喝酒。有一次，她坐在卡座上却没人接受她的点单，于是她拿起一只颇有分量的、装满糖的糖罐，把它扔到地上。她嫁给了《纽约客》的同事圣克莱尔·马克威，同为酒鬼的他——同是疯子，确实——娶到的是一个爱尔兰处女新娘，毫无道理可言。当时布伦南三十六岁。一位友人说，他们"像两个外出进行一场危险散步的孩子：两个人都是如此危险，却又是如此迷人"。

值得一提的是当时没有任何一个爱尔兰中产阶级女性会进入一家都柏林酒吧。爱尔兰的饮酒文化，虽然以那些大乐趣而闻名，却是深深地与羞耻绑定在一起的。梅芙的渴望是源于一种绝妙的社会不确定性，也是源于一种极度的需求。正如她死后出版的书籍的编辑克里斯托弗·卡德夫所言，她的作品显示出"一种渴望的怨恨，一种渴望的怀旧和一种对爱的渴求"。

---

① 科斯特洛酒吧（Costello's）是二十世纪四五十年代《纽约客》作者们非常喜欢光顾的一个酒吧，因此常被认为是纽约故事最多的沙龙之一。

布伦南作为一名小说家的进程远不是稳定的。她撰写一个关于城市见闻的专栏，名为"冗长女士"，还有语调悲伤明快，非常符合《纽约客》一贯文风的短篇回忆录。她最初发表的小说略带讽刺，均以美国为背景。这些故事发表在一九五二年和一九五六年之间，此后是一段时间的沉寂。让她声名再起的那些爱尔兰的故事，直到一九五九年——她母亲去世一年后，她自己的婚姻也开始瓦解时——才开始出现。第二波更有前途的小说出现在一九六四年她父亲去世后。

这些故事关于两对夫妻——巴戈特夫妇和德顿夫妇，他们都住在布伦南长大的雷纳拉①。巴戈特夫妇比德顿夫妇更快乐一点，但要区分回忆录和小说，一对夫妇和另一对夫妇，可能很难——他们都那么孤独，活动的范围都那么小。他们全都可互换地生活在切瑞菲尔德大道48号——布伦南童年时的家，他们登上同一道小楼梯，望着外面同样的金链花树。这些故事是痛苦的收复行为。布伦南围绕这些人生活中的一些小事施展笔墨。一个新沙发送到家，令人兴奋。一个卖苹果的男人敲门。人们结婚，在公园散步，上班，死去。客人来访、沮丧失望、无止境的小残酷行为——尤其是德顿夫妇之间，他俩唯一的儿子成了神父，让他的母亲饱受如同丧亲一般的痛。一些最感人的故事几乎完全无事发生。一个男人走进他死去妻子的卧室，在那里什么都没找到。一个女人在她孩子房间的墙上看到她自己的影子，感到安慰。

在一九五〇年代，你所读到的《纽约客》刊登的文章无论是

---

① 雷纳拉是都柏林南面的一片住宅区。

真实的还是虚构的，都是没有编按提要的，作者即便有署名，也是在文章的最后。这给遣词造句和句子发生的顺序施加了一种绝妙的压力。精确和实质细节被高度重视；揭示来得缓慢且低调。这种文风某种程度上可能强化了布伦南从一开始就采用的感觉。麦克斯威尔说，布伦南的一些短篇自始至终都很轻很淡。然而，它们"肯定是精心写成的故事，洋溢着家的安全和温馨"。

（这是一句褒奖，但德顿夫妇的故事里极少有安适，可以说他们相互极其厌恶，无论壁炉有多温暖，无论喝多少杯茶，都没有用。）

一九六九年，一本由"冗长女士"专栏文章集结而成的书出版，约翰·厄普代克在《大西洋月刊》上写了书评。时年五十二岁的布伦南，既不是年轻时那个无懈可击的风格女王，也不是老年时的那个疯婆子。她是"一个姿色渐衰的传说中的爱尔兰美女，依然顶着一头夺目的红发，且极度精灵古怪"，大概是在同场吃饭喝酒的作家威廉·麦克弗森说。那一年，还有一本短篇小说集出版，书名是稍微有点异想天开的《进出永无岛》①。这本书反响不错，但没有抵达大西洋的另一边，也没出过简装版。用出版界的话来说，这是一段已经结束的职业生涯的一个有希望的开始。

在《纽约时报》对这本短篇小说集的书评中，安妮·奥尼尔-巴纳②写到把爱尔兰作家区分开来是多么困难："兴笔提及的都柏林街道的名字……或是乡村、郡名、城镇名，以及它们汹涌的压抑和激情……这可能是任何一位《纽约客》爱尔兰作家的产物。"

---

① 《进出永无岛》一书的英语原名为 In and Out of Never-Never Land。
② 安妮·奥尼尔-巴纳是伊莱恩·奥贝尔尼-雷纳拉（Elaine O'Beirne-Ranelagh）的笔名，她的丈夫是参与过 1916 年"复活节起义"的詹姆斯·雷纳拉（James Ranelagh）。

像这样被混为一谈一定令人窒息，尤其是对布伦南而言，她是一个执著于事物特性的人。

她是一位都柏林作家，布伦南的文字里不存在任何流动的乡村韵律。而且，她对"打着爱尔兰的名号在海外兜售沼泽和雷声之类的描写"感到很不耐烦。爱尔兰的口述传统有其表演性的一面，可能会让一位作家笔下的"人物"变得"有个性"，但布伦南的人物极少有什么"个性"可言。就连"意见"一词都会让她焦虑。

布伦南被那些认识她的人形容为时尚的或有爱尔兰风情的，他们似乎知道这些词语是什么意思，但她也被形容为沉默或健谈，很难调和这两点。或许她是像她的母亲。当一九五七年梅芙把她的丈夫领回家时，饱受健康问题困扰的乌娜像是变了一个人："她不是那个大家经常面对的苍白、耐心、饱受病痛折磨的驯服妇人，马克威见到的是一个身体不适的小个老太，像一只发出嘶嘶威胁声的猫，大笑起来像一个恶魔，从早到晚喋喋不休地讲着冗长的故事……马克威说，没有一个（故事）对**任何人**有一句好话。"

《聪明的那个》是一则讲述她自己童年的故事，里面她的妹妹德丽"总是跟我在一起，总是很沉默，我则说个没完没了"。沉默却无情。年幼的梅芙宣布她想成为一名演员，德丽却说："不要在脑子里想入非非。"这些回忆录围绕着陈年困境展开，拒绝翻篇。在合唱练习时，梅芙被错责为不出声地假唱，作为惩罚她被迫在全校面前唱歌，但当她张嘴时，却只发出了可怕的鸦叫声——若有需要，这就是魔鬼附身于她的证据。

"你为什么就不能闭嘴不说话呢？"她的母亲在《谎言》里说，《谎言》是一则奇怪的、不像故事的故事，情节跟弗兰克·奥康纳的经典短篇《第一次忏悔》正好相反。梅芙在一阵嫉妒中摔坏了她妹妹的玩具缝纫机，之后她忏悔了她的罪过，还有她在这件事上对她母亲撒谎的事情。但愤怒的姐姐没有获得赦免，也没有取得胜利。说话本身就是一个错误。

乌娜死了很久以后，布伦南告诉麦克斯威尔她极其渴望能再度找到她母亲的声音。那是一个"你能用来说任何事情的声音……无边无际，变化无穷，不断回应，能包容所有的一切"。她还说这是她在莫扎特的交响乐中听到的声音，是对一个娇小女人的宏伟描述，即使这个女人是她的母亲。

梅芙的信件，以痛苦和妄想收尾，开始时却是机智和悲伤的。一九五九年，一位读者致信杂志，询问未来是否还有更多她写的故事，布伦南回信写了假消息："我非常遗憾地不得不做第一个告诉你这件事的人，我们可怜的布伦南小姐死了。忏悔星期二①，她在圣帕特里克大教堂的主圣坛脚下借助一面小镜子从背后开枪自杀了。弗兰克·奥康纳像平日里的下午一样，坐在一个忏悔室里假装是一名神父。"

那个时候奥康纳已是《纽约客》的主要作家。他经常写关于神父的故事，他感觉神职的孤独性跟作家的职业很有共鸣。布伦南则对神父没有那么热情。当约翰·德顿神父回到他自己的家里时，"黑色的面料让他看上去模样欠佳"，而且他做为神父（无论这个神职是不是神父）并不完全让人信服。"但他身上似乎透着些浅薄和自得，表现在他歪的脑袋，或者是他总在做的某种不必要的刻意手势，而这些都更像是属于一个演员而非一名神父。"

布伦南后期的故事里经常出现的一个概念是"想入非非"，意

---

① 忏悔星期二是圣灰星期三的前一天，在英联邦国家和爱尔兰又常被称为薄烤饼星期二，因为人们会在这天吃薄烤饼庆祝。

思是让人们变得愚蠢的并非是他们的欲望，而是不诚实。在《情感之泉》里，珉不能相信她的双胞胎弟弟想要离家去结婚。"仿佛他们所有人都被狠狠地耍弄了。"就连马丁似乎也感觉到了，他在教堂外面停住说："我突然感觉完全像是一个陌生人。"他走后，他们全家都贬值了。"她们不再是马丁的映象，而是变成了彼此的拷贝，或者说是对于一张已经消失的脸庞的三个不幸拷贝。"他娶的那个女人迪莉娅无足轻重，他可能爱她的想法也完全不重要。因为珉无法把她自己和她的弟弟分开，他的婚姻把性，或关于性的想法带进了家里，带进了这个它不属于的地方。迪莉娅·凯利"用她那双奇怪朦胧的绿眼睛"，"随意利用珉·巴戈特的一部分"。难怪婚礼感觉很"不自然"。这让珉陷在一种自觉的痛苦中，使她经受新的困惑。迪莉娅的家人"不像珉理解的那样说话……死去的人和活着的人被提及时用的是同一种声调"。

对于发疯的焦虑贯穿了《情感之泉》的整个故事。迪莉娅或许有"奇怪"的眼睛，但她的阿姨玛格太过喜欢一棵树，才是彻底的"奇怪"。珉很鄙视她自己的父亲，她同样把他形容为"奇怪"，她的妹妹克莱尔像他——马丁婚礼的三十年后，珉感觉是"被迫"把她"关进恩尼斯科西① 的一家疯人院"的。可能正是保持理智的这种努力让珉变得恶毒。她身上没有任何温柔，即使在她还是小女孩时。"珉鄙视她的父亲，但她希望她的母亲不要打他。"很难想象另一个爱尔兰作家会把这样一个彻底破灭的念头注入一个孩子的脑子里。

可怕的事情，或者说奇怪的事情是，她的弟弟最后也同意珉

① 恩尼斯科西是韦克斯福德郡的第二大城市。

的看法。几十年后，迪莉娅去世后，珉说："迪莉娅毫无内涵。"马丁说："迪莉娅毫无内涵。那是真的。"后来他又补充道："这就让我放心了。"他俩小时候在一起很开心，就像马丁死后，珉很开心拥有了他所有的东西一样。

从一方面来看，珉萦绕不去的嫉妒、她的偏执和过分亲密的愤怒，非常接近发疯。透过另一种镜头来看，这只是爱尔兰家庭的——或任何家庭的——常态。故事存在于精神错乱的边缘。性和死亡扰乱了珉的个人生活；马丁跟珉是一样的，死者和生者是一样的。作者可能是在问题之中，而非问题之外，显示这点的唯一迹象是马丁赞同珉的疯狂的疯狂方式。即便如此，故事依然得以避免了自我吞噬。珉置身于她自己的小公寓里，被她拥有的物品、她弟弟的物品所围绕。外在的、切实的物品，让人保持神志正常。布伦南的作品根植于时间和她童年的物品之中：一块地毯，她妈妈的蕨类植物盆栽，一个沙发，一件件瓷器。

然而，很难把各种人区分开来。在一篇最悲伤的专栏文章中，冗长女士注意到一个喝醉的女人，她穿着体面，正试图穿过百老汇大街。那个场景有点光照过强："红绿蓝白的深色霓虹光线让人群中的每一张脸都有一种家人般的相似，于是我们全都像是有亲属关系的——像是彼此暧昧褪色的拷贝。"乌娜和她的三个女儿是"一种个性的四张脸孔"。她怎么可能从同样是她自己的某样东西中脱离出来呢？

德顿夫人失去儿子约翰后的极度痛苦，可能反映出了女儿留在美国后，乌娜所感受到的痛苦。如果真是如此，那这是一桩很糟糕的事情。"没人可以让她看，除了休伯特，而休伯特可以变成一个狂躁的疯子，发泄咒骂，没人会看到他，除了她自己。"根据他自己的描述，在为爱尔兰独立而战的压力之下，一九二一年鲍伯·布伦南精神崩溃过一次，然后一九二二年又精神崩溃了一次，很可能乌娜也有她的问题。梅芙对于离开家表示出巨大的内疚，却似乎无所谓一些别人通常会感到内疚的事情——性，宗教或生活方式。她最大的罪过是写作本身。

一九六三年，她在都柏林写道："嫉妒的那个人身上辐射出的痛苦让人难以忍受。嫉妒的人们感受到的痛苦，是极其严重的，一定是这样的。我一辈子所感受到的这种羞愧——我羞愧于自己拥有一点小天赋，就像一个生来就没有鼻子的人会感觉羞愧一样。"

嫉妒的那个人是她的父亲鲍伯·布伦南，他跟女儿一样，也是作家。多年来，他一直把他没有发表的故事和出版的书籍寄给梅芙，梅芙确信他嫉妒她的成功。这可能是真的——鲍伯可能有一点发疯——抑或这么说是一件疯狂的事情。但在那封信里，她已经无法把他的痛苦和她自己的痛苦区分开来了。

如果你看一下布伦南之后被人记住的女性作家名单，你会发现她们中的许多人都是某个知名男人的女儿。珍妮弗·约翰斯顿的父亲是剧作家丹尼斯·约翰斯顿。[1] 朱莉娅·欧菲兰是肖恩·欧菲兰的女儿。[2] 伊文·博兰是另一位爱尔兰大使的女儿——这次

---

[1] 珍妮弗·约翰斯顿（Jennifer Johnston），1930 年出生于都柏林的文学世家，她的父亲丹尼斯·约翰斯顿（Denis Johnston）是爱尔兰著名的剧作家和电视新闻及战争报道方面的先锋。珍妮弗以爱尔兰独立战争为背景的小说《老笑话》(*The Old Jest*) 曾被改编为由安东尼·霍普金斯（Anthony Hopkins）主演的电影《黎明破晓时》(*The Dawning*)。

[2] 朱莉娅·欧菲兰（Julia O'Faolain），1932 年出生在伦敦的一位爱尔兰作家，她的父亲是 1956 年至 1959 年期间担任爱尔兰艺术委员会会长的作家肖恩·欧菲兰（Sean O'Faolain）。

是驻英国的大使——所有这些女性都在一个女性作品极少被发表的时代写作。她们中的许多人，比如玛丽·拉文，在国外出生并接受教育。作家们的儿子却没能逃离不可能的恋母情结而仿效这种趋向。

假如鲍伯·布伦南嫉妒他的女儿，那么他一定是非常关注弗兰克·奥康纳，跟他一样，奥康纳也参与了爱尔兰人为独立而进行的斗争——一九二二年他俩甚至一起为《科克检查者报》工作过。奥康纳在爱尔兰大名鼎鼎，梅芙却几乎无人知晓。他一度是艾比剧院①的经理，他的一些作品被爱尔兰审查委员会查禁。当他一九五二年受邀去哈佛大学讲课时，他的声名在爱尔兰国内外都很稳固了。

在《纽约客》上发表作品可能会提高作家在爱尔兰国内的名气，却不能让一个人出名。这个国家在战后依然深陷贫困，始终很警惕外国的影响，也很嫉妒外国的成功。梅芙·布伦南可能也是受了女性身份的牵制，虽然很受尊重，却完全不被重视，这个问题在美国已足够常见——但爱尔兰过去对女性声音的全然忽视，更是让名气问题变得完全没有讨论的必要。

一九六九年在她的短篇小说获得评论的同一天，《纽约时报》重点推荐了菲利普·罗斯的《波特诺伊的怨诉》。他们还评论了西蒙娜·德·波伏瓦、安·布里奇②的日记和回忆录，莱斯利·布

---

① 艾比剧院（Abbey Theatre）又名爱尔兰国家剧院（The National Theatre of Ireland），于 1904 年 12 月 27 日开张，是英语世界第一个由国家资助的剧院，在全球享有盛誉。

② 安·布里奇是英国小说家玛丽·安·多林·奥马利（Mary Ann Dolling O'Malley）的笔名，她的小说主要是围绕她旅居国外的经历展开。

兰奇①和辛西娅·阿斯奎斯②。那天的主要版面上，被点评的女性作家超过了男性作家，她们中的一些名字为后人所铭记。在相应的周六版《爱尔兰时报》上，被点评的书全都是男性作家写的。如今他们中没有哪一个依然被人熟知（有人知道 E.V. 卡宁翰姆③吗？），仿佛对女性声音的厌恶，让评论家们变得健忘。显然，以前的爱尔兰置之不理的不仅是女性，但它对女性的置之不理，让人无法想象一九六九年布伦南可以在此受到点评。她在一九九八年获得关注是一个奇迹；二〇一三年报纸依然在快乐地发表着只属于男性的书评专页。天主教色彩更浓的报纸，包括《爱尔兰新闻报》，则是一个更悲哀的故事。

一九九三年布伦南在一家养老院去世，那里没人知道她的历史，连她自己都不知道自己是谁，没有任何一家爱尔兰报纸发讣告。"我每天都给《爱尔兰新闻报》写稿，获取报酬。"她在去世前的一封信中写道。显然，那是一种完美的生活。似乎从未跟《纽约客》有所交集。她回到了她父亲创办的纸页上。

一九九七年，克里斯托弗·卡德夫在美国出版了《情感之泉》这本她关于都柏林的短篇小说集，获得爱丽丝·门罗和埃德娜·奥布莱恩的热情背书。一九九八年一月，《爱尔兰时报》当时的艺术专栏作者芬坦·奥图尔把她介绍给了爱尔兰民众。布伦

---

① 莱斯利·布兰奇（Lesley Blanch），英国小说家。她最广为人知的作品是小说《爱之险岸》(*The Wilder Shores of Love*)。

② 辛西娅·阿斯奎斯（Cynthia Asquith），英国作家，社会名流。她写的鬼故事和日记最为人熟知。

③ E.V. 卡宁翰姆（E.V. Cunningham）是美国作家霍华德·法斯特（Howard Fast）的笔名，他在二战期间为"美国之音"写稿。1950 年，他因拒绝透露一个为安置西班牙内战期间美国老兵孤儿而设立的基金的捐款者名单，被判藐视国会而入狱三个月，在狱中他开始写作后来他最广为人知的小说《斯巴达克思》(*Spartacus*)。

南是那批"革命的孩子"之一，他说，却在人生尽头时，"差不多是住在《纽约客》办公楼的女厕所里"。他在她的作品中发现了"一种关于女性可能如何迷失人生方向的焦虑，这种焦虑模糊却有力"。

安吉拉·伯克写的布伦南传记于二〇〇四年问世，这本传记的意义重大。它是一部对布伦南予以文学性收复的伟大作品，确立了布伦南作为爱尔兰作家的名声。卡尔·比辛格拍摄的那些肖像抵消了布伦南迷失或被弃、贫困和发疯的形象，比辛格照片上的那个女子美丽且矜持。女权主义编辑希妮德·格里森哀叹现今大家对布伦南的昔日服饰和精美发髻大感兴趣，却没有关注她在纸页上创造的世界。

罗迪·道尔的母亲伊塔是布伦南的表妹，他记得一次她在他们位于基尔巴瑞克①的家里呆了一段时间，当时她神志清楚、工作努力、完全正常。当布伦南在舞台上被描绘成"满口脏话"时（在艾玛·多诺霍②二〇一二年的戏剧中），她一些在世的亲戚曾写信去《爱尔兰时报》抗议。他们从来没听她骂过人，他们说："她或许在《纽约客》学会了一些粗话，但这不属于她的爱尔兰传统。"

切瑞菲尔德大道48号的那栋房子，当乌娜和鲍伯在一九二一年搬进去时，是一片新城郊的一部分。那个时候，某种爱尔兰生活开始以砖头和灰浆房子为标志，那栋房子至今还像描述的那样

① 基尔巴瑞克（Kilbarrack）是都柏林城郊的一片住宅区，距离城市中心约有8公里。
② 艾玛·多诺霍（Emma Donoguhue），出生在都柏林，是一位拥有爱尔兰和加拿大双重国籍的作家。2012年她根据梅芙·布伦南生平和作品写成的戏剧《城中热话》(The Talk of the Town)，在都柏林上演时受到了很多关注。

蠹立在那里。那条街的街角有一家临时房子模样的小商店，紧挨着房子后墙的是一个商用车库，车库之外是一片运动场。很可能那棵金链花树依然在花园里绽放。我母亲的家住在城北的一条类似的街上，房子略大一点，位于一片没那么富裕的城郊菲布斯博柔①。我外婆在布伦南夫妇安家差不多的时候购买的家具，跟《情感之泉》中描述的胡桃木家具是一样的。我花了四十年注视饰面，而不去看那张我外婆怀上我母亲的兄弟姐妹的床，好几十年后，他们也是在那张床上等待被入殓的。当布伦南的作品在一九九〇年代被重新发表时，我没有想到她的美丽或迷失。我想到的是她来自那些新城郊：纸页上的世界是如此熟悉，又是如此讨厌，就像你自己的脚。跟《都柏林人》一样，布伦南用优美且精确到令人心痛的语言，描绘出她笔下人物死水一潭般的人生。布伦南的每一个故事都战胜了千篇一律和意义缺失：她一字一句地竭力保持理智。

---

① 菲布斯博柔（Phibsboro）位于都柏林城市的北面，是一片商业和住宅混合的区域。都柏林被利菲河（River Liffey）分割为南北两面，通常南面被认为比北面更富裕、有文化。

　　情感之泉：都柏林故事集

大火之后的早晨

从我几乎五岁起，到我快满十八岁时，我们都是住在一栋位于都柏林一片叫"雷纳拉"区域的小房子里。我们住的那条街上，所有的房子都是红砖砌成的，并附带一个小小的后院，这些院子有的是水泥地，有的是草地，低矮的石墙将它们互相隔开，我们刚搬来时，我无法越过矮石墙窥视外面，但之后的岁月里，我似乎记得自己的视线能轻易越过它们，所以我猜想石墙大约是五英尺高。所有花园的尽头共享一道墙，所以这道墙当然是非常长的，因为它覆盖了我们整条街的长度。我们住的那条街被称为"大道"，因为它的一头，离我们远的那头，是不通的。它是一条短短的大道，一边有二十六栋房子，另一边也有二十六栋房子。我们家是 48 号，与主干道雷纳拉路只隔着四栋房子，电车、巴士和各种各样的汽车在雷纳拉路上来来往往，交通噪声不绝于耳。

我家花园尽头的墙壁之外是一家很大的网球俱乐部，夏天里的有些时候，尤其是锦标赛期间，我和妹妹经常趴在楼上的一扇后窗边，看那些穿着白裙子和白绒裤的男女选手，听他们喊着比分。俱乐部有一个会所，但我们无法看到它。我们的部分视野被一栋巨大的车库挡住了，车库贴着我家花园尽头的墙壁，以及我家和雷纳拉路之间的另外四户人家。住在我们这条大道上的很多户人家都把他们的车存放在车库里，来这边打网球的人也把他们的车停那里。车库，那是一个很繁忙的地方，我却从未进去过，虽然我们在与之相连的商店里购买食品杂货。商店面朝雷纳拉路，商店和车库是麦克罗里夫妇的地产，麦克罗里是一个身材细长的红脸男人，他的老婆则是一个顶着粉红色头发的胖子。夏日的午后，当我和妹妹逛去商店买小小的纸杯黄色沙冰时，一些打网球的人也会在那儿吃沙冰，喝一瓶瓶的柠檬水消暑。

一个夏日清晨，天还黑着，我听到父亲在我睡觉的房间门外说话，他听上去非常激动。当时我大约八岁。我的妹妹跟我睡在一个房间里。"麦克罗里那边失火了！"我父亲说。他被窗外红彤彤的火苗惊醒。他匆忙穿上衣服，赶紧冲到外面去看是怎么回事，我的母亲让我们从一扇后窗看外面的大火，就是我们习惯用来看网球比赛的那扇窗户。这真是一场让人看得心满意足的大火，跳跃的火苗，汹涌的浓烟，以及持续不断的毁灭咆哮，夹杂着部分屋顶坍塌的隆隆声。我的母亲好奇他们是否设法救出了停在里面的汽车，这让我们观望燃烧的车库时都怀着全新的兴趣和无限的敬畏，因为我们想象闪亮的大轿车被急速蔓延的大火所蚕食。非常激动人心。我的母亲把我们赶回到位于我们家前部的卧室里，但即使在那儿也能感受到那种兴奋，男人们在街上大呼小叫，重重地关上他们各自房子的前门，冲到外面去看热闹。因为我的母亲认定我们家没有危险，她坚决地把我们送回床上替我们盖好被子，但我睡不着，天色刚一变亮，我就自己穿好衣服，快步走到楼下。我的父亲有很多故事要讲。车库成了一片废墟，他说，但商店没事。很多汽车被烧毁了。没人知道大火是怎么烧起来的。一些与车库有关系的人非常勇敢，他们冲进去救了所有他们能够救的汽车。车库俯瞰我们家花园的部分被烧黑了，显得脆弱且空旷，因为它的屋顶差不多都被烧掉了，里面也被烧光了。空气闻上去有一股很浓的焦味。

我安静地出门，在街上闲逛，外面空无一人，因为孩子们还没有出来玩，也没到男人出门去上班的时间。我沿着街道，朝不通的那头走去。住在那里的人离车库太远了，没有受到大火的影响。一个女人在门口拿牛奶，她家的小男孩是我的朋友。

　　"昨晚麦克罗里那边被大火烧掉了！"我朝她喊道。

　　"怎么回事？"她非常震惊地说。

　　"被烧为平地，"我说，"几乎连一面墙都没剩下。许多人的车子也被烧掉了。"

　　她扭头朝她的厨房方向望去，因为街上所有房子的结构都是一样的，所以她的厨房跟我家的厨房是在同一个位置。"吉姆！"她喊道，"你听说了吗？昨晚麦克罗里那边被大火烧掉了。整个地方。一根木棍都没剩下……我们从头到尾都在睡觉。"她对我说，看上去仿佛是对他们睡那么熟感到困惑不安。

　　她的丈夫赶紧出来站在她的身边，我不得不又把整个故事跟他说一遍。他说他会去麦克罗里那边看一下，这让我极为愤怒，因为我不被允许去那里，而且我明白当他回来时，他将比我对这个故事有更权威的了解。然而，不能浪费时间。此时其他人正纷纷打开门，我要每个人都从我这里听到这则新闻。

　　"你们听说新闻了吗？"我冲遇到的每个人喊，他们一旦听我说了，就对我不得不说的事情很入迷。一两个赶着去上班的男人，从我身边疾走而过，神情异常严肃，让我不敢接近他们，他们就继续一无所知地朝雷纳拉路走去，这让我痛苦得要命，因为我知道不等他们乘上电车或巴士，某些殷勤的好事者肯定就会向他们讲述我的新闻。然后，一个女人在她家前部卧室的窗口叫我，之后我一直对她感觉很亲切。"你刚才跟皮尔斯太太说的是什么事情？"她大声地对我耳语，问道。

"哦，就是昨晚麦克罗里那边被烧为平地了。几乎所有的汽车都被烧掉了。几乎没剩下什么东西，我父亲说。"此时我回答起来已经非常不假思索了。

"你别跟我说这是真的。"她说，脸上绽出一个开心的表情，紧接着她就打开了她家的前门，比其他任何人都更热切地想听新闻。

然而，我的荣耀时刻十分短暂。其他小孩出门了——他们中的一些居然被允许跑去看火灾残骸——很快这场火灾便不再属于我了，因为其他走来走去的人比我知道得更多。我假装对此失去了兴趣，但当有人——不是我的父亲——给了我一块扭曲烧黑的、来自一辆被烧毁的汽车上的小铁片时，我还是很高兴。

网球俱乐部安然无恙，那天下午打网球的人照常出现，身穿白得发光的绒裤和亚麻裙子，一丝不苟，仿佛冒烟的车库院子和他们去球场路上穿过的那一排排烧焦的汽车完全不会影响他们，也不会给他们留下印象。快到锦标赛开打的时间了，一个男人正在油漆裁判坐的平台，一位头戴宽檐草帽、身穿雪纺花朵图案连衣裙的女士也将在这个平台上给参赛选手中的优胜者递上奖杯和奖牌。此刻，在太阳底下，打网球的人举起球拍，开始练习。他们专心致志的刻板叫声，与车库黑漆漆的残骸里正在干活的男人们的嘶吼混杂在一起。我和妹妹在窗户边观看，我们能想象网球拍有节奏的砰砰击球声，跟残骸中传来的难以辨认的动静同时响起，后者可能是无法在大火后复原的车库在余烬中垮塌时所发出的呻吟和尖叫。

　情感之泉：都柏林故事集

没过多久，麦克罗里夫妇便建起了另一栋车库，新楼是用银色的波纹金属造的，贴着我家花园尽头的墙壁，泛着刺眼的光；它对我们视野的遮挡比旧楼更多。新车库看上去十分坚固耐用，像锅和茶壶一样不可能被烧坏。以往从我们的窗户望出去，总能看到绿草茵茵的漂亮球场舒展地朝木质建筑物的方向一路铺开，如今球场却似乎转而延伸去了远方，仿佛是它们不喜欢碍眼的新建筑，不愿跟它有任何关系。

　　我的父亲说那里是不可能再起火了，但我记得那个黑漆漆的美好早晨，记得所有的激动兴奋和我自己的重要性，我渴望再烧一场那样的大火。不过，这一回，我决心赶在我父亲的前面发现大火，于是我密切关注车库，竭尽所能，搜寻任何它可能即将起火的迹象，但我很失望。它屹立在那儿，多年后我们离开那栋房子时，它依然在那儿耸立着，丑得一如既往。但是，有很长的一段时间，我常常想，如果某天夜晚一个小孩拿着一根火柴偷偷地去那里，再度让它猛烈地烧起来的话，我是永远不会责怪她的，只要她让我做第一个发布新闻的人。

大海老头

某个周四的下午，一个卖苹果的老头敲响我们都柏林家的大门。我觉得他大概有九十岁了。他的头发又稀又白，弓着背，表情茫然且谦卑。他一只手攥着帽子，另一只手放在身边的一大篮苹果上。听到他敲门，我的母亲打开门，站在那儿注视着他。我在她身后偷偷朝外看。当时我九岁。闪现在我脑海中的第一个问题是，这个瘦弱的老头怎么拎得动那么大一篮苹果——因为就我所见，他身边没有任何帮手。第二个问题是，他拎着这么重的东西，是走了多远来到这儿的。这些令人难过的想法肯定也同样出现在了我母亲的脑海里，但她没有机会问他任何问题，因为门一开他就开始说话了——描述他的苹果，夸赞它们，说它们多么便宜。他每说几个字就会停顿一下，似乎也不是为了喘口气，而是为了整理思绪，确保门仍然开着，我们仍然在听，可能也是为了确认他自己仍然站在他认定的地方。我的母亲一有机会礼貌地打断他，便急忙说她会买一打苹果吃，再买一打苹果用来烹饪。她从厨房里拿出两只大碗来装苹果，并付钱给老头。她留我来关门。我看着他拖着脚沿铺着地砖的小径走向人行道。他小心地关好身后我们的门，便开始敲隔壁的门，但我立刻告诉他邻居出去了。他点点头，没朝我看，继续往前走去。我赶紧跑到前厅里。透过那里的窗户，我能看到他拜访其余四家人时运气如何。从他迅速退出每扇门的速度，以及他猛地拉上身后的门的样子来看，我判断他没再卖出苹果。

我跑到厨房里。母亲已经在削烹饪用的苹果皮了。她的弟弟，我的舅舅马特，站在通向花园的门边抽烟。我的妹妹德丽，坐在一把椅子上，正试图将双手在椅子背后交叉握住。

"我猜你是把他篮子里的每一只苹果都买下来了。"舅舅对我母亲说。

"哦，没有，"我马上说，"他的大部分苹果都剩下来了，他没再卖出一只苹果。我们一定是唯一买了苹果的。"

"我不是早告诉过你了吗？"母亲看着苹果说，"上帝保佑他，看到他手里捏着旧帽子站在那儿，我的心都要碎了。"

"买半打就够了，"舅舅和气地说，"现在你鼓励了他，你的余生他都会趴在你的背上。难道不是这样的吗，梅芙？"

"就像大海老头。"我说，但他们没有理会我。

"你应该为自己感到羞耻，"母亲对舅舅说，"总是把人想到最坏。这是我第一次看到他，假如他再出现在这里，倒是会让我大吃一惊。拖着那么个大篮子一家家卖苹果，对他来说不划算。"

我想到那个缠着航海家辛巴达的老头。我想到辛巴达初见他时，老头看上去是多么无助且虚弱，以及辛巴达背上他后，老头是如何越变越重、越变越强壮的，直到一切为时已晚，辛巴达开始憎恨他。这是一个让我着迷的故事，尤其是对老头爪子般的手残忍地抠进辛巴达肩膀的描述。

接下来的周四，卖苹果的老头又出现在我们家门口，在下午的同一时间。我的母亲开门时，他像上次那样站着，手里捏着破帽子，弓着背，身边放着苹果篮子，但这一次篮子上面稳稳地摆着两个装满苹果的棕色大纸袋。他艰难地弯下腰，拎起纸袋，把它们递给我的母亲，嘴里说着一些我们听不懂的话。他不得不重复了两遍，我们才听懂。"每袋一打。"他说。

母亲想开口说些什么，但她改变主意，转身，取钱，付给他，接过苹果。我站在门口，盯着他看，希望能在他暗淡的目光里捕捉到一丝邪恶，就像辛巴达在海滩上发现的老恶棍身上的那种邪恶，但这个老头看上去没有丝毫邪恶的迹象。我又透过前厅的窗户观察他，接着我去厨房陪我的母亲。

"他没有走近其他任何一栋房子，"我郑重地说，"我想他是害怕他们不会买。"

"我想他是害怕，"母亲郁闷地说，"但我今天本不想要两打苹果。我最多只会买半打。而且那天你舅舅马特在这里，我不愿当着他的面说，但老头卖得比麦克罗里商店贵。"麦克罗里是街角我们购买食品杂货的商店。"哦，算了，"母亲说，"或许这些苹果质量更好。"但她把袋子放在厨房的桌子上，都没有打开。

"他在依赖我们。"我说。

"噢，我很明白，"母亲说，"我开始就是个傻瓜，现在我永远也摆脱不了他了。如果他下周再出现，我会买半打，不会买更多。我会准备好只够买半打的钱。"

这个决定让她开心了一点，她把苹果倒在桌上。

"它们是很好的苹果，"她说，"我好奇他是从哪里弄来的。"

"我好奇他是从哪里来的。"我说。

"噢，可怜的老基督徒，"她说，"而且他大概还得一路走过来。"

"除非他能找到什么人背他。"我说。

"带着那么多苹果，不可能的。"她吃惊地说。

"他看上去很累。"我一边说，一边努力回想他的手是否跟爪子一样。

"他为什么不该看上去很累呢?"母亲说,"他是年纪很大的老头了。"

下一个周四,老头敲门时,她手里拿着准备好的钱去开门。她一开门就抢先发话。

"今天我只想要半打苹果。"她一边对他微笑一边明确地说。我也微笑,以示我们没有坏意。他怀里已经抱着苹果袋子了,他举起袋子递向她。他站在我们通往小径的前门下的一级台阶上,于是尽管她是一个娇小的女人,他却显得比她身型更小。她严肃地重复了一遍她刚才说的话,并对苹果袋子摇摇头。

"就给我来半打。"她说,我不知道她是否还在微笑,因为我在盯着老头看。他似乎快要哭了。母亲突然伸手接过那两个纸袋,并匆忙走开,叫我拿钱付给他。

"现在我们该怎么办?"他走后,我问她。

"哦,我倒不是非常嫌弃这些苹果,"她说,"我只是不喜欢不得不买它们的感觉。"

"你看到他的篮子,除去我们买下的苹果,总是装得满满的吗?"我说。

之后的几个周四,我们没有抵抗,但我确实注意到老头的手指一点也不像爪子。它们短而粗壮,骨节突出。

然后,距我们第一次买下那两打毁灭性的苹果过了大约三个月后,一个周四,我的母亲决定,那天诸事不顺,这一次她将坚定立场,为一切做个了断。

"那么听好了,"她说,"今天我不会再从那个老头手里买苹果了。即使我想要苹果,我也不会买。即使他把门敲坏,我也不会应门。"

我和德丽交换了一个期待的眼神。我们将假装不在家。以前有不速之客来拜访时，我们这么干过，我们非常喜欢假装不在家。我们喜欢保持寂静无声，倾听前门徒劳的敲门声，我们尤其喜欢在那些时刻我们的母亲完全倚赖我们的感觉，因为我们确定我们发出任何细微的轻响，无论我们在房子里的何处，都会被外面竭力倾听的耳朵捕捉到。当我们最终听到我们的小门被铿锵一声关上，知道我们挫败了敌人时，我们总是充满了胜利的喜悦。然而，这一次，还有一种我们难以形容的额外悬念。老头的敲门声响起时，我们全都在厨房里。我们的厨房和前门之间仅隔着一条狭窄的小走廊，于是我们关上厨房门。我们听到了第一声敲门声，接着是第二声，然后是第三声。最后，老头急迫地连续敲了几次。我和德丽开始踉跄地走来走去，控制不住地咯咯直笑，我的母亲责备地看了我们一眼。总之她很紧张。

一个熟悉的沙哑嗓音传进我们的耳朵里，我们惊骇地注视着彼此。

"他一定是想办法进来了。"母亲害怕地小声说道。

我异常小心地慢慢打开厨房的门。"他把手伸到信箱里去了。"我扭头对她们轻轻地说。

前门的中间有一道宽缝，邮差把信和文件从那里塞进来，这样它们就会掉在门厅的地上。在门朝外的那一面，这道宽缝上有一块保护铜片，老头已经掀起铜片，正试图透过宽缝看到门厅里面。我们很清楚这道缝只能让人看到门厅有限的一部分，但意识到他发现了房子的一个开口，让我们震惊得无以复加。突然，他开始透过宽缝大喊。

"他在疯狂地咆哮！"德丽低语道，"他会把我们全都杀了。"

"你能听明白他在说什么吗？"母亲问，她吓坏了。

"他在说：'苹果，苹果，苹果。'"我说。

我和德丽瘫倒在地，开心得难以自制。母亲把我俩一起推到外面的花园里，接着她自己也走到外面。

"你们没有良心吗？"她说，"怎么能这样嘲笑一个大概从来没吃饱过的不幸老头！"

"现在我们是真的不能在里面搅和了，"我说，"因为我们在外面的花园里。"

德丽跟我一起尖声大笑。

"假如我觉得他能听见你们的话，"母亲很凶地对我们说，"我会把你俩都杀了。"

"咳，现在去应门已经太迟了，"她补充道，"这样一出之后，我没办法面对他。下周我会补偿他的。"

突然一切陷入寂静——没有敲门声，也没有叫喊声。

"他走了。"母亲说，语气既内疚，又放松了许多。

就在这一刻，隔壁家女人的脑袋出现在了隔开我们家和她家花园的那堵墙上，她顶着一头乱发，眼神热切。"布伦南夫人！"她喊道。她的声音很有穿透力。"外面有个老头，带着要给您的苹果。他说他在您家门口已经等了半小时了。他说他定期来这里，他知道您信赖他。我跟他说您在花园里。现在他一定是又回到您的门口了。他就在那儿。"

他就在那儿。敲门声再度响起。

"噢，上帝宽恕我！"母亲喊道，"那个老流氓！他肯定知道我在躲他。"

"您在躲什么?"我们的邻居尖声说,"您欠他什么吗?"

"噢,没有,"母亲愤怒地说,"但我不想买任何苹果。"

"哦,您为何不直接叫他走人呢?"

"我会的,当然。我马上就要这么做。"

"直接告诉他您的想法,他让自己变成了一个讨厌的人,并当着他的面关上门。"我们的邻居喜闻乐见地指导我们。

母亲走进厨房,拿起她的钱包,迈步走向前门,我和德丽跟在她身后。老头看上去很可怜。这次他忘记脱帽子了,他的眼睛闪着光,但很难说是因为痛苦还是愤怒。他看也没看我母亲一眼,就粗鲁地把两袋苹果推进她的怀里。她打开钱包,付钱给他,接着苦恼地大声说:"我不是一小时前刚去买了食品杂物吗,现在我缺了四便士!"她把钱递给他,并给他看她的钱包空空如也。"此刻这是我手头所有的钱了。"她说。

他抓过钱,数清楚,丢给她一个可怕的鄙视眼神。然后他拎起那只跟往常一样苹果装得扑扑满的巨大篮子,转身离我们而去。这一次,我们全都站在前厅的窗户前,注视着他。他没有关上我们的门,他沿着街道慢慢地加快了步子,仿佛是急不可待地要远离我们。

"最初,他以为我们在嘲笑他,"母亲说,"现在他认为我是想跟他讨价还价。他可能知道下次我会补偿他。"

"下周,我们会在他敲门前,就替他把门开好。"

但接下来的一周,老头毫无踪影,他再也没来过我家附近,尽管充满懊悔的我们在等待他。一天下午,舅舅马特来我们家串门,母亲正处在倾诉情绪中,就跟他讲了整个故事。

"哦，我本可以告诉你的。"他咧嘴一笑说道。

"倒也不是因为苹果，你明白的。"母亲说。

"哦，不是苹果，"舅舅说，"你不介意他来你家门口，直接要钱，就像你对待其他乞丐一样。"

对任何出现在我家门口的人，母亲都无法拒绝给他们食品、衣物和金钱，这点远近皆知。

"我到底得跟你说多少次啊，不要叫他们乞丐，"她生气地对舅舅说，"他们只是很不幸，我是你的话，不会动不动就取笑他们。"

"好吧，你已经彻底摆脱他了。"舅舅说，"那么我就告诉你吧，前几天早上，我在奥康奈尔大街上看到他了，他穿着一套我买不起的衣服，而且没拿任何苹果。就是你觉得可怜的老头。"

"你怎么知道那是他?"母亲大声质疑道，"你压根就没见过他。"

"他第一次出现在门口时，我不是在这儿吗? 我正站在厨房的中间，你大敞着门厅的门。我当然看见他了。"

"好了，你在奥康奈尔大街上见到他，这全是你编出来的。"

"我看见他了，我从他身边经过，距离近得都可以碰到他。他在德拉姆康德拉的已婚女儿跟他在一起。"

"你怎么知道那是他从德拉姆康德拉来的已婚女儿，请问你?"

"噢，你无法认错她。"舅舅轻快地说，"我能从她戴帽子的方式认出她。"

"你的这张嘴呀，马特。"母亲说，"我从来不知道该不该信你。"

至于我，我相信我舅舅说的每一个字。

流言之桶

在都柏林，我的母亲常给贫苦克莱尔修女会 ① 的一群修女送去一包包的食物，从我们在雷纳拉的家去她们的修道院，要走很长的一段路。有时候，她会派我和妹妹去送食物。贫苦克莱尔修女们都很沉默。她们从来都不说话，互相不说话，也不跟其他任何人说话，她们是一个封闭的修会，就是说她们从来不见外面的人，所以没人见过她们。这些都柏林的贫苦克莱尔修女，除了她们的朋友——大多数是女人，像我母亲那样的人——带给她们的食物，没有别的食物。她们被禁止索取任何东西，但我们听说要是她们的食物供给即将消耗殆尽的话，院长嬷嬷被允许敲响她们修道院尖塔里的钟，以示她们身处危难。让我感到遗憾的是，我们家离修道院太远了，我们无法听到钟声，但母亲叫我放心，说我无需担心；修女们从未窘迫到需要敲钟求助的地步。

修道院的一个大厅每天有部分时间对访客开放，那正是我们常带着食物奉献拜访的地方。一道狭窄的根墙将公众大厅与修道院的其余部分隔离开来，根墙上垂直嵌着一个部分开放的旋转巨桶。我们常把包裹放在巨桶的底部，接着转动它，这样开放的部分就能转向墙壁另一面的修女。修女会立刻把它再转回来对着我们，里面总是放着几张圣像或几枚纪念章作为给我们的礼物。

负责管理转桶的修女名叫布丽姬特。她是集体中唯一获许跟访客说话的人。大厅旁边有一个很小的正方形等候室，我们常去那里，透过墙上的一扇黑乎乎的格子窗跟她交谈。我的一个名字是布丽姬特，② 于是她觉得有一天我会产生一种使命感，或许会像她一样成为一名贫苦克莱尔修女。她常为我的使命感祈祷，我喜欢跟她谈这些。当时我大约十二岁。

我听说贫苦克莱尔修女在棺材里睡觉，把石头垫在脑袋下面当枕头。有人告诉我说，她们进入修道院的第一天，就会被量尺寸做棺材，自那以后，她们就再也不会睡任何其他床了。母亲倾向于对这个故事不以为然，但我却对它难以忘怀。我好奇她们睡觉的房间是单人小室——每个小室里摆着一具棺材呢，还是多人宿舍，我好奇她们是否用床单、毯子和枕套，如果用的话，她们早上是如何整理床铺的。还有，我好奇这些棺材是否有盖子？盖子又放在哪里呢？是放在棺材旁边的地上？还是像曲棍球棒和自行车那样靠在墙上？我知道修女们每次睡觉从来都不会超过几个小时，她们晚上每隔一段时间就会起来，去她们的小教堂祈祷，甚至最冷的冬天也是如此。这是一幅让人沉思的画面。

我问了母亲很多关于修女的问题，但她的回答从来就不令人满意。我记得有一次我问她关于修女的问题时，她的弟弟，我的舅舅马特也在房间里闲呆着。我们在前面的起居室里，她正试图把她的一株宝贝蕨类植物缠在她插进花盆里的一根长竹条上。

问题：贫苦克莱尔修女们除了都柏林的这个修道院，还有其他修道院吗？

---

① 贫苦克莱尔修女会是西欧中世纪著名修女圣克莱尔（1194—1253）所创建的圣方济各女会，又称圣方济各第二会，其成员所遵循的圣克莱尔修规强调"贫穷""爱"和"镜鉴"等核心理念。
② 指"我"的本名、教名或中间名中有一个叫布丽姬特。

回答：我想她们在爱尔兰别的地方还有一个修道院，我相信她们在英国也有一个修道院。

问题：假如没人能见她们，怎么把她们从一个修道院搬去另一个修道院呢？

回答：我怎么知道？我猜想或许是靠小汽车、面包车，倒车停在修道院的门口，修女进去，就把她自己关起来。

问题：她会带着她的棺材吗？

回答：我希望你能停止所有这些关于修女们睡在棺材里的无稽之谈。

（舅舅马特：她当然会带着她的棺材。她得跟其他人一样睡觉，不是吗？她会像夹着一卷乐谱那样，把棺材夹在胳膊下面。你是要告诉我说，你从来没见过修女胳膊底下夹着她的棺材在街上走？）

问题：假如一名贫苦克莱尔修女病了，必须得看医生怎么办？

回答：我不知道。

问题：假如她们要死了，必须叫神父来怎么办？

回答：我不知道。而且，那不一样。神父不同于别人。

问题：她们说梦话怎么办？那会算她们的罪过吗？

（舅舅马特：嗯，当然，这得取决于她们说了什么。）

回答：好了，说够了。我不想听你俩中的任何一个人再说一个字。

小扁豆、豌豆干、鸡蛋和面粉是我母亲带给修女们的主要食物。有时她会给她们烤一个蛋糕。有一次，她带了盐，布丽姬特修女特别向她致谢，告诉她说修女们已经两个星期没有盐了。虽然去修道院要走很长的一段路，但这条路并不冷清。我们得穿过至少两条主干道，我们走过时它们总是交通繁忙，这条路线让人心情愉悦，房子前面的人行道绿树成荫，万一我们走累了，还有长椅可以坐。

修道院和它的小教堂占据了一个广场的三面，受到精心维护的广场上有一片平整的小草坪和色彩鲜艳的花坛。广场的第四面在一条公共道路上，一面墙把修道院与外界隔开，访客们通过一道铁门进出。这面墙非常高，你也无法透过铁门看进去。铁门的右边是门房间，里面住着一名老妇人，她负责接待在休息时间前来的访客。

虽然修道院有固定的探访时间，但小教堂却总是开放的，人们可以在任何时间去那里祷告。住在小教堂附近的人经常去那里参加弥撒和祈福仪式。这是一个美丽的小教堂，是我见过的教堂里最朴素的一个，小小的且几乎全无装饰的主圣坛两侧竖着两尊高耸的修女雕像——当你面对主圣坛跪下时，左边是圣克莱尔，右边是圣卡米卢斯。两位圣人都穿着贫苦克莱尔的棕色制服。圣坛右边的墙上嵌着一扇巨大的格子窗，修女们透过这扇格子窗观摩弥撒和祈福仪式，跪在教堂里的人们也可以通过格子窗听到修女们回应祈祷和吟唱祈福的赞美诗。

一个周日下午，母亲带我去那里参加祈福仪式。我注视着圣坛，聆听着修女们的声音，但真正吸引我注意力的却是跪在我前面位置的一名小个子老妇人。这名老妇人穿着一身黑，头半转向一边，于是我能看见她的脸，她正在倾听格子窗后传来的声音，她是如此专注，以至于显得绝望，她的眼睛睁得很大，嘴巴也一直跟着唱。

母亲发现我在盯着她看，当我们离开小教堂时，她说："那个可怜的老妇人一有机会就来这里。她的女儿在里面十四年了，她已经到了想象她能在所有人中分辨出她女儿声音的地步。一天我们一起走出来，她告诉我说她已经听不到其他任何人的声音，听到的只有她女儿的声音。就好像她的女儿是单独一人在那里，她说。看着她紧张的样子，听着她说的每个字，真是让人难过。"

"是她最大的女儿，还是最小的女儿？"我问。我是中间的那个孩子，所以我很关心这类事。

"我不知道。"母亲说。

"你觉得女儿也想着外面的母亲，并且完全不想任何其他人吗？"我问。

"她肯定没办法不想她，"母亲说，"毕竟，她依旧是她的女儿。但是，当然了，一旦她们在里面，她们就在里面了，"她补充道，"而且她们不该去想她们放弃的人世。很难知道她们脑子里究竟在想什么。或许她们努力想要彻底忘记外面的世界。"

"除了我们的罪过，"我说，"她们必须为我们祈祷。"

"是的，"母亲说，"她们必须思考我们犯下的所有罪过。"

夏末的一个晴朗早晨，母亲把我叫进厨房，她正在厨房里包装给贫苦克莱尔修女们的东西。

"我在想你是否愿意带罗伯特一起去，"母亲说，"那段路很长，但你可以慢慢走。然后你可以把他放在转桶里，把他转去见修女们。"

"把罗伯特放在转桶里？"我大声问道。

罗伯特，我的弟弟，当时大约两岁。

"当然喽，"母亲说，"三岁以下的孩子们被允许放在转桶里。三岁之后他们就太大了。你愿意的话，可以带上他。我会给他换上他的那套衣服。"

几分钟后，我推着坐在婴儿车里的罗伯特，出发了。他安静地靠在枕头上，盯着我看。给修女们的包裹正好让他可以舒服地垫起脚。他的脸蛋红扑扑的，兴致勃勃。我的母亲给他穿了一套她自己织的浅蓝色衣服，衣服整体都很紧身，却把他胖胖的腿露在外面。他穿着白色的棉袜子和棕色凉鞋。他还没多少头发，长出来的头发都被梳到一起，在他头顶构成了金色的一撮，他气色很好，看起来健康、满足且干净。我急切地想把他放进转桶里，于是我一路疾走，几乎是在婴儿车后滑行。

我到了修道院，便冲进等候室，告诉布丽姬特修女我带了罗伯特来见她。她很高兴地说，她会通知其他修女。我不知道，也不想问，她的意思是她会通知其他所有的修女呢，还是只会通知她们中的一些人。我想象各个年龄的她们，从修道院的各个地方，无声却迅速地降临到罗伯特的周围。我希望她们中没有任何人在小教堂里，因为她们肯定是不能半途中断祷告的。

我回到公众大厅里，抱起罗伯特，把他放进转桶里，并确认他的背靠着桶壁。他非常端正地坐在我放下他的位置，他比我习惯带来放在桶里的包裹要大许多。我一听到布丽姬特修女的声音，就立刻把他转出去。他似乎不介意就这样消失在我的视线里。转桶的另一边寂静无声。我听不到任何动静——甚至毫无一丝耳语的迹象。就连罗伯特都没有发出任何声响。我盯着转桶光秃秃的背面，好奇另一边究竟是什么情况。

过了一两分钟，转桶动了起来，罗伯特逐渐出现在我的眼前，就坐在我放下他的位置上，他看上去泰然自若、情绪愉快。我把他抱出来，把包裹放在他刚才坐着、余温尚存的位置。当转桶第二次转回来时，布丽姬特修女给我们的礼物比平时更多。她多给了几幅圣像，多给了几枚纪念章，还给了罗伯特一份特别的礼物，一幅修女们绣在一块正方形白色绸缎上的圣像，绸缎的四周还有白色丝线绣成的饰边。我回到谈话室，收获了布丽姬特修女对罗伯特的赞美，并答谢她给予罗伯特的希望，因为这些赞美和希望都是出自修女之口，我把它们视为祝福。随后，我又听到了几句关于我的使命的话，这次它们显得有些敷衍，接着我就离开了。

　　回家的路上，我慢慢地推着罗伯特，恼怒地想到他去了一个我可能从来都去不了的地方，他却根本没意识到他有多幸运。他心情非常好，挥舞胳膊，对他感兴趣的人和东西指指点点，甚至还说了几句话，但我听不懂他在说什么，总之没有哪句话听上去跟转桶有任何关系，他显然已经忘了那茬事。他不能告诉我他看到了什么，等他大到足以表达自己时，所有这一切都早已消逝在他的记忆里。从他这里，我永远也无法获知修女们的模样，她们的年纪是大是小，她们长得是美是丑，她们有没有对他微笑，有没有对他点头，有没有像其他陌生人那样，试图握住他的手或抚摸他的脑袋。他永远也无法告诉我修道院内部是什么样子。最糟糕的是，我意识到无论我听说了什么，我永远也无法真正确定地知道修女们是否睡在她们的棺材里，并用石头当枕头。

我们的复仇日

一天下午，几个穿着便服的男人，带着左轮手枪，气势汹汹地冲进我们家，搜寻我的父亲，打听他的消息。那是在都柏林，一九二二年。与英国刚签署的条约把爱尔兰变成了爱尔兰自由邦。那些支持条约的人，即爱尔兰自由邦派，在统治国家。那些坚持建立共和国的人，即像我父亲这样的人，在反抗。我的父亲受到新政府的通缉，于是他躲了起来。他潜逃在外，居无定所，每晚换地方睡觉，有时他会偷偷回家看我们。我想我的母亲一定也带我们去看过他几次，但我只记得有一次去看他，我记得看到他坐在一个陌生人的家里，当我们准备回家时，又把他留在那儿，我觉得非常奇怪。总之，这些男人是被派来寻找他的。他们挤进我们狭小的门厅，在房子里到处乱走，上上下下，查看每个地方，问了许多问题。除了我的母亲、我的妹妹德丽，还有我，家里没有其他人。艾玛，我的姐姐，同时也是我母亲的主要帮手，出门办事去了。德丽由于感冒而在楼上卧床。我舒服地坐在前面起居室里的一把安乐椅上，正在穿一条项链。我当时五岁。

男人们搜查了房子后，便挤进我坐着的房间里，他们可以从这儿观察外面的街道。他们把我的母亲也一同带了进来。他们驻扎在房间里，一边互相闲聊，一边等待。我的母亲站在离窗户最远的一堵墙前，注视着他们。她非常紧张。她害怕我的父亲会冒险回家来看看，那样的话，他就会中埋伏，我们就会目睹他被抓住。男人中的一个走过来，站在我的面前。他指着一颗蓝色的玻璃珠，叫我把它穿在项链上，但我跟他解释说，这颗珠子太小了，我的针穿不进去，所以我已经放弃它了。跟这个陌生男人的对话，让我感觉自己很聪明。接着他凑近我。

"告诉我们，你知道你爸爸在哪里吗？"他轻轻地问。

我停止穿项链，开始思考，但母亲从房间的另一边冲向他。她是一个体型非常娇小、纤瘦的女人，长着一张尖脸，棕色的直头发总是在脑袋后梳成一个髻。

"难道你不为自己感到羞耻玛？"她吼道，"逼问一个小孩。"

男人从我身边走开，她便走回到靠墙的那个位置。那个时候，是一九二二年，她已经经历了很多年的动荡不安。她婚后最初的那些年，全都是在为一九一六年的"复活节起义"做准备，她目睹了我的父亲被捕，先是被判死刑，后又被判终身苦役。我出生的时候，他被关在英国的监狱里，她独自一人呆在都柏林，不知道自己何时才能见到他，倘若还有相见可能的话。实际上，他一年不到就被释放了，一九二一年我们搬进了我们在雷纳拉的房子，此时我们正在这儿坐等事情的发展。

突然，母亲想到德丽正单独呆在楼上的房间里，她弃墙而去，飞奔到通往楼梯的门口，但一个男人挡在她前面，举枪对着她。她双手撑在门侧柱上，似笑非笑地盯着他看。当她焦虑不安时，我经常看到她那样微笑。

"你不能打开那扇门。"男人说。

"难道你不明白楼上躺着我生病的小孩吗？"母亲说，"她一个人会吓坏的。"

"那无关紧要，"男人说，"你不能离开这个房间。"

母亲再度退到墙边，我重新开始穿项链，男人们继续聊天。

过了一会儿，他们突然站起来，走了。我的母亲依然很焦虑，怀疑他们可能在监视街道的尽头，守候我的父亲出现。她上楼去跟德丽说话，当她回来时，我跟着她，走下三级台阶，走到厨房里。我们的厨房小小的，近似方形，地上铺着红色地砖，有一扇通到外面花园的门。她在厨房的桌子边坐下。我问她是否想喝杯茶，她说好的，她想喝杯茶。我给水壶注水，把水洒得满地都是，但她不让我点煤气，最终她不得不自己来泡茶。过了一会儿，艾玛回到家里，母亲让她喝茶，跟她讲了所发生的一切，以及所有对话，包括那个问我的问题。听着她的讲述，想到那个陌生男人居然在搜捕中也对我问话，让我再度沦陷在感激、兴奋和震惊之中。

我唯一记得的另一次突袭，发生在大约一年后，这次来的人更加凶狠。跟上面的那次一样，家里只有我的母亲、我的妹妹，还有我。这一次，他们是早上来的。母亲正在做家务，她的腰上系着一条围裙。她已经擦亮了固定我们红色楼梯地毯的铜棒，这时正在擦拭餐厅地上的油地毡。这些人跟上次一样，拿着左轮手枪，挤进来，但这次他们搜查得非常认真。他们把所有的床上用品都扯下来，寻找文件和书信，他们把我父亲所有的书都从架子上拿下来抖啊摇的，他们查看了所有抽屉的内部、衣柜的内部和厨房炉灶的内部。家里没有任何一寸地方是他们没有搜过的。他们把每个房间都翻了个底朝天。刚擦干净的油地毡被他们急躁的脚步踩得污迹斑斑，楼上的卧室被翻得一塌糊涂，床单和毯子都被丢在地上，床垫则全部拱在光秃秃的床板上。最后，他们回到厨房，取下一罐罐的面粉、茶叶、糖、盐和其他所有东西，把手插进罐子里，把里面的东西全都倒在桌上或地上。他们取下所有的杯子、茶碟和盘子。尽管他们依然一无所获，我们家看起来却像是经历了一场没炸爆墙壁的爆破。终于，他们准备走了，但正要走的当口，他们中的一个人，一个非常机敏的家伙，冲到前面起居室的壁炉前，把手伸进上面的烟囱里，并竭力将脸挤进壁炉的深处，试图往上看看那里有什么。一大股轻柔的煤灰从他的四周撒下来，盖满了他的肩膀和脸庞。他匆忙退回到屋内，双手乌黑，灰头土脸。一些煤灰沾在了他的袖子上。另一些依然在地毯上飘散。他瞥了一眼同伴们，挠挠自己，然后他们就离开了。

他们走后，母亲凝视着自己周围他们所造成的一切。她要花很长时间才能让家里再度变得整洁。我们全都慢慢地走到下面的厨房里，检查那里的烂摊子。这一次，没人问要不要喝茶，因为茶叶，连同面粉和糖，都撒在地上。

我们很少听到我的母亲放声大笑。她有一种非常安静、几乎隐秘的开心方式。然而，此刻，她却开始颤抖，开始微笑。

"噢，"她大声说，"他从烟囱里出来时，看看他脸上的表情！"

我和妹妹开始跳来跳去，咯咯直笑。

"噢，"母亲大声说，"是什么提醒我不要请人来清扫烟囱的？噢，感谢上帝我忘记请人来清扫烟囱了！"

我们兴高采烈、难以置信地喋喋不休，在我们的陪伴下，她笑得仿佛心脏都可能停跳。

谎言

　　我和母亲之间有一个关于我第一次去忏悔的笑话。她亲自带我去见神父，但我们从家里出发晚了，等我们到了小教堂时，忏悔室外已经跪了两长排女人，在等候神父倾听她们的告解。母亲后来说，她看她们脸上的表情就知道，她们都有很多事情要忏悔，而且她们都会慢腾腾地一一道来。她很担心，害怕我们得等好几个小时，她明白我只有七岁，我紧张不安，因为这将是我第一次进入忏悔室。不过，我们还是一起跪在一条队伍的最后，开始安心等候。神父还没到，但我们跪在那里等了几分钟后，我们看见他匆忙从圣坛边的通道走下来。他是一个肥胖的老男人，我恐惧地注视着他。他朝我们走来时，扫了一眼所有等候的女人，然后他看到了我。他停下来，跟我的母亲说话。

　　"这是她第一次来忏悔吗？"他问。

　　当他听说"是"后，他牵着我的胳膊，把我轻轻地拉起来，走过所有跪着等待且非常吃惊的女人，把我插在队伍领头的女人前面，推进了忏悔室。进去后，我跪在黑暗中，当我脸上方的护窗板被撤走后，我看到了神父的轮廓。

　　"开始吧，孩子，"他急切地说，"不要害怕。"

　　我磕磕巴巴地说完第一条祈祷文，到了要开始忏悔罪过时，我停住了，因为我无法记起任何罪过。

　　"好了，孩子，"神父说，"你有没有不听话？"

　　"有的，神父。"

"那么你有没有发过几次脾气？"

"有的，神父。"

"就是这样。为了赎罪，你要说三遍万福马利亚。现在好好做一次痛悔短祷吧。"

片刻之后，我再度跟跄地走过所有跪着的膝盖和所有恼怒的脸庞，母亲把我带到圣坛的围栏边，我在那里说完我的赎罪惩罚，我们便离开了小教堂。

"他给你什么赎罪惩罚？"我们走在回家的路上时，她问我。

"说三遍万福马利亚。"

"你犯下的罪过一定比我想的要多，"她大笑着说，"他给了那群人一生中最大的惊讶，不是吗！她们中的一些肯定已经在那里跪了一个小时或更久了。"

自那以后，每次我去忏悔，得到的都是一样的赎罪惩罚——说三遍万福马利亚——母亲总是问我神父给我什么惩罚，当她听到答案，想到第一次那些女人生气的脸孔，她又会大笑。有时她会跟其他人讲这件事，我总是喜欢听到这个故事。尽管每个人都知道这事，但我依旧觉得它是我俩之间的一个私密笑话，我钟爱这点。然后有一天，我读九年级时，我将它彻底破坏了。我目睹这个小笑话死掉，我明白我杀死了它。

经过很简单。我的妹妹迪尔德丽 ① 有一台她很喜欢的玩具缝纫机。当时她七岁。这台玩具机器真的可以缝纫，她常常一玩就是几个小时，转动小小的手轮，让它运行起来。我对缝纫毫无兴趣，从来没碰过那台机器，但它是她最喜欢的玩具。

---

① 前文出现的"德丽"是迪尔德丽的昵称。

情感之泉：都柏林故事集

一天，我逛进前面的起居室，发现母亲坐在她通常坐的椅子上，身边的桌上放着一堆要缝补的东西。她正忙着补一只袜子。我猛地穿过房间，一下扑到她的腿上。突袭之下，她被针扎痛了手指，她恼火地喊了一声，将我推开。我故意摔到地上，坐在那里，愤怒地瞪着她看。

"你是怎么回事？"她把戳破的手指含在嘴里，大声问道。

"我想要坐在你的腿上。"

"咳，你不能坐。首先，你太大了。"

"德丽经常坐在你的腿上。"我说。

"德丽只有一点点重。"

那是真的。

"而且，"我的母亲继续说道，"你一定是跟我差不多重了。"

这也是千真万确。我恼怒地冲上楼，冲进我和德丽共用的房间里。那台小缝纫机就在那里，端坐在窗台上，她把它留在那儿的。我拿起它，憎恨地端详它。接着我把它的小手轮用力拔下来。之后，我全力折腾这台玩具缝纫机，直到它被毁掉。当它彻底坏了后，我仔细地打量它，先是心满意足，但很快我就惶恐后悔起来。我十分内疚自己弄坏了德丽的玩具，我害怕将要承担的后果。我做了自己唯一能想到的事情。我从窗口探出去，把所有的碎片都扔到下面、我们厨房门外的水泥小径上。然后我又火速回到楼下。

"德丽，德丽！"我喊道。"我试着用你的缝纫机时，它从窗户摔出去了，我肯定它是彻底坏了。"

母亲和德丽跑过来，我们一起冲进花园，查看小缝纫机可怜的残骸。德丽大哭起来。我非常难过。毕竟，这是我犯下的第一起谋杀。

母亲蹲下来，拾起碎片。"它怎么会恰巧从窗户摔出去的，梅芙？"她问。

"我不知道，我只是把它拿在手里，它就摔出去了。我没有跟着摔出去，是一桩好事，不是吗？"

我跟在缝纫机后摔到水泥地上的画面，没能转移我母亲的注意力。

"你肯定你没做任何导致它掉出去的事情，梅芙？"

"噢，没有！"我喊道，"没有，我什么都没做！"想到她认为我会做出这样的行为，真正伤心的眼泪充盈了我的眼眶。

母亲看上去既困惑又难过，她向德丽保证再给她买一台新的机器，我们便全都回到屋内，没过多久大家就恢复了平静。事实上，德丽对机器的运转原理产生了很大的兴趣，在此以前，这是令她费解的事，她花了很长时间检查这些损毁的部件。我试图忘掉整件事，并成功做到了这点，直到接下来的周六，在我不得不去忏悔的时候。

"嫉妒是一个严重的罪过，我的孩子，"他说，"你必须注意这点。"

我告诉他说我摔坏了妹妹的玩具缝纫机。

"故意地？"他问。

"是的，神父。"

"你弄坏了她的一个玩具，因为你嫉妒她？"

"是的，神父。"

"做出那样的一件事情，那是一个很严重的问题，"神父说，"如果你不学会控制你自己，总有一天，你可能会做出让你自己抱憾的事情。你告诉她你很后悔了吗?"

"是的,神父。"

然后我告诉他,我对母亲撒谎了。

"你对你的母亲说了谎?"他继续说,撒谎本身是一个非常严重的罪过,但对自己母亲说谎的人则是在人生道路上作了一个极其糟糕的决定。

"为了赎罪,"他总结道,"你可以说五遍我们的天父和五遍万福马利亚。"

大受震动的我离开忏悔室,说了我的赎罪祷告,就回家了,一路上想到这一切都结束了,我感觉非常自在和高兴,内心充满了友爱、悔悟和虔诚的决心。

我到家时,恰逢晚饭①被摆上桌,于是我们全都坐下来,开始聊天。

"那么你今天下午在哪里?"父亲问我。

"我去忏悔了,爸爸。"

"那么这一次你得到的赎罪惩罚是什么?"

"这一次,是五遍我们的天父和五遍万福马利亚。"我说。

"哦,"父亲评论道,"你日渐崭露头角。我好奇你倒是说了什么,让你得到如此的赎罪惩罚。"

我几乎没听到他说的。那些话一从我嘴里说出来,我就明白自己犯了一个可怕的错误。内疚和羞愧难当的我,注视着我的母

---

① 这里的原文直译是"傍晚茶餐"(tea as evening tea, also called "high tea" or "meat tea"),通常在傍晚 5 点到 7 点之间吃,在爱尔兰文化中是指工薪阶层的晚饭。传统上工薪阶层把午饭叫"正餐"(dinner),把晚饭叫"茶餐";上流社会则把中午吃的一餐叫"午餐"(lunch)或"午宴"(luncheon),把傍晚吃的一餐叫"晚饭"(supper)或"晚宴"(dinner)。

亲。她也正盯着我看，她的眼神让我越发惊慌失措，因为尽管她的表情很严肃，但我知道她没有生气。我感到非常内疚，非常难过。我快要痛苦地大喊大叫起来。

"噢，梅芙，"终于她说，"我可怜的孩子，你为什么就不能闭嘴不说话呢？"

"这究竟是怎么回事？"父亲不解地问。

他没有得到回答。

附身于我们的魔鬼

　　我快安然地度过十三岁的最后岁月时，一个无法回答的问题突然彻底打破了我的宁静生活，有时这个问题依旧困扰着我的内心。当时我在一所修道院寄宿学校读书，学校位于基尔卡伦，它是基尔代尔郡的一个村庄。全校一共有六十几个女生，我们常两两结对排成一行，被带着去村子周围无趣沉闷的乡下长途散步。基尔卡伦有几家商店，但那里我唯一进入过的建筑物就是教堂，我们偶尔会去那里做忏悔。大多数时候，我们踮起脚尖，穿过修女们住处黑漆漆的大走廊，去修道院的小教堂做忏悔。我们身穿藏青色的校服，黑色的羊毛长袜和黑色的浅帮便鞋，在进入小教堂做忏悔、晨间弥撒或周日下午祈福仪式前，我们都会用白色的网状面纱把头包起来。到了第一学期末，我的面纱已经吸满了小教堂麝香似的沉郁芬芳——它们来自熏香、鲜花和被掐灭的蜡烛——我不敢清洗它，害怕亵渎神明。

　　我在学校的第一年过得相当平顺。我的表现既没有特别出色，也没有特别糟糕。没什么书可读，因为学校迷你的图书馆被锁在一个正面是玻璃的大书橱后面，我也讨厌曲棍球、篮球和其他一切我们被期望去练习的运动，但是我是一名足够开心的学生。到了第二年初，情况开始起了变化，但变化是如此微妙渐进，以至于我永远也无法确定我是在哪一天，甚至是在哪一周，开始意识到它，并逐渐习惯它的。然而，我确实感觉一切都是始于一个晴朗的九月下午的一节唱歌课。这是唯一一节全校学生被带到一起上的课。我们集中在配有一架钢琴的最大的教室里。我们常站成一个大幅度弯曲的半圆，唱诗班女孩站在右边，我们其他人则按身高大致排开。我站在弧线的中间，感觉自己就在维罗妮卡修女的眼皮底下，但实际上，当然了，我不比其他任何人更显眼。而且无论如何，根据经验，我明白一个试图隐藏的女孩，往往却是第一个将注意力吸引到她自己身上的人。

那天下午，跟其他所有的女孩一起，我一边大声唱《莫恩山脉》①，一边凝视着维罗妮卡修女暗淡突出的眼睛，她正用她纤长柔软的双手中的一只为我们打拍子。维罗妮卡修女相信，一个能直接与你对视的女孩是一个好女孩，我希望她会注意到我真诚的凝视。

这时教室门开了，掌管学校的大修女——希尔德加德修女，矜持且面无笑容地走了进来。她是一个体型矮壮的女人，大白脸上长着痣。在三位年轻的非神职女教师和两三个低级别修女的协助下，她和维罗妮卡修女一起管我们。我们很怕这两位主管修女。她俩分头出现时，我们就很怕，她俩一起现身时，我们的恐惧更是翻了三倍，因为她们似乎会互相激怒对方，她们目光相遇时所做的决定总是对我们不利，而且她们不会让你申诉。她们难以预测，她们的谴责和评价能将你置于死地，跟她们在一起时，我们永远也不知道自己会是什么处境。然而，这一次，情况似乎足够平和，我们继续全心全意地唱歌。希尔德加德修女在维罗妮卡修女身后、略偏向一边的地方站定，这样她就能看到我们所有人。

---

① 《莫恩山脉》是爱尔兰音乐人普希·弗兰奇（Percy French）写的一首歌词，通常配上爱尔兰民谣《卡里格顿》的曲调来唱。

情感之泉：都柏林故事集

这首唱完了，我们开始唱《谁是西尔维亚?》①，之前我们学了用多声部来唱它。唱到一半，希尔德加德修女突然一声令下，维罗妮卡修女就立刻挥手叫我们停下来。

　　希尔德加德修女迈步上前。"我怀疑不是所有的女孩都在竭尽所能，"她说，"你知道的，维罗妮卡修女，这里的有些女孩太乐意让别人替她们出力了。要是没有你的努力和玛吉·哈林顿的声音，我不知道今年的唱诗班会是什么情况。"

　　玛吉·哈林顿是学校的歌唱明星。在每个周末的祈福仪式上，她是唱诗班的领唱，她也是女生代表。她十八岁，金属丝般的棕色长发编成一根辫子垂在她结实的背上，红扑扑的宽脸庞上架着一副闪着胜利荣光的无框眼镜。维罗妮卡修女朝玛吉微笑，又朝围绕在她身边的唱诗班其他成员笑笑。她们是很重要的女孩，尽管她们中的一些才十二岁，我们其他人却羡慕地望着她们，因为她们受到每个人的青睐，总是知道该做什么。

　　"这一次我将非常仔细地观察，"希尔德加德修女说，"我认为我知道哪些女孩子在逃避责任。我认为你也知道，难道不是吗，维罗妮卡修女?"

　　维罗妮卡修女表示赞同，说她很确定哪些女孩没有发声，并意味深长地补充说不发声的通常都是那些课内课外麻烦最多、努力最少的女孩。"从来都错不了，希尔德加德修女，"她说，让我们所有人都大气不敢出，"懒惰和惹是生非息息相关。一个忙碌的女孩是一个好女孩。魔鬼总是可以给游手好闲的人找到事干。"

---

① 《谁是西尔维亚?》("Who is Sylvia?")原本是莎士比亚喜剧《维洛那二绅士》中的一首诗，后在 1826 年被奥地利作曲家弗朗兹·舒伯特谱上曲，改编成了一首在德语和英语国家中都广为传唱的歌曲。

希尔德加德修女赞同地点点头。"给她们一个音，维罗妮卡修女。"

维罗妮卡修女在钢琴上给我们弹了一个很响的音，但她的目光始终没有从我们身上移开。"《纺车》①。"她说。

这是我最喜欢的歌曲之一。合唱时，我们应该像纺车一样发出嗖嗖声，我正竭尽所能发出嗖嗖声时，发生了令我震惊失措的一幕，我看到希尔德加德修女招手叫我出列。我问心无愧。我知道我一直在放声歌唱，闪现在我脑海里的念头是，可能现在是要把表现最好的女孩们叫出列，让她们给全校其他学生做榜样。我面对钢琴，站在她示意的地方，马上又有其他三个女生被叫出列，加入了我。我们一起站在那里，没有唱歌，直到歌曲结束。

"现在我们知道谁是罪魁祸首了。"希尔德加德修女说。

"我一路都在怀疑，希尔德加德修女，"维罗妮卡修女说，"事实上，我想我都不用进这个房间，就能给你这四个女孩的名字。"

"姑娘们，为什么?"希尔德加德修女激动地问，"为什么你们不跟全校其他学生一起唱? 你们认为自己唱太好，不屑于跟其他女孩一起唱吗? 你们认为维罗妮卡修女的指挥配不上你们吗?"

我们没有试图回答，这点我们还是足够明白的；在这种情况下，回答即是回嘴，是一项重罪。此外，我们纹丝不动地盯着地板；戴罪之人的直接注视不是美德的明证，而是胆大妄为。

"你瞧，维罗妮卡修女，"希尔德加德修女说，"她们无话可说。"

"她们唱歌时听上去也是这样的，毫无疑问。"维罗妮卡修女说。

---

① 《纺车》(The Spinning Wheel) 是一首写于十九世纪中叶的著名爱尔兰民歌，作者是爱尔兰诗人约翰·弗兰西斯·沃勒 (John Francis Waller)。

　　情感之泉：都柏林故事集

玛吉·哈林顿迸出一声悦耳的欢笑，又立刻礼貌地把它憋回去了。

"好吧，你可以笑，玛吉。"希尔德加德修女说。

"那么让我们听听这四个人，她们自己单独能做成什么。给她们一个音，维罗妮卡修女。"

我们跟着这个音，开始唱《纺车》，虽然有点不自然，但我们唱得还行。

"她们听上去更像是胜家缝纫机，而不是纺车。"我们唱完后，希尔德加德修女冷冰冰地说。

"可惜你们不愿在课堂上这么唱。"维罗妮卡修女说。她转向希尔德加德修女。"你瞧，她们嗓子不错，希尔德加德修女。她们不愿唱她们的声部，完全是因为固执。"

"如今她们知道她们正在监督之下，或许会表现得好一点。"希尔德加德修女用令人沮丧的语气说道。

一周后，又轮到上唱歌课了，这一次我们四人在唱《特拉利的玫瑰》①时陷入了麻烦。我们变得有点孤注一掷，拼命想要给人以我们唱得跟别人一样大声的印象，但此刻维罗妮卡修女认定我们在违抗她，无论我们的脸涨得有多红，无论我们喘得有多厉害，她都不会相信我们没有在偷懒。其他人欢乐且有点不屑地看着我们。她们好奇为什么我们不愿唱歌，假如我们确实在唱的话，为什么修女们非说我们没唱。

① 《特拉利的玫瑰》(*The Rose of Tralee*)是十九世纪的一首爱尔兰民谣，歌词写的是一个名叫玛丽的女子，她因为美丽而被称为"特拉利的玫瑰"。特拉利是爱尔兰西南部凯里郡的首府，据说"特拉利玫瑰节"也是源于这首民谣所带来的灵感。

那也是令我不解的地方。我能听见并感觉到自己在唱歌，我认为我的三位同党也能听见并感觉到她们在唱歌。我不能问她们，因为我们不准互相说话，理论是相比我们在一起时，我们分开时对全校学生唱歌的基调破坏更小，我们懦弱地不敢违反规定。最糟糕的是，一旦我们被宣布为唱歌课上的害群之马，我们的耻辱就逐渐蔓延开来，玷污了我们学校生活的方方面面。不久，我们做的一切似乎都是错的。那个学期我几乎没学到什么，因为大部分时间我不是被罚站在各个教室门外，就是在走向希尔德加德修女的办公室，去告知她我所犯下的新罪过。另外三个害群之马的日子也是一样难过。那三人不是跟我关系最亲密的朋友。事实上，希尔德加德修女的神秘谴责是我们之间的第一条纽带。女孩中的一个，莎莉·林奇，身形娇小，黑头发，前额留着一排刘海，她只有十二岁。另外两个，玛丽安·罗克和塞西莉亚·德兰尼，都是十五岁。塞西莉亚是胖子，但玛丽安的外表很平常。我们都在不同的班级。当时让我费解、至今依旧让我费解的是，为什么我们会被挑出来扮演这样的角色。那是一个单调乏味、波澜不惊的学校。没有人面临生死危机，也没有人犯下滔天罪行。如今在我看来，我们四人远没有惹是生非，而只是吸引了学校里几乎不存在的一点是非，或许在修女们眼里这都是一样的。被判有罪之后，当然，我们就开始显得越发罪孽深重了，虽然我们努力想要重塑自我，但这对我们完全没有帮助。此外，我变得相当紧张，部分是缘于自大。

终于，一个周六夜晚，在就寝前的自由活动时间里，希尔德加德修女走进康乐室，抬手示意大家安静。"姑娘们，"她说，"你们知道的，这学期你们中的几个人让我们很是焦虑。我所指的那四个人在这学期引发了许多不满和反感。我们把它们称为魔鬼的拐杖。他不能没有她们。但现在她们将得到一个救赎自我的机会。明天下午，她们将有机会向我们神圣的主表明她们为自己的糟糕行为道歉，并想要赎罪。玛吉·哈林顿和唱诗班的其他人不会在祈福仪式上唱歌。而是将由这四个女孩走到上面的唱诗班厢席里，单独吟唱圣歌。她们练习的时间跟学校里的其他人一样多。如果她们现在还没有熟记那些圣歌，那她们是永远也不会记住的。"

我从来连想都没想过如此严峻的考验。所有的女孩都同情地注视着我们。没人微笑。我们四人上床睡觉，整晚噩梦连连，然后第二天早上醒来去面对正等待着我们的最可怕的梦魇。当那个时刻最终降临时，快四点了，我们上楼走进唱诗班厢席，仿佛是在登上绞刑台。我们能听到女孩们在下面的教堂中庭里走来走去，我们能看到跪在前排的最小的女孩们裹着白色面纱的脑袋。紧跟在学生后面准备就坐的是神职候选人，这是他们宗教生活的第一年，他们后面是见习修女，最后面的是戴着黑色面纱的修女。让我们越发头疼的是，我们知道这个周日还有五六对来访的家长，他们也在下面，等待我们开唱。毫无疑问，他们的女儿们已经告诉他们了，我们在上面的这里是为了给自己脱罪。

神父，奥康纳神父，走进来，后面跟着祭台助手。安吉拉修女，一个教钢琴的年轻漂亮的修女，已经坐在管风琴边低头冥想了一会儿，这时她奏响了祈福仪式的第一首赞美诗《赎世羔羊》①。我们注视着她，张嘴唱了起来，但我们只能发出乌鸦叫般

---

① 《赎世羔羊》(*O Salutaris Hostia*) 是圣托马斯·阿奎那（St. Thomas Aquinas）在十三世纪为基督圣体节所写的赞美诗《圣言》(*Verbum Supernum*) 的最后两个诗节。

的沙哑声响。她重新开始，我们还是声音沙哑，这一遍声音轻得可怜，以至于连我们自己都不确定我们究竟有没有发出任何声响。她尝试第三遍时，拼命冲我们微笑，鼓励我们，但我们完全放弃了，没有发出任何声音，不再注视她，而是盯着地板看。她从管风琴上抬起双手，试图脱离音乐伴奏把我们带回圣歌的调子上，就在这时，下面突然响起了玛吉·哈林顿英勇的声音，所有唱诗班的常规成员立刻就加入了她。她们在祈福仪式上从头唱到尾，一曲接着一曲，毫无卡壳，安吉拉修女为她们伴奏，但她始终仁慈地避免将目光落到我们的脸上。之后，我听说她们在跪着的地方就开始唱了，我经常思考她们当时看起来是什么样子，一边笔直地跪在那里，十指交叉合拢，包着白色面纱的脑袋仰起对着圣坛，一边歌唱挽救当天的局面。我们四人，站在远高于她们的地方，却毫无勇气做任何事情。我们甚至没有勇气祈祷。

祈福仪式结束时，安吉拉修女站起来，迅速离开唱诗班厢席走到下面。几乎同时，维罗妮卡修女可怕的脸庞出现在楼梯口。"你们真是出尽了洋相，"她平静地说，"我希望你们对自己感到满意。你们现在可以下来了。"

我们排队走下来，没有被永远抛弃在唱诗班厢席里让我们松了一口气，但我们非常不愿面对眼前的未来。维罗妮卡修女依然站在狭窄的楼梯上，我们不得不触及她厚重的黑色长袍，紧贴着从她身边经过。小教堂门口，奥康纳神父正在祝贺女英雄们。他依然穿着法衣，他越过她们的头顶朝我们瞥了一眼，我当时无法理解他的眼神，但现在我觉得那是透着些许欢乐的一瞥。

那个周日剩余的时间里无事发生。我们跟全校其他学生一起去吃晚饭。我感觉悲伤地欢欣——我尚不知道为什么——我吃了许多面包和黄油，注意到跟我同桌的其他女孩朝我投来害怕的揣测目光。现在任何事情都可能发生在我身上。我甚至可能被开除。

过了相对平静的几天后，我们又要上唱歌课了。维罗妮卡修女和希尔德加德修女一起走进房间。她们点头示意我们四人走到房间的前部，站在全校学生的前面。当我们以这种方式被隔离开后，希尔德加德修女满脸严肃悲痛地说："我们都听到这几个女孩上周日试图唱歌了。我们都知道她们给自己以及学校出尽了洋相。我不会惩罚她们，我也不会责骂她们。她们的情况太严重了，惩罚责骂无济于事。她们不但辜负了我们，也存心辜负了我们神圣的主。我只能说，她们需要所有可能得到的祈祷。愿意每天多花一分钟为这几个固执的迷途女孩祈祷的姑娘们，都请举起你们的手，可以吗？"

我们四人继续注视着我们盯着看的地方，即地板。塞西莉亚，那个胖女孩，开始啜泣。知晓我们的处境，让我松了一口气。我们被给予了机会，但附身于我们的魔鬼击败了我们。我们依然不明白我们有罪的原因，但隐约让人感到宽慰的是，我们现在确信我们有罪。我们没有见到魔鬼的模样，但我们在我们干燥的喉咙和怦怦跳跃的心里感受到了他的法力。现在我们清楚的事情，修女们始终都很清楚，因为我们像她们一样明白地意识到，假如上帝支持我们的话，那他肯定会给予我们为他唱诵赞歌的声音。

聪明的那个

不久之前，我在华盛顿特区，跟我的妹妹迪尔德丽在一起，她已婚并有四个孩子。时值春天，我们坐在她宽敞怡人的客厅里，外面的加菲尔德大街上树木一片青绿；她的花园里，灌木丛花朵盛开——白色、粉色、蓝色和黄色——她的孩子们正在花园里全心全意地玩着一个喧闹的游戏，我们开始聊起小时候一起度过的岁月，我们经常这么做。我们的童年是在都柏林度过的，多数时间都是呆在位于雷纳拉的一栋小房子里。

"我记得第一次见到你，"我说，"是在我们搬去雷纳拉之前。那时我们还住在贝尔格雷夫路上的房子里。你一定是八个月左右大，我想。有人把你抱在怀里，你却一把抓过艾玛头上的帽子，把它丢进火里，她大哭。那是她的一顶新羊毛帽子。"艾玛是我们的姐姐。

"我不记得那事了，"德丽说，但想到燃烧的帽子，她似乎很高兴，"我完全不记得贝尔格雷夫路。"

"第二次见到你，我记得很清楚，"我继续说道，"你一定是三岁左右。当时我们住在雷纳拉。我走进前面的卧室，发现你光着身子跑来跑去，哭着喊着要人来给你穿衣服，然后我就给你穿了衣服。"

"我不记得那事了。"德丽说。

"好吧，那你还记得你六七岁时，差点得圣维斯特舞蹈病①吗？你不停地颤动，在家把东西撒了一地。"

"噢，我记得那事，没错。"德丽微笑地说。

情感之泉：都柏林故事集

我们聊天的所有时间里，她都在给大女儿的一条粉色棉布裙子锁边。看着她的双手如此稳定自信地穿针引线，我想到以前我们所有人都是如何担心，生怕她会丧失双手的功能。

"你以前从来都不能帮忙清洗餐具，"我说，"因为大家担心你会摔坏所有的杯子和茶碟。你没有把东西掉在地上的时候，你就是躺在床上，眼睛瞪得大大的，却醒不过来。你看上去糟透了。你把妈妈吓坏了。她把隔壁的女人叫来查看你的情况。"

"我记得所有那些。"德丽不耐烦地说。

"但你在熟睡呀。"我说。

"我可不比你这会儿更瞌睡。"她说。"也不比你这会儿更像是得了圣维斯特舞蹈病。"她补充道，这一次还带着一丝蔑视的口吻。

我盯着她，抑或是瞪着她。"你是什么意思？"我高呼。

她双眼直视着我，脸却开始泛红。

"你是想告诉我说，过去的这一切都是你在装腔作势？"我高呼，听上去就跟我感觉上一样，几乎像是遭受了雷击。德丽纤弱的身体，跟天主教教会和为爱尔兰自由而战一样，是若隐若现贯穿我童年始终的重大事件。我记得关于德丽，我听说的第一句话就是她出生时体重过轻，还有就是她的健康状况很不稳定。母亲一直把我们打扮得一模一样，过去大家常把我们叫作布伦南夫人的双胞胎，但我是双胞胎中强壮大只的那个，她是瘦弱苍白的那个，总是跟我在一起，总是很沉默，我则说个没完没了。想到这

---

① 圣维斯特舞蹈病（St. Vitus's dance），又称西登哈姆舞病（Sydenham's chorea）、小舞蹈病（chorea minor）、风湿性舞蹈病，是一种与风湿密切相关的弥散性脑病，临床以不规则舞蹈样不自主动作和肌张力降低为主要表现。

一切如此强烈地影响了我们的童年，并决定了我们之间以及我们周围的所有事情，二十多年后的现在却听到她平静地将它们全都揭穿，我自然是惊呆了。我判定她是在开玩笑。

"你是在开玩笑，是吗？"我说。

"我没有。"她说。

"但你为什么要那么做？"我问。

"哦，首先，我总是因此不用洗餐具，"她说，"而且我总是身体欠佳，不能去上学，如果你记得的话。"

"我洗了那么多次餐具，"我说，"那么你的意思是，你从来就没跟任何人说过这事？"

她向我投来一个恼火的眼神。"那样做的话，很傻，难道不是吗？关键要点就是没人知道。"

"那么你就保守秘密了这么多年。"我说。

"老实说，我多少年都没想过这茬事了，直到你刚才提起来。当然，有时我确实得了感冒，而且冬天时我确实冻疮生得很厉害。"她笑起来，我也哈哈地笑，但我笑得并不是很衷心。

就在这时，她的两个小孩开始在床下打了起来，她跑出去一探究竟，留我思考她在那么多年前对我们的欺骗，当时她如此娇小虚弱，只有脑子不正常的人才会指责她犯下任何小错，更不用提一连好几年她的健康状况让全家都不太平了。那些年里我大受赞赏，因为我不介意独自承担洗餐具的任务，我的母亲总是为此大大地表扬我，但想到德丽在那么小的时候就能策划并贯彻执行一个如此黑暗复杂的阴谋，还能不跟任何人说——甚至都没有告诉我，我真是大感震惊。

这时，我想起来，这不是她第一次让我吃亏了。

第一次发生此类事件时，她还不到七岁，我则快九岁了。在那些年里，正如我所言，我比她块头大，我不认为我欺负过她，但我确实对她呼来喝去。她的一生，我一直对她无情地发号施令，直至我接下来要说的那一刻，我想即使在那以后，我们之间的情况也没有真的大变。我记得我过去最喜欢玩的游戏就是"坐在德丽身上"。我常叫她平躺在地上，我会坐在她的肚子上，盯着她的脸看，并以一种我俩都觉得可怕的方式做鬼脸。这是一个简单的游戏，但我想她有时一定是玩厌了。

　　我自觉高她一等，却也很护着她，因为她是如此娇小，因为她讨厌学校，从来功课都不好，因为天冷时她长着丑陋痛苦的冻疮，我却从来不长，最重要的是因为她很害羞。事实上，我从来都不给她任何说话的机会。大家始终知道，我是家里头脑灵活的那个。"德丽很漂亮，"他们常说，"但梅芙头脑极其灵活。"我相信这句话里的每个字。我常望着德丽，郑重地思考我的头脑，思考我随便怎样在学校都没碰到过困难，成绩总是很好。在体育比赛中，我总是力争领先，德丽则是在某个地方自己玩；我总是第一个报名参加唱歌比赛，虽然我嗓子不行；我总是第一个报名参加朗诵比赛，虽然我也没啥口才。我甚至决心成为一位演员，但我没跟学校或家里的任何人讲我的雄心壮志，因为害怕被嘲笑。

　　不过，有一天我和德丽一起坐在我们位于雷纳拉的家的后院里。当时一定是夏天，因为我们坐在草地上，勿忘我和虎儿草在我母亲的花坛里盛开。我们之间的草地上放着一盒珠子，我们一边穿项链，一边闲聊。

　　"长大后，"我对德丽说，"我将成为一位著名的演员。我会在艾比剧院演出，我会拍电影，我还会去各个地方，去所有的学校，教所有的老师如何朗诵。"

我正欲继续，因为我从未想过她会有什么要说的，她却大声说话了，头也没从项链上抬起来。"不要在脑子里想入非非。"她明确地说。

我感到震惊。小德丽是从哪里学会这样一句评论的？我从来没这样说过，我不确定自己是否听到过这句话。谁对她说的？我感到震惊，我陷入沉默。我无话可说。这是第一次，我意识到小德丽有脑子。甚至可能，比我还更有脑子？

年轻姑娘可能会糟蹋掉她的机会

在楼上他跟妻子共度三十年的卧室里，德顿先生笔直地站在专属于他的衣柜前，平静地拨弄着他的藏青色领结。德顿先生穿着西装马甲和西裤。这两件单品，都是他工作的男装店里的裁缝以折扣价为他制作的，材质是平滑的藏青底色浅灰条纹羊毛料子。搭配的外套正挂在他睡的那半边床旁边的一把直靠背椅上，等着被穿上身。配套的另一把直靠背椅摆在德顿夫人睡的那半边床旁边，但没有任何衣服挂或横搭在上面。跟往常一样，德顿夫人在她丈夫醒透前，已经起床、穿好衣服、走出房间了。

如果这是一个普通的早晨，这时她应该已经吃完了早饭。在一个普通的早晨，她应该已经开始做家务了，当他到楼下时，她会放下手中的一切，回到厨房，伺候他吃早饭。但今天不是一个普通的早晨。它是一个让人心烦的早晨。今天是德顿夫人的父亲去世四十三周年的纪念日。她为父亲灵魂的安息安排了一场弥撒，跟她每年所做的一样，跟她每年的这一天所做的一样，她要去参加弥撒，这意味着德顿先生的早晨秩序将被打乱——他醒来想到这点，就有点恼火——因为她不会在旁边伺候他吃早饭，并目送他去上班。

德顿先生慢腾腾地摆弄着领结。他注视着衣柜上方镜子里的自己，尽管他的手和眼睛是在领结上，他的注意力却是在楼下的门厅里，他在留意倾听前门关闭的声响，那会告诉他德顿夫人已经出门，剩下他独自一人，他可以下楼，不用担心她会看见他。

假如她就这样出门，出门留他独自一人吃早饭，那她也不能在出门前心满意足地看到他在厨房的桌子边坐好。他想好了。他不会下楼，直到他确定她已经出门。时间对他有利。他下楼后，可以吃得快一点，但她好几分钟前就应该离家出发了。此时，她应该已经走完去教堂的一半路程，如果她想在神父走下圣坛开始弥撒前在她的位置跪好。她应该是厌烦了在楼下站着等他。

最后，他听到前门被关上。她走了。接下来的一分钟内，他系好领结，穿好外套，把每晚放在衣柜上面的眼镜、干净的手帕、零钱、铅笔钢笔套装和其他东西放进口袋里，站在通往下面狭窄门厅的楼梯口。

看见她穿着出门的衣服，灰色的外套和周日的黑皮鞋，站在下面的门厅里，他吓了一跳。她低着头，脸庞隐没在帽边之下，正在阅读她的祈祷书中的某段文字，站得纹丝不动，所以有一瞬他以为自己产生了幻觉，但她抬起头看他，并合上了祈祷书。

"我以为你已经走了。"他说。

"我不得不回来。我忘了点东西。"她说，他继续下楼，在楼梯底下骤然转弯，径直走下通往厨房的三级台阶。她跟在他后面。当然，他十分清楚发生了什么。信任她。他俩都想捉弄对方，她赢了。她早知道最后的十分钟里他在干什么，他在楼上拖时间。她不会叫他，也不会上来，其他女人可能会那么做。她会把那称为"烦"他。出于某种原因，她决意要见到他，就像他决意不想见到她一样。

"我想你知道你去弥撒要迟到了。"他说，他从炉灶上取下茶壶，放到桌子上，坐下来，伸手拿了一片面包。

"我把一切都安排了。"她说。

她迟疑地站在门口。她甚至戴好了手套。片刻之后，她会脱掉手套，瞎忙着把更多的东西摆到桌上，并询问他是否需要什么。

"你到底去不去弥撒?"他问。

"休伯特，"她说，"今天早晨我想到了一件很好玩的事情。你知道吗，今天我的年龄跟我结婚那天我妈的年龄完全一样。"

"这是迟早会发生的事情。"休伯特说。

"两天后，我将年满五十三，而我结婚时，正好离我妈的五十三岁生日还有两天。"

"我也是在那天结婚的，你知道的，"休伯特说，"当时她看上去比五十三岁老很多。"他补充道。

她犹豫不决，看看他的脸，看看桌子，又看看他的脸。

"哦，我只是想告诉你，"她说，"似乎很好玩，当你思考它的时候。我要走了。别忘记关前门时用力一点。确定它关上了。"

"好的，好的，好的。"他说，他听到前门关上，砰的一声，但他不知道她是否听到了他的回答。

她听到了他的声音，但没有听到他所说的话。她感到满意。她想见到他，也见到了他。她不喜欢自己不得不出门，留他独自一人在家。

这一天，她父亲去世的周年纪念日，总是奇怪的一天，哪怕是现在，在他去世四十三年后，她还是为此难过。今天，恰好是周二。周二，九月九日。他是在离她十岁生日还差两天时去世的。每年，到了他去世的周年纪念日，她都想起再过两天就是她的生日，接着，在她生日那天，她又会想起她十岁生日时，他才刚死了两天。甚至还不到两天，正式计算的话，因为他是在晚上六点半到七点半之间死的，她则是出生在凌晨三点之后。三点出头几分钟，她的母亲告诉过她。所以在她正好满十岁的那一刻，她的父亲，尚未下葬，死了还不到两天。

每年，在她生日那天，她会计算自己日渐增长的年龄，她也会想起她和父亲阴阳两隔的时间越来越长，但最重要的是她会想且想起不完整的那两天，她总是在自己生日那天早晨带着一种可怕的恐惧感醒来，仿佛她忘了做某件重要的事情，并且将会被揭穿。想到不完整的那两天，她所体会到的恐惧感，令人非常痛苦，她永远也无法接受的念头是，她父亲的去世与某件事未被完成有关——他没能去见某个他可能非常想要再见一次的人，或者他的守灵和葬礼安排有所疏忽，或者有人在面对他的棺材时或在他的坟墓前缺乏尊重。当时她年纪太小，无法亲睹每件事都做得合适。她跟弟弟一起被打发去隔壁的邻居家。时间一分一秒过去，她不知道她的父亲怎么样了，不知道谁在看他。但邻居的大女儿知道；她一直在旁观，当棺材被抬进来时，她喊罗斯进来看它。

德顿夫人完全明白，从她父亲去世到她生日之间不完整的那两天纯属偶然，只是纯粹简单的偶尔，但现实是，恐惧长存，而且那种——意外感——是永远驱之不散的东西。

但他本不该死的。他还不老，也没有生病。他身体虚弱——经常躺在床上休息——但他没有生病。假如他坚持设法再熬一点时间，熬到她的生日，他可能就根本不会死。他会安然无恙。到了她生日那天。那本该是个大日子，想到这天多么重要，他会一整天都十分当心，他傍晚回到家后可能不会躺下来休息，假如他没有躺下来，他可能就不会死。他俩都一心想着那个大日子，谈论它，根本没留意在它之前的那些天，只是用铅笔把它们在日历上划掉。她的父亲在大日子边画了一颗鲜艳的红星，但他根本没留意在它之前的那些天，她也没有留意，只是他俩都很高兴，每天晚上可以又划掉一天，说明他们离他俩都很期待的日子又近了许多。所有在她生日之前的日子都是普通的日子，乏味的工作日，不值一提，只求快点过完，但接着一个普通的日子摇身一变，把它自己变成了所有日子中最重要的一天。

假如那天晚上他跟她在一起，坐在厨房里他的旧扶手椅上，就像很多晚上一样，他喘不上一口气后应该能缓过来，然后他就会一切安好。她经常看到他喘不上气后缓过来。他总是望着她，她也会望着他，看到他在喘上气的过程中泪水充盈他的眼眶，然后他俩都会微微一笑，因为他又恢复正常了。

他经常把她抱在腿上。那让她的母亲不高兴。她的母亲常说，她太大太重，不该再被抱着，但他总是说她一点也不重。他下班回来，去床上躺下时，罗斯常喜欢上楼，跟他躺在一起，跟他说话，直到他休息好，但她的母亲叫停了这种做法。

那天晚上，他跟往常一样下班回到家，当他在日历上把那天划掉时，罗斯就站在他的身边。然后他说："我是在那儿的炉火边坐下呢，还是上楼休息一会儿？"

罗斯说："看你喜欢。"她望着他，止不住地笑，因为她总是很高兴见到他。

"哦，我也不知道，我想还是休息一会儿吧。"他说，他把手绕到她的脖子后面，伸进她的头发底下，轻轻摇了摇她的脑袋。"现在只剩一天了，罗斯，"他说，"然后，我们就能看到我们一直在等着看的东西了。"

她很开心，因为她明白他指的是他承诺给她的礼物，那将是一个惊喜。正独自坐在炉火前的地上，当时才五岁的吉米，站起来走到他们的旁边，因为他知道一定也会有给他的东西，即使那是罗斯的生日。父亲弯下腰说："是的，吉米，也会有一样好东西给你。"然后他开始朝楼梯上走，她站在楼梯底下，吉米站在她的旁边，看着他上楼。他没有回头看，但当时，当然，他不知道他们在楼梯底下注视着他。

她家的房子，原本前部有一个起居室，后来这个起居室被改成了一家小商店，当她的母亲从小店回到厨房时，她没有像往常一样上楼去看他。首先，她的母亲忙着准备晚饭，其次，当晚饭准备好时，她说她会让他多睡一会儿。接着，隔壁的女人来串门，开始聊天。他孤单地死了。他一定是很害怕，但他始终很勇敢。他没有大呼小叫，或喊任何人的名字。他们都在楼下，他们什么都没听到。但她的母亲和隔壁的女人一直在又说又笑。他可能喊了，但她们可能没听到他。或许他试图叫："罗斯，罗西！"①"罗斯"意味着他在喊她，"罗西"意味着他在微笑地第二遍喊她的名字。他从来都无需喊她两遍。她总是一听到他的声音，就跑过去。他总是一进家门就喊她。

那天晚上，她有点焦躁不安，她坐在厨房的桌子边，没人理她。她的母亲和隔壁的女人面对面坐在炉火的两边。吉米坐在她母亲的腿上，她一只胳膊托着他的腿，另一只胳膊环绕着他，手抚摸着他的脖子，让他靠在她身上，一边越过他的脑袋跟隔壁女人聊天。吉米穿着一条母亲用她自己的一条旧裙子为他改制的短裤，还有一件母亲为他织的毛线衫。罗斯把他从学校接回家后，

---

① 罗西（Rosie）是罗斯（Rose）的昵称。

母亲脱掉了他的靴子和长袜，所以他的小脚在炉火的照耀下显得很光亮。

罗斯坐在那里，想要抱吉米，但她不敢问，最后她说她想她该跑上楼去看看爸爸怎么样了。但她的母亲在有客人时，就会表现不同，她给了她一个她知道是装给隔壁女人看的眼神，说："你就老实呆在这里，小姐，让你爸爸好好休息。我将是那个决定何时去叫醒他的人。你听到了吗？"而且她的母亲郑重地对隔壁女人点点头，说："罗斯是你见过的最爱管闲事的小孩。"

隔壁女人微笑了一下，但她笑得不是很真诚，她说："她正在寻求关注。不是吗，罗斯？"

"哦，她想要关注，没错，"她母亲说，"但当然，他溺爱她。无论我说什么，他都溺爱她。从长远来看，这只会让她的生活变得更艰难。"

"没有什么比被宠坏的小孩更糟了。"隔壁女人说，然后她们继续聊了其他事情，罗斯耐心地坐着，直到她母亲认为该上楼去看看她父亲躺着的地方。

罗斯永远也不知道她父亲打算给她什么生日礼物，也不知道他打算给吉米什么。过去有几次——总之，是有过一两次——他曾给他想要买的东西下定金，然后商店的人就会把玩具或娃娃之类的礼物放起来，直到他有钱支付全额。罗斯无法相信他没有为她在某个地方给某样东西下定金；他没有给吉米的礼物下定金，这是可能的，因为那会是一样小东西，但给她的东西应该是下了定金的。于是她几进几出格林小姐的商店，几进几出欧马利的商店，徘徊一会儿，环顾四周，希望柜台后有哪个人会对她说她的父亲为她给某样东西下了定金，他们把它放在那里，为她存着，但始终没人跟她说任何关于一笔定金的事情，她也不敢问。

不过，没拿到礼物，没过成生日，乃至没有了父亲，这些都不是最让她痛苦的事情，最让她痛苦的是意识到，他死亡的那刻和标志她生日的那刻，这两者间的那段时光是再也找不回来了，她是唯一明白这点的人。一大段时间被折断，坠落，或许它还带着他身边的其他人一同下坠，如果它带着其他人的话，她也不认识他们。可怕的是，除了她自己，似乎没人注意到，一段时间，一个片断，从他们生命中剥离而去，其间没有发生任何事情——分秒之类的概念也失去了意义。正是在那段不规则的时间里，罗斯全神贯注，试图猜测它的形状（它不完全像一个白天，也不完全像一个夜晚），试图想象究竟是什么造成它悄悄地逝去，它本可以令人印象深刻的，直到她和她的父亲安全地迎来她生日的那天。她对意外之力的认知，她本能的困扰忧虑，以及她想确保他有东西吃的念头，驱使她今天早晨施计让休伯特下楼，当时她非常清楚他正在自得其乐地生闷气。

她正好赶上弥撒。走进教堂时，她身体挺得笔直，脸上表情不自然，几乎带点轻蔑，就像是一个人目前尚未发现什么可批评的人事，但她担心自己随时可能会碰上地位在她之下，却试图跟她套近乎的人。

休伯特知道这个表情。她只在外面时摆出这副表情。休伯特不喜欢他一天的程序被打乱。他不喜欢他的早餐一片混乱，也不喜欢工作日的大清早看到他的妻子戴着帽子和手套、手里拿着鼓鼓的大祈祷书在家里跑来跑去，但最不喜欢的是看到她出门去面对外界，摆出那张她秀给外界看的脸，一张她想象能给人留有深刻印象的脸——仿佛有人会注意到她似的。她的做作，刻意装成某种人的可怜姿态，让他恼火到在极少数情况下——他们一起出去的时候——不过，如今极少出现这种情况——几乎无法忍受看到她。他们在都柏林住了三十多年，她依然是那个来自朴素乡村小镇的朴素女孩，那很好，就其本身来看，要是她能对此感到满意的话，但一踏出家门，她就开始对自己想入非非，仿佛通过想象和装腔作势，她就能让大家误以为她是一种她本身并不是的女人。而且，她以为她能让大家误以为她是的那种女人，从来就没有在任何地点、任何时间存在过，除了在她的脑子里。

休伯特认为思考那一切，是开始一天的极坏方式。不过，一旦开始想那些事，他就一路继续想下去，结果是他上班比往常迟到了七分钟，情绪糟糕，但他依然比其他多数人到得早。他没有跟任何人提及今天他乱了套的早晨。他不喜欢倾吐秘密，也不喜欢获悉它们，他不喜欢被问问题，也几乎从来不问任何人问题。他的部门，员工都是男的，位于商店宽大主楼层的后部，在一道铺着地毯的开阔楼梯后面，这道楼梯通往上面的二楼。主楼层的天花板有超过两层楼那么高，一个阳台绕男士服装部的墙壁而建，为商店提供了额外的空间，可用来存贮货品，以及进行制作查阅样本簿和核对订单之类的工作。今天休伯特将在阳台上工作，他要开始核对样本簿里的样品和他们库存面料的数量。男装部跟神父打交道很多，休伯特安排这天他想完成的工作时，他把神父的服饰样品都远远地摆在一边，这样他可能明天甚至后天才会核对到它们。休伯特唯一的儿子，他唯一的孩子，是一位神父，休伯特不喜欢想起约翰现在是约翰·德顿神父这一事实。

约翰加入神职时，他很失望，但老实说，同时他也感觉解除了负担。约翰是个差劲的家伙，优柔寡断，懦弱胆怯，没有任何天资，也没有任何爱好，休伯特从来就不能想象约翰在为他自己谋生和过日子方面，会做什么或能做什么。对这种人而言，成为神父是再好不过的答案了。他会被培养，总是被告知什么能做，什么不能做。他将一生平安。最终，随着他年纪增长，他身穿黑色的神父服，大概能在言谈举止中透出跟他们中的任何人一样多的权威。发生在约翰身上的事情，他的命运，全得怪罗斯。她毁掉了儿子。他一生下来，她就一直把他圈在自己的身边，结果却毁掉了他。发生在约翰身上的事情令人惋惜。休伯特不喜欢想起约翰。上次他来探望他们时，显得非常憔悴且迷茫，一派拘谨的新风貌，戴着前后倒置的神职衣领，对于他自己的一举一动和所说的每句话都很小心翼翼。那天约翰显得非常不安，仿佛是想努力为他自己树立一个好榜样，他看看自己，又看看他的父母，仿佛是希望他们告诉他一切都没错。

对休伯特而言，开始得很糟糕的那天早晨，进展得也很糟糕。罗斯为他准备好的那两只煮鸡蛋，起初他想把它们留在原地作为对她的惩罚，但最后一刻他又匆忙吞下它们，现在它们冷冷地堵在他的胃里。到了中午，他什么都不想吃，决定去散步，或许喝杯牛奶什么的。

这是晴朗微凉的一天，但早上下过雨，休伯特离开商店时穿着雨衣。

他是一个相貌端正的平凡男人，不是很高。脸庞苍白瘦削，有一双蓝眼睛。他表情像一个朋友般友善，但这是一个不会做出任何承诺的朋友。他走路的风格就跟他的工作风格一样，有条不紊，他慢慢地沿着拥挤狭窄的格雷夫顿街前行，不时侧步回避婴儿车，他目视前方，一眼都没有看任何商店橱窗。格雷夫顿街一片混乱，他心想，当他走到更开阔、更畅通无阻、更安静的圣斯蒂芬绿地时，他很高兴。隔着一片草地，他所站角落的斜对面，一道高耸的公园门，敞开着。

距他上次来这个公园已经过了多年，许多年，但他和罗斯刚来都柏林时，这是他们最喜欢的地方，所有地方中最喜欢的一个。他们总是在周日下午去那里——在那儿消磨他们的全部时光。那时，他们从不介意下雨，从不介意任何事情；他们风雨无阻地在公园里漫步。那时罗斯有一顶帽子，一顶带帽檐的小帽子，很像她今天早晨戴的那顶。她钟爱这个公园。她总是想来这儿。她常喜欢去喂鸭子，美丽的鲜花，设计巧妙的花坛，小道两边方便让人休息的长凳和椅子，精心打理的绿草、沿边花坛和灌木丛，这些东西从未让她停止惊叹。最初的那几周——乃至几个月里——在他们找到买得起的房子并搬到雷纳拉之前——她总是在公园里。

最初的那几周里，他们住在萨默维尔街上的一栋房子里，这栋房子顶楼的两个小房间里——要爬好久的楼梯才能到——罗斯非常喜爱那两个房间。他们离开萨默维尔街的那天，罗斯哭了。他们要搬去他们自己的地方，她唯一能做的却是哭。当他问她怎么回事时，她唯一肯说的是："没事。我控制不住。我控制不住。"

她似乎对房子很喜欢、很满意，所以他无法理解是什么突然让她情绪失控。他自己也一直在担心，担心钱，担心他们会开销太大，她的眼泪让他焦躁不安。

接着是他们在房子里度过的第一个周日，他们正在吃午饭，她突然低头用手捂着脸，又开始哭。"哦，我希望我们还是呆在原来的地方。那儿是多么好。我希望我们能呆在那儿。"

他发脾气了。他对她说，他们自从结婚以来发生的事情都是错误，或许一切都是一个错误，最大的错误就是结婚，她说她希望他们还是呆在原来的地方是什么意思，她脑子里在想什么，她现在的境况比她过去的任何日子都要好。

他们在房子里度过的第一个周日，是悲惨的一天。这个地方看起来是如此冰冷，空无一物，让人无所适从，即使在他们摆放好了卧室家具后，当时他们拥有的其他家具是——一套起居室家具中的一部分，以及厨房里的黄色桌椅。放好家具后，这个地方依然看上去家徒四壁，就连他都觉得它离圣斯蒂芬绿地远得让人不悦。他又开始怀疑他们是不是可能超越他们的能力贸然行事了，但他发火后恢复了平静，吃完午饭，他提议他们乘有轨电车进城，去圣斯蒂芬绿地，像他们以前常做的那样在公园里走走。但这根本就不是一码事，必须坐有轨电车来回——就好像他们如今在原本属于他们的地方成了游客。

但休伯特记得那不快乐的一天，最糟糕的事情是当他对罗斯说话很凶时，她脸上所呈现出的恐惧。他被她脸上恐惧且受伤的表情惊到了。他只是在自然的恼火和焦躁中指责了她——他正是这么跟他自己说的——但对她造成的影响却是她被摧毁了。根本不算什么，她却被击垮了。她面前的盘子装得满满的，她却只吃了一点点，她始终低着头，像是一个受罚的孩子或是一只受罚的鬼鬼祟祟的狗。然后他留她一人洗餐具，当他恢复平静下楼回到厨房，想提议一起去公园时，却发现她站在水池边吃她盘子里剩下的食物，当他出现在厨房门口时，她惊恐地转身试图隐藏盘子，隐藏她在吃东西这点，于是他转身重新走上楼梯，假装什么都没看见。

他从来都无法理解她——她的遮遮掩掩，她的偷偷摸摸，他一进屋，她就停止正在做的事情，跑去做另一件事的做法，仿佛她原本是在做禁止她做的事情。她怕他，而且她从未尝试控制这种恐惧，无论他对她说什么。他唯一对她说的是，她应该试着放轻松，以轻松的态度对待生活——就是诸如此类的话，设法让她安心。但她怕他，那就是全部的困难，那就是每一次都击败他的事情，那就是为什么他逐渐或者说最终——他说不清楚这是如何发生的——放弃一切努力，不再企图跟她和睦的原因。

任何看到他们在一起的人都能看出来她怕他——或者说，休伯特认为他有理由相信任何看到他们在一起的人都能看出她的恐惧——这不公平，因为他不是那种别人需要害怕的人。她有时表现得像是一个被困住的人，被困在一个她不想呆的地方，跟一个她怕得要死，也不希望她呆在那里的男人困在一起。有时她的面部表情不是一个正常人的表情。一段时间后，他彻底不再思考这些——不去想她的恐惧，也不去想她究竟是怎么回事。

孩子出生时，她开心了许多，也似乎没那么焦虑了，但接着她的注意力就完全集中在孩子的身上。约翰还没大到可以走路时，她就变得很依赖他，这是非常不健康且错误的做法。然后她让约翰也害怕他。他会听到他俩在喊喊喳喳地聊天，但当他开门走进他们所在的屋子里时，他俩就会瞬间收声。他会捕捉到他俩交换将他排除在外的眼神。当她想责备小孩时，她会习惯性地说"你爸爸不喜欢那样，约翰"，或是"你父亲不会容忍你那样的，约翰"。仿佛他，休伯特，沉默的父亲，一个从来没对孩子说过任何一句重话的人，一个除了"早上好""晚安"和"圣诞快乐"，从来没机会说其他话的人——仿佛唯独他是那个不喜欢孩子当下所作所为的人。

　　休伯特的一个想法是，她非常明白这点——她怕他，而他则总是怕他会伤害她的感情——给予她的力量，但他从来没有咄咄逼人地去诘问她这点，没有诘问她这点所给予她的力量，也没有诘问她他的另一个怀疑，即她是否有点喜欢刺激他。他从来没办法让他自己说出："你怕我。我不知道你为什么怕我。我认为你应该努力克服这点。这对我，对你自己，对孩子都不公平。而且我认为你从害怕我中得到了某种满足。我认为你非常清楚你在做什么——让孩子站在你这边，虽然根本没有人需要站队支持谁。我不喜欢这些把戏。我一点儿也不喜欢它们。我希望你能下定决心停止所有这些胡闹。我希望你会停止。每次我一走进房间，你就畏缩地跑出去，所以这些都必须停止。必须停止。必须停止。"

　　但当他的思绪到达那一点时，休伯特不得不先让他自己停下来，因为他会开始感觉他对她的愤怒正在失控。愤怒是可怕的，因为似乎没有办法化解它。愤怒让人推倒高墙，让人踢翻高耸的贵重物品，让它们轰然倒下，摔得粉碎。他真正想要击碎的东西，他够不到，甚至都不知道那是什么，但想到他够不到的那些东西，想到如果他能够到它们的话，就能击碎它们，他感觉好点了。但没有办法去跟她说。她会把任何一句话当成指责，当他试图跟她谈话，跟她讲讲道理时，结局总是他为自己感到羞愧，厌恶他自己，也厌恶她。但他已经很久没去努力探究她是怎么回事，或她为什么不开心了。顺从、屈服和柔和，让她在每一次都智胜他。她对他让步。她在每件事上都对他让步。她让步的能力似乎没有止境，他认为在她的字典里没有"如果"和"但是"——她会一直让步下去，完全不会维护她自己。她身上有种他无法对抗的东西，抑或她身上有种他无法感知的东西，他不知道它是什么，也不知道是什么出了错。

她的眼睛，出卖了她，或者没有出卖她——无论你怎么看。她的眼睛像她的父亲，有着她父亲的特征。她的母亲是那么跟他说的。他第一次见到罗斯时，她在小店的柜台后面，小店是她母亲用她家房子原来前部的起居室改建的。你从门厅的门走进去，然后右转，就到了小店里。当时罗斯二十岁，头发是非常浅的明亮棕色。那天他注意到了她的头发，因为她正低头看着她正在用钩针编织的一小块东西，阳光透过她身后的一扇方形窗户直接照在她的头发上。她的头发在脑袋后面绑成一个髻，这个发型对她而言太老气了，让她显得平凡、文静。她的腿上摊着一片布，一块大手帕或是一个枕套之类的东西，当她看到他时，她把钩针丢进布里，把布折起来，折成一个小包，然后站起来，冲他微笑，前后一气呵成。她似乎是很高兴见到他。他觉得她是一个漂亮的姑娘，表情坦率，像一个孩子。搭配这种坦率的表情和顺从的天性，她本该有一双蓝眼睛，清澈的蓝眼睛，但她的眼睛却是绿色的，海藻的颜色，一种深绿色，色泽不暗，却很朦胧。

他叫她拿一小包香烟。她把手伸向她旁边的架子，取下它，把它放在柜台上，然后又立刻把它拿起来，打开包装，数里面的香烟。她默默地数，接着她说"六"，并把打开的包装给他看。

"通常就是这个数字，难道不是吗？"他说。

"我必须数它们，"她抱歉地说，"否则我的母亲会吃了我。前几天一个男人来这里，买了一包那样的香烟，下一刻等我反应过来，他回来抱怨说包装里只有三四根香烟。我不知道该怎么办。于是我又给了他一包香烟，当我告诉我的母亲时，她很生气，她说他娶了我。所以我现在必须数它们。"

休伯特朝她笑笑，他想有人利用她，这不足为奇。他走在街上，边走边想着她时，听到身后她在叫他（"等一下，等一下"），他转过身，她已经从后面追上了他。

"我只是想告诉你，我必须为每个人打开香烟包装，"她说，"不单单是为你。"

"我明白这点，"他说，"你告知了我这点。"

"我怕我伤害了你的感情。"她说。

"哦，没有，没有。伤害我的感情没有那么容易。"他说，他认为她似乎太容易激动。他不喜欢她像这样在街上追他，引发别人注意到他。

罗斯跟她的母亲和她的弟弟吉米，在跟小店隔着走廊的房间里度过他们的夜晚——那是他们宽敞黑暗的厨房，它看上去仿佛全是门，只有一扇窗户对着外面带高围墙的小院子。罗斯坐在房间中间桌子边的一把直靠背椅上，吉米懒洋洋地坐在窗户下面的一张木头长凳上。当时吉米十五岁，是一个安静的男孩，每次你看他，他都会对你微笑。跟罗斯一样，吉米也时时刻刻地观察着他的母亲。罗斯过去常像一个乖孩子那样坐在那个厨房里，几乎不说话。那个夜晚，他们决定结婚，他正坐在桌子边罗斯的对面，即使这时罗斯也几乎不说话，但她望着他。即使当她假装低头盯着桌子时，他知道她还是在看他。

罗斯的母亲是一个知道自己是什么人的女人。她知道对错的区别，也会直抒己见。她不会接受任何人的胡说八道，他们全都在场的那个夜晚，她对他说："我希望你知道你在做什么，休伯特。结婚，不是开玩笑。不仅仅是给一个女孩的手指戴上戒指的事情。人们说一个年轻的姑娘可能会糟蹋掉她的机会，但一个年轻的男人也同样可能轻易地糟蹋掉他的机会。我不知道你和罗斯是否互相足够了解。你要考虑一下，你和罗斯两人都要考虑一下。你要等一下，而不是不假思索地冲进去。你不能对此匆忙行事。你要给你自己时间，万一你想改变主意。现在改变也比为时已晚要好。罗斯是反复无常的。她的想法每分钟都在变。她从来不知道从这一刻到下一刻她会怎么想。她的想法取决于谁在跟她说话。她只是一个孩子。在你迈出一大步前，你要确定你都想清楚了。此刻，我知道你在想什么，罗斯。你认为我严酷无情。我一点也不是严酷无情。但我了解你。你是一个年轻人，休伯特，没人给你建议，我比你年纪大、比你经验多，即使罗斯是我的女儿，我也希望你知道我是真心为你好，就像我是真心为她好一样。而且她是易变不定的。她没办法控制。这是她的天性。我认为你应该对此考虑一会儿。"

"哦，妈妈，别这样跟他讲话，"罗斯喊道，"这不公平。你会给他一个对我的坏印象。这一点也不公平。"

"我不想听你的任何顶嘴，罗斯，"她的母亲说，"那么现在，为了证明我是对的，我将给休伯特举例说明我的意思。"

"噢，好吧，那么，我也没啥可做的。"罗斯轻轻地说。

"我的意思是这样的，"她的母亲继续说道，"我来告诉你吧，休伯特，为了让你明白，为了不让别人在背后笑话你。你知道那边帕特里克街上儿童学校旁边的小道吗？好吧，你大概不知道，你不是本地人，但它就在那儿，小道的尽头除了一个废弃马棚和它的一道破门，什么都没有。那道门是大约一年前坏掉的，因为某天晚上几个年轻的小流氓进到那里面，没人知道是因为什么，也没人喜欢思考那是为什么，他们从未被找到，尽管我们都大概猜得到他们是谁。没有哪个正经姑娘会独自走在那条小道上，晚上没有哪个姑娘会跟任何人走在那里，如果她对自己还有一点尊重的话，但去年六月十日，当我背过身时，罗斯却从这里逃跑出去，晚上在那个马棚里等了两个小时，从八点半一直等到将近十一点，等街上的一个年轻男人，一个年轻男人，一个年轻的流氓，连给罗斯擦鞋都不配，或者说是不配给她擦鞋，直到她让他在她身上擦鞋。"

"哦，妈妈！"罗斯喊道。

"那正是他干的事，"她的母亲说，"而且她去那里，并在那里等待的原因是这样的。他进到店里，告诉她说他跟他的几个密友打赌她会去那里跟他会面，他告诉她说如果她不去跟他会面，他会输掉那周的薪水，并变成大家的笑柄。那么，当然了，她没有多想，也没有问我，就穿着她最好的鞋子跑出去，在那里站了两个小时。站在那里。等他。这世上的任何其他女孩都会知道该做什么，但这个心软的可怜虫却不知道。于是他打赌赢了，她却永远也无法摆脱羞耻。他们笑她笑得要死。我也永远无法摆脱羞耻，可怜的吉米在学校被大家嘲笑得伤心透顶。那正是她做的事情。她那么做是出于心软，我知道的，我知道她没有坏心，但一个姑娘不该如此心软，如此草率，不该对她自己和她的家庭那么不尊重。我想要告诉你这件事。我从来没打算让她瞒着你。"

"你没必要告诉他这些，妈妈。"罗斯说。她低着头，默默地哭泣，他想要伸手到桌子对面，握住她的手，但他怕她的母亲可能会认为他已经对触摸罗斯的手熟门熟路了。他怕她的母亲。

"我很有必要告诉他这些，罗斯，"她的母亲说，"而且你没必要像那样哭。你不是一个小孩了。你在谈论结婚，那你就得证明你已足够明白事理，有可以结婚的头脑。所以这就是为什么我说你们应该仔细考虑，你俩都该这么做，在你们作出承诺前，考虑久一些。深思熟虑一段时间。一个月，或是一个星期，也许。如果你离开这里一周左右，也许是一件好事，休伯特，考虑考虑。那么罗斯也可以考虑一下。"

"我一周后会回到都柏林。"休伯特说。

罗斯转身，注视着他，他也注视着桌子对面的她。他知道她想要他说他主意已定，永远也不会改变。她的眼神羞怯且害怕，但它们确定地与他的眼睛对视，她看起来像是要微笑。她确定他会对她的母亲说，他主意已定，那个戏弄她的家伙该被踢一脚，他对自己想做的事情确定无疑，以及他们一有机会就会一起去神父那里安排尽快结婚的事宜。他不可能一直从都柏林来这里。而且他想要她，但罗斯没指望他会大声宣布这些。

可休伯特却在想，她注定是他的人了。她会跟他一起走出她母亲的家，抑或她会呆在这里，等他。她会做任何他说的事情。无论他说什么做什么，她都不会对他抱怨或不赞同他。而且还有时间。而且他想要她的母亲视他为一个负责任的男人，一个思维行事理智的男人，而不是一个心血来潮的冲动之徒。他将目光从罗斯身上移开，看向她的母亲。

"二十四小时，"他说，"要是我明晚不回来，我就不会回来了。今晚我会仔细考虑的。"

然后他看看罗斯，同谋般地露齿一笑，但她的面容却不一样了。它被震惊的情绪破坏而显得模糊不清，她看上去愚蠢且无情。她快速看了一眼她的母亲，后者以从容得胜的目光凝视着她。

"那就这样吧，"她的母亲说，"这点时间不够长，但我能看出来你知道你在做什么。她跑出去的那晚，我发狂一般，想知道她怎么会变成这样，她回来后，我听到她做了什么时，我训斥她。我准备杀了她。最后我问，她有什么可以为她自己辩护的借口吗。'但是，妈，'她说，'如果我不去，他们全都会笑话他的。'你这辈子听说过那样的话吗？他们全都会嘲笑他的，当然了，她不能容忍这种事发生，哦，不，他们一定不能嘲笑他，尽管除了打招呼，她几乎就不认识那个人，于是为了保全他的脸面，她必须去并把她自己置于比被嘲笑更糟糕的境地——被嘲笑，还要被议论。我不知道关于她，还有什么是大家没说的。接下来的周日，我不得不强迫她出门去参加弥撒，再接下来的周日也是如此。但她不想让他被嘲笑。所以她觉得这个理由足以解释她的所做所为。"

圣斯蒂芬绿地公园被围在高高的铁栏杆后面，它的四周环绕着四条宽阔繁忙的街道。德顿先生沿街道离公园较远的那边走，走过绿地的西面，然后又沿着绿地的南面前行，走过有着雄伟正面的城市房屋，罗斯第一次见到它们时对它们印象深刻。此时他走在公园的东面，走过圣文森特医院和学院，他发现自己站在了萨默维尔街的街角上。他在街角驻足，凝视着狭窄的灰色街道，街道的尽头是封闭的，立着三栋房子。他和罗斯最初就是把家建在他所站这边房子中的一栋里。他不记得房子的门牌号码了，也不想走过去看看当他走近时，他是否能记起是哪栋房子，但他知道它是靠近这排房子尽头的一栋。

他的一个朋友，当时他的一个好朋友，帮他找的房子。弗兰克·格尼，一个非常好心的男人。他和弗兰克本是密友，但弗兰克去英国碰运气了。休伯特好奇弗兰克有没有回国过。他离开后，除了最初几周寄来过几张明信片，就再也没有消息了。弗兰克是一个好朋友。休伯特和罗斯抵达韦斯特兰德街^①火车站后，弗兰克在车站与他们碰面，然后他们三人一起走回到萨默维尔街，休伯特和弗兰克提着行李，罗斯只拎着一个装满食品的篮子——茶叶，糖，诸如此类的东西——都是她的母亲在他们离开前的最后一刻去店里拿的。篮子里甚至还有一瓶牛奶，因为她的母亲说都柏林没有那么好的牛奶。罗斯本不想带那篮食品。她觉得拎着它很尴尬，于是在火车上她把自己的外套盖在上面，遮住装满了小盒小包的篮子，但当他们离开韦斯特兰德街，沿着路往前走时，她自在地拎着篮子，微笑着走在休伯特和弗兰克之间。弗兰克抱怨说休伯特一定是娶了一位女继承人，因为他要提的东西实在是太多了。那晚弗兰克很搞笑。他说他提的箱子一定是装满了装饰品，因为它重得要命。

"瓷器装饰品，"弗兰克大声说，"瓷猫咪，瓷狗狗，还有巨大的瓷马。你要那么多装饰品干什么，罗斯？嗯？难道有休伯特做你的装饰品还不够吗？不过，你可千万不要把他错摆在壁炉架上。"

罗斯笑弯了腰。然后当他们走在萨默维尔街上时，罗斯说："我们会住在哪一栋房子里？"弗兰克挥舞他提着的某个包裹，胡闹中差点把所有的东西都掉在地上，他说："最好的房子。"他们

---

① 韦斯特兰德街（Westland Row）是都柏林市南边的一条街道，位于都柏林圣三一学院校园的东面，其历史可以追溯到 1776 年，名字来源于十八世纪拥有这条街的业主威廉·韦斯特兰德（William Westland）。

走到房子跟前，面对他们的是房前的石头台阶和一扇墨绿色的门，坑坑洼洼的门上有许多划痕，门上的扇形窗还有一道裂缝，弗兰克把他提的所有东西放在地上，伸懒腰放松了一下，才开始爬上长长的台阶。

弗兰克看了一眼罗斯，说："她就是微笑，微笑，再微笑。"罗斯显然是渴望走进房子里，径直去看看房间，但她顺从开心地站着，任由他俩看着她。

"她就是微笑，微笑，再微笑。"弗兰克大喊道，接着他对休伯特说："她从来就不会停止微笑吗？"休伯特说："从不。"

如今，休伯特站在萨默维尔街的街角，望着这排房子的正面，试图记起哪栋房子是他和罗斯住过的时，他看到了那天晚上他们三人站在那里的画面，但浮现在他脑子里的词语却是痛苦。痛苦痛苦痛苦占据了他的脑海，他望着三个人影站在几栋房子之外、跟他已经隔了三十多年的地方，他望着他们，直到眼花目眩，泪水充满了他的眼眶。他迅速转身离开萨默维尔街，继续朝谢尔伯恩酒店的方向走去。你回忆了令人不舒服的事情，他想；我已经很久没在这附近散步了。回忆那些事情没有任何益处，他想，但与此同时他在想，回忆它们也没有任何害处。那晚他们很幸福，罗斯和他自己，还有弗兰克。他们站在天恩之中。然后弗兰克振奋精神，拎起他的装饰品，他们三人一起迈步走进房子里，情绪高昂地走上楼梯。

今天，罗斯跟那晚她母亲的年龄一样。休伯特扫了一眼对面的公园，然后又迅速好奇地再扫了一眼。距他上次去那里已经过了多少年？十年，还是更久？他不记得了。他还是穿过马路，去里面逛一下吧，看看那里是否有变化。他散步散得很开心。锻炼对他有好处，但他希望他的一只手里能拿着一份报纸。两手空空，总是显得很碍事。他的双手插在口袋里。他应该拿一根手杖的，如果他要像这样开始走很多路的话。你走路的时候，有手杖会看起来很自然。一根手杖，或一份报纸。除此之外的任何东西都是累赘。

约翰走了，离家之后，罗斯陷入极度绝望之中，一天晚上他买了一株风信子带回家给她，试图分散一下她的注意力，他两手捧着这株植物，走出商店，走在街上时，他感觉自己这辈子都没有如此傻如此显眼过。商店里的人用粉色的彩纸把它包起来，并把纸折成一个高高的圆锥体，让它看上去比原有体积大了许多，还显得过于喜庆。他尝试用一只手拿它，但它没办法保持平衡。他选了一株完全盛开的蓝色风信子，这让他颇为焦虑，唯恐碰伤或弄坏它。他在电车上度过了尴尬的一程，因为他双手捧着植物，但不幸的是，跟所有的夜晚一样，那晚他也不得不一路站回家。他到家时，几乎都生气了。他走进房子时，拆掉了粉色彩纸，把它放在餐厅桌子的正中间，这样当她来门口叫他吃晚饭时，就能一眼看到它。她走进来，他假装没有看见任何不寻常的东西，然后她说："到底是什么？"她从桌上捧起风信子，用一只胳膊抱住它，另一只手拍拍桌上那块潮湿的地方，先前潮湿的植物就光秃秃的放在那里，底下没有垫盆。"噢，休伯特，"她说，"一株漂亮的风信子。那是一种漂亮的蓝色，难道不是吗？但需要给它浇水。我会把它移到一只大一点的花盆里。我在外面的棚子里有一只大花盆，就是可怜的玫瑰天竺葵死在里面的那个盆。吃好晚饭，我会把它拿出来。我得给它找一个好地方，一个它能完全晒到太阳的地方。"她说话的时候，尽管那时在她脸上全面安营扎寨的悲伤还在，一丝微笑浮现在她的唇边，那是一个隐约的、非公开的、遮掩的、些许满意的微笑，你差不多可以说，它几乎透着胜利的意味，她就这么谈论着风信子以及她要为它做什么。结果，当然，她又重新滑入了对约翰缺席他们生活的永恒关注。事实是，他去服务她效忠的那个教会了，但这个教会却根本没有让她的感受有所不同，也没有给予她安慰。

休伯特好奇那盆蓝色的风信子变成什么样了，是长得很茂盛，还是在她移入的盆内枯萎了，如果她后来把它移到了花园里的话，抑或其他。他见过风信子长在露天，这点他很确定。也许现在那盆风信子长在她的前院里，或是长在后院里一个阳光充裕的地方。如果它还在，它是否长得更大了，是否会每年开花，还是什么？今晚他会问她风信子的事情，只是出于好奇。

对于一个成长在镇上的女孩而言，罗斯对园艺特别感兴趣，很喜欢花。她的两个花园，房子前面的小花园和房子后面较大的那个，总是很漂亮。就连冬天，她也设法让外面长着一些会吸引你注意的东西。就连冬天，花坛也总是一派井井有条，看上去仿佛是根据它们的设计图案长的，专门为这些花坛所做的设计，别的花园里的花坛从来都找不见的。罗斯对圣斯蒂芬绿地里的花园很是痴狂。她说她从未想象过任何可以与那个公园相提并论的东西。他记得她穿着一条海军蓝色的裙子、一件白色长袖上衣、没穿外套走在公园里。那天一定是非常暖和。那条海军蓝色的裙子有一件与之相配的外套。她把这套衣服叫做套装，它们是她结婚时穿的衣服。

那天下午，公园里满是母亲、保姆和小孩。女人们坐在小道两边的长凳上，互相聊天，看着她们的小孩——欣赏他们，责骂他们，叫他们过来。孩子们满世界跑来跑去。他和罗斯信步前行。他们还没习惯呆在一起。

罗斯说："我正在想，结婚真好。"

休伯特看着她，但她没有看他。

她说："我不明白一个结了婚的人怎么可能犯下罪过。我不知道什么样的罪过是一个结了婚的人能犯的。要是这一刻我得去忏悔的话，我想不出任何一件可以跟神父说的事情。不再有什么事是罪过。这很奇怪，不是吗？"

休伯特的眼睛盯着小路看。小男孩和小女孩在小路上和长凳周围互相追逐，他们的腿在他的视野中冲进冲出。他避让，以免撞倒一个穿着白裙子和白靴子的小女孩，女孩独自一人跌跌撞撞地慢慢走在小路上，张开胳膊拥抱着她面前的空气以保持站立时的身体平衡。罗斯走在休伯特的旁边，当他迈步到边上躲避小孩时，他看到她的裙子随她的步子而飘动。在阳光里，在海军蓝色的裙子下，她苗条的臀部显得陌生且风韵别具，她是他的，如果在那一刻有人告诉休伯特特洛伊的海伦回到这世上了，她现在叫罗斯，他也不会否认。在他的身后，一个女人惊呼："回这儿来，帕迪·梅纳，否则我拧断你的脖子！"休伯特想到罗斯和未来，他的想法很纯真，他想到必须赚足够的钱，这样他们活着的时候，就能始终保持自尊，从来不必为任何事对任何人感恩戴德。

休伯特快走到格雷夫顿街的街角了，这是他开始绕着广场散步的起点，他想如果有时间，他可能会跑去对面的公园里，看看那儿有没有什么变化。这么多年，他都没进去过。他好奇，为什么约翰小时候，他从来没有带约翰去公园。或许罗斯带约翰去过那里。他们在市里购物时，她可能带他去过。假如约翰从来没在那儿玩过，那真是不像话，但他几乎肯定约翰从未去过那里。假如约翰从未被带去公园玩过，那休伯特也不想知道。现在他感到抱歉的是，他刻意记住了距他上次来公园到底已经过了多少年。距他上次去那里已经过了三十三年。自从他和罗斯最后一次周日来公园后，他就再也没来过，那个周日是他们在那所房子里度过的第一个周日。一个人能在都柏林呆三十年，却一次也没进出过圣斯蒂芬绿地公园，这似乎是不可能的，但他是一个遵循习惯的人，他下班后总是直接回家。三十三年前。当时他二十八岁。他决定立刻穿过马路，从下一个入口进入公园。

他在马路牙子上停住，上下打量街道，接着他看见远处在广场的尽头，一支出殡的队伍正沿着他这边的马路朝他走来。两匹脑袋上戴着黑色羽毛装饰的黑马拉着灵车，他感觉它后面的黑色送殡车队会很长。休伯特喜欢遵循习俗，跟着出殡队伍走几步，向死者致敬，即使这意味着转身往回走几步。他有足够的时间赶在出殡队伍经过他之前，穿过马路去公园，但他不介意等一下。他想要看出殡队伍经过，然后一旦有机会，他就会查阅报纸，猜测这是谁的出殡队伍。出殡队伍离他还很远，于是他开始无聊地朝它走去。他丈量着自己跟灵车之间的距离，试着猜他们会在哪个点并驾齐驱，与此同时，他不用看就知道一个女人正背对街道一动不动地站在排水沟里。她在那里乞讨。他不用看她就知道。他这辈子始终拒绝给乞丐钱。他厌恶并鄙视他们。他走过她。棺材上盖着精美的花环，四周堆满了鲜花，犹如一个复活节圣坛。这具棺材，彰显了财富和美丽所能带来的回报，以及仪式和秩序所能带来的满足，即便放到现在也是如此。休伯特转身去跟它一起前行，他一边转身一边欣赏着它。他走了一步，两步，三步，四步，又走了五步，六步。六步足够了，他已经把目光从棺材上移开，刚想小心地瞥一眼第一辆车里的送葬者，却发现他的致敬举动让他几乎与乞讨的女人面对面了，她正注视着他，并把手从她的披肩下伸出来，准备接受任何他对她的施舍。她的披肩紧紧地裹住她的肩膀和她抱着的孩子，孩子的脑袋贴着她的肩膀，刚好露出来一点，原本托住孩子后背下部的手现在伸向他，不是请求而是期待地等着，但她的手肘依然紧紧夹着孩子，保证孩子的安全。她以为他是已经从她身边经过，可接着又改变主意，转身朝她走回来。

他转身背对她，迅速从她身边走开，但在此之前他看到她的手僵住了片刻，接着抽回来抱紧小孩，他看到她脸上期待的表情变成了一种仇恨，这种仇恨是如此绝望，仿佛她的脸受到了重创。她认为他是故意这么做的。她认为他是故意转身走回来，只为让她失望。但她一定知道出殡队伍正在经过。她根本就没看过一眼出殡队伍。她一直在看他，一直在想她会得到什么。她认为他会做那样的事情。她认为他是会做那样的事情的男人。他想他会再度转身，这一次会迅速给她一点东西，但羞愧感让他不断往前走，他越走越快地远离她。一个路过的女人瞥了他一眼，他意识到原来他一直在边走边咕哝边揉眼睛，他一直在说："我不会做那样的事情。我不会做那样的事情。"所有的送葬者肯定都看到他一边快速走一边像疯子一般挤眉弄眼了。他希望他给了那个女人一点东西；给她一点东西本是一件挺简单的事情。她没必要乞讨，有很多她可以去的地方，她会在那些地方得到帮助，但她照样可怜地站在那儿，她没有对他说任何话，她也没有在他背后骂他，许多人在她的处境下是会骂人的。但她怎么能认为他是那种会玩那样的把戏的人呢？他本该向她解释说，他是在看出殡队伍，但她大概依然不会明白为何他什么都没给她。从她身边经过，什么都没给她，可以接受，但转身回来看着她，依然什么都没给她，则是另一码事。看上去一定像是他在嘲弄她，或是想着什么更坏的事情。她怎么能这样想他呢？她抱紧小孩，仿佛孩子受到了威胁。她用两只胳膊环抱住小孩，罗斯过去也常这么抱约翰，仿佛这世上别无他物，唯有这么一个小孩。她把小孩贴在自己身上抱住的方式，是对任何靠近孩子的人的一种斥责与警告。那样的女人根本没法打交道。她们会把自己的全副身心投入到她们明知道必须放手的人与事上面。没法跟她们讲道理。这世上所有的数学家可以工作到死，但那些女人甚至都不会扭头去看发生了什么。她们不会学习任何东西，她们不会看到任何东西，她们不会关心任何东西，只要她们跟孩子在一起。假如你告诉她们说，她们无知且鲁莽，她们是在把自己置于危险之中，她们也不会听你的。对她们而言，跟那一张脸的历史、数学和建筑相比，这世上所有的历史、数学和建筑都毫无意义。你可以让你自己说话说得脸色发青，她们却只会想知道是否到了给孩子换尿布的时间。而且她们会沉默不语。你不会从她们那里得到任何直接的答案，无论你提问是为爱还是为钱。你不会从她们那里得到任何一种答案。她们不会说话，不是为了说出真相。她们身上就没有真相。你可以从她们身边走开，留她们在那儿，她们永远也不会在后面喊你或说一个字，但她们会望着你，直到你想起她们，无法忘记她们，无法忘记她们在后面盯着你看，就像此时那个女人正在后面盯着他看一样。她怎么能认为他是那种会做那样的事情的男人呢？

他转到一条小街上，走一条迂回路线回到商店，到达时，他径直去洗手洗脸。然后他回到桌边，开始尽力工作，但他感觉到处都有眼睛在审视他，就像之前她审视他一样，而且他无法停止想他自己，审视他自己，就像之前她审视他一样。杰克·明顿从工场间上来寻找一匹灰色的粗花呢，当他经过休伯特的桌子时，他停下来，看看他，问他是否还好，是否有什么心事。休伯特回答一切都好。明顿依然在桌边踌躇，低头看着他，但休伯特不愿抬头看，最后，为了让他走开，休伯特说他稍微有点心烦，但没什么值得谈论的，于是他也没有谈论它。

下午的晚些时候，罗斯从她忙了好久的花园里进来，在壁炉边她的安乐椅上坐下，从她一直放在旁边地上的旧篮子里取出一块灰色羊毛钩针编织品。这个篮子是她结婚那天从她母亲那边拿来的，它至今没坏是因为它太笨重，不适合每天去市场用，于是她用它来装她的针线活——毛线、钩针编织品和缝补的东西。她在钩一条阿富汗披肩，一块块地用钩针钩。她钩的时候，嘴唇翕动，每钩完一排针脚，她都会抬起头，仿佛她突然做出了一个之前很艰难、现在却很合意的决定。她不时审视地瞥一眼房间各处，并留意着钟。钟是桃花心木做的，它是休伯特的一位老朋友弗兰克·格尼送的结婚礼物，所以它占据了壁炉架正中的上佳位置。当她听到报童送达晚报的声响时，她起身取来报纸，又坐下，开始看报，但当她听到休伯特的钥匙插进门锁时，她迅速合上报纸，把它折好，仿佛它从未被翻开过似的。

休伯特在门厅里挂好他的雨衣和帽子，走到楼上的卧室里，脱掉外套，换上一件三粒扣的棕褐色羊毛开衫。当他下楼走进后面的起居室时，罗斯正坐在她的椅子里用钩针钩东西。

"我把报纸放在你的椅子上了。"她说。

"里面有什么可看的吗？"他问。

"没有，"她含糊地说，"哦，我不知道。或许有吧。"

他走到窗边，站在那儿望着外面她的花园。那里只有一片草，以一圈花坛为边，环绕四周的是她用常春藤和另一种长着红色尖叶子的匍匐植物装饰过的灰色水泥墙壁。只有一片草，她却在上面耗费了很大一部分生命，努力把它弄得美观，他的儿子在花园里度过了他的童年，他自己则在那儿度过了所有的夏季假日，坐在外面的一把帆布折叠躺椅上。他们从来没有去过任何地方度假，因为外出要花钱，而且无论如何他们也不喜欢全家出动让房子空着。

"我要下去烧水了。"她说。

他转身看着她。她正从椅子上起来。她从椅子上起来的动作并不优雅，但也不困难，她不需要用双手借力，而且她站起来时，身体站得很直。

"问你一件事，"他说，"你记得有一次我送给过你风信子吧。后来它怎么样了？"

"那株蓝色的风信子，"她说，"我把它放进大花盆后，它长得很好。我给你看过的。它开了很多漂亮的花。"

"那么现在它在哪里？"他问，"你把它放在外面的花园里了？"

"噢，没有。风信子不在了，休伯特。它们只有一季的寿命。你得每年买新的球茎。"

"我会再给你买一株，"他说，"我明天就给你买。我明晚带回来。"

"哦，这个季节你是根本买不到风信子的，"她说，"你只能在春天买到风信子，现在是九月份了。"

"哦，"他说，"我明白了。我一下忘了。"

"很抱歉，休伯特。"

他说："没事。"

"是什么让你想起风信子的？"她问。

"没什么。我只是碰巧想到而已。"他说。

她朝门走去。

"你能替我把火点上吗？"她问，"那么我下去了。"她迟疑了一下，仿佛他会说不似的。

"我会把火点上，"他说。"去吧，去吧，尽管去做你要做的事情吧。"

壁炉架上有一盒木制火柴，它旁边的相框里放着一张约翰被授予圣职那天拍的照片。休伯特避免看到这张照片。她对于悲伤的病态坚持让她把它放在那儿，楼上的卧室里她也用一个类似的相框摆着这张照片，但无论如何这不是一张好照片，他打算某天把它取下来并藏起来。他划亮一根火柴，俯身非常小心地点燃瓦斯壁炉，抿紧嘴唇，慢慢地扭转旋塞调节火力。然后他走到椅子边，拿起报纸，坐下。他没有翻开报纸。他静静地坐在那里，凝视温暖的火玫瑰在炉栅里灰白色的铁架子上绽放蔓延开来。他就那样坐着，直到罗斯叫他吃晚饭，然后他从椅子上站起来，扣好羊毛开衫，把它往下拉了拉，走去厨房，去和罗斯做伴。他一边走，一边又想起他们关于风信子的谈话，想到除了她声音里习惯性的歉意，当她向他解释过了春季就很难买到春季的花时，她的脸上也有点笑意时，他微笑起来。就连可怜的罗斯也无法对季节变化负责。

厨房里，晚饭被摆上桌了，罗斯正站着倒茶。他过去常试图让她把茶壶留在桌上，这样她就不用每隔五分钟站起来倒茶再坐下来，但她坚持要把茶壶留在炉灶上保温。他拉开一把黄色旧椅子，坐下来，片刻之后，她朝他走来，在他对面的椅子上坐下。饭吃到一半，他想起自己白天看到的葬礼，跟罗斯讲了讲，她起身去起居室拿来报纸，看他们是否能在报纸上查到究竟是谁的葬礼如此隆重。她在起居室里的时候，还拿了晨报和过去三天的晨报，以防他们需要更多的信息。她对休伯特看到的葬礼是谁的能猜出个大概——估计是一位姓金塞拉的食品杂货批发商，他的父亲两手空空地从科克来，创建起了一家优秀的公司——但她在确定之前，不想对休伯特大声说出死者的名字。

她起身去拿报纸，拿到报纸，查看日期以确定她没拿错，并把它们拿去厨房，整个过程中，她都在想休伯特是多么不顾及别人的感受，他提起葬礼的话题，却不记得今天是她父亲的忌日。不过她自己也好奇，她把报纸拿下去时，偷看了一眼，是约翰·帕特里克·金塞拉，休伯特看到的是他的葬礼。

罗斯留休伯特一人阅读关于金塞拉先生的生平和情况的全面报道，他之前已经看过报道了，但看得不仔细，因为它是昨天早晨的新闻，她自己则悠闲地翻看着周日的旧报纸，并发现了几则她初次阅读时错过的消息。当她跟休伯特说起这点时，他评论说她从来就没学会正确地阅读，她是一个粗心的读者，太过经常地漏读内容，阅读时没有专心致志，这是一桩憾事，因为年纪大了就不容易养成一个良好的习惯，就像坏习惯一旦养成就很难纠正一样。

一个自由的选择

罗斯站在那里等待舞曲结束，一首华尔兹。陷在没有舞伴的窘境中，让她感到局促不安。她好奇为什么休伯特·德顿没有进来找她，没有请她跳一支舞或问她是否想去餐厅找点东西吃。很多人都在餐厅里，她知道的，但她不想独自一人去那里。她宁可不受人注意地坐着，但房间的两边没有椅子，只有两头有椅子。拉姆齐夫人为舞会而清空的会客厅看上去巨大无比，从罗斯站的地方看，房间的两头遥远且水泄不通，沙发和椅子被拥挤地摆在一起，人们一起坐在那里，那些人互相很熟但不怎么认识她，而且她比他们中的任何人都要年轻，她不想让自己显得急吼吼地要凑上去。她的母亲告诫过她不要冒失。她出现在这个派对上完全是一个偶然事件。凯恩神父安排她来这儿的。这个派对是为拉姆齐的商店员工举办的，罗斯的父亲去世前在拉姆齐的店里上班。凯恩神父人非常好。他甚至为罗斯安排了搭便车，拉姆齐商店的一群女孩都乘一辆车前来，罗斯搭的就是她们的车。

罗斯觉得这个房间很漂亮。她站在蓝色丝绒的落地长窗帘前面。蓝色窗帘让她蓝色的裙子黯然失色，她的裙子也是丝绒的。罗斯感觉她自己做的裙子，尽管在家时显得很华美，却完全没办法跟华丽的窗帘相提并论，但既然她没有在跟窗帘比美，她觉得它们保护了她，它们在她身后从高窗的顶端一路垂到地面，就跟在她前面垂下来也差不多。她之前一直期待见到这个房间，它在镇上很出名，虽然没有很多人有幸参观过这栋房子并亲眼见过这个房间。她走进房间时，一眼就认出了丝绒窗帘，她立刻转身想跟休伯特·德顿说，但就在她转身的时候，她父亲的一个老朋友，洛德先生走过来请她跳舞，她感觉非常紧张，害羞地随他离去，当那支舞结束时，休伯特已经消失了，她没有机会跟他说话，告诉他她所知道的关于窗帘的事情。

她第一眼瞥到窗帘是在她穿过前门、走进会客厅外面宽敞的前厅时，当时她很震惊，仿佛是瞥见了一个很久以前的老朋友，一个她崇拜却从来都没想到会再见的老朋友。那些是她父亲跟她讲过的窗帘，他跟她讲过它们会是什么样子，它们跟他讲的一模一样。但他从未见过它们完成后的模样。在他去世前的几个月里，罗斯的生活中充满了关于丝绒的谈话，他把一片片的丝绒拿回家给她看——玫瑰色的丝绒，红色的丝绒，几种不同绿色的丝绒，一片被称为"琥珀色"，但他说是古金色的黄色丝绒，老鼠灰色的丝绒，橙色的丝绒，还有他最喜欢的蓝色丝绒，每一种颜色他都给她看过。其他许多在拉姆齐商店工作了很久的男男女女也被分配去做各种有关装饰拉姆齐夫人的房子的活儿，她给罗斯父亲的工作是寻找做窗帘的丝绒。他必须找到重量合适且颜色与墙纸搭配的丝绒，墙纸来自一家为伦敦最好的房子提供墙纸的英国公司，拉姆齐夫人告诉罗斯的父亲。他把一小片墙纸和他收集的各种丝绒样品，带回家给罗斯看，每天晚上他们一起仔细研究它们，早上他再把它们带回店里。他不能把所有的样品都带回家给罗斯看——有些样品，是意大利产的，他不敢冒把它们弄丢的风险——但不能带回家的那些，他会向她描述。他说罗斯有一种十分异乎寻常的色彩感，当他把所有的样品在厨房桌子上摊开时，她会用手指点出那些她最喜欢的颜色，而它们也总是他最喜欢的颜色，这让他感到自豪。

当时她只有九岁，现在她快满二十岁了，而她肯定，那些窗帘现在还是跟第一天挂上去时一样新。拉姆齐夫人原本有意选一种蓝红色的丝绒，但罗斯的父亲钟情于真正的蓝色，并让拉姆齐夫人同意了他的想法。他的胜利让他感到非常自豪。他和罗斯都为此欣喜。他对罗斯保证，当窗帘被挂起来时，他会设法把罗斯带进房子里看它们。他还想让罗斯看看巨大的餐厅，带有壁炉的宽敞前厅。他没去过楼上，但他告诉罗斯说他能想象上面的房间——它们一定是非常漂亮，全部家装配套齐全。

他见过一个玻璃梳妆台被运上楼——拉姆齐夫人的新梳妆台。他对罗斯说："我从来没见过那样的东西。我想她一定是去仙境找到它的。它被装在一只巨大的木箱子里，出现在房子前面的草坪上，两个把木箱子抬进来的男人开始把它从箱子里取出来。他们在箱子周围走来走去，打量它，拍拍它，然后才知道了适合开箱的地方。他们没有掀开箱子的顶板，把台子从里面抬出来，而是一次一次一点一点地把包装箱子拆离梳妆台。首先他们拆掉箱子的顶板，把它放在草地上，接着他们撬开箱子的四边，他们拆箱的方式会让你以为他们害怕它。然后台子露了出来，他们剪掉它外面的包装纸，你就可以看到它在那儿了，全是玻璃做的，在阳光的照耀下闪闪发光。通往她家前门的小径上有一道拱门，上面布满了玫瑰，梳妆台照到玫瑰，尽显它们的美丽。其实它就是一个镜子做成的梳妆台。拉姆齐夫人将能看见她自己的方方面面，但我好希望你能看到它照出的玫瑰花。它在阳光下闪光，于是所有的玫瑰花也闪闪发光。它让花园变成了一个仙境。我感觉我是在做梦。我抬起头。天空是蓝色的。那是晴朗的一天。罗斯，你本该在那里的。我站在会客厅里，窗户上没有窗帘，地上也没有铺地毯，完全是光秃秃的，但我喜欢木头在我脚下的感觉，光秃秃的木头——那栋房子里的地板很漂亮——我一边注视着窗外立在阳光下的梳妆台，一边想着你，为你许愿。我许愿……我不知道有什么愿望是我没有许下的。然后他们开始把它搬上楼梯。他们互相盯着对方的脚，他们一路上楼时，始终没有说过一个字，他们一步一步地，走得很慢。梳妆台略有倾斜，我能在上面看到我自己，各种不同的角度。新教图书馆里有一面棱镜——我会带你去那里看看它。我不会告诉你它是什么——它叫'棱镜'，'棱镜'——那么你就不会知道期盼什么，你会大吃一惊的。拉姆齐夫人的无名指上戴着一枚大钻戒。有很多流光溢彩的东西。我看着自己在梳妆台上的影像一路上楼。她家有一个极其宽敞的方形前厅，里面有许多窗户，仿佛它是一个真正的房间，我静静地站着，仿佛梳妆台像倚靠那两个搬运它的人一样倚靠着我，我开始感觉自己仿佛是站在一口井的底部，看着镜中的自己远离我自己。我站在那里，抬头看着。看到你自己抬头看着楼梯，感觉非常奇怪。我想我们在上帝眼里就是这副模样——我们想要什么时，总是抬头看着。然后他们登上楼梯平台，梳妆台从我的视野里消失了。我想我是不会再度看到它了。"

窗帘让罗斯得到慰藉，因为虽然所有这些年里她并不记得它们，她一看见它们就认出它们了。所有这些年里，它们都在这里，看上去就跟他想象的一样，跟他描述的一样。窗帘在这里，看上去像这个样子，在她没有跟她父亲来这里的那一天——在所有她没有跟她父亲来这里或去任何地方的日子里，所有随他变为永恒的每天、每周和每月里。她开始相信她在很久以前被惦记着，那个时候她以为她自己很卑微，被排除在外，被遗忘和被讥笑。所有那些都只是她的想象，比如她被遗忘之类的。她根本就没被遗忘。她感觉她像任何其他在跳舞，在熟悉的小团体里一起谈天说地的人一样，有权呆在这个房间里。即使她不在拉姆齐的商店里工作——如今他们那儿雇用的都是很有前途的女孩子，有一两个甚至是从都柏林来的——她一直被计划出现在这个房间里，她对它的了解跟其他东西一样多，老早就知道它了；在墙纸被贴上墙壁之前，她就知道这个房间了，知道家具在等着被摆进来，知道地毯已经买好了。壁炉附近的两张大理石台面的小桌子——她现在想起来了，虽然她以前从未见过它们。贴着房间尽头墙壁的大沙发，就像他告诉她的一样，上方挂着那幅来自法国的风景画。他们一起为这个在他们脑海里逐渐成形的美丽房间感到欣喜。通往餐厅的门的两边墙上，各挂着一个小石膏像，但他从来都不记得它们所表现的人物的名字。他把它们叫做"面具"。现在罗斯看着它们，觉得它们很无趣，一脸虔诚，跟这个璀璨华丽的房间很不协调。她想到她的父亲看着它们，好奇它们是谁。他本可以问的，但每个人似乎都知道它们，所以他不愿显得比其他人见识少。

他很高兴拉姆齐夫人把他召来参与房子的设计，委托他来寻找做窗帘的合适面料。她还在其他关于装饰和绘画的事情上请教过他，甚至还向他咨询过照片的摆放。他告诉罗斯，这项额外的任务给他提供了一个好机会，他有过的第一个真正的机会，对他而言它可能意味着形势大好。他和罗斯都明白他适合做更好的工作，而不是整天把一匹匹的亚麻、棉布和哔叽在柜台上展开来又卷回去。他告诉罗斯，奇迹永无止境，因为拉姆齐夫人叫他去，开始跟他聊她希望她的新房子是什么样的那一刻，正是他感觉自己对这世上的任何人而言都毫不重要的当口。

他俩每天晚上在厨房的桌上摊满丝绒小布片，一起坐在那儿仔细研究每片小布，仿佛是在清点黄金和钻石，这让她的母亲很心烦。她的母亲说，这是好事过头反成坏事，让罗斯坐在那里梦想她永远也不可能拥有的东西是一件坏事。罗斯和父亲犹如两个坐在桌边守着财宝的吝啬鬼，她的母亲则站在边上与他们对峙。晚上吃完饭后的那个时段，厨房通常都是完全属于罗斯和她的父亲。他们在曾是房子前部起居室的地方开了一家小商店，罗斯的母亲会在晚饭后去店里，坐在那里跟任何愿意顺便进来的人聊天，并偶尔卖出点东西——面包或香烟什么的。随着时间一周周地过去，拉姆齐夫人依然没有选定窗帘的颜色，罗斯的父亲也依然谈论它们和拉姆齐夫人对他说的事情，这让罗斯的母亲变得越发恼火。

"拉姆齐夫人在愚弄你，浪费你的脑筋，"罗斯的母亲说，"而你则在愚弄孩子，让她对她自己和她的认知想入非非。这孩子懂什么，就算她真懂点什么，这对她又有什么好处呢？她能有什么机会呢，你为什么就不能不要烦她，让她学习她的功课？那儿是一包她要做的作业，难道不是吗？她在今后的人生中是不会感激你的。你只知道让她想入非非。"

当她那样说话时，罗斯的父亲会把手从桌子上拿下来，放在腿上，低头盯着它们看，并一言不发。当她从他们身边走开，回到店里时，他总是会叹气，但他不会看罗斯，然后他总是头也不抬地说："没必要刺激她。让她说去吧。她没有恶意。"

罗斯注视着面具，假装对它们饶有兴趣，尽管它们离得很远，跳舞的人从她身边经过，她不敢看他们中任何人的脸庞。她感觉自己被当众困在那儿了。她怪吉姆·诺兰，他是她上一支舞的舞伴。他让她以为他会回来，于是她就等着她，他却根本没有回来。起初她猜想他是耽搁了，但现在她意识到他从来就一点也没打算回来。要是她早知道的话，她会设法离开这个房间，那么她就不用站在这里丢人现眼了。这不公平。可能是她对他说的一些话让他生气了，但他看上去并没有生气，他一定是知道她没有恶意的。

　　当吉姆请她跳舞时，她很开心。很多年前他跟她的父亲在同一个柜台工作，但他比她大不超过十岁，而且他非常高大帅气。其他请她跳舞的男人都挺老了，他们全都已婚，年纪大得足以做她的父亲。她很吃惊吉姆居然注意到她，因为他很吃香，她知道这个房间里的每个小姑娘都在看他。他的微笑迷人友善。她平时老是见到他，在拉姆齐的商店里，在镇上各处，看到他跟别人走在一起，通常是跟某个男人；他跟女孩们关系很好，但女人们听到他的名字时会大笑，她们说要抓住他的心很难。他不同于其他男人，皮肤很黑；他身上有种外国人的感觉，像一个演员。跟吉姆跳舞前，罗斯觉得自己在派对上玩得很开心。所有她父亲的老朋友都一个个来请她跳舞，一次还有两个男人争相要牵她的手——肥胖且几乎秃头的克里瑞先生和纤瘦且总是微笑的费根先生——大家叫她从他俩中选一个，她没办法选，大家就全都站在那里笑，她感觉非常自在。克里瑞先生朝大家走来，牵起罗斯的手，问她是怎么学跳舞并跳得那么好的，她告诉大家说她的父亲过去总是带她跳舞，并叫她跟着拍子，克里瑞先生说："你的父亲舞跳得很好。我现在都能在脑海里看到他的样子。"接着费根先生说："跳舞时，他很开心。你能看出来的。"然后克里瑞夫人捏捏罗斯的手，说她是一个好姑娘，很遗憾今晚她的母亲没有来看到她是多么受欢迎。

但当吉姆请她跳舞时——从他令她惊愕地出现在她面前的那一刻起——她就一直处于惊愕的状态中。当她第一次注视他的脸庞，说她有空跳舞时，那璀璨的一刻就萦绕着他们，让他俩都免受房间里其他人的影响，所以她立刻就明白了让她对这个房间感到熟悉的并不是丝绒窗帘或面具，而是她父亲的手留下的印迹。不管怎样，无论他是如何做到的，她的父亲设法让这个房间为这一刻，她和吉姆一起跳舞的时刻，做好了准备。她的父亲很爱她。这个房间永远都不可能是他的。就像此刻，他只是梦想过它。他根本从来就没见过它，但他知道它会是什么样子。

她抬头看看吉姆，告诉他说这是她参加的第一场大派对。他什么也没说，但他低头对着她的眼眸微笑，仿佛他知道她真正想说的是什么。吉姆怎么可能知道她真正想说的是什么呢，如果她自己都不知道的话？她内心充满了感激，并确信无论她接下来说什么，都不太要紧，因为她是在对他说，他不会介意她说什么，因为说话的人是罗斯。"恐怕我不是一个很会跳舞的人。"她说。事实是，她感觉自己跳得相当不错——其实是跳得极好，虽然她有点担心，怕自己最后不能优雅地停步。但吉姆继续冲她微笑，似乎把她搂得更靠紧了他了，他告诉她说她比一根羽毛还要轻许多，比一根天鹅毛更轻，甚至比一根画眉鸟的羽毛更轻。然后他开始大笑，他问她是否跟一床羽毛褥子跳过舞，不等她回答没有，他就叫她回头看，她发现自己直视着弗莱明夫人，她是帽子柜台的负责人，她过分高耸的发型是为了把人们的注意力从她令人担忧的肥胖身躯上引开，她似乎不是坚实地立在地上，而是从她自己身上溢出来，流向四面八方，仿佛你看着她时，她在越变越大。

但弗莱明夫人整晚都在舞池里。她没有踏错一步，而是像少女一般跟所有的年轻男人跳舞，冲每个人灿烂地微笑，犹如一位女皇。

此时罗斯发现吉姆在邀请她跟他一起嘲笑弗莱明夫人，她很兴奋，仿佛是赢了一个她之前不知道存在的大奖。她感觉自己的新裙子跟这个房间里的任何一条裙子一样好，她是一个天生的舞者，能跟任何人一起跳舞。毫无疑问，人们会说她和吉姆是天造地设的一对。跟其他女孩他只不过是逢场作戏而已。他只是在为争取时间而拖延。他之前不在状态，完全有可能的是他这辈子从来就不在状态，直到这一刻。她将给他的生活带来非常积极的影响。他会看到她是真心的，她不像其他女孩只是为了找一个丈夫。

随着她跟他一起笑起来，她觉得很清楚的一点是，之前她听到的关于他的所有故事都是谎言，或者至少是他被那些妒忌他的人误解了。他不野蛮，不是一个随便调情的人，不是一个酒徒，也不是夸夸其谈的人，他不是人们说的那样——他不是那些人中的任何一种，他完全是另外一种人，她想要向他倾诉她所知道的，向他显示他可以信任她，但他表现得很清楚他能信任她，他们跳舞跳得太快，没办法谈话，于是她满足于对他大胆地说，她认为他是一个有趣的男人。他目光锐利地盯着她，看起来非常高兴，以至于有一瞬她以为他会就这样在舞池中停下来，他把她的手捏得更紧了——这就是为什么她以为他们停下来了——他说："你将有些解释要做，小姑娘。你将不得不解释那句评论。"

然后，他们似乎比之前舞动得更快了，当舞曲结束时，他把她转了半圈，导致她一度有点失去平衡，当她站稳后，她放声大笑起来，泰然地接受所有这一切，仿佛她对这样的场合和这个世界习以为常，近旁一些年纪较大的妇人转身瞥了她一眼，接着又看看吉姆，然后移开目光。她明白她们觉得她是在出丑，但她不在乎。她转身对吉姆微笑，以为他会挽起她的胳膊，领她走出舞池，在一个他们能说话的地方坐下来，但他只是热情地对她笑笑，感谢她，便快速走开了。他会回来的，她知道，她开始等他。跟她跳第一支舞的洛德先生走过来，再度请她现在跟他共舞一曲，但她却告诉他说她已经答应了别人，他微笑着说："哦，所以是这么回事，是吗？"接着就走了。

　　就在那一刻，要是她早知道，她可以设法走出房间，去一个她不会如此显眼的地方。但既然吉姆可能会回来，她又怎么能走呢？现在她已经在这里站了一会儿，几乎没有注意时间，她不得不继续站着，直到舞曲结束。假如她朝一个方向走，朝餐厅的方向走，并设法穿过聚在房间尽头的人群，他们都在一起聊天，或坐或站，都互相很熟，她可能会在他们中找到休伯特·德顿，而他则会以为她是特地来找他的。那么，换成相反的方向，朝前厅和通往女士衣帽间的楼梯走去，她可能会在房间那头或前厅里的人群中找到他，但她不想找到他。

　　她一刻也不愿让休伯特·德顿认为，她，罗斯，会试图去寻找他，会向他索取什么，或会指望他什么。就在昨晚，他还问她今晚派对结束后是否可以送她回家。她非常高兴。但那只是昨晚。她一天都在想他，想他出现在她的门口、跟她说起派对时，他注视着她的样子。但是她在这里，除了跟其他女孩一起抵达后在前厅里见过他一眼，他没跟她说过话。真是无耻。她曾想象自己跟他一起在这里到处走动，所有的人都会看到他们在一起。她本可以跟他讲讲丝绒窗帘和其他等等的事情。有许多可以跟他说的事情，她想他也会喜欢听的。她和休伯特从未单独在一起过。他来拜访时，她的母亲总是会进来，跟他们一起坐在厨房里，然后几乎就是她的一言堂，休伯特偶尔会发表一句尖锐的评论。那是罗斯不喜欢他的一点——他的嘴太毒了。他过于自信。但他人很好，至少在今晚以前，他一直显得人很好。

　　或许休伯特找了拉姆齐商店里的那些女孩中的一个；凯恩神父应该会把他介绍给大家的。这是休伯特第一次来韦克斯福德。他跟凯恩神父的一个侄子从都柏林来这儿度假，凯恩神父开车带着他俩，他的侄子和休伯特，到处转悠，带他们欣赏了所有的景点。但休伯特是一个安静的人，他喜欢自己边走边看，一天下午，他那样逛的时候，走进了商店，罗斯在柜台后，于是他们就相遇了，过去的一周里，他每天晚上都会进来呆一个小时左右。他依然是一个陌生人，现在显而易见的是，他将始终是一个陌生人。没有必要对任何人抱有任何希望。她好奇凯恩神父有没有可能说了什么对她不利的话。凯恩神父可能说了她不够好之类的话。凯恩神父喜欢她，是他安排他来参加这个派对的，但或许他对她存有疑虑。没办法确定。休伯特可能改变主意，不想送她回家了。或许休伯特不愿在公开场合被人看到跟她在一起。但总是有可能，吉姆·诺兰也许会要求送她回家，如果他提出的话，她想要自由地跟他一起走。休伯特是外地人，他很快就会离开，跟他这样的人在一起，她永远也无法像跟吉姆·诺兰这样的人在一起那么自在。她希望自己正再度跟他一起在舞池中转圈，被告知说她轻如羽毛，她将不得不做出解释，因为她是如此有趣。他从她身边走开时，她本该提出跟他一起走的。其他女孩中的任何一个都会那么做的。

她好奇音乐是从哪里来的。她知道它是来自一架钢琴，但她肯定，跟吉姆·诺兰跳舞时，她记得自己听到了一把小提琴的乐声。她之前想问跟她跳舞的其他男士中的一些人音乐是从哪里来的，但她不想在这样的一栋房里暴露自己的无知。在这样的一栋房子里，会有一个特别用来放音乐的房间，这点她很确定，但她不知道那个房间该叫什么，也不知道它会在房子里的哪个地方。她听说这里有一个放葡萄酒的地窖，但或许那只是一个故事。

人们总在讨论拉姆齐一家，当拉姆齐夫人请所有在店里工作的普通员工来参加派对时，每个人都很吃惊。拉姆齐夫人这么做很友善，但跟那些为她工作的人打成一片不像她的风格。拉姆齐夫人十分威严。罗斯到的时候，她正众星拱月般地站在会客厅里，罗斯不知道她是否该上前向她问好，但她决定不要引起别人的注意，然后音乐响起，舞会开始。当时凯恩神父站在拉姆齐夫人的身边，他朝罗斯挥手，但他没有喊她过去，引介她。即便如此，罗斯依然希望拉姆齐夫人会注意到她，但拉姆齐夫人没有注意到她。拉姆齐夫人最小的女儿刚从巴黎读了一年书回到家里。每个人都说拉姆齐家的女孩们被宠坏了，但小女儿是这群孩子中最糟的一个，必须什么事都顺着她。她名叫艾瑞丝。艾瑞丝·拉姆齐。今晚这里没有艾瑞丝的踪影，但话说回来，既然她已经见过那么多世面，知道那么多了，那她是没必要费心参与这样的活动。

现在她肯定音乐是从餐厅传来的，她朝那个方向望去，看到吉姆·诺兰从餐厅走出来，朝跳舞的人群走去，陪他的是两个罗斯不认识的女人，但看上去——她俩都在拉姆齐的商店上班。她们比罗斯年纪大许多，她之前就羡慕过她们的裙子——她俩都非常时髦。吉姆甚至都没朝她的方向看，虽然他肯定知道她依然站在那儿，在等待他。她站在这儿的所有时间里，他都在餐厅跟他真正的朋友们聊天。罗斯开始颤抖。

突然之间，舞池里跳舞的人们显得非常吵闹，非常专注于他们自己，且非常自私，他们的谈话和笑声听起来粗俗，却又显得亲密，仿佛他们乐享的私密笑话是建立在某人可能随时得听由他们摆布的代价上。肯定是有人开了灯；房间太亮了，在令她眼睛不适的光亮中，罗斯感觉脸发烫，身体疲惫地被困在这条她为自己做的裙子里。她相信这条裙子她做得不错，甚至是做得很好。她曾梦想拉姆齐夫人会注意到她的外表，可能会赞美她，然后她会告诉拉姆齐夫人说这条裙子是她自己做的，照着从拉姆齐商店买来的纸样，但丝绒是她自己的选择——纸样上推荐用的是塔夫绸。她甚至还想象这条裙子她做得比自己知道的还要好，对于衣服款式眼光老练的拉姆齐夫人会注意到它的精细剪裁，她会在罗斯身上认出多年前她在罗斯父亲身上认出的品质——她曾告诉他说，他比别人多一份想象力，对色彩有一种与生俱来的独特感觉。

房间里太热了。她去摸放在裙子短袖里的蕾丝手帕，以便用它来轻拭一下额头，但手帕不在那里。她记得在前厅里把它从她的雨衣口袋中取出来，小心地折成一个三角形，塞进袖子里，但现在它却消失了。但它是不可能消失的。它是真正的爱尔兰亚麻做的，四边镶着真正的蕾丝，它是四年前的圣诞节母亲给她的礼物，从她收到的那天起到今晚之前，它都躺在它原来被折成复杂尖角的包装纸里。她从来连抖都没有把它抖出来过。她几乎没碰过它。它呆在它的包装盒里，像一件珍宝般地躺在她放衣服的抽屉底部，直到今晚。它不可能消失的，但它却消失了。当她如此欢快地跳舞，让自己出丑时，它一定是从她的袖子里滑出来了。

要是她没有那么自我陶醉，她可能会感觉到它滑出来。现在它大概是在地上，被某人踩在脚下。到了这个时候，它大概已经变成一块破布了。就算它变成了破布，她依然会乐意地把它拿回来。她母亲买它之前犹豫了很久，然后她要求把它包在白色的包装纸里，因为它是一份礼物，她把它带回家，边走边微笑地对罗斯说："我有一样好东西要给你。"它是钱能买到的最好的手帕。她母亲本来是出去给她自己买一件羊毛背心的，但她看到这块手帕，于是她没有给自己买背心，而是给罗斯买了手帕。它上面的蕾丝是真的，它上面有许多蕾丝。当罗斯第一次打开盒子把它提起来时，她和她的母亲都非常仔细地打量它，细看像婚礼蛋糕装饰一般覆盖在它上面的贝壳、玫瑰、雏菊、三叶草和常春藤叶子图案；但不像葬礼装饰，因为它们是如此小巧，如此洁白——不是冰冷的银白色，而是像玫瑰花瓣一般的亮白。

罗斯明白当一件东西消失时，它就消失了。她试图不去想手帕，但她无法忘记它可能的经历，在房间里像一块破布似的被踢来踢去。想它是毫无用处的，好奇他叫做面具的石膏像表现的是谁，或是石膏像上的人活着时叫什么名字，也是毫无用处的。假如他现在活着，她会去询问石膏像上的人叫什么名字，并回家告诉他。他总是说，她非常勇敢。但假如他现在活着，今晚他会跟所有其他人一样，在这里，她的母亲也会在这里，他们三人会是众人瞩目的中心，因为她的父亲会在窗帘挂起来后，在拉姆齐的商店里突飞猛进，身居高位。

之前罗斯小心翼翼地不去看从她身边经过的跳舞的人，但现在她看并看见了一个离她相当近的姑娘，她皮肤黑黑的，个子很高，额头光洁。这个姑娘是马洛伊大夫的妻子，他的新娘，她正在跟她的丈夫跳舞。今晚的大多数时间里，他们都在一起跳舞，一度罗斯看到他们跟拉姆齐夫人谈笑风生。他们结婚时间不长。他们相遇在都柏林，并在那里结婚，马洛伊夫人依然算是一个陌生人。罗斯听她的母亲说，他们只是小孩。隔壁的女人说，他们是小孩，不知道他们的日子是多么好过，有些人一辈子都是娇生惯养。隔壁的女人还说，他们结婚纯属意外，因为马洛伊大夫本来是对另一个女孩感兴趣的，他是在失意沮丧时娶的现在的老婆。罗斯的母亲说："哦，每个人都知道她不是他的首选，她自己也知道，可怜的姑娘。"马洛伊夫妇得心应手地随着音乐的节拍舞动，音乐越变越快了，但他们没有微笑或讲话。他们互相注视着对方，脸上的表情显示出，他俩之间的共同记忆，依然太新，不够熟悉，但灿烂得让人深信。罗斯心想，他们根本无法把目光从对方身上移开。

噢，为什么一切都不能不一样？她将目光从马洛伊夫妇身上移开，试图估计她和可让她逃离的门之间的距离，那是很长的一段距离。为什么一切都不能不一样，但就算一切都不一样，一切对她而言将依然显得完全一样。她的母亲说："罗斯压根就不懂不同。"还有一次，她的母亲说："罗斯，你不懂不同，而且你也不会学习。"但为什么一切都不能不一样呢？为什么休伯特·德顿就不能至少请她跳一支舞呢？今晚她不时看到他注视着她，她觉得在她跳舞的时候，他甚至偶尔冲她点头，但他从未付诸行动走近她，现在连他的人影都没了。假如吉姆·诺兰只是想愚弄她的话，那他为什么要请她跳舞呢？为什么拉姆齐夫人没有表现出认识她的迹象，为什么凯恩神父连跟她说句话的意思都没有？为什么这栋房子的屋顶是如此高，为什么所有的姑娘都如此自信，为什么没人费工夫来看看她，罗斯，是否有东西吃，或至少有一杯柠檬水喝呢？她不要独自走进那个餐厅，走近桌子，那些桌子，无论他们在那里摆了什么，像乞丐般地索取些什么。

现在唯一该做的是尽快离开这个房间。谁会看见她或他们会说她什么，都无关紧要。要是休伯特在前厅里看见她，那也是没办法的。她不在乎他或其他任何人的想法。她急着想回家，离开众人的视线。她要设法离开这个房间，上楼，从摆在楼梯平台上的大挂架上取下她的雨衣。然后她要溜出房子，独自回家。回家的路很长，她又怕黑，但她必须回家。她的母亲会想知道拉姆齐夫人提供了怎样的筵席，她却无法告诉她。还有音乐是从哪里来的？她一无所知。她感觉自己一无所知。

她匆忙朝房间的尽头走去，如此小心翼翼地避开跳舞的人，以至于她裙子的肩膀部位两次擦到了墙壁。她的裙子上一定是留下了墙灰的痕迹，但现在那无关紧要。结果，穿过聚集在房间尽头的人群倒是挺容易的。没人看她，似乎也没人觉得她的外表有什么值得注意的地方，尽管她匆忙地独自走着。她根本就不需要怕他们会认为她是在对他们急吼吼地凑上去。

宽敞的方形前厅里没人，但有人为了让冷空气进来而打开了前门，罗斯打着冷颤跑上楼梯。要是她患上重感冒，他们可能就称心了。一件幸事——楼梯平台上没人，衣帽架旁边的厕所门敞开着，可以看到里面墙上一扇红绿双色的正方形玻璃窗。外面一定是很黑。她走向挂满女士大衣和围巾的衣帽架，开始翻找她的雨衣。她身后昏暗的长走廊里传来的响声让她扭头去看，她看见一个身穿鲜艳蓝色制服的女孩从一个房间里走出来。那是玛丽·蕾西，她们一起上过学。

"哦，玛丽，"罗斯说，"我以前从未见过你穿制服。"

"你倒是一身华服。"玛丽语气不爽地说，但她的表情却很愁苦。

"哦，玛丽，我一针一线，自己做的，"罗斯说，"而且只用了最便宜的丝绒——材质完全没有楼下窗户上的窗帘那么好。我打赌你的制服都比这条裙子贵，玛丽，肯定做工也更好。"

"哦，还是过去那个罗斯，"玛丽说，"你一点也没变。我记得你可怜的父亲葬礼后的那天。你来上学，我们坐在桌子边等待修女进来，你对我说：'哦，玛丽，'你说，'那是一个极好的葬礼，除了棺材。'"

她摊开手掌，她俩一起看着躺在她手心里的钥匙。

"早些时候，我不得不赶在任何人上楼前，把这里所有的房间都锁起来，"她说，"她十分担心有人会企图从她这儿偷东西。然后她叫我时不时上来看看是否一切都好。我不介意这么做。能从厨房出来，我就够高兴了。他们把厨房和食品储藏室之间的门敞开着，每次餐厅的门一开，我就会不停地朝外看，看我能看见什么。我忍不住呀。"

"我忘了棺材的事，"罗斯说，"我的母亲说：'该把棺材合上了。'"

"尽管他们家里应有尽有，"玛丽说，"他们有那么多财产，那么多钱，你以为他们会给不同的房间配备不同的钥匙，但没有，所有的房间用的都是同一把钥匙。厨房过去是在地下室里，但他们把它移到了楼上。他们能做任何他们想做的事情。"

"这活儿很难吗，玛丽？"罗斯问。

"哦，比任何活儿都要无聊，"玛丽说，"难倒是不难。但瞧呀，有个人在楼梯上。快跟我进来。"

她推开她刚离开的那个房间的门，走进去，罗斯跟着她，然后她轻轻地关好门。这个房间很黑，只有摆在一幅巨大的耶稣圣心画像下的一盏快要烧完的长明灯投射出的微弱红光。画像挂在两扇窗户的中间，长明灯摆在一个贴墙而立、正面是玻璃的柜子上。罗斯能看到玻璃镶板的闪光，以及玻璃后面小巧的装饰品的白色形状，可能是珍贵的瓷器装饰，它们太精美了，放在外面的话，大家可能会去碰它们。窗户上的窗帘都拉着；她只能看见它们黑色的巨大轮廓，白天光线会透过它们照进来。房间里黑暗最浓重的地方，从她感觉到的轮廓和体积判断，一定是床所在的位置。但玛丽正在拉她的胳膊。

"瞧，罗斯。看那边。你见过那样的东西吗？那是她的梳妆台。我从来都不会忘记我第一次见到它的场面。它全是玻璃做的。就连抽屉上的小把手也是玻璃的。只有腿是木头的。它很漂亮，不是吗？"

"它很漂亮。"罗斯说，她走近它，刚走了几步，就能看到她自己的影子，接着在它正中的巨大椭圆形镜子里她看到了自己的脸，然后她看到了站在她身后的玛丽，两个姑娘就站着看她们自己。

"我们看上去很神秘，"玛丽说，"你不觉得我们看上去很神秘吗——仿佛我们根本就不在这里。我希望我能一直看上去像这样。我比你胖。"

"是制服造成的，"罗斯说，"你的制服太大了。"

玛丽咯咯地笑起来。"我就知道你会这么说，"她说，"你说的那一刻，甚至在你说之前，我就知道你会这么说。我希望我总是能看起来很神秘，像这样。我看起来一点也不像我自己。我可以在主干道上逛来逛去，不在乎大家说我什么。我会去都柏林，然后去伦敦，我不会对任何人说任何话。如果有人对我说什么，我会说：'我是艾瑞丝·拉姆齐小姐，我什么都不喜欢。'……她让我恶心，那个人，她总是在家里走来走去，假装说着法语。没人能做出任何让她满意的事情。她的母亲将为她重新装修整栋房子。这是她办这个派对的原因，在她们开始翻新这个地方之前，尽量充分利用它。总之，她们必须把所有的东西清走——地毯、家具和所有的一切。所有的窗帘、油漆和墙纸，她们都要翻新，艾瑞丝小姐房间的地毯也要换成新的。"

"她们将拆下所有的窗帘？"罗斯说。

"所有的窗帘，楼上楼下。她说这个地方色调太沉重过时了。她想要全部换成浅色。而且她想要这个梳妆台只归她一人使用。她说它不适合年纪大的妇人。她说它适合她的房间。她要它。她想要它，她就会得到它。我什么时候能伸手，看到一样我想要的东西，说它是我的？哦，对我来说又有什么区别呢？我不得不笑。它在哪里又有什么区别呢？一点也没区别。我为什么要在乎它在哪个房间里呢？无论它在哪个房间里，它依然不是我的。这个房间，那个房间，她的房间，或其他房间，我一样会经常看见它，一样会非常想要它。跟我说点事，罗斯。我想要知道——吉姆·诺兰在下面吗？"

"是的。我看到他了。他在下面。"罗斯说。

"我想我听到他的声音了，"玛丽说，"起初我想我是听到他在说话，接着我想我是听到他在笑，然后——我当时在厨房里；

他一定是来餐厅了——就在我上这儿来之前，我又听到他的声音了。"

"我看到他了，"罗斯说，"一会儿这里，一会儿那里。他在跟两个拉姆齐店里的女人说话——马丁小姐，我想她是叫这个名字，还有另外一个女人。"

"我知道他在下面，"玛丽说，"哦，有什么用呢。我知道他在那儿。他总是跟同一伙人去各个地方，当我看到他们中的一个，汤米·莱斯时，我就知道他在这里。"

"他自以为是。"罗斯生气地说。

"你这话说得没错，"玛丽说，"他自以为是。哦，是的，他自以为是。这点毫无疑问。他自以为是。他越来越自以为是。"

（这些话是她说的，但她的声音，无助的声音，却在我行我素。他完美无缺，她的声音说。他完美无缺。他完美无缺。没错，他就是如此。完美无缺。）

"我一度跟他关系很好，"她说，"咳，我想我可以说我以前跟他关系很好。只有几周的时间，两周出头一点，去年夏天的时候。他觉得我很好。我相信他。我的好一定是一种差劲的好，但我当时不知道区别。哦，我不在乎。已经结束，了结了。当一个人不要你时，他就是不要你。哦，我希望我能离开。哪怕只是去几英里之外，但我希望我能去都柏林。"

"哦，玛丽，我希望我能对你说点什么，"罗斯说，"我想要杀了他。他配不上你。太糟糕了。一切都是错的。你值得比他好十倍的人。"

玛丽看着她，仿佛是要说什么，可接着她看上去似乎是决定不说她真正想说的话，而是说了其他一些话。"哦，没关系。"她说。她在离梳妆台不远的安乐椅上坐下，把头往后一靠，叹了一口气。

罗斯朝她走了一步，本想触摸她，但她怕这会加剧她的痛苦。她试图想些可以用来安慰玛丽的话，但她不是一个字都想不出来，就是想出来的词句都是错的。没有用。"当一个人不要你时，他就是不要你。"这是玛丽说的，罗斯明白它是真的，但她不知道她是怎么知道的。

她想起休伯特·德顿，想起昨晚当他要求送她回家时，他是如何注视她的，以及今晚当他没有请她跳舞时，他又是如何看她的。她感觉自己进退维谷。最近的几个晚上，当休伯特每天晚上来她家时，她总是很高兴看到他走进来，只要他在那里，她就开心且激动，但每天晚上，他站起来要走的那一刻，她都想告诉他说不用费心再回来，告诉他说她不会巴望他的拜访。每次他从她身边离开，走进夜色中，没有留下一丝可能回来的暗示时，她总想告诉他说他是否会回来对她而言毫不重要；但他总是一言不发地离开，他对她微笑，可从来没有让她有机会对他说，就算他永远不再出现在她家，她也无所谓，她宁愿他永远不再回来，也不要他回来又离开，把她留在比空虚更糟糕的境地中。

她宁愿彻底没有希望，知道她没有机会，也不要被迫应对她怀有的这点小希望，她耻于承认这点希望，因为它是如此渺小如此怯懦。她感觉休伯特了解这点希望——他知道它是如此渺小如此怯懦——他觉得好笑，他在耍她，希望她会坦露心迹，然后，出于某种任何人都不知道的原因，他会嘲笑她。那么她的母亲也会笑。但她母亲笑的原因，她不是不知道，而是很谙熟。她的母亲会绝望地大笑，因为罗斯又一次让这个家丢脸了。她的母亲会笑，因为她的母亲知道迟早会有人让这个家丢脸，因为他们家就是这样的。不够好，已经够糟了，但引人发笑则是对家庭的犯罪。这个家之外的所有人都会准备好发笑。她的母亲一再告诫她说，大家都在等着看别人的笑话。

罗斯不想避开休伯特，因为避开是承认她期盼过他，承认她有所失望。对希望保密是非常重要的，因为那么随后而来的失望也会是秘密。一个让自己沦为笑柄的女孩活该得到这种待遇。罗斯不想避开休伯特，或告诉他永远不要再去她家拜访，但她想要避开他，赶在他有机会避开她之前。但她根本就不是真想要避开他，因为他没有在她眼前的话，她将不得不再度凝视不存在的东西——只是在黑暗里，看不见它，但她知道它看到了，在睡眠中，听不到它，但她知道它大声叫她了。她不想让她的父亲看到她伤心。

耶稣圣心画像下面的红色火苗猛烈地摇曳，减弱，逐渐熄灭了。罗斯用手捂住脸庞，让自己保持安静，接着她把手从脸上放下来，捏住玛丽的肩膀，把她摇醒。"哦，玛丽，"她说，"快醒醒！耶稣圣心的长明灯熄灭了！请醒醒。"

玛丽叹了一口气，然后猛地站起来。"哦，罗斯，"她说，"我睡了多久？很久吗？"

"只有两三分钟，玛丽。我本不会叫醒你的，但灯——那里的长明灯的火熄灭了。我最好还是下楼去吧。我就不该出现在这个房间里的。"

"你最好下楼去，我也最好回楼下的厨房去。我会把灯重新点上。现在我要开门了，罗斯，但你不要出来，让我先看看楼梯平台上是否有人。"

楼梯平台上没有人，玛丽一边弯腰锁身后的门，一边抬头对罗斯笑笑。"我不知道我是怎么了，竟睡着了，"她说，"我老是会睡着。每次我一坐下来，就会睡着。"

她迅速离开罗斯，朝后楼梯走去，她一定是听到罗斯叫她的名字了，但她没有转身或回头看。即使在她消失后，罗斯仍继续在后面注视着她。她想起无数件可以跟玛丽说的事情，但她却想不起适合说的事情。她明白如果她能剔除所有错误的字眼，她肯定能在它们之下发现一个词，一个能杀死痛苦，杀死它，让它永远不能再回来的词。有这么一个词。她曾经知道它，她依然知道它，但她却无法向玛丽解释它。父亲。

罗斯想要一个代表"父亲"的词。她想要一个她可以说出口的词。现在有一个比父亲更简单的词，但她却不知道它是什么。在他的新形式下，他无边无形，且不会回应父亲一词。现在有一个符合他现在状况的词，但她却不知道它是什么，只知道它是一个寻常的词，她应该知道它，并轻声地说给她自己听的。曾经，他带她去城外的一个废弃采石场，他们一起站在靠近深坑边缘的地方，望着他们下面深坑底部闪烁的水光，他朝水里丢了一分钱，他们看着硬币掉下去，他告诉她说硬币会一直往下掉，永不停止，因为深坑深不可测，他们看到的水只是一个深得无法想象的深渊的开始。他说就他所知，就所有人所知，硬币可能会继续永无止境地下坠。然后他朝她笑笑，告诉她说如果她想存钱的话，就应该把钱扔进深坑里，因为没人会在那里找到它，只有她知道它在哪里。只有她，还有他，知道。

楼下的前厅里，休伯特独自守候着，等罗斯下楼来。他手里拿着她的手帕。当她走进会客厅时，他看见它从她的袖子里滑落出来，他把它捡起来，放在口袋里替她保管着。他本想告诉她手帕在他这里，但她没有给他跟她说话的机会。她去跳舞了，接着她继续跳舞，在房间里一圈圈地舞动，最后她开始跟诺兰那个家伙跳舞，他生气地离开去了餐厅，一块接一块地吃火腿三明治，这样他就不用不得不看她在那个备受吹捧的小混混的臂弯里微笑，那个女人们的宠儿，那个擅长表现爱情的演员。

休伯特既生气又焦虑。她溜走了。他永远失去了她。他对此很肯定。他已经到处找过她了。他不想叫女孩中的一个上楼去看看她是否没事。他对罗斯不是很了解，他不想惹她不高兴。反正他不想叫任何人上楼去看看，因为他怕她可能根本就不在那儿。所有这些过去的夜晚，每天晚上都是一样的情形。每天晚上，他去她家，以确认她依然在那里没有消失，每天晚上，当她看到他在门口时，她都会对他摆出那副表情，仿佛在说这是她最后一次见他，她不在乎——那副无动于衷，全然残忍的表情。因为她很明白他为什么回来，夜复一夜，没人邀请他，显然，他也压根没指望被邀请。她肯定明白他为什么继续出现在她家门口，让他自己显得像个傻瓜，并且不介意他在让他自己显得像个傻瓜。现在他也不介意他正在让他自己显得像个傻瓜，就这么手里捏着她的小手帕站在前厅的正中。他随便地靠在敞开的大门上开始了他的"守夜"，捏着她的手帕的手放在口袋里，目光随便地看着楼梯，但他的焦虑打败了他，让他站得越来越接近楼梯脚下，直到现在他只能遏制自己不要两步并一步冲上楼去，大声叫她来到他身边，停止她的胡闹。但假如她不在楼上呢？她可能已经消失了，逃走了，独自溜回家了。这是意料之中的。她会做任何闪现在她脑子里的事情。她没有理智。她像一个孩子。在他看来，她经常像是一个穿过疯人院却不感到害怕的孩子，因为她不知道疯人院内外有什么区别。但她完全有理由害怕。任何事都可能发生在她身上。假如她头脑发热，独自回家了怎么办？他可能再也见不到她了，因为她的母亲总是每天晚上跟他们一起呆在厨房里，总是在那里，总是讲话讲个没完，她就跟隐身人差不多。

然后罗斯出现了，她从上面的楼梯平台上顺着蜿蜒的楼梯扶栏走下来。休伯特想，天哪，这栋房子可真美。瞧那精美的楼梯。他望着罗斯。他想，她是不朽的，那明亮的浅色头发……她让他想起阿登森林①。她的外套搭在胳膊上，她慢慢地一步步走下来，像一个孩子。他觉得她看上去有些不满，但这时她抬头扫了一眼，看到他正在注视她，便给了他一个密谋般的微笑，仿佛他看到了她处于不利情况下，她却不介意。他想，她不是很高，他仰慕地想知道她穿几号的鞋子。当她走到倒数第三级楼梯时，她站住不动，看着他。

"我害怕走楼梯，"她说，接着她又说，"你站在那儿，看上去非常彬彬有礼。"

"我在想，我想小小地咬你一口。"他说，并傻傻地对她咧嘴笑，她走下三级楼梯，站在他的面前。

他把手帕给她，犹如交出他的护照或通行票据，抑或，实际上，像交出他在她的国家寻求庇护的唯一希望一般，把它递给她。她不显惊讶地接过手帕，但他看到她一拿到它，就握起拳头攥住

---

① 阿登森林（Forest of Arden）指的是英国的阿登（Arden）地区，该地区曾经森林茂密，所以有"阿登森林"的别称。

它。她注视着他，他想，她是这世上唯一能看见我的人……她的眼睛是绿色的，海藻的颜色，在她眼眸的深处，他找到了定义他并将稳稳罩住的光芒。他想，她是我的真我，他想要把自己所有的烦恼都告诉她。

"我不会跳舞，"他说，"我之前本该告诉你的，但我感到难为情。"

"休伯特，"她说，"我想要跟你说很多事情。我想跟你说关于我的手帕的事情，告诉你它丢了，但它根本没丢，但我不知道这点。我还想跟你说很多其他事情，关于窗帘等等——很多事情。但首先我想知道——我不能问其他任何人，但请不要嘲笑我——我一直想知道，音乐是从哪里来的？"

"哦，等一下，我带你去看，"他说，"它跟一支管弦乐队一样棒。你永远也不会发现它，除非你去寻找它。这栋房子比你想得还要大。我们必须穿过会客厅。你就等着看吧。要不是我在找你的话，我永远也不会发现它。"

他拿起她的外套，把它折起来搭在一把椅子的椅背上。"它放在这里很安全。"他说。

他牵起她的手，领她朝会客厅走去，仿佛他们是要去跳舞，就像其他人一样。在会客厅的入口，他感觉她面对房间里的混乱迟疑了一下，他朝她微笑，鼓励她。

"来吧，罗斯，"他说，"抬头挺胸，迈步走。如果我们不小心的话，这些疯子中的一些会把我们踩在脚下。"

可怜的男男女女

神父的母亲精神涣散，难以安眠，执迷不悟，浑身燥热，皆是由于一种令人倦怠的不满，它从她很年轻时就开始影响她的精神状态。她累死累活地打扫房子，用她干燥的双手一个房间一个房间地拼命做卫生，用力刮抠擦拭墙壁、地板和家具，她会半途停下来握紧手指，紧紧地，但对她而言，总是不够紧，从来就不够紧，无论如何都无法握紧到让她满意。因此她继续挣扎求索。

她四十七岁，有着一副憔悴的身躯和一张线条柔和的长脸。她的头发是棕色的，在后脑勺扎成像发髻一样的一团。她的手大而硬，像男孩的手。相比之下，她丈夫的手似乎更小巧，尽管大小和她的手差不多，但它们更窄，形状更漂亮，指尖干净柔软。他，休伯特，在一家男装店工作，会戴着一顶黑色的硬礼帽去上班。他的嘴，年轻时总是在平静中透着笑意，现在依然透着笑意，但嘴唇已经干枯变深了，他没有在唇上留胡子。

每个星期五的早晨，他给她家用。他一边扣西装马甲上的扣子，一边下楼，准备出门去上班时，她会伏击他，问他要钱。她会从摆着讨厌早饭的厨房出来，快速走上三级台阶，在他出门前逮住他。一天早上，她关上厨房门，守在门后面看他会怎么做。他戴上帽子，拿起雨伞，毫不迟疑地走出家门。她以为他可能会把钱留在门厅的桌上，但他没有，于是她不得不在那天晚上直接问他要。他愉快地微微一笑，从内袋里取出早已折好准备好的钱。

"我以为你这周或许不需要钱呢，"他说，"你今天早上不在门厅里。"

"我在后面晾衣服，我算错了时间。"

她不会给他旗开得胜的满足感。不过，她还是突然流露出了恼怒。

"我可能还缺钱呢，"她喊道，"你根本就不关心家里可能连一分钱都没有。"

他正坐着看晚报，他把报纸往后一折，盯着她看。

"总是假圣人，罗斯。"他说，她明白他看穿了她的伎俩。

"那是你唯一知道的词！"她喊道，"假圣人，假圣人。"

"妻子和假圣人。"他毫不关心地说。这是他的一个老笑话。

他们是德顿先生和夫人，他们结婚二十七年了。他比她大五岁。他们睡在楼上房子后部的卧室里，他们的窗户俯览着下面带围墙的小花园，它跟这条街上的其他花园没有太大区别，花园后面是车库灰色的瓦楞屋顶。车库之外，一边是一个私人网球俱乐部天鹅绒般柔软的翠绿球场，俱乐部的最远端围绕着一圈浓密却不规则的结实的老树。

德顿先生和夫人一起睡一张铜制的双人床，床上配着一只长枕头和一条厚厚的拼布被罩。被罩是她读书时做的。他们床的床尾对着窗户，窗户上有一道上下拉伸的遮光帘和白色的网眼窗帘。

休伯特每天晚上大约十点上床，她则略晚一点。她七点起床，他七点半起床。星期天，她起来后会去参加八点的弥撒，然后回家，及时为他端上早饭，好让他在十点前出现在小教堂的门口。

他在床上穿法兰绒睡衣，她穿法兰绒睡袍。他们躺下时，身体长度差不多。他们都不打呼噜，但他们都呼吸很重。他卷起身体，朝右侧睡，面对墙壁。她仰面睡。他睡得平静。她则睡得不顾一切，睡觉时看上去精疲力尽，仿佛生了重病。有时他晚上会把毯子拉下来一点。然后她的脖子和肩膀就会露在外面，她早上醒来会感觉僵硬，于是第一件事就是痛苦地皱起眉头。上床前，她会把头发放下来，编成一根松松的辫子。早上，她会用发夹把它盘成一个发髻，都不用看一眼镜子。

她喜欢观察白天变化的天空。对夜晚的天空则不很感兴趣；她不要神秘，不要黑色，不要星星，不要柔和的阴暗，不要窗帘，不要安慰，不要休息的承诺。白天的天空，冷漠的灰色，冷漠的蓝色，赢得了她的心。无尽的即时凝视让她入神，当她抬起头望着它时，它总是针锋相对，还以凝视。她感觉她很自豪。

聚集的云朵让她沉醉，无论它们是像小球或小卷一样结在一起，还是分开形成柔软的巨团，或拉长变成一道道的。她喜欢挤在一起的黑色雨云，它们无助地下沉，像胀鼓鼓的胃囊快要爆炸。雨水倾泻在她的屋顶上，她柔软的草地上，还有她又细又高的金链花树上。它淋不到她。她呆在室内，一扇关闭的窗户附近，静观玻璃仿佛被雨水溶化了一般。她说雨水有一种气味。为了证明这点，她在一场暴风雨后打开厨房门，毫无喜悦地品味了一下从她松软的花园泥土上升起来又冷却的蒸汽。同时她抬头去看大雨过后如释重负的清澈天空。

只要天还亮着，她一有机会就会不停地抬头看。她不好意思被人看到她站在花园里或街上抬头看。她觉得别人可能会认为她很古怪。

有时，这更多地发生在她年轻的时候而不是后来，她会乘车去郊外，坐在一堵墙上或躺在一片草地上，任由自己肆意地凝视天空。更多的时候，她会坐在敞篷电车的上层，在她的帽檐下面偷偷地观察天空，想象她坐在飞驰的电车上，正用自己的头顶轻轻地犁着天空。

她能透过家里的窗户轻易地看到云朵，但接着她考虑到了邻居们。想到他们可能会看到她站着朝外看，想到他们可能会想象她对他们正在做的事情感兴趣，令她感到厌恶，所以她避免接近窗户，除了要擦窗的时候。

一次，她处在流感的恢复期。一个星期天的下午，她第一次从床上起来，休伯特从楼下搬来一张舒服的椅子，把它放在卧室的窗户附近，并在窗前摆了一个供她搁脚的矮凳。她靠在椅垫上，围着披肩，披着棕色的头发，躺得很低，消极地望着天空。第二天，她感觉有力气下楼了，就再也没有像那样坐在那里；但多年以后，依然，她能记得那天傍晚当她因病虚弱地躺在那里时，天空的每一道纹路。

那天傍晚，云朵以一种她永远也无法忘记的方式相遇，分开，升起，下降。它们的从容的变化令人愉悦，它们背靠背面对面地接触，并肩滑行，慢慢地融入彼此又慢慢地分开，白茫茫地互相折叠，又自由地展开形成不稳定的长裂口。最终它们背后的光线变得非常强烈，似乎快要冲破它们，但令她满意的是，因为她不信任刺眼的纯净光辉，它开始了它最后的撤退，一个缓慢变暗的漫长过程，直到她吃惊地意识到她是目睹了暮色降临的全过程，黑夜已经出现在她的眼前。

在安静的房间里，她不情愿地唤醒自己，片刻之后休伯特端着一餐盘茶和烤吐司走进来，发现她在黑暗中醒着，遮光帘也拉了起来，便惊叫起来。

"我该早点来的。"他责备地说。

他啪的一声打开灯，笨拙地平衡着手上端的餐盘，低头哈腰的，仿佛焦虑能让它不掉在地上，她直勾勾地盯着他看，让他吓了一跳，以为她又发烧了，但眼前这种难得的待遇让她湿了眼眶，她用摊平的手掌压了压她因生病而变得乱七八糟的头发，试图说些什么；但接着她那太模糊、太巨大、不可分享且已经迷失的喜悦，变成了虚弱的泪水，他绝望地摇摇头，把餐盘放在她的膝盖上。

"无论如何，你先尝一下再哭呀，"他一边观察她是否有微笑的迹象，一边说，"或许不像你想的那么难吃。"

"哦，不是因为晚饭，"她说，"非常感谢，休伯特。餐盘看上去好极了。"

他把披肩往上拉，裹住她的肩膀，在床边坐下，手放在两个膝盖之间，注视着她，鼓励她。她用指尖触摸了一下茶壶，感受它的热度，却找不到可以跟他说的话。

他迟疑地说："你现在担心什么，亲爱的？你不该担心无关紧要的事情。"

"我觉得重要的事情可能不是你觉得重要的事情。你想到过这点吗？"她立刻喊道。

泪水慢慢地顺着她的脸颊滚落下来。她可能会这样哭一个小时，他知道。

他叹了一口气，站起来。

"好吧，至少晚饭还行吗？"他问。

"哦，是的。晚饭很好，谢谢。你本不用这么麻烦的。我讨厌给你添麻烦。"

她将目光转向窗户，充满愤恨地望着外面的黑暗，用手捂着嘴巴，仿佛受到了惊吓。

"看在上帝的分上，罗斯，你为什么不能努力振作起来呢。那么来吧，我给你穿得暖和一点，你可以舒服地坐在楼下，直到你回床上睡觉。离开这个老旧的房间，对你来说是一个改变。"

"你突然变得很好，休伯特。那么关心我。"

当她正视他时，她的目光充满了愤怒和恐惧，还透着怨恨。

"什么让你苦恼？现在是什么让你苦恼了？"他喊道。

"没什么让我苦恼，只是我生病了，也厌倦了被当作借口。我讨厌虚情假意的人。如果你想要回到楼下去，那就去吧。"

"你是发疯了吗，还是怎么了？"

"哦，是的。我一旦反对你，就是发疯了。我只想要一个人安静地呆着。"

"瞧，敲地板，假如你需要什么的话。我会在下面，假如你需要什么的话。我对上帝宣布，我不知道谁会有耐心跟你打交道。"

"我什么都不需要。"她沮丧地说。

她消极地躺在椅子上，深感挫败，仿佛她有几个小时没有说过话了。她没有抬头看，直到他走出房间，但她听着他走下楼梯的脚步声，知道片刻之后，房子就会偷偷地回归常态，他会再度陷在壁炉边的扶手椅里，边抽烟斗边玩周日的字谜游戏。她费劲地长出了一口气，急不可耐地给自己倒了一杯茶。

她不是经常生病的。她身体强健。她来自一片乡村地区。她喜欢在她小小的后花园里干活，保持草地青葱，种羽扇豆、虎耳草、桂竹香、小苍兰、雪莲花、铃兰花、勿忘我、三色堇、旱金莲、万寿菊和玫瑰。她还有其他花。在花园的一角，她雄心勃勃地搞了一个岩石盆景。房子前面，在比一块桌布大不了多少的一小块地里，她种了牡丹花、罂粟花和番红花，还植了一片菱形的虚弱小草。在她位于房子前部的起居室里的窗台上，她摆了一排蕨类植物，春天时则会摆上种在红色花盆里的风信子和郁金香。

她很关注可怜的人。可怜的男男女女和乞丐们总是源源不断地出现在她家门口，讨饭或要钱。她从来都不知道该如何拒绝任何出现在家门口的人。这让休伯特很恼火。他说太多人来乞讨了，他们已经认识她了，他们在利用她。大家知道他也经常给乞讨者钱，但他断言她是好事做过头反成坏事了。她则继续给任何出现在家门口的人钱。有两三个人定期来，一些人偶尔来，还有一些人只来过一次。一些人会卖些针线、别针、鞋带或铅笔之类的东西。一个男人带着老婆和一大家子小孩，站在街上卖力地唱歌，然后才会来到她家门口。他的老婆怀里抱着一个婴儿。她站在她的位置上，在他唱歌时胆怯地跟着他低语，孩子们则充满希望地凝视着这条街上的装饰假窗。

有一个男人来家门口乞讨的历史比其他人都长。这是一个手有残疾的男人。他总是在周四下午的某个时间来。德顿夫人对这个可怜的男人产生了兴趣，因为她怀疑他跟她自己一样，是从乡下来的。他头戴一顶乡下人的软布帽子，身穿一件藏青色的哗叽西装，冬天竖起的西装领子里面是一条围巾，夏天西装领子里面则是一件不太干净的衬衫，衬衫既没有领子，也没有配领带。他的左手垂在身边一侧。它是健全的。他的右手则高举于胸口，犹如一件宝贝，耸起的肩膀在后面保护着它。这只手是畸形的，或者说它是受过重伤而残废的，它被压成了一个静脉纹理突出的硬块，它的皮肤愈合成了一种嫩红色，一种煮熟后的颜色，非常难看。只有手指的残余部分留了下来，大拇指折向手心。他的眼睛，是蓝色的，看上去疲惫得快死掉了，但他的嘴巴却依然是天生服从到死的样子，一张看起来是如此孤单的嘴巴，像没有舌头似的，它自动张开对她报以致意和哀求的害羞浅笑。没关系，没关系，没关系，不怪你，不怪我，也不怪任何人，这张嘴巴说，不过请把我填满。

这个男人的人性，他的罪过，以及他每天受到的惩罚，都如此直白地写在他的脸颊上，以至于他看上去又惨又冷，像一具尸体。从一开始，他就看上去像是走到了生命的最后阶段。一次，休伯特从起居室的窗帘后面瞥了他一眼，说："上帝作证，他看上去简直像是你见过的所有不幸可怜人的代表。"

曾经他一定敲过街上每户人家的门，寻找会接待他的人，但多年来他现在都是径直去她家。他在人行道上走的时候，脚步很轻不引人反感。他默默地乞讨。她一直以为他可能会对她说点什么，但他从不说话。一次，她在他身后友好地评论了一句，他非常困惑地转过来，让她感到不好意思。过了很久她才再度试图跟他说话。无论天气如何，他总是准时出现在门口。甚至在冬季天气最坏的日子里，他也没有放过她，而是站在她面前，索索发抖，浑身滴水，畏畏缩缩，不停微笑，帽子和肩膀都被雨淋得湿透了，又湿又冷让他抬起的手看上去犹如燃烧的玻璃杯。

她经常想到请他进来喝杯茶，但她没有勇气那么做。此外，万一他接受邀请，来到厨房里的话，他们又能聊什么呢？当然，她会给他上茶，留他独自一人喝茶，她能找到很多小活儿干，让自己忙来忙去，但那样很失礼，而且无论如何她很明白她是想跟他说话。她不知道且不能想象的是，他们究竟能说什么。除了是或不是，她不确定他还会说什么，请他进来喝杯茶，然后问他一连串的问题，这个念头比她保持沉默和忙碌、让他一个人喝茶还要更加失礼。但她想要听他到底会说什么。她好奇他的人生中发生了什么，但除了对事件和变化的一般叙述，她想要听他说说那些她无法确切形容的事情。她一天到晚独自一人在房子里和花园里干活的时候，有很多事闪现在她的脑海里。

德顿先生和夫人有一个儿子。约翰·德顿神父。他从来不让她知道他什么时候会来看她，因为他说她太小题大做为他做准备。通常他会在他的父亲和母亲都在家时回来，但一天下午，他顺便回家时，发现她独自一人在家，那天是周中。她一看到他便高兴地叫起来，并习惯性地开始非常焦急地解开他雨衣的扣子。他由她把他从外套里拉出来，他笑着轻轻地打了她一下。她依然没有习惯他身上穿的黑色神父服。黑色的面料让他看上去模样欠佳，仿佛他是从另一个世纪或一个噩梦中溜出来的。他变得不一样了。

他的头发和皮肤颜色都很浅。他的脑袋长长的，他把自己柔软的浅色头发光滑地都往后梳，凸显出他方正的高额头。他的眼睛是浅蓝色的，一种不安，甚至是惊骇的浅蓝色。他的衣服是任何神父都会穿的，但他身上似乎透着些浅薄和自得，表现在他歪着的脑袋，或者是他总在做的某种不必要的刻意手势，而这些都更像是属于一个演员而非一名神父。

"你很久没来我们这儿了，"她说，"我去给你弄点吃的。感谢上帝，家里有一点很好吃的鸡肉。"

他上楼去洗手，并看看他过去的房间。他睡的是前部的卧室，家里最好的房间。一切都跟过去完全一样。房间里摆着他的照片，有独自一人的，跟其他男孩在一起的，跟神学院其他学生在一起的，以及他被授予神职那天的照片。他的母亲把它们装在相框里，摆在衣柜上、书桌上、壁炉架上，还挂在墙上的各处。听到她走进房间，他转身，卷起袖子，冲她微笑。与她对视后，他把目光转向外面的花园。

"瞧那些花呀。"他傻傻地说。

她就站在他的背后，紧握着他的手。她的手有力、干燥；被它们紧握过，不可能忘记。她捏住他柔软的手，跪倒在地，亲吻它，嘴用力地贴住它。她用它抚摸她的脸颊，她下巴的硬朗曲线，还有她的脖子，他能感觉到僵直有力地竖在她皮肤上的温暖汗毛，以及皮肤下面她身躯的软窝。他猛然从这个梦境中抽离出来，语气激烈地笑着对她说：

"母亲，母亲，我得提醒您多少次啊。我的手。母亲，我的手。"

"啊，我的神哪，神圣的双手。"她用手指捂住嘴巴喊道，用她的沮丧来嘲弄他。她笑着尖叫，双膝分开跪回到地上，抬头注视着他，痛苦且愤怒的目光犹如煮沸的热水。

"我忘了你的手了，儿子。我是不是很没规矩啊。是不是很没规矩。如此无礼，居然碰了一位神父的万能双手。我明白你不喜欢我碰你珍贵的双手。哦，我非常明白。"

"不单单是您，母亲。任何人都不行，您非常明白的。一位神父的手，正如您非常明白的——"

"哦，我明白，我明白。你还没出生，我就明白了。现在不要对此喋喋不休了。我只想要你的祝福，约翰。仅此而已，我只想要这个。"

她怒气冲冲地抢白他，费力地匆忙站起来，掸了掸裙子。

"我会给您我的祝福的，母亲，无数的祝福。没什么是我不愿给您的，只要我有的话。您想要我给您一个祝福吗？"

她像一个女管家一般站得笔直，双手放在胸口下面。

"现在别管那个了，"她厉声说，"快点下来，在桌子边坐好。"

她朝他迈了一步。

她说："哦，宝贝，我是怎么了。我太神经兮兮了。别把我说的话放在心上。"

"都怪我，母亲，"他赶紧说，"我会在您铺好桌布前下来的。"

透过餐厅的窗户，就像她在今天早些时候看到的一样，后院的金链花树已经盛开。看到它，她几乎不能觉察地微笑了一下，这棵色彩浓烈的小树，无数朵盛开的小花，艳丽的明黄，它把自己提升到了灿烂色彩的极致。那纤弱的树干，跟腿一样细，每年夏天都因为这些小花而容光焕发，香气和色彩在阳光下沸腾。看到这些小巧雅致的花朵绽放，每一朵都那么黄，它们的花瓣异常光滑，她不禁微笑着想去摸。她的指尖因激动而感到刺痛，她爱抚着她最好的桌布上的复杂蕾丝，它被铺在桌上，为了约翰。

她还记得多年前，跟约翰一起坐在这里，或是坐在楼上他的房间里，跟他聊天一聊就是几个小时，对他嘲笑他的父亲，复述她不得不打交道的店主和邻居的故事。一晚又一晚，当他去做作业时，她跟着他上楼。她经常被店主们、上门叫卖的小贩们、在路上碰到的人，或去公园散步时碰到的人欺负。她不是他们的对手，她说，但她不愿让他们就这么心满意足地做了坏事却不受惩罚。休伯特厌烦了听这些，他说她还是忘了这些事情比较好。休伯特说翻旧账没意义，只要有人斜看她一眼，她就感觉受到了致命伤害。他说她只是在惩罚她自己,如果她想这么做,随便她,但她可不要把他扯进来。

但约翰是一个非常有同情心的小男孩,一贯如此。从小,他和她之间就有一种理解。他们常常一起去公园,坐在长凳上,注视着来往的路人。假如某个他们不喜欢的女人看着他们,他会大声问那个女人她以为她在盯着什么看。那时,他还是个小孩。后来,在他十二岁左右的时候,他变得非常在意自己的尊严,他常常喜欢去图书馆,在那里一呆就是好几个小时。在他离家求学,谋求神职的那天,她跑去教区的教堂,往祈愿箱里投了一张纸条,纸条上她用写食品杂物购物单的化学铅笔①潦草地写道,我想要回属于我自己的,我想要回属于我自己的。

一年中的季节对可怜的男男女女而言,几乎没有区别。他们冬天来,夏天也来,但天冷的时候,他们看上去状态更糟。一名年轻的女子来敲门,那天天很冷。她带着一个孩子,一个小女孩。她看上去邋遢、卑屈、几近愚蠢。小女孩八岁,对她的年龄来说个子很小,脸蛋狡黠疲惫却很机灵。她小小的脚上穿着厚重的男童款靴子,但没穿长袜。当门打开时,她讨好地微笑,像猴子一般伸出下巴。她跳上跳下,搓着膝盖取暖。她用明亮的眼睛羡慕地仔细打量着德顿夫人的裙子,试图查看她身后的前厅。

"那儿是什么?"她直接指着属于德顿神父房间的凸窗,没礼貌地问,"那儿是一个房间吗?"

---

① 化学铅笔,英文名为 chemical pencil, copying pencil 或 indelible pencil,问世于 1870 年代,它是一种加入了染料的铅笔,特点是字迹不易被擦去,在圆珠笔发明前,常被用来作为墨水笔的方便替代品。

她的母亲转身，猛地抽了她一个耳光。

"她太冒失了，夫人。"她焦虑地微笑着说。她摇了一下小孩。"跟夫人说你很抱歉。"她命令道。

小孩脸上留着她母亲的掌印，却露齿一笑，挥了挥胳膊。她似乎是在挑战她的母亲，让她再给她一记耳光。德顿夫人后退到前厅里。

"那儿是我儿子的房间，"她说，"我会让你看看里面，但首先你必须下来去厨房，让你的妈妈喝杯茶。"

小孩拒喝牛奶，而是跟两个女人一起喝茶。当她吃完桌上的所有东西时，她站起来，开始在厨房里走来走去。

"这是我的。"她摸摸她刚才坐的椅子说。

她摸摸煤气灶。"这是我的。"她说。

"她总是很皮。"她的母亲漠然地说，手紧紧地捏着茶碟上的茶杯柄。"我很感激您的茶，夫人。"她补充道。坐在桌子边，沐浴在煤气灶的温暖中，她有点犯困。

"这是我的。"小女孩向上伸手摸着窗户上的格子窗帘说。

"好吧，"德顿夫人看到茶都喝完后说，"你想要看楼上的房间吗？"

"我想要看那里面。"她们登上三级台阶，走进客厅时，小孩冒失地说。她指着起居室的门，飞奔过去打开它。

"这是我的，"她尖叫道，"这是我的，这是我的。"

她摸摸沙发，两把软面椅，那盆蕨类植物，壁炉架上的花瓶，整齐地站在钢琴上的瓷雕像，它们很安全，因为钢琴从来没打开过。

"这是我的。"她尖声喊叫，像一只邋遢的大青蛙一般蹲在地毯上。

"您家很漂亮，夫人。"小孩的母亲说。

"现在我们上楼去看看那里有什么吧。"德顿夫人说，并鼓励地尴尬一笑。小孩敏捷地从她身边溜过，避开她的手，飞跑上楼，仿佛她对房子很了解。

当她们来到德顿神父的房间时，她站在窗前，把脸贴在窗玻璃上，白色的窗帘在她旁边聚拢成一堆。

"那是我们进来的门。"她大声地对她母亲说，兴奋地想要吸引她的注意。她拉拉她母亲的手。"我们就在那里，妈妈，从街上走过来。瞧我们在那里。"

一个顶着一头有光泽的长鬈发、身穿一件粉色外套的小女孩从街上走来，跟她一起的女子肩膀上披着一条皮草围巾。

小孩把目光从窗户上移开，盯着她的母亲看。"那里的那个女的是你，妈妈，那个穿着外套、顶着一头鬈发的是我。"

她的母亲嘲笑地推了她一下。

"你就继续吧。"她说，胆怯地朝德顿夫人笑笑。

小孩拼命想要吸引她的注意，发脾气地大喊。

"我们在那里！"她尖叫，"瞧我们就在那里。"

"闭嘴。我实在是听够了你的谎言。"她的母亲喊道，并用力给了她一巴掌。小孩在眼泪再度充盈眼眶前，迅速抬头朝她们咧嘴一笑。

"你打她打得太多了。"德顿夫人提出异议。

"啊，您自己知道的，这是让他们长点脑子的唯一方式，夫人。这个小孩习惯性地说谎，还时刻试图炫耀。她太放肆无礼了。"

小孩离开窗户，跳到床上。

"这是我的。"她略有收敛地说，一边用她修长的脏手指握住床尾架。她的手指像小树枝，眼神像荆棘一样尖锐；她的微笑里既没有爱也没有羞耻。她躺在床上，在白色的被罩上伸展开她衣衫褴褛的胳膊。

"你身上戴的那个是胸针。"她好奇地说。

德顿夫人戴着一枚精致的金色和蓝色的珐琅胸针。她抬起手，摸摸它。

"我来告诉你我要做什么吧。我要把它作为礼物送给你。"她连忙说，并凑近床尾，把胸针别在小孩的裙子上，胸针沉重地陷在破布里，仿佛它被丢弃了。小孩胜利地扫了一眼她的母亲，后者第一次打量德顿夫人，神情既惊讶又怀疑。可怜的女人紧张不安，唯恐在她们有时间离开房子前，礼物就被后悔地收回去。她敦促小孩从干净的被罩上起来，不要去烦夫人，并感谢她送出漂亮的胸针。小孩，一个有经验的同谋，顺从地从床上跳下来，不等她的母亲说完对施主的祝福，就走到了楼下的门厅里。

德顿夫人还没在两个匆忙离去的背影后关好门，就后悔送掉了胸针。她是在她母亲去世后得到这枚胸针的。她的母亲日夜都戴着它，上床睡觉时常常把它放在她的发夹之间。她去世已久的父亲也对它很眼熟。她自己最初的一些记忆也与它紧密相关，现在她却把它送掉了。现在关于过去，留给她的只有楼上床上的那条被罩。

这不是她第一次像那样匆忙送出东西后，又后悔。约翰的受洗披肩，是她花了好几个月才做完的，也是以同样的方式送给了一个上门乞讨的可怜女人，另一次她则送掉了自己的一副新手套。

有时她好奇自己是否一辈子都在送掉她觉得最有价值的东西，却从来没有因此收获任何感激。人们索取接受时似乎毫无限度。她经常对约翰说，如果你敬人一寸，他们就会得寸进尺。休伯特听到她的话，评论说这只能怪她自己，因为是她硬要别人接受那尺的。然后休伯特问约翰能否告诉他一尺是什么，他俩都大笑起来。

　　她住在这栋房子里的这些年来，所有来门口乞讨的可怜的男男女女，她从未在街上遇见过他们中的任何一个，直到那天她在去买新床单的路上，在奥康奈尔街的桥上碰到了那个手有残疾的男人。

　　她住的城郊离市中心坐公交车大约需要二十分钟，但除了有特别的原因，她很少去市里。公交车的终点站停在利菲河离她家较近的那边，她对此很高兴，因为这让她有理由过桥看看河。周围到处都是人。德顿夫人穿着黑色的系带皮鞋，出门前她把它们擦亮了，鞋底很薄，所以她每走一步都能感觉到坚硬的路面。依然是一个乡下人的她，习惯于看到更为清澈的溪流，但她依然渴望一睹河床很高、河水颜色很深、气势雄浑的利菲河。她过桥时，感觉强劲的冷风吹在她的脸上，她看到那个手有残疾的男人，护着放在身体前面的手，悄悄地在护栏附近走。当他们面对面时，他抬起头，看看她。一看到她，他脸上就写满了惊讶和欢迎的表情，以至于她伸出手，开始跟他讲话，但他回过神来，摸了一下帽子，就从她身边经过了。她继续前行，片刻之后转身去看人群中他的背影，但他已经消失了。她从人流中走出来，用目光在整座桥上搜寻他的踪影，但他真的消失了。她想他如此快速地从视线中消失，一定是有非常急的事情要做。

坐在回家的公交车上，她满意地想，桥上的相遇给了她一个她一直在寻找的机会，让她可以跟他攀谈。她编了一番他俩之间的对话：

她：前几天我在桥上看到你了。

他：是的。我也看到您了。我本会说话，但您似乎很匆忙。我们能遇见真是太奇怪了。

她：一点也不奇怪。世界很小。

或许她会说：

"如今你已经上门来很多年了。"

不，那么说根本不合适。他可能会以为那是暗示他不要再来。她可能会用开玩笑的口气，问他那天在桥上究竟为什么那么着急。好吧，船到桥头自然直，到时候她自然就有话讲了。

那个周四，当他没有在惯常的时间出现在她家门口时，她变得非常不安，下午剩下的时间里她都在前面的起居室里等他。六点零五分，休伯特转过街角，慢慢地朝房子走来，一如他每晚所做的那样。当她看到休伯特时，她意识到手有残疾的男人根本就不会来了。她走过去，拿走这天早些时候她放在前厅桌上要给他的钱，把它放进厨房柜子上的一个杯子里。休伯特用钥匙开门进来，发现晚饭没有准备好，甚至都没开始做，他惊讶地问自己是否回家早了。他跟起居室壁炉上面的钟对了一下手表的时间，接着开心地对下面的厨房喊道，他想吃一个煮鸡蛋。

当他们坐在桌子边吃晚饭时，她跟他讲自己在桥上碰到那个可怜男人的事情，还跟他讲今天他没有出现在他们家门口。

"你大概是把他吓死了，"休伯特平静地说，"像那样伸出手跑到他跟前，尤其是手里还没拿任何东西。"

"但我只是想跟他说句话；那又没什么危害。"

"你只要看看那个男人的脸，看在上帝的分上。那样的一个男人完全不需要你小题大做地去攀谈，罗斯。给他任何你想要给他的东西，但不要去烦他。"

"但他看上去很高兴见到我，休伯特。我这辈子从来没见过任何人见到我如此高兴。"

"他下次就会懂了。他怎么会知道你想拥抱他呢？"

"休伯特，你总是什么事都怪我不好。"

"罗斯，亲爱的，这是你自找的。你永远也想不通这辈子你必须学会适可而止。"

他们陷入了片刻的沉默，让他有时间剥掉蛋壳的顶部，然后他安慰地说他肯定手有残疾的男人一旦克服了他的惊恐，就会回来的。他补充说如果那个男人不回来，那也很好，因为这能让他们省点钱。他那么说，只是开玩笑。他没想伤害她。

接下来的周四，手有残疾的男人像往常一样，在正下午的时候，出现在她的门口。她一看到他，她就知道他不会说任何话。她下定决心不去烦他，除非他主动说些什么。他举起伤残的那只手，注视着她，脸上没有一丝她在桥上碰到他时所透出的那种神采。假如他对于露出本色感到羞愧，那么也丝毫没有这样的迹象。他完全遁形于贫困之中。他仿佛遥不可及。看到他再度出现在门口，让她大感安慰。后来她从未想过与他攀谈，过了一段时间她忘却了当初吞噬她的对他的好奇，尽管她继续密切关注着他，还有其他来乞讨的人。

饥饿的侵袭

德顿夫人有一张饱经风霜的脸庞。此刻,她在厨房里,默默地为自己和丈夫准备晚饭。她的丈夫名叫休伯特。她默默地摆好两个杯子、两个盘子、两个茶碟等等,所有的东西都是两个。现在无须在桌上摆好超过两人份的餐具。第三个人的位置空着,第三张脸消失了。约翰,她的儿子,离开这个家,他不会回来了,因为他永远地消失在爱尔兰家庭生活中最寻常的裂隙里了——神职。约翰离家去当神父了。

德顿夫人没有默默接受(因为她从未直面过它)的念头是,哦,要是休伯特早死了就好了,那约翰就永远也不会离开我,永不,永不,永不。他永远也不会留我独自一人……但她在精神上默默地接受了这个念头的秘密存在,它隐匿地活在那里,她的精力、她的意愿,以及她日渐衰弱的希望之力,滋养着它。

她从未对任何一件事下定决心。决定不是她知晓的东西。她的决定,关于摆上桌的食物,关于房子的各种事务,她所做出的决定都取决于习惯和休伯特给她的家用。休伯特是一个节俭的人。倒不是说他有意苛刻,但他很谨慎。他计算过维持家庭的日常开销是多少数目,于是这个数目就是他每周五会给出的家用。当他下楼出门去上班时,他总是把钱准备好拿在手里,一分一厘都不差。每周五早晨,她会等在楼梯脚下,他则会一言不发地把钱递给她。

以前,约翰还在家里,休伯特给她钱时,他有时也会在那里,然后他们俩，她和约翰，便会交换眼神。在她这方，眼神说："你瞧他对待我的方式。"约翰的眼神则说："我明白。我明白。"他俩一致认为休伯特不懂该如何表现得更好。这点认识，即休伯特不懂，构成了他俩之间同谋共计的基础和框架。他俩总是谈论休伯特。休伯特无须做任何不寻常的事情让他自己变成谈论的对象——倒不是说他做过什么不寻常或特别的事情。他只须按他的习惯行事，下班回到家，坐下来看报纸，然后坐下来吃晚饭，上床睡觉，早上起来，做所有那些他总是按常规做的事情，他的常规一成不变，同时却也永远不会变得单调。休伯特对于日常流程的坚持，这本身就引人注意，仿佛他是刻意地行事，仿佛他随时可能丢掉伪装，转身向他们展示一张他俩都怀疑他拥有的脸，他的真面目，一张恶棍的脸，一张暴徒的脸，这名暴徒能说出做出最激烈可怕的事情，最骇人听闻的事情。他让他们始终处在一种悬而未决的状态之中，当他在家时，甚至当他们只是听到他上楼时，他们总是交换眼神。但休伯特保持着他一贯的面容，温和，友善，自满，强烈透出天生的对每个人和任何人说的每句话的不信任，他对自己判断力价值的意识让他神情坚定。

现在，约翰走了，没人可以跟德顿夫人交换眼神了。没人可以让她看，除了休伯特，而休伯特可以变成一个狂躁的疯子，发泄咒骂，没人会看到他，除了她自己。没人会看她，她感觉自己已经变成了看不见的人，但与此同时她感觉她在孤寂中整天跟着她自己在房子里到处走，上下楼梯，她几乎不能忍受照镜子，因为她在镜子里看到的并不是一张同情她的脸，而是她自己的脸，她自己坚强却无防备的脸，在真正无助的自怜的痛苦中，一个勇气早已石化为单纯忍受的人的脸。她毫无希望。这正是她对自己说的话。

在家里，她毫无希望。她的整个人生都是在这个家里。她出门只是为了购物或去做弥撒。她去周日的早场弥撒（她和约翰过去总是一起去），休伯特独自去晚场弥撒。约翰离开前，他们三人已经有很多年没有一起去散步了，她和休伯特从来不去任何地方或拜访任何人。他从来没有请店里的任何人来他家共度一个夜晚，或夏天来看看花园之类的。从他们结婚起，休伯特就表现出不信任她管钱——他说她没有管钱的头脑——经年累月，他变得不信任她出现在除家里之外的任何地方。在紧张的时刻——比如在约翰的学校里和神父们在一起的时候，或在他们婚后早期偶尔参加的聚会上——休伯特注意到他的妻子会变成一个不同的人。在陌生人面前，她有时会微笑。某一刻她会挤出一个颤抖胆小的微笑，仿佛她被告知她会挨打，除非她看上去讨人喜欢，接着后一刻，她的脸上会浮现出一个荒谬的屈尊鬼脸。然后不等任何人反应过来，她就会面无表情地沉默地站着或坐着，一言不发，引得每个人都看她，好奇她是怎么回事。如果她真的开口说话，她会试图用一种一丝不苟、细声细气的文雅发音来掩盖她的乡下口音，但根据休伯特对这个世界的观察，他知道这种发音很俗气。他觉得最好还是把她留在她感觉最自在的地方，即家里。不知怎么的，她无法令人满意。她学不会该如何行事或该说什么话。她毫无自信，此外，她还极其容易感觉受伤。如果你试图告诉她什么，她会把它当成一种侮辱。休伯特认为，一个男人处在他的位置上，却不得不为他的妻子感到羞耻，是一件极其困难的事情，但情况就是如此，他为她感到羞耻。而且他为她感到难过，因为她的失败不是她的错。她生来就是这样的。对此没有什么可做的。

当德顿夫人转身不去看照出她的无助的镜子时，她看到的是她家房子的墙壁、它的家具、照片、椅子、小地毯和装饰品，看到所有这些东西都让她心痛，因为她非常努力地把房子保持在约翰离开时的样子，但房子正在脱离她的掌控，变得不像约翰住在这里时的样子，不像她和约翰一起住在这里时的样子。似乎没有办法控制正在房子里发生的改变。当她把精美瓷器套装中的两只杯子和其余精美瓷器一起拿去清洗时，它们毫无原因地从她手里滑落，如今她在房子后部起居室玻璃柜里的玻璃制品和瓷器陈列看起来就不完整了。前部起居室里的一个沙发垫上有一大块污渍，她都不知道它是怎么弄上去的。邻居家的一个小孩往她家的前花园扔了一只皮球，砸伤了一棵在那儿平安生长了好多年的玫瑰。她自己在一阵绝望中移走了一小堆约翰留在他卧室书桌上的报纸、杂志和小册子。她没有把它们扔掉，它们在厨房柜子最底下的一层搁板上，但即使她把它们搬回楼上他的房间，它们也不会完全跟他留下它们时一样了，它们看上去再也不会跟他最后一次见到它们时一样了。而且她极度后悔把他一贯塞在衣柜门下，以让柜门关闭严实的一小团旧报纸抽出来。她把它丢进火里，在门下面重新垫了一团新的报纸。再也没什么是一样的了。

楼梯上的地毯在这么多年后突然出现了一块块的磨损，前厅门周围的墙纸开始严重剥落，必须对此做点什么。就连灰尘似乎也找到了新地方积累，或是打算积在不同的地方，在她看来自从约翰离开后，她唯一做的事情就是扫灰，日复一日地扫灰——每天灰尘都更多了，每天扫灰的时间也更多了——她开始觉得她在余生中唯一能做的就是打扫约翰离开后的时间。灰尘让她心烦意乱。看到它们每天出现在那里，让她感到恶心，它们是新灰尘，但看上去就跟她母亲很久以前在她出生并长大的乡村小镇上一直在打扫并扔掉的灰尘一样旧且脏。毫无疑问，就跟滴答在走并且必须重新上发条的时钟一样，灰尘出现在房子里的各个地方，还沾在她的手上。它们沾在她的手上和她的手腕上，无论她如何使劲地擦洗她的指甲，似乎总有一点灰尘留在她的指甲下面。她告诉自己她有一双用人的手。休伯特的手柔软干净，但她的手却又大又粗，仿佛她是一个手工劳动者。她经常发现休伯特在她用手拿盘子里的食物时，盯着她的手看，在她把食物送进嘴里时，盯着她看。她总是吃很多面包，她觉得有时他一定是好奇她怎么能吃那么多面包，或者她为什么吃得那么快。她情不自禁——她感觉吃那么多面包有点羞耻，但她想吃，而且她吃得很快，有时当她伸手去拿面包再切一块时，她能感觉到不管不顾的渴望让她涨红了脸。一件值得一提的事是，自从约翰离开后，她不再在桌上放果酱。当约翰在家时，她常常做果酱——覆盆子、西洋李子和醋栗——但他俩最喜欢的是浓稠的、昂贵的英国产的罐装果酱。最好还是不要把果酱放在桌上。休伯特从来没有问过价格，但他有时会把果酱罐拿在手里，把它转来转去，慢悠悠地阅读瓶贴，然后又把罐子放回去。即使果酱罐几乎是满的，他也会把它斜过来，看它里面。一次他说："这是一个好主意，在桌上放一点可以阅读的东西。"约翰大声笑起来，她觉得既然他知道他的父亲只是又在换着花样贬低她，他这么笑很无情。

距约翰离家去做神父已经过去了六个月，其间的每一天，德顿夫人都意识到他走了，他不会回来了，但每一天她都觉得她是第一次意识到这点。这种意识鲜活犹新，完全掌控了她，支配着她的一切行为，前一刻叫她坐下，后一刻却叫她立刻站起来，不容耽搁，毫无理由——这种意识的影响力就是足够的理由，因为它现在支配着她的每分每秒，控制着她，让她活下去，以它自己的方式神秘地安排着她所做的一切。要是没有这种意识让她整日坚持下去，她会不知道接下去要做什么，她会去做她真正想做的事情，即钻到床底下，躺在地上。意识到约翰走了、不会再回来，让她的内心产生了各种不同的感受，但这种意识始终盘踞在她体内的同一个位置，就在她的胸口下面，在她身体的正中，她的肋骨之间。有时它彻底消失了，她感觉空虚，然后，在那些时刻，她会去给自己弄点东西吃，但当食物摆在她面前时，这个意识又总是会回来，吃东西的念头会让她感觉恶心。有时候，这个意识会彻底消失，或似乎消失了，她会变得非常激动，跑到前面的窗户边，知道约翰要回家来了，知道他这一刻正拎着箱子走在街上，知道她只要等一两分钟就能看见他了，看见他从主路上拐过街角走来。

不过，他当然没有来，他不会来，于是她内心的激动会平复下来，让她的心情变得沉重且麻木，被愚弄的失望和耻辱令她痛苦，仿佛她感觉到的真的是希望，而不是它的实质，失去后的妄想。

在这种反复发作的妄想中，生成了两个白日梦，漫长、平静、愉快的梦，一直在扩展，进度和细节一直在增进，只在两个方面类似——它们舒缓的一成不变和它们的结局。两个梦都在约翰再度变成她自己的，再度只属于她的那一刻终结。

在第一个梦里，约翰回来了。在这个梦里，她在前面的窗户边守候他，当他转过街角时，她去为他打开前门，但接着她想要他第一眼看到她时，她是在窗户的映衬下，于是她走回去，站在窗前（用手把网眼窗帘拨到一边），直到他看见她并微微一笑。当他走到她小小的前花园向内开启的矮门边时，她赶紧走到前厅里，打开前门，把它敞得大大的，好让他能直接进来，把箱子放在前厅里，不用拎着重物——他从来就不是很强壮。然后他们会互相注视着对方，她会说："我知道你会回来的，约翰。"或许她会这么说："我知道你会回到我的身边的，约翰。"然后他会说："您始终知道什么对我最好，母亲。"他们会走到下面的厨房里，她会已经在桌上摆好餐具、一切准备就绪，他喜欢吃的东西全在桌上。他会吃点东西，然后他会再也无法把他的烦恼憋在心里，他会说："但是母亲，我离开时，难道您不在乎吗？难道您一点也不想念我吗？您从来都没说过一个字，没说过一个字。"这些话会把她想要知道的事情告诉她——即他注意到了她英勇的沉默，当她意识到他要走、要离开她时，她没有说一个字，她克制住了所有她渴望一股脑儿倒向他的提醒和责备，他明白她是多么勇敢和无私，像她所做的那样，让他自由地离开。他们互相会有说不完的话，一旦他们在重聚时取得了那点共识。他们会喝许多许多茶。她会告诉他她非常想念他。她会说她极其寂寞，甚至想他想到大哭（她会提醒他说他的父亲不是什么好伴侣），但她想的只是什么对他好，只想要她始终想要的东西——什么对他最好。而且她从来没想过不让他安静地走，只要他心意已决。

　　但这都是一个梦。他根本没有回来，她则对自己如此轻易地放他走追悔莫及。她是如此肯定他会回来，于是她一个字也没说，准备好了让他钦佩的自我牺牲。她有很多本可以对他说的事情，那晚当他终于对她说，告诉她一切都定了，他下定决心，要走了。

那个时刻，他根本没有下定决心。她本可以说句话阻止他的。她本可以提醒他说他是家里唯一的孩子，他对他的父亲和母亲负有责任。而且他对自己根本没有信心；完全是因为她的祈祷和鼓励，他在学校的最后一年才通过了考试。他这辈子都是靠她带着，如今他想象自己能离开她生活。他怎么能认为他能在一个全是男人的房子里生活呢——神父和学生——所有人对于神职都比他准备得更充分，所有人在世上过得比他任何时候都要好。他们会看不起他。他会非常高兴离开那个地方，回到她的身边。

但他没有回来，这个认识再度在她体内翻腾，它会再度给她指令，掌控一切，而她则会服从它，站起来，坐下来，走到这里，走到那里，在任何地方都永不安心，因为唯一能让她安心的办法就是她能在地上躺下，面朝角落，让她的思绪游走进入睡眠，但要进入一种不同的没有约束的睡眠，非常深远，没有烦恼，她的头脑不会受制于梦境，而是能漂浮，变得模糊，甚至能挣脱束缚，像孩子的气球一般飘走，带走她记忆的负担。

不仅没有什么美好的事情，而且根本就没有什么明确值得记住的事情，只是很多年过去了，如今一切终结，只剩下他们自己的残余——她自己，休伯特和家具；就连花园里的植物似乎坚守岗位也只是为了标记支离破碎的时间。所有她收集到一起并安排在房子各处的东西都可以被吹走，或变成可怜的一堆，要不是房子的四面墙中有两面跟隔壁房子的墙紧密相连的话。视野之中没有任何可以让她眼睛休息的东西，她的脑海里空空如也，只是意识到约翰走了，而她则必须服从那个意识的指令，以求继续逃离它，逃得更久一点。这个意识纠缠着她，她必须服从它，同时又必须假装没有注意到它。一天里只有一个时间她是忽略它的，那是她最弱也是最强的时间，当他们早上刚醒来时，她和它，它还没动起来，当时它告诉她的是她应该立刻回去睡觉，根本不要醒来。但当时她忽略它，因为在休伯特睁开眼睛前，起床，穿好衣服，去到楼下，准备好他的早饭，等他，在他下来到厨房里前完成部分的家务，这是她为之骄傲的事情。

没有人可以倾听她的抱怨是很惨的一件事；倒不是说她有什么具体的事情要抱怨，但没人可以说话，是很惨的。约翰一直是她的亲密知己，圣母也是德顿夫人这辈子的莫大安慰，是她始终寻求帮助、建议和理解的救世主，但她现在几乎不能求助于圣母，鉴于正是圣母把约翰带走的。不是圣母本人把约翰带走的，而是他自己对于圣母的信仰，但最后这都是一回事，在他俩之间，她感觉她被冷落和遗忘了。

约翰一直都是一个很虔诚的小男孩。他一直翻看他收集的圣像卡片，整理它们，注视着他拥有的宗教章牌，在家里的各个地方都摆上他的圣人小纪念物。小时候，他有个习惯是手里拿着一张圣像，逛进厨房里，站在那里盯着它看，直到她叫他告诉她他在想什么，他的回答总是某个虔诚的想法，对于这么小的一个小孩而言，这很让人吃惊。有时候，他会在晚饭时在他父亲面前竖起一张圣像卡片，把它靠在糖罐或牛奶壶上，他父亲在桌子边坐下时，就能看到它。但一天晚上休伯特终止了这个做法，他把圣像卡片——那张卡片描绘的是圣塞巴斯蒂安 ① 被折磨的场面——放在他的面包上，用刀将它抹抹平，仿佛它是黄油，然后咬下去。他咬掉一口面包的同时，也咬掉了它的一角，他坐在那里咀嚼，

---

① 圣塞巴斯蒂安（St. Sebastian）是基督教早期的一位圣人，传统观念上认为他是在罗马皇帝戴克里先迫害基督徒时被杀害的。

脸上露出一个他称之为"重视家庭的快乐男人"的微笑。约翰大哭起来，休伯特却假装不知道他哪里做错了，她说："休伯特，你太让我震惊了。"然后她也大哭起来，因为休伯特说："我受够了你们两个人。"

关于约翰，她做的第二个梦十分简单。它更像是一种憧憬，而不是白日梦，它里面唯一重大的情节是她看到了他的坟墓。在第二个梦里，他根本就没有离开，而是死了。那终究不是他的错。他没有想要离开她。在第二个梦里，她每天都去拜访他的坟墓，在它旁边一坐就是几个小时，穿一身黑色，像个寡妇。当她哭泣时，每个人都同情她，因为谁会比一个失去自己唯一儿子的女人更有权哭泣呢？当大家看到她每天都去上坟时，每个人都惊叹于她的衷心挚爱，大雨、冰雹、雨夹雪或大雪，无论她感觉如何，她都会根据季节带着鲜花、绿叶和蕨类植物前来。她会不停地哀悼约翰，就连休伯特也无法狠心责备她的愁闷。

这天晚上，她一边为她自己和休伯特准备晚饭，一边想着自己在约翰的坟墓上摆放圣诞冬青和常春藤，这时她听到休伯特的钥匙插进锁眼里，然后前门被关上了。现在休伯特会走进后面的起居室，点上那里的壁炉，坐在壁炉旁边，直到她叫他吃晚饭。有时她也会点燃后面起居室的壁炉，独自坐在那里。今天下午，她几乎没有离开过厨房。他们烧煤。他们把煤、柴火和她的花园用具一起存放在房子背面附带的一个小木棚里。每天她拿两斗煤进来，一个煤斗是铁做的，装的是厨房炉灶的煤，另一个煤斗是铜做的，装的是起居室壁炉的煤。她有时好奇，当她拎煤时，休伯特到底知不知道它有多重。此时，穿过厨房，去把水壶下的煤气从低调到高，她看见铜制煤斗站在炉灶边，已经装满，准备好了。她把它拎进来，然后忘记把它拎到上面的起居室里了。她对自己忘记把它拎上去、留在那里、准备好等他进来，感到恼火。这是一个坏迹象——开始健忘，开始忘记应该做好的事情。好吧，她不会给他机会下来索要它，或是看到她拎着它爬上通往前厅和起居室的三级台阶。他说他的心脏不好，这是他不能做许多会累着他的事情的原因。但他四十岁，三十岁，更年轻时，就是如此。他喜欢被伺候。

她用两只手拎起铜制煤斗的把手，费力地拎着它穿过厨房，走上台阶，走进后面的起居室。她发现休伯特已经用火柴点燃了壁炉，之前她在壁炉里放好了用来引火的纸张和木头，并在上面撒了几小块煤。他正在用翻开的报纸，他的晚报，给这撮小火苗扇风。当她进来时，他转过身，报纸翻滚向火苗，一下子烧了起来。休伯特惊恐地丢掉报纸。德顿夫人跑过去，拿起拨火棍，把报纸捅进炉栅里。小片燃烧的报纸飘出来，飘向房间的各处。她用力把它们踩灭时，休伯特一边跑向厨房，一边喊道："没关系，没关系。我去取水！"随后他提着从炉灶上匆忙抓过来的滚烫的水壶，把壁炉浇得到处都是水。本就已经被控制住的火焰立刻熄灭，变成了一锅黑色的汤，从一条条的炉栅间流出来，流到壁炉前的地砖上，聚积成大小和形状各异的水洼。

德顿夫人在一把椅子上坐下来，开始无助地大哭。她用手捂住脸，接着把手插进头发里，撸撸头发，然后双臂交叉抱住自己，痛苦地晃动身体。无序的混乱终究击败了她，她不能再做什么。此时此刻就在这个房间里，就算她杀了自己，一切也永远不会恢复原貌。这是休伯特做的最坏的一件事，约翰却没有在这里目睹它，她永远也无法找到合适的词语向他描述它。她瞪着休伯特，他也厌恶惊恐地注视着她。

"哦，我该怎么办！"她喊道。

"哦，看在上帝的分上，冷静下来，"休伯特喊道，"你是怎么回事？一切安然无恙。"

"我是怎么回事？"她喊道，"你是怎么回事？走进这里，给里面除了纸头什么都没有的炉栅点火。你就不能下到厨房里，问我拿煤吗。哦，不，你不能。你会等着，直到它被拿上来，送到你的面前，与此同时，就让房子烧掉吧。"

"你闭嘴！"休伯特大吼，"你听到了没有？闭嘴，不要让我说出一些你不想听到的话。"

"首先，你把我的儿子从家里赶了出去，然后你又试图在我眼跟前把这个地方烧掉，在我眼跟前！"

"我想我早该试图把这个地方烧掉，在他依然在这里的时候！"休伯特大吼，"是你让我惊恐，摆着一张仁慈圣母的脸，脚步沉重地走进来，砰的一声重重地把煤砸在地上，所以报纸才从我手里掉出去的。是你造成的，用你的怨恨和你的坏脾气。"

她坐在椅子上身体前倾地说话，但休伯特听不清她说的话，仇恨的风暴让她变得又聋又瞎，让她窒息，让她颤抖，以至于当她身体前倾更激动猛烈地指责休伯特时，她摔出椅子，四肢着地摔到了地上。她让自己爬起来，重新坐回到椅子上，仿佛她是在把自己从海里拽出来，拽到一块岩石上，然后她害怕地求助地看了休伯特一眼，但这个眼神旋即便消失在愚蠢、乞求和怯懦的微笑之下。

休伯特看见这个微笑，就明白她不会作声了。"好了，你现在让自己出尽洋相了！"他喊道，"满屋子地崩溃闹腾，为了油地毡上的几点污迹大哭。好了，高兴起来吧，不要没事就大闹出洋相。"

"这叫没事！"她大喊，"如果约翰在这里，他会告诉你的。他会支持我的。约翰知道我是多么辛苦。努力干活，拼命保持这个地方的体面，你却把这叫作没事。但你又在乎什么呢！你从来都不在乎我，你从来都不在乎他，最终你把他赶出家门。"

"我要告诉你一些事，罗斯，"休伯特说，"你不会喜欢听的，但我认为到了你知晓这点的时候了。你知道是谁把约翰赶出家门的吗？"

德顿夫人没有说话。

"回答我。"休伯特说。

"我认为是你。"德顿夫人说。

"你认为的是合你意的想法，"休伯特说，"不，我没有把约翰赶出去。我们从来都合不来，但那是因为你刻意努力让我们合不来。是你自己把他赶出去的。"休伯特说。"他是为了离开你。那正是他想要的。你甚至都不让他独自去学校。他不能像其他男孩一样独自去乘电车，直到神父叫你不要对他管头管脚。而且他去上班时，你老是在午饭时候跑到那里，不是吗？他羞于被看到跟你在一起。在他离开前的一个月，他告诉我他要走，但他直到最后一刻才告诉你，因为他知道你会找到办法阻止他，他下定了决心，势必要走。你觉得怎么样？告诉我，你觉得这一则小讯息怎么样？他先告诉了我。"

"如果他为我感到羞耻，那也是跟你学的。"罗斯。

"哦，当然你得这么说，"休伯特说，"当然你不能面对事实。

但我已经不得不面对事实了。他讨厌你，我也讨厌你，讨厌你拉长的脸、你的牢骚和你的叹息——我希望你离开这个房间，我希望你走，赶紧走，走远点。我不想吃什么晚饭。我只想今晚不用再看到你。你能走吗？"

"哦，我会走的，"德顿夫人说，"我会走。真的，我会的。只要能离开你，这就是我要求的所有。"

她匆忙走进前厅。她感觉非常自由。她感觉非常独立。在那个自由自在的时刻，她一边审视着前厅镜子中的自己，一边调整了一下她的帽子，并把两个珍珠母贝的发夹别进她浓密的浅棕色头发里。多年来她第一次看见了自己眼睛的颜色。它们是一种朦胧的绿色，当她注视着它们时，她看到泪水充盈了它们。

她最后推了推发夹，扣上外套，从包里取出前门的钥匙，把它扔在前厅的桌上，她发现自己正处于极度的危险中。这种危险是，她想冲回房间里，猛然在休伯特旁边的椅子上坐下，乞求他原谅她并安慰她。她害怕地倾听自己奔跑的脚步声，以及他说话的声音，但家里一片寂静，根本没有任何声响。她之前身处险境，但她没有屈服，她没有移动。她关掉前厅里的灯，还有照在前门上面的灯，以显示她不指望被欢迎回来，因为她不会回来，然后她离开了家。她很震惊；之前她痛苦且无助，她非常重视这个家和所有的小家装陈设，但一直以来她真正想要的却是尽可能远地逃离它，这让她感到一种放纵的震惊。休伯特说出的那些可怕的事情，让她看清了真实的情况。他把她从她自己的家里赶出去了。他说出那些事的那一刻，他一定是疯了。当时他的脸涨得很红。他以前从未如此生气过。但他命令她离开。她总是觉得对这个家负有责任。她为他做了很多小事——伺候他，确保一切都是他喜欢的样子。他会想念她的。但今晚之后，没人能怪她离开。没人能谴责她逃避责任。在他对她说了那些话后，在他说了那些可怕的事情后，她也不能怪她自己。那显示出他是怎样的一个男人，他会编造出那样的事情。她永远也不会出卖他，她永远也不会透露他说的任何一个字，甚至都不会向约翰透露。她永远也不会告诉任何人。她自己会试图忘掉它，但要忘掉那样的一个打击是很难的。

　　她走到自家房子所在街道的街角，开始沿着桑福德路匆忙前行。她开始考虑她要做什么。她必须告诉凯里神父休伯特毫无理由地把她从家里赶出去了。她会告诉他她害怕回到那里。她的想法是问凯里神父借足够让她去约翰那里的路费。她肯定神父听到她的故事后，会给她钱的。她对他不是很了解，她只在约翰离开时，跟他谈过一次话，但她经常参加他的弥撒，她肯定他不会拒绝她。一旦她再度见到约翰，跟他谈话后，她就踏实了。她会找到一份工作，或许就在神学院里干活。缝纫、烧饭、照顾孩子，哪怕就是普通的家务活，她愿意做任何事情，你想一下的话，她能做的事情很多。她年轻时，一直想当一名护士。或许能在一家医院里找到点活干。收入方面，她几乎不指望什么，只要能勉强糊口就行了。她会干活，她会去做弥撒，她会祈祷，只求每隔一段时间能有机会见见约翰。她会跟约翰所有的朋友都处得好。他们有烦恼时会来找她，她会是那个最了解该如何跟他们交谈的人。负责的神父们会好奇没有她时他们是怎么过的。她惊讶于自己以前没有想过所有这些，接着她想起来如果休伯特没有把她赶出来的话，她永远也无法离开那个家。没人能责怪她。她做了她唯一能做的事情。有一天，她希望休伯特会对他自己感到羞愧，但到了那时一切都太晚了。现在就太晚了。只要她活着一天，她就无法忘记他说的话，但也无法明确记得他说了什么，只记得他说的那些事情正常人是不会想到的。

她匆忙沿着桑福德路朝埃格林顿的方向走去，埃格林顿路通往唐尼布鲁克①和约翰受洗以及他们一直去参加弥撒的教堂。桑福德路一直非常繁忙，它是一条始于镇上的主干道。在她这边，在她走的这边路上，吵闹的有轨电车从她身边经过，朝镇外驶去。电车几乎是空的；车站就在不远处。她住的街角是从镇上出去的最后几站之一。在桑福德路的另一边，电车从外面驶入镇内，它们也几乎是空的。天色已黑，只剩下街灯的光线和偶尔驶过的电车车灯闪烁的昏暗亮光。夜晚的这个时候，几乎人人都在家里。几个下班回家的男人从她身边经过，还有几个年轻的姑娘。男孩女孩们骑车从她身边飞快地掠过，但不像半小时或一小时前那样成群结队的，而是三三两两。下午下过雨了，空气潮湿寒冷，还吹着一股有力的风，她对此很感激，因为它似乎洗刷了她板着的面孔。风感觉很清洌。

她穿过桑福德路，站在埃格林顿路和桑福德路相交的街角。埃格林顿路非常宽阔，石头大房子构成了路两边高耸的背景，每栋房子前都有长长的石头台阶。这一条住宅区的马路，周边颇为富裕。在她的视野范围内，埃格林顿路上没有人，她要走的路看上去既长又黑。她想她最好是坐一会儿，在见神父前整理一下她的思绪。她想告诉他足够多的事情以说服他，但她不想告诉他太多。她想要跟他明白理智地谈话，这样他就会尊重她，把钱给她。

---

① 唐尼布鲁克（Donnybrook）是都柏林城市南边的一片区域。

她想要他继续把她视为一个正直可靠的女人，一个被迫去做了她所做的事情的女人。离街角几步远的地方，在一排沿埃格林顿路栽的茂密大树旁边，有一个木制长凳。离长凳最近的这棵，树老根深，它的一部分树根盘踞在地面上，像一堵岩石山形墙，约翰小时候经常去爬它，用小手扶着树干在树周围走来走去，她则坐在这个长凳上看他。但这几乎不可能是同一个长凳。那是很久以前的事情了。

　　她坐下来，开始努力构思能最好地向凯里神父描述她的困境并博得他的同情的词语。关于休伯特的事情是她必须告诉他的，去约翰那里的钱是她必须问他要的，还必须跟他解释她不得不问他要钱去约翰那里的原因。她用一种方式开始恳求神父，然后她又换了一种方式。她加入越来越多的细节，让她的故事更有说服力，然后她又删掉了一些细节。她无法决定是该在故事结束时要钱，还是该把要钱的环节穿插在讲述的过程中。她越是字斟句酌，越是确信她的故事缺乏说服力且听上去很可疑。她没有能力描述刚刚发生在她和休伯特之间的场景。一个人必须在那里，必须亲耳听到它，才会相信它，但如果有人在那里的话，那个场景就不会发生。她要去凯里神父那里，让她自己出洋相，这点是显而易见的。他永远也不会相信她。他会认为她在编造这一切，或是她在用某件小事当借口来中伤她的丈夫，好去她儿子那里。无论是两者中的哪种情况，他都不会赞同。他会叫她回到她的丈夫身边。他会说："德顿夫人，您必须立刻回家。而且您决不能去找您儿子。如果您现在打扰了您儿子的学习，您可能会对他的职业造成损害。"她能听到神父一遍遍地说着同样的话，她听不到他说其他任何话。毫无用处。他永远也不会给她钱的。她必须从其他地方找钱，却没有其他地方可去。但去凯里神父那里是毫无用处的。甚至比毫无用处更为糟糕。他可能会把他的车开出来，将她送回休伯特身边，叫她走进房子里去。他可能会跟休伯特一起站在她的对立面。他很有可能那么做。

假如此时约翰恰好走在埃格林顿路上，他会看见他母亲脸上让人望而生畏的残忍表情，他俩一直以为这种表情是属于他父亲的。她看上去无所不能。她看上去能犯下谋杀，但她只是在经受谋杀犯在他们发起攻击前所经受的情绪。但她永远也不会发起攻击。她害怕。她以为是自尊心牵绊了她，但其实只是恐惧。恐惧和渴望争夺着她灵魂中至高无上的位置，但折磨她的不是它们间的互相竞争，也不是它们与她的斗争——而是她毕生对她自己的否定，恐惧始终像这样支撑并助长着这种自我否定。她渴望接近某人，但没人想要她。对此她很确定。没人想要她；这是她唯一确定的一点。大家忽略她是很糟糕的一件事，但更糟糕的，最糟糕的是，她不明白为什么大家要忽略她。对于自己人生变成这样，她毫不惊讶。她坐在那里，困惑于自己对自己不利的判断。

她感到冷。一年里的这个时候，晚上的这个时间，呆在户外是很愚蠢的。她把双手放进外套的袖子里。她还想动。她一直在想可能会有好事发生，如果她耐心地呆在这里，她或许能设法去到约翰那里。如果她因为暴露在户外的寒冷中而晕倒，那么救护车必须把她送去医院，如果她在那里，病倒在医院里，那么他们肯定会觉得必须让约翰再度回家。

这条路，这个街角，她一定是来过无数次了，她好奇地打量着四周，因为她以前几乎从来没有晚上来过这里。她放眼望去，盯着桑福德路，路上电车、汽车、自行车和行人川流不息，互相超越，她又凝视着埃格林顿路上所有亮着灯的房子。她似乎是在跟她看到的东西道别，但她不再去想她所在的地方。她在想约翰所在的地方，想她被抚养长大的那个小镇，想那家不会接收她的医院，她看到之前展现在她眼前的未来，充满了光明，反映出天堂，现在却像恐惧一般变得晦涩茫然，反映出虚无。

她站起来，开始往前走。当她走到自己住的那条路的街角时，她看到前门上的灯亮着，前厅的灯亮着，前面起居室里的灯也全部亮着。当她拔开矮门的插销时，前门开了，休伯特探出来。他把门敞得很开，她走进去，从他身边经过，开始脱掉帽子和外套。他关上门，跟着她走到下面的厨房里。

"罗斯，听我说一下，"休伯特说，"我非常抱歉对你说了那些话。我不知道我是怎么了。我无权说那些我说的话。"

"没关系。"她说。

"哦，当然有关系，"他说，"原谅我，把它忘掉吧。"

"我会原谅你的，因为那是约翰会想要我做的。约翰永远也不想我心怀怨恨，那是我会原谅你的原因。但我不是为了他而回来的。我回来，因为我有责任呆在这里，打理你的家。"

她试图保持她的自尊，但她的声音颤抖，脸上挂着怯懦的微笑，但休伯特没有发现这点，因为她正背对他站在炉灶边，等待水壶里的水烧开。

"随便你吧，"他说，"或许有一天你宝贝的约翰会有他自己的教区，你可以走，去为他打理他的家。然后他就完全属于你了。完全属于你。然后你或许会感到满意。"

"现在晚饭好了。"她说。

他们在沉默中吃晚饭，当他吃完时，休伯特离开厨房，她听到他沿着过道走进前面的起居室里。那意味着他一定是自己在那里点燃了壁炉。明天早上她将有两个炉栅需要清理，如果她有精力的话，还得打扫前面的起居室。她准备等到明天早上再去查看它。那时破坏会非常明显了。她给自己又倒了一杯茶。厨房里很温暖，不用急着收拾。想到明天，她并没有像以往那么介意。她不停地回想休伯特关于她替约翰打理家里的话。那句话蕴含着更多的言下之意。有时候人们说的比他们想要说的更多。她好奇休伯特是否意识到他在说什么。他大概是想嘲笑一下约翰，嘲笑约翰会被授予一个教区的念头。但为什么约翰不该被授予一个教区呢？他很可能会拿到一个教区，迟早的事情。当然这可能需要很长的时间，但她可以等待。她母亲那边的家人都寿命很长。如果休伯特有什么不测，她可以卖掉这栋房子，只留下足够的家具和其他东西，以让约翰的新家看上去让他感觉亲切。她会为他一直很喜欢的扶手椅做一个新套子，为那个有着神秘污渍的靠垫也做一个新套子。她会为他打理他的房子。最初的几天可能会有点奇怪，但之后他们会安顿下来，仿佛从来就不曾分开。她会在他的教区里作为一个非常虔诚的女人而为众人所熟知，每个人都会尊敬她。他的职业也会是她的职业。每个人都会说她是一个多么具有奉献精神的母亲，是所有人的榜样。所有的女士都会觉得跟她喝茶吃饭是一种荣幸，她也会邀请她们中的一些人。她会只穿黑色。约翰和她将有许多话要跟对方说，他们的谈话不会有终结。她现在看得相当清楚了，所有这一切都将发生。可能要等三十年，约翰才会拥有一个教区，但也有可能不需要等那么久。无论这何时发生，她都会准备就绪。她始终都准备好去他那边，无论他何时需要她。她所要做的只是等待。毫无疑问，她预见的都会发生，当那天来临时，她会整理打包，卖掉一切，直接去约翰那里，之后他俩的生活将始终万事如意，万事如意，始终万事如意。

家的壁垒

连续五天没有下雨，在都柏林，哪怕是在六月份，这也是不寻常的。休伯特·德顿在市中心格雷夫顿街上的一家男装店工作，他今天早晨离开家时带了一件雨衣，但到了商店关门的时间，看到金色的傍晚，他想要一路走回家，而不是坐很久的有轨电车出城。他是一个遵循习惯的人。他的日常习惯令人感觉舒适，但错过一次电车也不会对他造成任何损害，即使这意味着他将赶不上平时的晚饭时间。休伯特总是想要多走点路。他知道作为一个四十多岁的男人，他锻炼的量远远不够。但带着雨衣，他必须决定是拿着它还是把它穿在身上。如果他要开始走路，他不想穿着雨衣走。而且在他的脑海中，他不愿明知前方没有任何值得期待的东西，而在坚硬的人行道上浪费这些锻炼。他想到了山间小径，复杂交错的树林和窄路。他想象自己穿着一件厚厚的套头衫，健步前行，但不是在朝家的方向走。所有的时间里，他一边忙着思考走路，一边匆忙登上他平时坐的电车，站在他一直站的位置，最后，转过他家所在的街角，走过邻居们的房子，来到自家的前门，把钥匙插进锁眼里，在他一贯到家的同一时间。

想着那些健步前行，让他感觉幸福有活力。他感觉健康，心情好，满意于工作一天后回到家，他微笑着踏进前厅。前门的边框上镶嵌着红色的玻璃面板，他总是注意到玻璃，小心地关门。在他把雨衣挂在衣架上的同一瞬，他瞥了一眼前厅的另一头，看见厨房的门快速被轻轻地关上，但没有快到让他没看到罗斯在那里。她关门时，扭头不看他。

休伯特所站的前厅很狭窄。它不过是一个走道，地上铺着油地毡。前厅的另一头有楼梯通往楼上的卧室，更远一点的地方有三级台阶可以走到下面的厨房。前厅很昏暗，尽管外面依然亮着。厨房里开了灯，他在门关上前瞥见了一眼厨房。那是一瞬间的事情，不比瘦成一条线并接着消失的一道光持续得更久。他本也可能根本没看到罗斯，但他却看到她了，他好奇那是否是故意的——像那样给他吃一个闭门羹。他想走到下面的厨房，问些什么，说些什么，什么都可以，但他却沿着前厅，走进后面的起居室里，走到窗边，又立刻在窗边转身，开始盯着门口看。但当然，已经太迟了。到了这个时候，罗斯本该打开门，朝上喊："是你吗，休伯特？"她一定是听到他走过前厅。你在这栋房子里能听到所有的动静。他听了一下，却压根没听到任何声响。这很奇怪。他至少应该能听到一点点噪声，茶杯和茶碟之类发出的声响，准备晚饭的动静。他可能是一个人在家，虽然他能听到附近有人在活动。他感觉他是独自一人，他希望房间里有人跟他在一起，能给他建议，因为他想要有人叫他径直去下面的厨房里，或者不要去那里，而是立刻坐下来，忽略整件事。

他希望能有人说说话。他感觉到一股冲动——想走到下面的厨房里——他希望有一个他必须服从的命令让他不要实施这股冲动。但他没有收到任何禁令，于是，尽管他知道他不可能下去跟罗斯说话，他也知道这不是被禁止的，他不知道该怎么做。他做不到的是坐下来。他太生气了，无法坐下来。但他在发抖，他在椅子上坐下来，椅子背朝着窗户，在壁炉边，夏季和冬季都摆得靠近炉前砖地，罗斯的安乐椅则摆在他的对面，壁炉前地毯的另一边。壁炉前的地毯是不鲜艳的暖红色，末端有流苏。

　　休伯特希望他没有看到门关上。要是他走路回家的话，到家会很晚，就不会看到门关上了。但他什么时候下班走路回家过？从来没有。罗斯在她完全有权指望他回家的那一刻，关上门，而且她关门时的态度告诉他她看到他自己开门进来。他越是回想，越是肯定他是对的。在他瞥见她的那一瞬，她很仓促，他甚至会说她鬼鬼祟祟的。除非他是在想象事情。但他知道他不是在想象。现在她在下面，好奇他是否看到厨房门被关上，她受到了惊吓，他好奇她是怎么想他的。她没有权力如此表现。这不可容忍。整件事都不可容忍。

　　然后他听到厨房门打开，楼梯上传来脚步声。当罗斯出现在门口时，休伯特感觉如此厌恶，以至于他微笑了。他看到自己的微笑所造成的困惑，他看到她的手紧握住门把手，就像她的手总是紧握着某样东西一样——比如椅背或她的另一只手——接着她开口说话了。

　　"晚饭准备好了。"她说。

　　"我不想吃什么晚饭。"休伯特说。

　　"怎么了？"她问，"你为什么不想吃晚饭？"

　　她僵硬地站在那里，脸涨得有点红。显然她明白她是过错方。

　　"我不想吃什么晚饭，"休伯特说，"就是这么简单，不是吗？而且我可以向你保证这点——下次你像那样给我吃闭门羹，我将离开这个家，不会再回来。我说到做到。"

　　"休伯特，我不知道你在说什么。"她说。

　　休伯特没说话。

　　"你要我把饭放在餐盘里端上来吗？"她问。

"不用拿什么餐盘，"休伯特说，"我不要你的什么餐盘。只要你离开这里，让我一个人呆着就行了。"

休伯特一直看到门关上，才俯身向前，把手肘支撑在膝盖上，开始审视壁炉前红色的地毯。他开始轻轻地哼唱：

"她远离了她年轻的英雄

长眠的故土，

她身边的情侣们在叹息，

但——"①

他叹了一口气，往后靠在椅子上，陷入了沉默。他希望自己是按照原计划，走路回家的。那么他就不会看到门关上。要是他没看到它关上就好了——但他看到了，看到后他不得不表明立场。这部分是房子的错，房子太小了。任何房子都会嫌小，但这栋房子实在是太小了。里面没有一个你可以躲着不被提问的角落——那些沉默的问题根本就不是问题，而是责备。

休伯特不可能忽略发生在这个家里的事情。他倒是希望能闭上眼睛。那么他就能控制自己的脾气。罗斯对于自己给他吃闭门羹并不感到羞愧；她只是害怕，因为她关门时被逮到了。

他希望他在看到门关上的那一刻，就理智地走到下面的厨房里，跟她说个明白。他感觉他正走在一条轨道上，一面高得超出视野的玻璃墙将它与另一条同样的轨道分开。他走的这条轨道满是他认识的错误，因为它们都是他自己的错误，但尽管每个错误他都很熟悉，每个错误依然让他震惊，因为一个错误和下一个错误间流逝的时光长短不同。就在他感觉不错并想象一切都会好起

---

① 这几句歌词出自爱尔兰诗人托马斯·穆尔的诗《她远离故土》，这首诗配上曲后被广为传唱。

来时，就会碰上另一个大错。似乎无法逃避这个家里的争吵和不快。而且他在犯错、被自己绊倒的所有时间里，他都能透过玻璃墙看到那另一条也是他自己的轨道。那条轨道上没有错误，他只在正确的时间做了正确的事情，而且他知道如何处理一切，他走在上面，像一个对自己和自己的生活尽在掌控的男人。有时，似乎休伯特和那个地方之间只隔着一点闪烁的光影，毫无其他，在那个地方他完全理解生活的意义，并知道该如何按照它的意义经营生活。

他的生活中没什么是有意义的。但你一旦说了那句话，你就是说尽了一切。休伯特很难迈步走出家门，走到主路上，拦住一个陌生人说："我什么都不明白。"去做那样的一件事——是一个疯子的行为。

假如他一个人生活，情况还不会这么糟，但一个妻子让一个男人变得显眼，尤其是他没什么作为的话，此时此刻休伯特感觉自己毫无作为。可怜的罗斯，他不怪她，但她用她在他生活中的存在展示了他试图做并希望做的事情，她用她的行为展示了他的希望变成了什么。他对她感到羞耻。没有她，谁知道他可能成就什么呢。他也可能毫不起眼地过完一生，但任何境遇都比在他自己的家里蒙受嘲弄好。这世上的任何境遇都比独自蒙受嘲弄好。他在椅子里感觉不适，感觉生气。倒不是说她要求高或奢侈浪费。她不提任何要求。让他恼火的原因是，每周到了给她家用的时候，她总是带有歉意地收下它，极少数几次他忘记时，她总是胆怯地提醒他。当然，偶尔她的装腔作势也让他恼火，没人知道当她让他恼火到几乎无法忍受时，有多少次他克制住了自己。他无法忍受她吃饭的样子，也不想知道她一共吃了多少，她吃得远比他可能吃的要多。"胃口"一词让他感到尴尬，他对她的胃口的了解，她的胃口远比他的大，让她令他费解，但这种费解并不会激发他的兴趣或爱意。他觉得她的胃口是一种值得羞愧的东西，他不愿去想它。对她他倒不是吝惜那些食物，但他认为她把食物看得太重了。他怕看到她吃东西，因为他无法将目光从她身上移开，有几次他看到当她发现他在看她时，她会脸红并快速把东西咽下去。他总是独自一人吃早饭，中午在城里吃午饭，所以只需熬过晚饭和周日的午饭。

有时，他们坐下来吃晚饭时，休伯特会跟罗斯讲白天发生在店里的事情。这些趣闻主要都是关于顾客的，它们逐渐达到的高潮经常是顾客的狼狈崩溃，休伯特觉得这很好玩，或是顾客的无知，休伯特觉得这也很好玩。一些来店里的男人是如此愚蠢，他们不知道自己是在出丑，也不知道离开后大家是如何嘲笑他们的。这些男人，对于喜欢的图案或选定的剪裁和合身度，他们不是太高，就是太矮、太胖、太瘦。休伯特嘲笑愚蠢的顾客，不是因为他们看上去可笑，而是因为他们似乎不知道他们有多可笑。休伯特能原谅任何一个看上去像傻瓜的人，如果他充当傻瓜并表现得他能自嘲且经得起被开玩笑，但他对那些相信或假装相信他们看上去跟任何其他人一样的人，却毫无怜悯之心。在商店之外，休伯特会让人们的短处变得显眼，从而测试他们的幽默感，但在工作中，他自然得克制自己，看到那么多装腔作势的家伙离开时却不知道他们被他——一个目光敏锐、幽默且擅长击败得意忘形的人——观察过，让他几近抓狂。

休伯特听到罗斯回到厨房里，但他没有听到厨房门关上，虽然他知道她一定是关上了它。现在听不到厨房的动静了。"好吧，这很好，"休伯特说，"让她由着她的喜好来吧。"但他不能一直坐在扶手椅里，无所事事。他不能集中精神。他不能阅读。他也不想阅读。他不想做任何事情。他决意不向她妥协。迟早得有人采取行动，但休伯特觉觉决定权已经不在他手上，现在该是罗斯表明态度了。当他刚到家，看到她给他吃闭门羹时，他可以在去下面的厨房或不下去之间二选一。现在那种选择已经不存在了。他没有做出选择，而是让他自己坚信，现在他做出任何动作都会意味着他已经让步。她必须得在某个时刻从厨房里出来。她会想出去最后看一眼她的花园。睡觉的时间也到来。家里的日常惯例将他从被逼入的角落里冲刷出来，只是一个等待的时间问题。任何时候都会是一样的情况，但休伯特明白他这辈子是永远不可能理解为什么罗斯像那样给他吃闭门羹的。他不再好奇为什么她关上门，他只希望自己没有看到它被关上。

　　他的身后是一面长圆形、几近方形的框格窗，对着他们花园尽头的墙壁。墙的另一边是网球俱乐部的球场。休伯特和罗斯认为网球俱乐部的会员们是一群快乐时尚的人，休伯特说他们是一群一无是处的人。周六夜晚，他们能听到从俱乐部会所新扩建的大房子里传来的跳舞音乐。会员们把这片新场地叫做亭子。跳舞音乐让休伯特心烦，尽管罗斯曾经很喜欢跳舞，当他站起来关上窗户，好让家里安静一点时，她从来不会抗议。俱乐部的入口在德顿家住的这片小房子后面的主路上。俱乐部场地的一边止于贯穿这片小区的一堵墙壁，它是德顿家和他们的邻居们，一共二十六户人家的花园尽头共享的一堵根墙。俱乐部场地的远端是一片小树林。如果休伯特走去站在窗前，他可以看到网球场尽头很远处的树冠，以及树冠之外朝他压来的天空。但他没有动。他坐着，倾听着。窗户的上半截开着，他能听到隔壁喜欢吵架的女人在骂她的中年女儿，她的女儿没有结婚，住在家里，做家务，烧饭，偶尔用一阵大喊大哭来平复她叛逆的愤怒，在德顿家的厨房和后面的起居室里都能听到她的哭喊。隔壁的那个花园是一片乱长的常春藤、荨麻和甘蓝植物。那是一个丢人现眼的家庭。休伯特希望今晚那个不快乐的女儿不会来一阵大喊大哭，他希望那家的两个女人都会被送去疯人院，然后一个从来都不在家的单身男人会搬去隔壁。他听着那个老女人尖细、残忍的声音，他想他听到了她女儿歇斯底里的沉默。他隐约听到网球场上传来的人声，他听到多诺万家的大柯利牧羊犬一边拉拽着它的链子，一边可怜地叫着，从它是只小狗起，它就被这根一头拴在狭小狗屋上的链子拴着。多诺万家养狗是为了防盗。休伯特希望能有一个强盗翻过花园尽头的根墙，解放这只狗，然后狗可以走进他们家，咬死汤姆·多诺万、他的老婆和他家三个没礼貌的女儿，或许它在一生中能吃上一顿饱饭。

他听到的东西，比他能忍受的要多。后面的起居室里满是他鄙视的生活和他厌恶的人，而他却无法抵御其中的任何点滴。他本可以关上窗户，但他肯定他一抬起胳膊出现在那里推框格窗把它关紧，罗斯就会打开厨房门，出来去花园里，而他不想看到她。他不想看到她，因为他不关心她。这是他在很长一段时间内说的第一句真话，他很高兴终于把它说出口了。他就是不关心她。他根本不关心关于她的任何事情，他不理解为什么他没有老早意识到这点。他无法忍受想到看见她，不得不跟她说话，不得不继续跟她生活在同一屋檐下。他现在无法想到她，而不看到她表情中慌乱的不诚实，他好奇是否值得花时间再试着跟她直接谈一下。试着跟她谈话有什么用呢？她从来不说"是"或"不"。总是"按你的喜好来就行"，"我无所谓"，"或许，如果那是你想要的"。接着跟随他的决定而来的是无声的顺从，当然，他的决定从来就不是她想要的，但野马也无法从她体内拽出任何东西。

不，他不会费劲去尝试跟她谈话。不值得他花时间，只会让她莫名苦恼。尽管休伯特觉得罗斯毫不重要，他依然明白她比许多人要好——比隔壁的两个女人好，比多诺万一家好，也比网球俱乐部里那群吵闹的、一无是处的人好。他明白她毫无防御力，他感觉他的冷淡让她易受伤害，即使她并不知道这点，但他可怜她，因为她按她的方式尽力了，没人关心关于她的任何事情。她无可救药，好吧，只有他知道这点是一件好事。如果这世上的其他人都像他这样了解她，对罗斯来说后果不堪设想。她总是跟在他后面，这并非偶然。她没有理智。她不能照顾她自己。她一直是同一个样子。

罗斯不是一直是同一个样子的，但现在没人能描述她以前是什么样的，或像以前那样看待她。偶尔她会想到她的父亲，他在她十岁时死了。当她想起他时，她试图想起他的声音，比任何时候看上去都更像是一只找到落脚地的鸟，而不是一只在空中展翅的鸟。她好奇地环顾四周。她很顺从，但这个地方很奇怪。无论她以前是什么样的，欢笑，严肃，满怀希望，忧愁，宁静，焦急，雄心勃勃，无论她变成了什么样子，她现在只是顺从。当她的父亲去世时，她变得顺从，因为她可能背叛了一项她曾经准备好为之献身的事业。她知道她的父亲死了，但她不知道他消失了，即使在她开始知道他消失的时候，她也拒绝相信他从视野中消失了，她用一生的力量竭力把他留在视野中，直到她确定他安全了。在她努力的过程中，她忘掉了她所熟悉的一切，只为支持那一个让一切变得熟悉的人。她知道他对她有所期待。他说她忠实可靠。他说她永远不会让任何人失望。一次又一次，他说她是一个好孩子，她毫无坏心。他总是在她的母亲面前为她辩护。

罗斯的父亲极其看重她，他总是跟她和任何愿意听的人说，她是一个不同寻常的孩子，她能做成任何她想做的事情。一次她在他们的厨房里卖弄似的跳舞，他说："总有一天，罗斯将向我们展示鸟儿是如何飞翔的。"他们的谈话永无终结，他们在所有的事情上都意见一致。他死后，当她开始想念他时，她发现她记得他，他在她的脑海里是如此清晰，当她听她的母亲和邻居说起他时，她只要看他们的脑袋上方，就能看到他——不是他以前的样子，而是他现在的样子，他在所有人的上面，朝下对他们微笑，一边听着他们说他的好话，尽管他活着时，他们中没一个对他有什么印象。她恨他们所有人，但她越是恨他们，她越是怕他们，因为她知道假如他们发现了她的梦想，他们会嘲笑她，叫她"骄傲小姐"。她的母亲总是说她自视太高，她太爱想入非非。

罗斯知道她一定是一个好孩子，但她从来没认识到做一个好孩子不仅仅是按吩咐行事。她不知道她在哪里。她希望被告知她该做什么，当没人告诉她时，她想象她做了错事。她从来都不能按标准应对这个世界——她不够格——她没有自己的标准，也没有试图设立过任何标准。她发现这个世界很棘手，因为，虽然她明白生命很珍贵，必须日夜关注它，否则它就会毫无征兆地消失，但她也明白从长远看，生命是毫无价值的，因为它会毫无征兆地消失。在这两道利刃之间，她力尽所能地在这世上生活。当休伯特初次见到罗斯时，他觉得她的步态非常轻盈明确，她的表情非常坚定。他怎么也没想到她展现出的勇气并非源于天生的希望、天生的自信或任何天生的无知，而是源于她想要避免触及那两种疯狂的决心，这两种疯狂一边引领着她，一边太过逼近她，让她的道路变成了一道非常细的线。她总是走直线。她从自己在的地方，走向她要去的地方，然后又回到她原来在的地方。她总是离家很近。虽然她感觉到所有的自由，她却可能是在一张网里。

休伯特和罗斯刚结婚时住在萨默维尔街上一栋房子顶层的两居室里，离圣斯蒂芬绿地不远。他们第一次一起走进那里是在他们婚礼的当天晚上。那也是罗斯第一次乘火车——从她出生长大的韦克斯福德来到都柏林。休伯特一个名叫弗兰克·格尼的朋友在车站迎接他们，并帮他们搬包裹和箱子。罗斯提着她母亲在最后一刻给她打包的一篮食品。她只提了那个篮子，但休伯特和弗兰克大包小包拎了很多东西。当他们走到大楼的顶层时，他们都因为爬了很长的楼梯而上气不接下气了。休伯特把他提的所有东西都扔在楼梯平台上，手撑着墙，直到他喘上气来。

"你怎么停下来了？"弗兰克对他说，"再过五分钟，我们就在天堂里了。"

罗斯觉得弗兰克很好玩。弗兰克为他们找好了房间，他在车站把钥匙给了休伯特。罗斯看到休伯特小心地把钥匙放进西装马甲的口袋里，现在她看着他又把它拿出来。他非常不自在，急着想要把门打开时，被一个他之前放在地上的箱子绊了一下，差点在罗斯面前摔进门内，好在弗兰克抓住他，把他拉了回来，然后罗斯第一个走进去。

"女士优先!"弗兰克喊道,声音大得足以叫醒整个街坊。他们全都大笑起来。罗斯把篮子放在房间中间一张摇晃不稳的圆桌上,她站在那儿环顾四周,等休伯特和弗兰克把行李搬进来。她脚底下的那块薄地毯已经褪色,它很旧很旧,大部分地方都是跟她的篮子一样的稻草色,只有一点点红色和粉色说明它曾经色彩鲜艳。所有的东西都被搬进来后,弗兰克夸张地试图把休伯特抱起来转圈。

"这是一个神奇的包裹,夫人,"休伯特挣扎时,他对罗斯说,"它给人崇高的错觉。它觉得它是活的。"

罗斯这辈子从来没有笑得如此厉害过。她看见休伯特注视着她,欣赏她,她明白他俩都在为她卖弄。然后弗兰克突然认真起来,他从口袋里掏出手表,看看表说他有一个重要的约会,事关生死,他已经迟到了两天零十分钟。他走到外面,在身后关上门时,他依然在说话,而且他不愿听休伯特叫他多留片刻的邀请。然后他消失了,他们听到他跑下楼梯。罗斯看看休伯特。

"弗兰克是一个很好的人,"休伯特说,"但我很高兴他走了。你呢?难道你不高兴吗?"

"高兴的。"罗斯说,然后她转身,快速走到窗前,那是一扇能看到萨默维尔街对面房顶上的天空的方形小窗。

"天空很美。"她说。

"脱掉那顶旧帽子,"休伯特说,"你现在到家了。"

她朝外看时,掀开了窗户上轻薄的绿色网眼窗帘,当她抬起胳膊去把固定帽子的别针取下来时,窗帘又掉回到墙壁上,她发现它们长短不一样。

"瞧，那块窗帘太长了，"她说，"我会把它们搞成一样长。"

她把手从帽子上移开，掀起窗帘，退后几步，把它们拉到一起比较它们的长度。

"大概截掉一英寸，"她说，"应该就行了。"

她放开窗帘，当它们落回原处时，她满意地舒了一口气，仿佛它们通过了一项测试，带领整栋房子取得了胜利，现在她知道窗帘、墙壁和向上的长楼梯都会屹立不动，各自坚守阵地，全都是真正让她感觉踏实放心的重要砝码，她再也不会迷失，因为她安全地心有所属了。她转向休伯特，冲他微笑。然后她想起她的帽子，她抬起手，又开始搜寻固定帽子的别针。

"明天我会把那块窗帘改好。"她说。

"绿色的窗帘，搭配你绿色的眼睛。"休伯特说，但他明白这两者毫无可比性，因为窗帘是配菜的绿色，而罗斯的眼睛则是大海的颜色。

罗斯睡着时，她脸上的表情看上去很孤独，醒着时，她看上去也很寂寞。她的孤独透着一种无情的骄傲，但她的寂寞却是无助的。休伯特无法触及她的孤独，他也无法摧毁她的寂寞。他想到大海，却不知道为什么。当她突然醒来，在床上翻身时，那种无情的骄傲会得意洋洋地在她的眼睛里一闪而过，紧接着被寂寞所取代。休伯特对她感到好奇。他不理解她为什么嫁给他，与此同时也不理解她在嫁给他前是怎么过的。

"你在遇见我前，究竟是怎么过的？"他问她。

"我不知道，"她说，"我不记得了。"

她总冲他微笑。她停止微笑，只为再度微笑。

一天晚上，吃好晚饭后，他问她是否补好了他的袜子。它们依然躺在桌上——挂着绿色网眼窗帘的房间里的那张摇晃不稳的圆桌。那天是他们结婚两个月的日子，罗斯买了一块红糖水果蛋糕来庆祝纪念日。她把蛋糕切成手指状的细条，他们把蛋糕吃得只剩下一小条躺在他俩之间的盘子上。休伯特知道她想吃，但她也想要他吃。他打算把它给她吃，但他想逗逗她。他问起袜子时，咧嘴一笑。他依然觉得罗斯必须补它们很荒唐。罗斯的手肘撑在桌上，她在端详自己的手，欣赏那只戴着婚戒的手。当她听到他的问题时，她惊讶地看着他，仿佛他故意说了一些他知道会伤害她的话。

"我忘记它们了，"她说，"我忘了补你的袜子。我是不是就是这个样子的，偏偏忘记那一件你叫我做的事情。"

"这根本没那么重要。"休伯特说。

他依然在微笑，但他感觉受伤。她注视着他，仿佛他正在变得跟她的母亲一模一样——抓住她的一个错误不放。

"没关系，"他不耐烦地说，"这里，瞧，把这块好吃的蛋糕吃了。"

"我现在不想吃它。"她说，而且"现在"一词告诉他说他破坏了一切。

"哦，好吧，那么。"他说，他拿起那块蛋糕，把它塞进嘴里，从桌子边站起来，走去站在窗户边。

他把绿色的网眼窗帘推到一边，望出去。他看见街对面房子的烟囱，以及它们后面呈现出一道道灰色的天空。雨断断续续地下了一整天。休伯特眺望的时候，又一阵雨开始下起来，雨滴猛烈地敲打着窗户。他感觉一股寒意穿过他的身体，虽然窗户关着。

罗斯依然坐在桌边。刚才，他就那样把她丢下了。他为自己感到羞愧。如果他留她一个人的话，她本会吃掉那块蛋糕的，然后她就会更开心。他渴望安慰她，但蛋糕已经被吃掉了，他想不出任何其他可以安慰的办法。他希望他知道该对她说什么。他希望很快她会站起来，开始清理桌子，因为在她给出任何提示前，他不能转身离开窗边，而他却厌倦了站在那里望着外面的雨责备他自己。接着他在不经意间转过身，看到她正低头坐在桌子边，双手放在腿上。

她可怜地看着他，说："对不起，休伯特。"

他轻柔地说："这世上没有需要你说对不起的事情。"

她没有表现出任何听到他说的话的迹象，但她继续盯着他看。他感觉她在等他告诉她做什么，她会做任何他说的事情。她的无助让他感到困惑。他感觉他可以应付她——毕竟，她是罗斯，他了解她，她是他的妻子——但他无法应付她的无助。如果他要把这种感觉付诸语言的话，他可能会说："我娶的是罗斯，不是她的无助。"就像另一个男人可能会说："我娶的是她，不是她的家庭。"休伯特见过罗斯在她面前摆出那副吃瘪的表情，但现在根本没必要摆出这种表情，他知道在这种气氛下鼓励她是一件坏事。那对她不好。她的母亲提醒过他，罗斯容易想些有的没的。处理办法就是不要拿她当一回事，不要承认有什么不对。没有任何事情不对。休伯特知道当她处在这种心境下时，应付罗斯的办法不是去安慰或溺爱她，而是去分散她的注意力，于是他没有像他想的那样，去把她抱在怀里，而是说："雨很快就会停了。我们为什么不忘掉这一切，出去散一会儿步，聊聊总有一天我们会拥有的只属于我们的漂亮房子呢？"

他们找到的房子就是他们现在住的这栋。休伯特坐的后面的起居室地上的油地毡，他们搬进来时就在那儿了，他们为此支付了额外的钱。在搬进这栋房子前，一天他们从萨默维尔街乘有轨电车来到这儿，在他们即将入住的各个空房间里走来走去。来房子里参观一次，对休伯特来说就够了，但罗斯不愿离开，于是他坐在后面起居室的地上，背靠窗户下面的墙壁，告诉她尽管去各处看到爽。

　　他内心并不感觉轻松，但此时木已成舟——他们买下了房子。他听着罗斯在楼上走来走去。后面的卧室里铺着油地毡，但房子前面的房间里都没有铺。她走在光秃秃的地板上，穿过前面的卧室，然后她停下脚步。她站在楼上的窗户前，望着外面，好奇邻居都是什么人。现在她走回来，走下楼梯。楼梯上窄窄的红地毯让她的脚步声变得沉闷，她慢慢地走下来，小心翼翼地确保每一步都踩在台阶的中间。她继续往下走去厨房。厨房的地上铺着红色的地砖。片刻之后，她离开厨房，回到后面的起居室里，当时他们把这个房间叫作餐厅。

　　"我喜欢像这样东看西看，"她说，"我永远也不会对这栋房子感到厌倦。我好奇他们是如何选中这些颜色的。"

　　她低头看着油地毡，它的图案是由米黄色、棕色和褐红色构成的大大小小的羽毛。

　　"它还没坏，"休伯特阴郁地说，"我怕我们得习惯它。"

　　"哦，我没有不喜欢它。"罗斯说。

　　她好奇地注视着其他人曾经欣赏并打理的油地毡。要不是它已经在房子里的话，她永远也不会拥有它。它仿佛是一件从外国某个地方带回来的礼物。她永远也不会选那个图案或那些颜色。

它们是某件陌生事物的一部分，来自其他某个人的生活，一个她根本不知道也不想呆的国家的纪念品，因为在那里她会感觉胆怯和不安，对她而言，那里没有任何东西会像此时她脚下他们留下的油地毡那样让她感觉真实。她以主人的姿态在上面走来走去。

"我永远也不想离开这栋房子。"她说。

休伯特从椅子上站起来，朝门口走去。他打定了主意。他要上楼，跟平常一样洗手，把西装外套换成羊毛开衫，跟平常一样，然后他会下来，顺其自然。他打定了主意，但即便如此，他在开门前还是犹豫了一下。但一旦门被打开，他就立刻上楼，进入洗手间，用力地洗手，并朝脸上泼冷水。知道他将做正确的事情，他已经感觉好点了。很多瞎胡闹，最好还是把一切公开说清楚。现在他要径直去下面的厨房，跟罗斯说清楚。他会笑她，笑到她不再郁闷。只不过得找到合适的话来说。他会让她笑她自己，明白所有这些争吵都是瞎胡闹。他匆忙走下楼梯，走下那三级从前厅通往厨房的台阶，仿佛他是要去宣布一刻也不能等的消息，好消息，最好的消息，但在厨房的门口，他犹豫了，然后他听到里面没有动静，虽然她一定是听到他冲下楼梯了，他像邮递员一样对门一阵咚咚猛敲，接着冲进去却发现房间里空无一人。通往花园的门敞开着。她从那里出去了，他不能去追她。所有的邻居都会从他们的后窗往外看，任何碰巧出来，在附近花园里的人都会听到他说的每个字。

他望了一眼灶台，去看她是否可能把茶壶留在那儿，但灶台上跟桌面上和水池边的滴水板一样，空空如也。厨房一尘不染。她把这里收拾过了。那么，这里不会有任何可吃的东西。

他回到上面的起居室，走进去。她在他们平时一直折叠好、靠在壁炉对面墙上的餐桌上，留了一个餐盘。他走过去，看看它。黑面包和一片火腿。她费心把黄油卷成了带波纹的球状。一个西红柿。三块巧克力饼干。茶壶在壁炉那边，放在炉围的里面，上面罩着一个保温罩。他赶紧跑到茶壶边，拿掉它上面的保温罩，把它拎到桌上，颤抖地在他的杯子里倒上茶，然后把茶壶放回到炉前的砖地上。它太烫了，不能放在桌上。他在茶里倒上牛奶，快速把它喝下去。他想要立刻再喝一杯茶，但这一次他把杯子拿到炉前砖地边，在那里把茶注满杯子。然后他在桌子边坐下来，开始吃光餐盘里的每一样东西。当所有的东西都吃完时，他感觉好一点了，虽然他认为他本可以不吃那三块巧克力饼干的。但他刚才很饿，仅此而已。他之前被饿到了。他不介意每天晚上都像这样在一个餐盘上吃他的晚饭。他坐在那里，凝视着吃完饭后乱七八糟的餐盘，想着她是如何趁他在楼上时偷偷把它拿进这个房间里的。她的意思很清楚。她想要他吃晚饭，但她不想面对他。她花了很多心思准备餐盘。

他站起来，走到窗边。她在那里，侧对着他跪在沿着金链花树边的墙壁而建的花坛边。他们搬进来时，金链花和花园另一边的黄色玫瑰就在那儿了。除了金链花和玫瑰，什么都没有。他们第一次见到它时，这块地方杂草丛生，但罗斯立刻就看出来它有变成一个美丽花园的素质。她在花园里取得的成果令人惊叹。休伯特不知道她是从哪里学到园艺知识的。现在她跪在外面，正在把某株小植物安放进它的植床里。她专注地把植物放进它的准确位置里，她对于她在干的活儿感到焦虑，仿佛她的双手间捧着这个世界的未来，她必须一劳永逸地把它校正，因为没有第二次机会——没有第二次机会给她，至少——去证明假如它被留给她，一切都会很好。这一刻，全世界的重量都从她的肩头卸到了她的双手之中。

她做完后，坐在她的脚跟上，摊开双手互相摩擦，以弄掉手上的泥土。然后她把手放在洒水壶的把手上，开始笨拙地站起来。休伯特将目光从她身上移开，低头看着他自己的双手。他没必要盯着她看，没必要知道她是如何站起来的。他经常看到她在熄灭壁炉后，把手放在煤斗的边缘站起来。当他再度朝外看时，她正背对他站着环顾四周，仿佛是在预测她计划做的一些装修的效果。她抬起一只手去把脖子后面一缕掉下来的头发塞进头上的发髻里。她穿着一件袖子很宽松的白色衬衫，袖子回落，她抬起的胳膊有点发亮。休伯特看见她的手腕和她的手肘，在她的这一小部分身体上，他看到了全部的罗斯，正如新月向任何见过她鼎盛时期的人回忆满月一样。然后罗斯弯下腰，用两只手拎起沉重的洒水壶，开始慢慢地走远，朝根墙走去，边走边给植物浇水。

这天几乎快过完了。光线很弱——消逝的光线让一切依然可见。那天傍晚的光线很没用，没有足够的亮光和影子来掩饰一日将尽的事实，残余的日光只能在它永远退出前轻触这个世界。傍晚的光线说话了，它说的是："没有什么可说的。"没有什么可说的，因为剩下可说的一定不能说出口。对罗斯而言已经太迟了。

休伯特沉默无语。他没什么可说的，而且不管怎样，也没人听他说。

淹死的男人

妻子死后，德顿先生非常急着想要进入她的房间，他想关上门，在没有人监督他，没有人好奇他是什么感觉的情况下，独自看看房间的各个地方。他受到这个房间的吸引，不是出于什么焦虑、悲伤或痛苦的感觉，也不是出于渴望或怀念之类的情绪，而是出于好奇。他想要看看它。这个房间，在她活着的时候，对他而言几乎是不存在的，他很少进去，虽然他偶尔会站在门口，或至少出门前在门口驻足对房间里的她大声说几句话——现在这个房间在他眼里显得很神秘，就像孩子们会突然觉得一栋之前有人住但他们却从未留意过的空房子很神秘，甚至是吓人，就像夏季一场暴风雨过后一只躺在地上的空鸟巢会让人的脑海里充满了跟翅膀、食物、温暖和歌唱毫无关系的想法：你只会想到空无一物，想到冬天、太过猛烈的寒风和过于漆黑的夜晚，想到冷酷无情、默默忍受的孤独，想到那些太冷、太平淡、无人想去的景点。被抛到地上的小鸟巢，蕴含着一种浩大到我们无法理解的空虚。我们无法想象它是什么感觉。它是一种超越了我们的无尽空虚，尽管我们希望能够理解它，从各个角度审视它，标记它的界线，将它纳入掌控，然后把它放到一边，置于一个舒适的地方，并忘掉它。但鸟巢什么都不是，不过是一块碎片。空鸟巢只是反映了一种肆无忌惮的恐惧，这种恐惧是如此寻常，以至于我们不能每天应对它且假装没有注意到它，但我们可以每天应对它且假装它不存在。只要鸟巢在那儿空着，我们就会朝里看，但一旦它消失了，我们就不会再去想它。

　　只要他妻子死去的那间卧室的门关着，只要门后的房间空着，德顿先生就想不了别的事情。门后面的空无一物让他激动，他开始在夜里梦见它，在他疲惫的脑海里，门朝他敞开了，接着——弄错了——门不再对他敞开，而且房间扩大又缩小，起初是一个很大的房间，然后变成了一个很小的房间，但从来都不是它本身的大小，它变出了更多的门，让他害怕的奇怪的门。做完这些梦后，他早晨醒来筋疲力尽，仿佛做了很多噩梦，其实他只是梦见了他妻子的卧室。他的妹妹，他没有结婚的妹妹，来都柏林帮忙打理房子，她极少数几次出去时，打扫卫生的女人在他身边瞎忙并照顾他。她们觉得这种时候不该留他独自一人。他好奇她们所谓的"这种时候"是什么意思。这不是这种、那种或其他时候的问题。此时，仅仅是罗斯去世前和罗斯去世后的区别，她们对他说"这种时候"，她们的意思是在他的余生中他永远也不能被独自一人留下一分钟？她们让他感到心烦，总是在他周围徘徊，他在困惑中惊讶于仅仅一个月前，乃至十天前他拥有的所有自由，他拥有却没有重视的所有自由。那时，以前，他曾无比自由。他惊讶于他曾拥有的自由。他对此感到吃惊。他曾像鸟儿一般自由。那时，罗斯活着，他可以在那扇关闭的门前在客厅里逛来逛去，如果他想的话。他可以一整天都在那里走来走去，从客厅的一头走到另一头，再走回来，没人会问他问题。她从来都不会想到向他提问。他可以随便在那里闲逛，逛多久都可以。当然，他大概会说些什么。他或许会说："我只是想我该活动一下筋骨。"诸如此类的话。然后她什么都不会说。她可能会笑笑，或以她那笨拙的方式点点头，仿佛她的脖子不习惯优雅的小姿势，它确实是不习惯，但她不会说任何话。她会继续做她正在做的事情，她不会向他提任何问题。她或许会说——只是有可能她或许会说——"哦，活动一下筋骨，如果那是你想做的事情。"她是想听起来随意自在，但结果却听起来尴尬，像一个试图表现得机灵的害羞小孩。但很有可能她只会对他挤出一个羞涩的微笑，仿佛她压根就无权看到他在做什么，然后走开，走远，继续去做她手头上的小事。她会走开，留给他的则是她的那份沉默，这种沉默给予他无限的自由，或者说他现在明白那是无限的自由，尽管当时它似乎只是一种负担，那份不确定的负担总是让他好奇有什么事是他没有做却应该做的，没有说却应该说的。他从来都不知道自己对她是什么态度。他从来都不确知他做了什么或是如何度过他的时间的，因为没有一个明确的点让他可以停下来，估量他做过的事情，或者他是如何度过他已经度过的时间的。不确定，现在她让他对他自己变得不确定，他怎么能哀悼她呢，既然他几乎都不记得关于她的任何事情，除了一些显而易见的事实，她温柔、安静、坚忍、美丽——至少她年轻时有点美丽——诸如此类的事情。他确实不记得很多关于她的事情。他开始相信她是无影踪的，但他这么想时，他感觉自己可能会害怕得大哭，因为他怎么能那样想呢，当大家在那里谈论他死去的妻子，他知道他有过一个一起生活超过四十年的妻子，他们有过一个儿子，这个儿子消失去当神父了，现在他在这里，他却几乎不记得单独一件关于她的事情，他也真的不记得经常见到她。而且他怎么能为他无法定义的东西感到悲痛呢，怎么能哀悼消失得不留痕迹的东西呢。就是这样——她没有给人留下任何印象。以这样或那样的方式，无论她是如何做到的，她设法与一个男人，一个敏感善良的男人，在一起生活了超过四十年，却没有给他留下任何一点印象。她总是让人难以忍受。很久以前，有几次，他这么对她说了。"你让人难以忍受。"他对她说。而她却什么也没说。她什么也没说，她没有给他任何反馈，没说任何让他生气、伤心、嘲笑、惊讶和任何值得记忆的话。她没有给他任何东西，她没有给他留下任何东西，没有给他留下任何一样从他这里拿走的东西，一样现在本可能成为他的力量之石的东西——一块他本可能在天人永隔中躺在上面休息的悲痛岩石，本来充斥他内心并摧毁他的悲伤会让他无法看、听、说或想。但那种不朽的悲痛如今永远只会是这个样子，只是一个悲痛的梦，从他坐着的地方来看，这是一个平静的梦，因为他明白在那种可怕的痛苦中，他最终会找到内心的平静，然后他可以休息，知道自己做了正确恰当的事情，感受到了正确恰当的情绪，那些东西代表了我们必须致以死亡的敬意。但这无济于事。他能看，能听，能做其他等等，一如往常，他甚至还有一点胃口吃东西。

要是她们能让他站着看她的花园，他或许能看到她在那里，她在那里度过了如此多的时间。要是她们能让他站在后窗边看着她的花园，它很值得一看，他或许能在那里找到她，那么他或许能开始想念她——这是他最起码能做的事情了，想念她。但他不想念她，他一点儿也不想念她；一切都是一样的，他一点儿也不想念她，如果他试图站在窗边望着外面她的花园，他的妹妹或另一个人会过来烦他，竭力把他从沉思中拉出来。那时，以前，当他拥有自由时，他可以不受打扰在窗前站到天荒地老。那时，以前，他可以一整天都坐在壁炉边他的扶手椅里，不梦想任何事情，平静地完全不思考任何事情，沉浸在如此混乱如此相似、让他感觉温暖的记忆里；像那样坐在那里什么都不干，真的什么都不记得，就像是思考温暖本身一样。那时，她活着的时候，他不了解他所拥有的自由，他本可以在他的椅子上想坐多久就坐多久的，不用手持一本书、一份报纸或任何东西，没人会过来跟他说话，叫他一定不能忧郁，叫他一定得保持忙碌和兴趣。她们怎么会知道他脑子里的念头是忧郁的呢，连他自己都不知道他在想什么。她们训练他，仿佛他是一只狗，一只可怜不幸的狗，不得不做叫他做的事情，还不能提任何问题，因为他是一只狗，没有别的原因。可怜的狗。可怜的动物。这没道理。他不得不步履轻快，否则她们就叹气。他不得不说话明确无误且语气透着些活泼，否则她们就会担忧、猜忌地盯着他看。他不得不每天都去散步，且不能在花园里散步，因为那是她的花园，是如此忧郁，而是要去外面散步——他不得不从前门走出去散步。她们似乎相信房子的后面不再有空气，只有前面，前门之外的地方有空气，邻居们会在外面朝他慢跑过来，那些他只是见过的人，他们会对他说些他几乎听不懂也不想听的话，尽管通过某种奇迹，他总是能对他们所有悲伤的陈词滥调做出正确的悲伤回应。他感觉他说的每句话都是一个谎言，他回到家里时，总是筋疲力尽。

他本很想要对他的妹妹和其他人和盘托出。他本想对他们坦白——他渴望对他们坦白——他没有感觉到任何悲痛。他想要说出真相。他想要他们知道他是多么虚伪、多么虚伪的一个人，或至少向他们显示他们正在让他变成一个虚伪的人。但假如他告诉他们真相，他们会认为他是一个恶魔。他是一个没能感觉到悲痛的人，一个空虚的人。即便如此，他本希望能被允许做他想做的事情，但他不愿伤害他们的感情。有很多尖刻的言辞涌入他的脑海里，但他不想说出它们，除非他真是被逼无奈。他明白女人们是出于好意。他可以叫她们走，当然了。她们会抗议，但她们会走的，然后他就是独自一人了，然后他就可以安静地不说话。假如他下令叫她们走，她们看到他是认真的，她们就必须得走。但他不能那么做，她们是如此出于好意，此外有件事得记在心上，那就是他能立刻叫她们走人，任何时候都可以。这是可以期待的一点，即他叫她们彻底走人的那一刻，他确实期待那一刻。一旦他下定决心，她们就得走，没有什么"假如"或"但是"。一旦他下定决心，他就不会再接受她们的胡闹，但目前他让她们在家里随心所欲，他做她们叫他做的事情，他会继续做她们叫他做的事情，只要他想做，一旦他不想做，那就不会多做一分钟。但期待他叫她们走的那一刻，是一件好事。他会让她们随心所欲，他会让她们自由行动，她们会想象她们自己地位稳固，可突然，突如其来地，他会对她们采取行动，向她们展示谁才是主人。那一刻会到来的。他对此很肯定。他会在她们最猝不及防的时候，采取行动，他会猛烈攻击她们。他会叫她们打包行李。想到她们脸上的惊讶表情，他不得不微笑，他的妹妹发现他在微笑，他也发现她发现他了，她脸上写满了同情，意味着她猜想他脑子里满是关于他最亲爱的死者的诚挚、甜蜜、温柔和快乐的想法，他恼火得本可以打她，但他拉下嘴角，开始又显得忧愁苦闷。

她们以为这是他命令她们保留罗斯房间原貌的悲痛迹象，但这根本就不是悲痛的迹象。一时冲动让他叫她们关上那扇门，并让它一直关着。他只是想要显示自己的权威，给出一个合理的指令让她们服从，她们服从了他，但这并不是一件重要的事情，直到突然之间，以某种神秘的方式，这扇关闭的门变得极其重要。

他认为一旦他能单独进入那个空房间，并关上门，他就能更清楚地思考，就能明白一些他现在不明白的事情。一旦进去，他或许就能记起更多关于她的事情——而不仅仅是她忙碌打理房子的琐事——现在他脑子里只有这些关于她的事情。一旦进入那里，他或许就找到更多可想的事情，而不仅仅是她永恒的默默顺从。就连她对他说的最后一个词也是"好的"。这没啥奇怪的，她总是说"好的"，但接连不断的顺从对她来说还不够永恒无限；除了最后那个"好的"，她还总是得进一步补充说明她的"好的"——"好的，没问题"，"好的，如果你想的话"，"好的，我不介意，如果你喜欢。如果你想的话，我想是这样的，好的"。但当他问她，他是否该去叫医生时，最后那个"好的"却独自留在他的脑海里。他现在能听到她的声音说："好的。"他回想起来，即使他当时很不安，却也感觉惊讶，甚至可能还有点高兴她明确回答了。当她像那样对他说"好的"时，他仿佛是在很久之后再度听到了她的声音。

就在他期待叫他的妹妹和另一个女人离开他家的那一刻，现在他还期待有机会溜进那里，独自一人呆在那里，且没人知道他在那里。他等待她俩一起出门的机会。他悄悄地谋划。他迎合她们。他没有坐在壁炉边他的椅子里做梦，而是把书举在面前，专心地阅读。他叫她们给他拿来晚报，仿佛他对里面的内容感兴趣。他没有在后窗边望着外面她的花园。他吃掉摆在他面前的食物，甚至启发她们说假如她俩认真想一下，齐心协力地思考，她们或许能记得他喜欢吃刚煮得有点熟的鸡蛋，而且他喜欢吃热的，因为冷的煮鸡蛋对人不好，尤其是一大早吃不好。他越来越大胆。他告诉她们当传统的守丧期过去后，他们要一起穿上最好的衣服，坐出租车进城，去看一出戏什么的。听到这句话，她们震惊

地盯着他看，然后她们把脸转开，像失望的猫咪，看到捕捉到的
猎物不再动弹后，它们会假装把注意力从捕获物上移开，希望这
样做能骗它再活过来，再动起来，且发现它依然在它们的掌控之
下。德顿先生的妹妹和打扫房子的女人一起大吃一惊地扭头去看
别处，然后她们又看回来，但他知道她们的手段，他依然在微笑。
"我们拉长个脸坐在这里无所事事，对可怜的罗斯没有任何好处。"
他说。

　　几天之后，甚至可能就是紧接着的第二天，出现了一个奇迹，
她们仔细跟他解释，他也假装倾听，那天下午他发现自己独自一
人在家里。打开罗斯房间的门之前，他犹豫了一小段时间。他在
客厅里走来走去了一会儿，就像他渴望做的那样，他考虑走进那
个房间里。他不想盲目地闯进去。毕竟，一旦他走进去，自她死
后在那个房间里与日俱增的空虚就会被永远地消灭，他急切地想
要体验一下它，在它依然萦绕在那里时。他又在客厅里来回走了
几遍，一边专心致志地思考，一边搓着手，然后没有再多想，他
转动门把手，打开门，走进去，关上身后的门。里面空无一物。
连可感知的空虚都没有。这是她的房间，或者说曾经是她的房间，
但里面不再有她了。这个房间没有传达出任何东西。空虚，他在
这里感受到的空虚，没有什么特别，他没办法对他自己假装他能
确定这是她留下的一种特殊、有个性的空虚，一种她且唯有她才
能留下的空虚。充斥她的房间是一种广泛存在的空虚——他其实
可以看着掉下来的鸟巢里面，试图发现不存在的本质。他厌倦了
努力逼迫自己进入不存在的、因此不能也不会抵抗他的境地。这
个房间里没有抵抗。没有任何他可以与之搏斗的东西。他感觉失

望，就像他小时候圣诞节过完后的感觉，同时他也感觉紧张，像是要不得不面对一场考试，要参加一场他从未被预告过的考试，一场他从来不知道大家得参加的考试，他没有做好准备，也无法做好准备，因为他根本不知道问他的问题会是什么性质，也不知道他可能被要求完成的测试是什么性质。某些东西其他人知道，某些东西人人都知道并觉得理所当然，但他却不知道，这总是让他感觉不自在。有时他希望他能侥幸偶然发现这一点常识，能偶然发现一块试金石，引领他去了解那些他总是感知到它们的存在的秘密，那些其他人拥有却始终对他封锁的秘密。当他把自己头脑里的想法大声说出来时，总是这句话："生命一定不只有这些，生命一定有比这更多的东西。"哦，千真万确，是的，一切都一定不只有这些，他常常想，然后，在这种有疑虑的时刻，他常常会观察街上从他身边经过的路人的脸，试图在他们的脸上洞察出驱使他们每天继续生活下去的东西，他确定他们一定知道这种东西，因为不是每个人都像他这么坚强的，不是每个人——几乎没人能刚毅地在困惑中日复一日地生活下去，而他自己就活在这种困惑中。其他人不可能像他那样，一天又一天地活下去，却没有真正活着的理由，其他人不可能像他那样摆出勇敢的姿态，勇敢、可敬的姿态，一种毫无结果的姿态，毫无结果，但是一种姿态。在这样的时刻，当他感觉他必须再次努力发现秘密时，他常常会瞥一眼，只是瞥一眼，罗斯的脸庞，在他感觉她是不会注意到他看她的时候。他记得在这种时候，在那些夜晚，他常常把他的帽子和外套像平时一样挂在前厅里，把他的雨伞插进伞架里，走过前厅，走到她坐的地方，他会在她的对面坐下，打开晚报，但在这种时候，他只是用晚报把他自己伪装成读者，好让他观察她，不是作为一位丈夫，甚至不是作为一个男人，而是作为一名恳求者，希望她或许能告诉他是什么让他们这么多年都在一起，或是什么让任何两个人在一起，或是什么让人们按他们被告知他们该做的那样去做事。所有这种顺从是何时开始的，又是谁规划了男人和女人毫无抗议且大多数时候也毫无抱怨地遵循的指定的生活方式？最重要的是，什么样的理由被用来保证这种顺从，为什么他没有像其他人一样被告知这个理由？有一个共同的秘密，他却没被允许分享，现在似乎悲痛对他而言也是一个秘密，因为即使现在，坐在她度过大量时间的房间里，面对她睡过的床，他却感觉不到任何悲痛。他坐在她就近摆在缝纫机旁的直背椅上。缝纫机收着，光滑的表面上隐约有一些白色的圆圈痕迹，那是她不用缝纫机时在上面放植物的地方。她本可以给自己买一张专门摆植物的小桌子。他不会介意这笔花费的。他会给她买桌子的钱的，如果她问他要的话，但她没有问他要。她喜欢扮演受尽苦难的人，因此在轻蔑和不期待跟她和解的绝望中，他忽略她，或者你也可以说，随便她去。她要用缝纫机做针线活时，她喜欢把她的衣柜顶部清理干净。然后，她会举起植物把它们放到衣柜上面，一些植物又大又重，当它们都被安全摆好后，她会打开缝纫机，开始干活，弯腰凑得离机器很近。当活干完时，她会重复整个费劲的过程，把植物再搬回到缝纫机上面。对她而言，缝纫机凑合着成了植物展示桌的替代品，在她的生活中有许多凑合。比如，她放着几本书的搁板下面，有一个被毯柜，柜子上摆着许多旧巧克力盒子。看到那些巧克力盒子，注意到它们被精心地按大小和形状整理过，长方形的盒子会被放在一个更大的长方形盒子上的正中位置，正方形的盒子像小孩的积木一样被垒在正方形的盒子上面，跟其余盒子不同的两个大小一样的长条形盒子让整堆盒子的轮廓线等长且构成直角，所有这些都显示出整洁认真及对于秩序的极度关注——看着如此的安排，你会以为这些盒子装着一些有趣或有价值的东西。那么它们装的是什么呢？三十年前标注着"已付"的账单。她从未照着烧过的正餐菜谱，非常精美繁复的正餐，从找到它们的杂志里把菜单剪下来时，她一定是在做梦英国国王和王后的造访。她这辈子都没机会穿的裙子的制作指南——有一整本小册子都是关于如何制作一条缎面舞会裙子的说明和量尺寸的方法等。要不是它如此可悲，它会很好笑。一只盒子装着裁缝的样品卡——小片的粗花呢，小片的哔叽，小片的丝绒，小片的西装和外套面料。他知道她是如何获得那些卡片的。他现在就能看见她，站在裁缝店的橱窗前，这次去这家裁缝店，下次再去另一家，欣赏橱窗里的一匹匹面料，展示西装和外套的图片，想象自己会订购某样东西，一套服饰，她会这么叫它，并拿定主意想要怎么做，以及用什么面料做。他能看到她拿定主意，推开店门，装出她在公共场所担惊受怕的羞涩模样走进去，这副腔调让他恼火得要命。他能看见她走近裁缝，用一个可能经常或不经常光顾这里的女士的口气说话，跟裁缝讨论这件外套、那条半裙或任何她想象她会买给自己的衣服的剪裁和款式。而且他能看见她郑重其事地从裁缝那里拿好样品卡，带回家，下午独自坐下来做着关于它的梦，把它拿到窗前，这样她就能在更好的光线里细看那些小布片，她只会抬头看看她的花园里的鲜花，所有的时间都在做梦、做梦、做梦，始终在做梦，但她这一辈子做梦，做的都是关于什么的梦？她从来没说过。她甚至从来都没承认过她把时间虚度在做梦上。假如你问她在"想"什么，她会说："哦，没什么。"

然后迅速着手去做些什么，把注意力从她自己身上引开。或者她可能会给出一个她用来回应任何问题的答复："那里门附近的油地毡上有一道很厉害的划痕。我在想我能做什么掩盖它。"她完全不会直接坦率。

巧克力盒子里的内容揭示了一个完全沉湎于琐事和凑合的头脑，总是凑合，将就，使延续，设法使用，什么都不浪费，除了她的时间、她的生命、他的时间和他的生命。即使如此，在他暗暗观察她的那些时间里，他曾怀有希望，希望她拥有并会向他透露那个被告知所有人却没有告诉他的公共秘密。她身体虚弱，她像那样活那么久根本就是不可能的，除非她得到某件东西、某种真相、某条信念、某个魔法词、某种安慰的支持，假如她愿意说话或能够说话，她本来是可能跟他分享这些的。但他能观察她的时间却越变越少，因为随着他年龄渐长，他越来越无法忍受当她感觉到他的目光时，写满她脸庞的惴惴不安。她会坐在那里编织、做针线活、缝补或翻阅她喜欢的一本家庭杂志，全神贯注于她手里的东西，然后在一瞬间她会意识到他在看她，她的表情变化简直是惨不忍睹。羞耻和恐惧会让她的脸扭曲。一切，从头至尾，皆是因为她怕他。很久以前，有一次他被逼到质问她。"我是一个恶魔还是什么？"他冲她喊道，"你到底是怎么回事？你有什么不舒服？你为什么害怕看我？我是一个恶魔吗？"但她颤抖得太厉害了，他只能让她单独呆着。她害怕被提问。他让她单独呆着。但没必要重复这一切，没必要去想它，最好还是将它抛诸脑后。

他从椅子上站起来，走到她的床边，站在那里。它很窄。他站在那儿，她活着的最后一个早晨，他也是这样站着。当然，那天早晨，他看着她时，他完全不知道她的情况有多糟糕。他喜欢在他自己的房间里独自吃早餐，那天当她没有像往常那样端着他的早餐餐盘出现时，他去了她的房间。他穿着晨衣和拖鞋走进她的房间，她躺在那儿的床上，什么都没做，甚至都没有看他，虽然她的眼睛睁着，他看到她很惊讶，他很久没有见过她躺在床上了，他说："你在床上干什么，罗斯？"她说："没做什么。"她的声音一如往常。他开始说一个小笑话，以便过渡到提醒她想起早餐餐盘，她用一如往常的声音说："我的胸口很痛。"她说出那些字眼的那一刻，他感觉自己的胸口也痛起来，但对他而言这种痛并不新鲜，而是很熟悉。他经常跟她说他感觉胸口痛，此时它又来了，他那颗危险的老旧心脏给他的信息，总有一天它会是他的死因，他抬起手捂住他自己的胸口说："我要打电话叫医生吗？他来了这里也能看一下我。"但罗斯没有回答他。而是开始注视着他，她的目光，他总是觉得透着害怕、不坦率，甚至是鬼鬼祟祟、心事重重和担忧——那双朦胧的绿眼睛却突然像是属于她了，仿佛她第一次掌控了它们，并坚持说她有权亲眼去看，去看，不是去看随便什么东西，而是去看一切，然后去选择她真正想要的东西；倒不是说她不会去看所有其他东西，而是她会看并掌握回应她的东西，如果回应她的是欢乐，她就会看着欢乐，如果回应她的是痛苦，那么她就会看着痛苦，如果回应她的是残忍，她就会看着残忍，直到残忍，像痛苦和欢乐一样，再度转变，再度转变，最后转变成向她展示她最初选择看到的东西，一张习惯对她微笑的脸庞，一对看上去认识她的眼睛，一颗愿意重视她的心，一双了解她并照旧想要她的双手，就是她的样子，无论她是什么样子。

她躺在那里，那样注视着他，但她依然没有回答他的问题，于是他依然一边抚摸着自己晨衣的胸口部分，表示他胸口痛，一边又说道："那么我到底要不要打电话叫医生？我想我还是打电话叫他来吧，为我自己。你要我去打电话叫他吗？"然后罗斯说："好的。""好的。"她说，这个词被快速说出来，像一声叹息或笑声，像一个表示认可、接受和嘲弄的声音。"好的。"她说，但只说了一遍，仿佛她最终对某件事让步了，接受了某件她之前不想让步或接受的事情。

于是他去打电话叫医生，然后他坐在起居室里等医生，他希望能有人给他拿一杯茶喝，当然了，当医生赶到，走进房间时，唯一能说的就是罗斯已经死了。

现在，德顿先生想，继续呆在那个房间里完全是徒劳。那里没有任何可以发现的东西。他打开门，走到外面的客厅里，但他没有让门在他身后敞着。他的妹妹和打扫卫生的女人现在可以进入那里，按她们的喜好收拾整理她的衣服和其他东西。他不在乎她们做什么。他走进厨房，环顾四周，然后离开厨房，在客厅里站了一会儿，接着他走进起居室，坐在壁炉边他的椅子上。他累得不想看东西，累得不想思考，但他无法让自己停止思考。一切都是一个谜，他们的共同生活在哪里消失了，他们最初又为何在一起。他记得他向她求婚的那个晚上。他们一起站在一座小石桥上，石桥俯览着她所住小镇外的一条河流。他本没有打算那晚向她求婚——他本想让她再猜久一些，不要让她对她自己太有信心——但突然之间，他转向她，说："我想我们可能会结婚。"她继续低头盯着流动的河水，没有回答他。他说："我想知道你究竟有没有考虑过我。"她依然什么都没说，也没有抬起头。然后他说："罗斯，罗斯，看在上帝的分上，你愿意嫁给我吗？"她抬起头，注视着他——那时她的眼睛依然很清澈——接着她说："好的。"她只说了这两个字。"好的。"她说，声音确定，但同时又像是被迫说出来的，仿佛她本想说"好的"，期待说"好的"，但同时又想推迟一会儿说"好的"，只是推迟一小会儿。那天晚上，她的脸庞，抬起来转向他，是一个发现自己坠入深湖中央的人的脸，这个人不会游泳，但她没有惊呼救命，而是希望会有人主动来救她。"我不当心坠入了这片深水，"她的脸似乎在说，"都怪我没有学会游泳，但虽然我很笨，没有学会游泳，虽然水很深，可我并不想淹死。"于是他张开双臂抱住她，告诉她说他会一直照顾她。此时坐在壁炉边，想着那天晚上，他发现他能相当清晰地看见她的脸，就是她当时的模样。他能看见她的脸，以及她的脸向他展示的所有希望，所有没有实现的希望。她走路的姿态，她的步伐，勇敢、自由且确定，现在他意识到，就像过去他所意识到的，他爱上她是因为那些完全不属于她的品质。他对她有所误会，这不是罗斯的错。她在远处很闪亮，凑近了她却不再闪亮。然而，她已经死了，她是个好人，他希望自己能想念她。

当他的妹妹回到家，发现罗斯房间的门敞开着时，她匆忙冲进起居室，与坐在壁炉前的德顿先生对质。

"我看到那个房间的门开着。"她说。

"我想它被关着够久了，"他说，"我们不能把她的房间变成一个神龛。"

"你去房间里面了？"她问。

"是的，"他说，"我去那里面了。"

他抬头看着她。

"那里面什么都没有。"他说，他抬手捂住脸，开始哭泣。他的妹妹也开始哭，她走出起居室，又很快拿着一杯给他喝的茶走回来。他拒绝喝茶，当她提议打电话叫医生时，他又拒绝见医生。他不肯把手从脸上放下来，他不肯站起来去他自己的卧室躺下来，除了哭，他什么都不肯做。眼泪让他感觉痛苦。它们让他的胸口痛，让他的眼睛痛，它们似乎是在描绘布满他脸庞和脖颈的僵硬呆板的皱纹，它们让他的脑子痛，让他头痛。眼泪没有从他的脸上滚落而去。它们倾泻在他的浑身上下，滞留在他身上，将他团团围住，他试图停止哭泣，因为他怕他可能会被它们闷得窒息，被它们囚禁，它们一波波倾泻下来，似乎永无止境。眼泪给他套上一件紧身衣，他无法说话。现在他无法说话，他希望他能说话，因为他现在渴望告诉他的妹妹真相，彻底把事情说明白。眼泪让他感觉痛苦，将他笼罩在痛苦之中，这种痛苦似乎每分每秒都变得越发难以忍受，但最让他痛苦的是，他无法告诉他的妹妹他不是在为罗斯哭泣，因为他千真万确地没有为罗斯感到悲伤，但他是在为悲伤的缺失而哭泣，因为可怜的罗斯肯定理应获得更多，而不仅仅是从生活中被随便打发走，最重要的是，他在哭，完全、纯粹是因为他伤心。他伤心，他哭泣，就是这么简单。但他无法告诉他的妹妹这点，她继续守着他，她自己也无助地止不住眼泪，她喃喃地说罗斯在天堂一定很快乐，他无法对她说话，告诉她一切都不过是一场化装舞会，他只是一个虚伪之徒，过了很久，当他最终恢复常态时，似乎又不再值得告诉她了，结果就是他从未告诉她，也从未告诉任何人。

结婚十二周年纪念日

　　巴戈特夫人有一把很短的剪刀，用来修剪除玫瑰之外的花。她有一把处理玫瑰的小刀。剪刀和小刀都放在厨房水池上的窄搁板的尽头，在通往外面花园的门旁边。这扇漆成绿色的木门厚实而沉重。它经常卡在门框里，底部最容易卡，但今天，在六月怡人的天气里，它敞开着，露出院子的水泥一角和构成直角的两面灰色围墙。

　　毛乱蓬蓬的白色㹴犬伯尼躺在厨房外的门口，后背紧贴着台阶。伯尼老了。它的腿僵硬地伸在身体前面，眼睛闭着，但当巴戈特夫人越过它的身体，从红色的厨房地砖迈步踏到外面灰色的水泥地时，它的短尾巴开始轻轻地摇，眼睛最上面的部分至少睁开了，目光追随着她，直到她走到几英尺外的草地上。然后它爬起来，跟在她后面。草地是一块齐整的长方形，三边围着花坛。巴戈特夫人在草地边慢慢走，只带着剪刀。她想剪一些花来点缀马丁的房间——几朵石竹花，几朵雏菊，几朵能与石竹花斗艳的万寿菊，不要玫瑰，也不要桂竹香，或许可以剪一小株勿忘我，如果有长得结实没有耷拉着的。她一直弯着脖子，严肃、担忧地皱着眉头盯着花看。她穿着一条藏青色的半裙、一件白色宽松上衣和一条褪色的蓝色棉围裙。身为一个生过三个孩子（有一个夭折）的母亲，她显得非常瘦。每次她停下来，或弯腰去剪一朵花，伯尼都会坐在她的脚边。

　　水泥和草地相连的地方，把巴戈特夫人家与邻居家隔开的花园围墙一下子降低到只有五英尺的高度，在这段矮墙上，巴戈特夫人架设了一道绿色的木头格子架。她把格子架加高到墙上面约一英尺的地方，在那里栽培常春藤和她称之为"藤蔓"的东西，但为了礼貌起见，她留了一段空当，让隔壁的红头发女士，费恩夫人，可以看过来并发表评论。费恩夫人对每件事都有话要说，她从来都不会等着听你是否赞同她。她以自己的方式释放出善意，但她太吵了。

除了巴戈特夫人和费恩夫人共享的这堵墙，一排完全相同的墙壁一直延伸到远处。所有的花园都是连在一起的，和所有的房子一样。由近及远的四十户的墙，加上远处的一个小树林，构成了完整的天际线风景。这是一条狭窄的小街，一条死胡同，位于都柏林的市郊。街角的主路上有商店，但小街上一家店都没有。学校老师、店主、小公务员住在这条街上，一个警察最近带着他的家人搬进了这条街上的一栋房子里。因为这条街不通，小孩可以安全地在街上玩，但巴戈特夫人还不愿让她的两个女儿去她家前院外面玩，她们还太小。莉莉六岁，玛格丽特四岁。现在她们在前院里，坐在她铺在那片草地上的一块小地毯上。她在铁门突起的尖尖和横杆之间绕了一根链条，这样她们就不能拉开铁门的插销，到外面走失。

包括巴戈特夫人家在内，有五户人家后面是一个巨大的车库，这导致巴戈特夫人的花园根墙远超正常高度。车库刚造好时，巴戈特夫人极其厌恶它，因为它挡住了她开阔的视野，但她现在已经习惯了高墙，而且原来的田野也早已变成网球场。谁会不喜欢网球场整齐有序的外观呢？它们的边界清晰，养护得当，但她还是怀念田野的宁静朴实。现在有种被封闭起来的感觉。她的左右两边都是邻居家和他们的花园。她家的根墙外是车库和网球场，房子的前面则是街道和街对面的那排房子。有时在夜里能听到音乐——从网球俱乐部传来的跳舞音乐，大家都把网球俱乐部的场地叫做亭子。下午这个时候没有音乐，但她能听到球场上的人声和比赛的声音。

隔壁的费恩夫人有一个十岁的儿子，威利。她对他特别上心。她叫人把花园全浇成水泥地，把原本花草可以生长的地方变成一片灰色硬地面，好让威利可以在那里玩而鞋子不沾泥巴。但威利从来不去那里玩。他更喜欢学习而不是玩耍。他呆在自己的房间里看书做作业。他总是在学校取得好成绩。巴戈特夫人听过很多关于威利无比勤奋的事迹，她本会相信所有的故事，但她经常看到他站在自己房间的窗前，凝视着对面的网球场，俯视她的花园。她想或许他把自己关在房间这么久的原因是为了逃避他啰嗦且专横的母亲。他家房子后部的卧室完全归他所有，他母亲说他把书、书桌、写作材料和地图放得极其整齐，这让他的房间像是一位修士的单人小屋。

今天威利没有出现在窗户前，巴戈特夫人觉得他的缺席让今天显得越发安静了。当他在那里时，她感觉他的眼睛俯视着她，或想象她感觉到了他的目光。他俯视她以及其他一切，有时她会朝他挥手，但他从来不会挥手回应。一次当她朝他挥手时，他把脑袋歪向一边，盯着她看，她大吃一惊，放下手，接着又举起手朝他挥了挥，但他转身，消失在遮蔽窗户的纤薄网眼窗帘后。在威利·费恩的窗户右边，仅隔几英尺是莉莉和玛格丽特共用的卧室的窗户。莉莉和玛格丽特一起睡一张大铜床。巴戈特夫人不知道威利睡的是哪种床，也不知道他的房间到底是什么样子。巴戈特夫人从来没有去过费恩家，费恩夫人也从来没有来过她的家。费恩夫人和巴戈特夫人隔着花园的墙壁讲话，这差不多就是她俩的友谊深度，偶尔她们在房子外面或经过街的尽头、通过都柏林市中心的主路上碰到的话，她们也互相打招呼。

这些是四居室的石头房子，后面突出一块作为给厨房的空间，厨房上面还多出一个小房间，小房间旁边是一个洗手间。巴戈特夫人的丈夫马丁独自睡在他们楼上多出来的小房间里，当她产生用一些花点缀他的房间的想法时，她正站在那里的窗户边望着外面的花园。从他的窗户望出去，花园是一个深深的长方形，里面布满了阴影、光线、鲜花、绿草、常春藤和藤蔓，还有装着格子架的墙壁右边的金链花树。太阳投下黑色的阴影，但似乎所有的太阳光线都集中在她搞成岩石盆景的角落附近，集中在直到最近都放着一大盆天竺葵的那块半秃的发黄的草地上。那个角落的草地被剪成新月状，以配合岩石盆景的形状，并给它更多的空间。巴戈特夫人花了很多力气才把那片草修剪成新月状。之前那盆天竺葵所占的那个黄色圆圈离新月状草地的边缘非常近，似乎在绕着它旋转一样——几何原理的运用，抑或是对平衡的探索。

马丁房间窗户的几英尺之下，是她存放花园用具、空花盆、大剪刀、耙子之类的东西和垃圾桶的小棚子，大橘猫鲁伯特正躺在棚子倾斜的瓦楞屋顶上睡觉。鲁伯特侧躺着，睡得很安详。它看起来很柔软。它的右前爪搭在眼睛和鼻子上。它的后爪交叉，尾巴利索地放在它们旁边。倾斜的屋顶躺起来并不舒服，但鲁伯特胖得肉可以溢入瓦楞之间，它甚至可能想象自己正躺在平坦的表面上。巴戈特夫人放下窗帘，转身重新面对房间，跟外面的明亮、生机和宽敞相比，它显得小且压抑。房间是如此压抑，让她想起费恩夫人灰色的水泥院子，正是在这一刻，她决定跑下去，找一些花放在马丁的书桌上。

　　巴戈特夫人采集到她想要的鲜花后，把它们拿进厨房，插在一只绿色的大酒杯里。然后她又改主意了。她走到餐厅的玻璃柜前，拿了一只她珍藏的雕花大玻璃杯。她把它拿到厨房里，又换一种方式插那些花。雕花大玻璃杯尤其适合插这些花，她得意地把它拿到楼上，摆在马丁窗户边的书桌上。他下班回家非常晚，到家时她们全都睡下很久了，当他打开灯，看见在书籍边等待他的鲜花时，他会大吃一惊的。她已经习惯了他回家很晚。他不想打扰她和孩子们，也不愿在她们早上全都起床时被她们打扰。起初一切都很自然，当他最开始说他回家很晚而要睡在小房间里时，她记得她很高兴地替他布置小房间，把他的一些衬衫和东西放到这里，好让他感觉更方便。现在他开始把他的书也放在这里。不过她确定，起初他跟她一样，不知道他更喜欢这个小房间而不是她睡的前面的大房间，也不知道他真正想要的是一个人呆着。假如这个小房间从来都不存在，那么他也永远不会产生把自己关起来躲着她的念头。假如他们拥有一栋较小的房子，他们倒可能更幸福，这真是一个惊人的事实。然而，这栋房子其实也相当小。
　　巴戈特夫人下去采花时，让房间的窗户敞开着，但现在她想把它关上。鲁伯特太懒了，甚至不会试图从棚子的屋顶跳到这扇窗户的窗台上，但瘦瘦的黑猫米妮就能轻易跳上来，巴戈特夫人不想冒险让马丁今晚回家时发现米妮在他的床上。巴戈特夫人不确定，究竟是动物，还是马丁对动物的仇恨造成了这个家里的很多纷杂问题。她在大多数事情上都对他让步，但她不愿放弃动物。

放弃它们的话，孩子们会非常想念它们，她也是如此。她只得继续让动物远离马丁，让孩子们在他早上睡觉时远离他的门口。而最终，她真正在做的只是让她自己远离他。想到这点她就无法忍受，因为这个最初为了马丁的舒适而做的简单安排已经彻底失控，现在似乎没有办法终止它。家里的局面很不自然，对任何人都没有真正的关心。她发现马丁在家时，她自己就变得对孩子们十分紧张，当他们全都在一起时，她会忍不住监督孩子们，仿佛马丁是唯一能判决她们对错的人。她总是神经紧张，准备好在他面前保护她们，准备好把她们所做的事情归咎于她自己，准备好厉声斥责她们，一旦出现迹象显示她们做了什么招致马丁不快的事。

他不在家时，她们全都开心许多，这是不对的。她但愿知道自己该做什么。她经常怀念马丁以前的样子，脾气好，且总是说笑。即使是现在，有时他还是那样的，但通常他似乎总在克制自己，仿佛看见一家人在一起，把自己跟她们关在一起，是他无法忍受的。于是周末他会独自出门去散步，走很远，一出去就是几个小时。家里有许多压力。她一直感觉焦虑，仿佛或许会发生某件可怕的事情，仿佛她做了什么可怕的事情会被发现。所有的一切都是因为这个小房间。她肯定所有的一切都是因为这个小房间。知道这一点让人很困惑，你开始是为了帮助某人，在一件寻常的私人小事上赞同了某人——他回来晚时可以去睡小房间——结果却是建起了一堵无限延伸、永无止境的墙，因为你每天都在让它变得更坚固，虽然你不想，但你无法阻止自己这么做。她一直在努力不往这方面想，因为她会越想越迷惑，这导致她既想不起她想表达的词，也找不到她感觉可以向马丁解释一切的话，她感觉自己越来越语无伦次，开始在愤怒中窒息，于是她只想逃跑，不向任何人解释，也不听任何人的解释。不，马丁对她来说太聪明了。他总是能让她闭嘴。然而，她十分介意的倒不是他的言语，而是他的沉默。有时，她认为马丁聪明的沉默可能让她丧失理智。

把事情想清楚根本就是徒劳。她的思考能力已经被强烈的感觉所摧毁，因为它们远比她强大，能轻易让她停止思考。巴戈特夫人的感觉像祖先一样高耸①，就像对过去的回忆，她无法想起，但假如她要控制自己，就必须想起。这些影响力巨大的感觉，似乎铺天盖地，得意且丑陋，她在勇敢地面对马丁前，必须先勇敢地面对它们。如果她一开口就急得口齿不清，去跟他谈话就毫无用处。她不知道该从何说起。

她身体前倾，越过书桌，把窗户的底部关到只留一英寸的空间，然后她向上伸出胳膊，把窗户的上部往下拉，打开一道一英寸的缝隙。这么小的空间连米妮也挤不进来。她从书桌往后退几步，看着书桌上的鲜花，为自己感到一阵绝望，因为她费心剪下它们，插好，放在那里。但它们很美，为房间增色。她会把它们留在那里。她伸手去摸最大的那朵万寿菊，想象雕花玻璃杯的清晰边缘反映出她的婚戒。它是一个黄金的素圈，她只戴这么一个戒指。今天是她的结婚纪念日，十二周年。她等这一天已经等了好几个星期。

直到今天早上她才意识到她是多么期待这一天，指望它能以某种方式打破她和马丁之间的沉寂，但是以一种自然的方式打破它，像其他任何纪念日那样闯入生活，让一切都因为庆祝时间而停下来，比如圣诞节、复活节或其他任何节日。今天早晨，她把

---

① 爱尔兰境内有许多神秘的古老石柱，这些石柱一般都很高，于是人们据此推测竖起这些石柱的祖先也是身材高大。

早餐餐盘端进去时，以为马丁会说点什么，但他坐在书桌边的直背椅上，全神贯注地看报纸，一度让她以为他没听到她走进房间。当她把餐盘放在书桌上时，他说："谢谢，亲爱的。"然后她犹豫了，仍然以为他会对她说点什么，但他什么都没说。他忘记了。于是她走出房间，静静地在身后关上门，不知道是生他的气，还是生她自己的气。她愤怒地颤抖着。她是那么沮丧，下楼梯时都不得不抓紧楼梯的扶栏。

她一边注视着鲜花，一边想，我应该把想法说出来的。现在太晚了，可我应该说出来的。

她在这个房间里没有事情可做了，可还在这里徘徊，当她最终走出去时，走得很快，如释重负似的在身后关上门，没有意识到她再次以一句祷告来代替一个决定，没有意识到她的祷告甚至不是祈求明确，而只是祈求延长希望。

她开始好奇孩子们在干什么。她们在那里非常安静。她本该在带着花上楼时去看她们一眼的。她想要立刻赶去她们身边，但伯尼挡着她的道。她不得不用脚将它推开，因为它睡在楼梯平台上，而楼梯平台不比它大多少。当伯尼站起来时，她赶紧走下楼梯，走进前面的起居室，从那里的凸窗望出去。

孩子们没事。她把她们忘了一会儿，让她们可能碰到危险，但她们没事。她继续望着，却没有跟她们说话。她们没有看见她。自从她把她们留在小地毯上后，她们就似乎没动过。她们正在脱掉一个小布娃娃的衣服。脱光以后，她们会再给它穿上衣服。她们面对铁门的栏杆坐着，这样无论外面狭窄安静的街道上发生什么，她们都能看到。远处，街的尽头，几个小孩正在玩耍。巴戈特夫人能听到他们的声音从远处传来。她的孩子们穿着粉色短裙的模样让她感到满意。她身体前倾，越过桌上让窗口显得拥挤的那些蕨类植物。一株较高的蕨类植物碰到她的下巴，弄得她痒痒的，她退后几步。蕨类植物长得很好。她所站的花朵图案地毯被刷得很干净。地毯在她的脚下显得非常漂亮。她的鞋子是新的。她在家里穿着它们，让它们尽快合脚，但她不该穿着去花园的。幸好今天没下雨。鞋子就跟她一大早穿上时一样簇新闪亮。伯尼在她的脚边，抬头看着她。今天伯尼看上去也精神抖擞。它的鼻子亮闪闪的，棕色的小眼睛充满生气。它的皮毛雪白，犹如羊毛。她昨天给它洗了澡。它看上去像一只新狗。它张开嘴巴，吸引她更多的注意，巴戈特夫人注意到它有着年轻小狗一般的强壮白牙。

伯尼很聪明。它明白她为什么在窗前朝外看。她在看她的孩子们。伯尼一直耐心地关注孩子们，但即使熟睡时，它也留意着巴戈特夫人，不放过任何她可以分给它的感情。孩子们会长大，但伯尼始终如一，同样的大小，同样的表情。很多年后，伯尼会出现在巴戈特夫人的记忆中，也还是它此刻的模样。再也不会有另一只狗像它一样，她想。它是一只与众不同的杂种狗。她低头看它时，眼泪涌入眼眶，但她微微一笑。然后她开始急急忙忙起来。她急忙穿过房间，走过客厅，急忙打开前门。她要立刻走到孩子们身边。她要跟莉莉说话，夸奖她是乖孩子，她要把玛格丽特抱起来。她要一下子把玛格丽特从小地毯上抱起来。她迫不及待地想把胳膊环绕在玛格丽特的身上，把她抱起来，急忙把她抱进家里，现在她个子还小，年纪也足够小，依然可以像婴儿一样紧紧抱着。

马丁·巴戈特完全知道今天是他的婚礼纪念日，想到这点他就感觉尴尬和心烦。一切安好，他不要任何伤感的提醒。不要任何提醒。他要一个人呆着。当迪莉娅放下早餐餐盘犹豫一下时，他想他知道她要说什么，他感觉恐慌。然后她什么也没说就离开了，他很高兴——他为自己感到羞愧，但不管怎样还是很高兴。

最近他一直感觉做事很拖拉。他只有在家或在回家路上才会有那种感觉，他倒是想能够无限期推迟回家。他希望能休息一阵，不做他自己。他在家时就厌恶自己。对自己的厌恶与日俱增。他知道它在加剧，因为有时他能记得六个月前的感觉，当时似乎极其痛苦的感觉却根本无法与他今天的感觉相提并论。

他需要时间思考。他要一个机会，把脑海中对自己的厌恶与真实的自己分隔开来，这样他就能置身事外，决定该做什么。有一句话不断出现在他的脑海里，让他的眼睛里噙满羞愧的泪水，"他为妻子和家庭所负累。"就是这句话不断折磨着他。"他现在为妻子和家庭所负累。"这是一句很寻常的话，他却不明白为什么它一直困扰着他，因为它描述的并不是他的情况，也不是他对迪莉娅和孩子们的态度。那不是他对她们的感觉。他的生活并没有小到可以被那样一句没啥价值的话打发。他的生活尚未沦落到那一步，因为他不是那种会被变成那样的男人。他不是一个平凡的男人。他，马丁·巴戈特，他的"背景"或许可以被描述为有妻子和家庭，但从来就不是"为之所负累"。所以需要时间思考，让他能把他和那个他厌恶的自己——那个表现得像一个为妻子和家庭所负累的可怜鬼的自己——彻底分开。当他这样感觉时，他厌恶这个家，因为他感觉这个家改变了他。不在家时，他感觉不错，也能让他自己确信迪莉娅同样感觉不错。毕竟，她有家有孩子们，还想要什么呢。她有自己的生活。他是那样告诉自己的。但另一方面，他一回到家，就感觉受到骚扰和追捕，仿佛家里全是人，全都在等他说一句让他们开心的话。

她似乎完全没有她自己的求助对象。当她看着他时，她的目光让他紧张不安。他总是担心她会说些什么，在他有时间决定要做什么前，就在他的耳边把这个家毁掉。现在，在他们结婚纪念日的早晨，她在明显犹豫后离开了房间，他突然对她产生一点喜欢的感觉，感谢她没有说任何让他不适的话。或许，她终究是理解的。他没有停下来想她理解的是什么，可能是什么，诸如此类的问题。她的沉默依然在他周围留有余温，他感觉放松而高兴，他感觉一切合情合理，仿佛他艰难前行，做出了巨大的自我牺牲，取得了一个非常应得的胜利，尽管他从未胆敢抱有希望。他有很长时间没有感觉这么好了，他津津有味地吃了早饭。

那晚他回家时，依然心情愉快。他自己开门走进昏暗的前厅，匆忙上楼，都没碰一下楼梯扶栏，在安静的夜晚，楼梯嘎吱声显得更响了，就像他和迪莉娅第一次走进这栋房子时一样，当时它空荡荡的，充满了空洞的回响。他很累，急着想去睡觉。他是如此困，脑子已经舒适地沉入等待他的安静且黑暗的时光。他的思绪困倦地漂在前面，将他领进他将要休息的房间，但当他打开门，打开灯时，他一下子清醒了。他看着迪莉娅的鲜花，感觉被出卖，感觉震惊，仿佛她给他设置了一个圈套。无论她是否说话，无论她是否在房间里，她依然设法责备了他。没办法逃离她。也没办法与她抗争。没办法应付她。他逐渐相信她是真不知道她为什么做那些事情。他想到她站在房间里，把鲜花放在书桌上，又走出去，在身后关上门，这样动物们就不能进来惹他生气，而且她始终想象她是在"做好事"。她从来就不理解她做任何事情的原因，甚至从来都没对她自己承认过她做任何事情的原因。她不知道，这正是问题所在。至于这世上其余一切，她似乎只能理解顺从的必要性。她总是做她被告知要做的事情，然后等着被告知接下去该做什么。她毫无自己的个人意愿。就连想到她都让他心烦。她是一个巨大的负担。倒不是说她懒。她总是在忙，总是在房子或花园里做事，哪怕只是坐下来片刻，她手里也会拿着编织活、针线活或缝缝补补。但房子、花园，乃至孩子们，都只是一种伪装，当所有的伪装消失，当他们独处时，马丁不能忍受看到她被动的脸、她被动的手和她被动的身体。他只想远离她。当他们独处时，她似乎毫无生气，如果要定义她的表情，那就是羞耻。她的羞耻让他恼火，因为他感觉它是做作的，他认为她可以选择另一种表情，一种更加快乐的表情，如果她想这么做。

现在这里摆着这些鲜花，摆在这里提醒他今天是结婚纪念日，但为时已晚。它们的美丽无邪也让他生气地想起她给予他的所有关爱。他站的房间，表达的只有爱。而正是她对他的关爱让他绝望——无尽的关爱，他能理解，却无法回报，他不想要，却无法逃避。他拿起插着花的大酒杯，动作是如此漫不经心，导致一些水洒了出来，他不得不用另一只手去将它扶住。他要把花拿到楼下，留在什么地方，明天早上也不会跟她提起它们。如果她提起，他只会说他不喜欢房间里放鲜花。他别无选择。他必须把这些花从房间里拿出去。它们让他感到恶心。他从书桌前转身而去时，所有的花都倒向一边，当他想把它们扶正时，大酒杯从他的手里滑落到地上，摔成了几块大碎片，几乎没在地毯上发出什么响声。他弯下腰，拾起两块碎片拼在一起，然后又弯下腰，拾起所有碎片和鲜花，全部放在书桌上。无论如何他都不会剥夺她什么，或伤害她。可怜的人，她没有任何恶意。他本可以让花留在那里。让它们留在房间里一晚上，这不会要他的命。

他知道他本想做的远比他实际做的更坏。现在想到他本想做的事情，他感到害怕。其实比害怕更严重。他感到恐惧。他原本打算的——实际上，他已经做了。打碎大酒杯让他从一个有预见性的噩梦中醒来，他知道余生他都将手持这个插着鲜花的大酒杯在这栋沉睡的房子里偷偷摸摸地下楼。哦，是的，他会那么做。一遍又一遍，他会这么做。他知道这点。诱惑总是太强，诱惑或刺激，随便什么。他对她的失望总是会操控他。他站起来。无论任何，现在他必须下楼去拿一个玻璃杯或什么的装这些花，如果没有水，等不到明早它们就死掉了。

走到房间外的楼梯平台上，他抬头看看很短的那段楼梯，五级台阶，它们通往上面的两个卧室。门都关着，门后面的迪莉娅和孩子们在睡觉，做梦，各自沉入遥远的内心深处，没有在想他。她们的熟睡让这个家变成了庇护所，马丁想，要是今晚能延续一周或两周就好了，我可能就有时间想清楚一切，然后我会知道该做什么……要是她们能像这样开心地睡很长时间就好了，他可能会发现自己又能思考了。但几小时后即将降临的白天，像一股巨浪在他的脑海中汹涌而起，越变越可怕，因为二十四小时后会有另一股巨浪接替它，然后是另一股。未来的日子永无止境，那些遥远的日子，距今很多年后的日子，正在积聚力量，在他站在楼梯平台上等待的时候。这是一幅冷酷无情的前景。没有任何离开这个家的出路，现在这个家似乎装着他所有的家具，也承载着他的大部分过往。

可迪莉娅一无所知。她永远无法理解他的痛苦，即使他试图跟她聊这些。他是一个孤独的男人。他始终是孤独的，或多或少，但他现在比任何时候更孤独。他对自己的孤独感到自豪，而且他理解它。他明白正是这点让他与众不同。他是一个孤独的人，不是一个有家室的平凡男人，完全不是那种喜欢家庭生活的人。他相信他的孤独是源自他天性的深处，让他比其他男人更加敏感，同时也更加强大——他是一个有远见的人。或许，跟他一起生活不容易，但迪莉娅的问题不在于跟他一起生活不容易，而在于她不欣赏他。迪莉娅完全不理解他，永远不会理解。他已经放弃希望从她那里获取理解了。她就这么一日日地生活，日复一日，"修缮"房子，在花园里干活，省下钱来买新的油地毡或新窗帘，大部分时候她都在浪费时间，然而此刻，站在楼梯平台上，马丁感觉很正常，是很长一段时间里他感觉最正常的一刻，他对迪莉娅不仅感觉到耐心，还有怜悯，因为她是如此盲目，如此软弱，她像一只鼹鼠一样地生活，对于这四面普通的薄墙之外的生活可能是什么样子，毫无概念。

他开始走下楼梯。明天早晨终究不会太艰难。当她拿着餐盘进来时，他会把碎片给她看，说他只是拿起来欣赏花，杯子从他手里掉了下去。他会给她看他是如何再为她把花插在水杯里的，他会承诺给她买新的雕花大玻璃杯。明天晚上就会把新酒杯带回家，如果不是太贵的话，他甚至可能再买一只同样花纹的较小的酒杯。她喜欢配套的东西。她不会问他究竟发生了什么。她会很高兴听到他将费心给她再买一只新酒杯。她会告诉他不用麻烦，但他会坚持。她不会提到纪念日。不会有任何尴尬。马丁知道迪莉娅跟他一样，不想小题大做，无论如何，他俩都得为孩子们考虑。

上面有粉色大玫瑰的地毯

前面起居室地上铺的上面有粉色大玫瑰的米黄色地毯被掀下来，拖过客厅和厨房，拖到外面的花园里，摊在草地上，现在正在被一个脸上表情过于郑重的小个子女人拍打、洗刷着。那是巴戈特夫人。她有两个孩子，她们应该在户外呼吸新鲜空气，但她们在室内，而地毯却在外面的花园里享受新鲜空气，她觉得这点很好玩。地毯被拖到户外，因为它干起来很慢。几乎有两个星期没有下雨了，草地很干。需要给草浇水，被地毯压过后更是需要浇水。但因为草地是干的，所以地毯很安全——地毯上不会留下潮湿的斑点。地毯很安全，草地也会被拯救，但拯救这个词有点言重了——草地没有枯萎的危险。草地会焕然一新。在此期间，地毯看上去很美，仿佛花园真正的地基被揭示出来了，被发现上面布满了粉色的玫瑰。

七岁的莉莉·巴戈特，今天学校放假，因为学校的一名修女去世了。莉莉想要走到外面的花园里，坐在地毯上，飞去某个地方，但巴戈特夫人说不行。地毯在花园里是为了被拍打，而不是让人坐在上面，把它变成游乐场的。但坐在地毯上，飞去某个地方——巴戈特夫人也喜欢这个想法，尽管她没有对莉莉承认说她赞同她。把两个孩子和狗狗伯尼安顿在地毯上，然后消失飞去某个地方，哪怕只是一下午或下午的部分时间，也是好的。消失一会儿不会给任何人造成损害，离开家，却不用从前门走出去，不用忍受走在街上，人人都能看到你的仪式，会是一件很舒心的事情。

　　但所有这些白日梦都不能让活干完。莉莉被关在家里是一件遗憾的事情，但这也是没办法。一旦地毯被重新铺回到地上，莉莉就能出去，在此期间，她可以好好地跟玛格丽特一起呆在上面的卧室里。玛格丽特五岁，正因为感冒而躺在床上。留玛格丽特单独一人的话，她容易感觉孤单，当她孤单时，她会尖叫。有莉莉在那里喋喋不休并欺负她，她就不会有机会尖叫了。

　　在巴戈特夫人的身后，金链花树上的花开得正艳。看着它，你会以为黄色是这世上唯一的颜色。某样东西———一只胖蜜蜂或一只多管闲事的昆虫———使得一朵黄色的花朵坠落下来，飘忽不定地掉到地毯上，落在中间的一朵玫瑰陈旧的绿色花茎上。巴戈特夫人伸出手想把这个小受害者从灰尘里捡起来，免得她自己大力清洁地毯时伤到它。但她没去捡花，而是站起来舒展腰背。哦，她站直身体时，后背的拉伸让人感觉心满意足。她累了。她后背的感觉让她知道自己累了。她不是在想象。她可能会想象，但她的后背会说实话，她的后背说她累了。感觉到她的肌肉自动拉伸复位，再度试图恢复它们原来的形状，让人心满意足，她关注它们的抱怨，并稍微有点同情它们。她需要好好地拉伸一下。她很想舒展身体，向上拉伸胳膊，将她身体内的所有疲惫都拉伸出去，但她几乎不能在花园里开始舒展身体。隔壁的费恩夫人会以为她有什么不对劲，并开始扯着嗓子大谈疾病和不良症状。

　　巴戈特夫人明白她应该走进厨房，坐一会儿，然后直接回到外面，快速结束清洁地毯的工作。但她依然站在和煦的阳光里，金链花树在她的脑袋后面投下一片昏黄的阴影。舒展身体和休息的念头让她的脑袋清空到只剩下一个词，睡觉。睡觉——她满脑子都是这个词，它在她的脑海内部蒸发，让她的思绪混乱，她好奇单独一个词，睡觉，怎么会如此清晰，同时又是如此模糊，就像在天上写字一样。

她朝几级台阶之外的房子走去。草和房子石墙之间的水泥地面看上去清扫得非常干净——这是她独自拽着地毯走过这里的效果。她匆忙走过厨房，径直穿过客厅。孩子们安静的时间太长了。她开始上楼时，听到前面的起居室里传来一个声音——是莉莉，当然了，她总是不肯做叫她做的事情。莉莉面朝下，躺在前面起居室光秃秃的地板上。她在努力地看地板之间的缝隙里面，先是眯起一只眼睛，接着又换成另一只眼睛，她的两只手也在帮忙，她眯起一只眼睛时，都会用手遮住另一只眼睛。她抬头望着她的母亲，眼神说明她准备好了为自己辩护。

"莉莉，我想我是把你留在楼上的。"巴戈特夫人说，然后她停了下来。毕竟，莉莉也不是经常碰到学校放假一天。"没关系，莉莉。我没有生气，我没有任何不高兴。我只是不喜欢你独自呆在这里。那么你为什么想透过地板看下面呢？"

这是一个很短的故事，很快就说明白了。之前莉莉从她那儿获得了两个一分钱的硬币，它们被放在莉莉完全够不到的安全地方，即后面起居室的壁炉架上，但她设法够到了它们，并拿到它们中的一个，把它插进了地板之间的缝隙里，它一滑动，就消失了。之前她一直试图做的，也是她唯一想做的，不过是看看能否把一分钱的硬币插进地板之间的缝隙里。

"我想这是我的错，"巴戈特夫人说，"我本该让你把一个硬币拿在手里的。那么你就不会如此好奇。好了，你永远也不会再见到那枚硬币了。它永远消失了。没关系。这类事以前发生过，以后也会再发生。我们刚搬进这栋房子时，我就掉了六便士。它从我手里掉出去，滚到了那边。我差点抓住它，但接着它就消失了，消失在房子下面。这栋房子的地基一定是钱做的。"

"我们什么时候能拿到它呢？"莉莉问。

"哦，我怎么会知道？他们得撬掉所有的地板。你问太多问题了。好了，你要呆在这里，还是跟我上楼去？"

"你问太多问题了，"莉莉说，"我要跟你上楼去。"

玛格丽特所在的后面卧室的窗户，俯览着外面的花园和花园之外的网球俱乐部的球场，还有球场外远得看不到的都柏林山丘。地毯给花园增色不少，巴戈特夫人想。地毯和金链花一起构成了一幅如画美景。她又困了。这真是很傻。她们或许很久都不会再有这样的一天，她却只想着如何把它浪费在睡觉上面。下面草地上的地毯看上去非常诱人。在露天中躺在那儿做梦，而不是睡觉，真是刚刚好。她羡慕那些想做什么就做什么，而不会感觉不自在或对自己感到羞耻的人。很多女人会躺在那片草地上，躺在那块地毯上，而从不会轻看她们自己，从不会好奇其他人会怎么想她们。巴戈特夫人希望她也能这么做。她们很幸运，那些人。

她拉下遮光帘，明亮的房间变得昏暗——一种昏暗的蓝色——然后她走回到莉莉和玛格丽特分享的那张大铜床边。床上铺着一条两边垂到地上的红白粉三色拼布被子。玛格丽特在几个枕头的支撑下坐着，她的旁边是两只舒服地陷在床上的猫，一只橘色，一只黑色。她的脚边，毛乱蓬蓬的白色㹴犬，伯尼，正侧躺着。伯尼的腿小心地搁在它的眼睛上，但它满怀希望地摇着尾巴。两只猫，机警地眍着眼睛，却没有移动。大橘猫鲁伯特大声、规律地呜呜喘息。这是它唯一的技能，它为此很感自豪。它从来都不会停止这样的呜呜喘息。它对友人、陌生人、家具都呜呜喘息。今天早些时候，它挂在金链花树的一根细枝条上呜呜喘息，甚至当它失去平衡，像傻瓜一样用前爪钩住枝条，身体垂在那里，不知道是该掉到草地上，还是努力爬回到树枝上时，它依然继续呜呜喘息。它一辈子都在呜呜喘息，没人知道它是真的笨，还是真的友善。玛格丽特把手放在它的肋骨上，她能感觉到它呜呜喘息时身体一起一伏。她的另一只手放在黑猫米妮瘦瘦的肚子上。米妮的呜呜喘息，声音很轻，而且是预先考虑过的。它只在开心时呜呜喘息。现在它在呜呜喘息，但只有在它身边的玛格丽特能确定这点。

“让它们呆在这里，”玛格丽特对她的母亲说，“今天它们表现很好。”

“它们可以呆在这里，”巴戈特夫人说，“如果我把它们放在楼下，它们会跑出去，把地毯上的玫瑰花扯下来。伯尼也可以留在这里。如果它看见外面的地毯，它会试图把它拽回到房子里。但现在你必须躺下睡觉。你必须闭上眼睛。”

莉莉笑了。“看伯尼把地毯拽回到房子里比什么都值得。”她说。

玛格丽特睡在床的左边。莉莉睡在靠门的右边。巴戈特夫人多塞了一个枕头在玛格丽特的背后，她俯身亲亲她，然后又亲了她一下。玛格丽特盯着她看，仿佛她们在互相道别。玛格丽特总是不拖到最后一刻不肯睡觉，她轻轻地抗议，轻轻地诉说她的恐惧和渴望，仿佛她希望睡眠能听到她，赦免她，因为听她说话是如此有趣。此时她轻轻地说话，声音几乎不比鲁伯特勤劳的呜呜喘息响。“留下来陪我，”她轻轻地说，“不要走。呆在这里陪我。”

巴戈特夫人冲她微笑，然后她抬头也朝莉莉笑笑。

"哦，她花招很多，"莉莉说，"花招很多，她就是这样的。"

"玛格丽特，我不能留下来，"巴戈特夫人说，"我得回到下面，把地毯洗完。"她绕着床走，走到它的另一边，靠近敞开的门的地方。"现在，你该睡觉了，"她说，"不是吗？"

"留下来陪我，"玛格丽特轻轻地说，"就一会儿，就一会儿。留下来陪我。不要走。就一会儿，留下来陪我。然后我会睡觉。"

"哦，玛格丽特。"巴戈特夫人说，她对着床俯身向前，把玛格丽特额头上的头发往后撸撸平。然后她开始打哈欠，她将目光从玛格丽特身上转开，把脸埋在莉莉的枕头里，直到打完哈欠。枕头很柔软。她把脸埋在里面，抬腿躺到床上。"哦，这很舒服。"她说，她踢掉鞋子，先是一只脚，接着是另一只脚。"把我的鞋拿到下面的地板上，莉莉，"她说，"我就在这儿躺一下，就等到玛格丽特睡着。"

莉莉拿起鞋子，把它们放在地上，然后她站在那儿俯视着她的母亲。"你在床上躺得很平。"她说。

"别让我睡着，莉莉。"巴戈特夫人说。

"妈妈，我能再问你一个问题吗？"

"什么问题，莉莉？"

"假如房子爆炸，那么我们能拿到钱吗？"

"什么钱？你在说什么？"

"楼下地板下面的钱。"

"房子不会爆炸。你不该那样胡思乱想。"

"但它可能会爆炸，不是吗？它可能会爆炸。"

"有可能，但它不会的。你该停止说话，让玛格丽特睡觉。"

"为什么不会？"

"它——房子不会爆炸，因为我们住在里面。好了，不要说了，莉莉。我想要玛格丽特睡觉。"

"我们下楼后，我还有一个问题要问。"莉莉说。

巴戈特夫人感觉她的胳膊和腿沉入床里，仿佛它们会把她固定在那儿，慢慢地沉入柔软的舒适之中，然后她感觉她的后背在下沉，接着她的肩膀开始放松，但她无法安顿好她的脑袋。她的头发在碍事，她抬起搁在眼睛上的胳膊，拔掉发夹，把头发拉到枕头上，让它们睡意浓重地全部披散下来。

"哦，我希望没人会上门来访，"巴戈特夫人说，"他们会以为我是一个疯女人，大白天披头散发的。"

"可能没人会来。"莉莉说。

"玛格丽特睡着了就告诉我，"巴戈特夫人说，"然后我会起来。现在不要让我睡着，莉莉。"

玛格丽特已经睡着了。玛格丽特睡得很熟，然后巴戈特夫人突然睡着了。不等她意识到，她就睡熟了。玛格丽特睡觉时，右胳膊放在她最喜欢的橘猫旁边。伯尼也在睡觉。米妮感觉到某些异样，它从床的另一边爬过来，开心地趴在巴戈特夫人棕色的长发里，这是她最喜欢的安乐窝。他们全都安然地睡着。房子里没有任何声响。没人上门来访。没人看见他们。在那里的床上，他们可能全都是隐形的，被施了魔法，他们在那一刻，全都被遗忘了。

下面的花园里，莉莉坐在地毯上，一刻也没耽搁地去了巴黎。从巴黎，她去了西班牙，她在西班牙犹豫地飘浮在高空中，试图想起西班牙首都叫什么。想西班牙首都的努力，让她躺下来，当她闭上眼睛躺在那里时，地毯开始转向，朝家驶去，回到花园里，平摊在草地上，又看上去跟之前完全一样，之前睡觉的念头将巴戈特夫人轻柔地引入到可能爆炸却永远不会爆炸的房子里。永不，永不。房子永远不会爆炸。

仁慈的影子

巴戈特夫人想念孩子们。她们已经走了二十四小时了。从她把她们送上火车，交给乘警看护起，刚好二十四小时，她把她们送到住在乡下的她姐姐和哥哥那里，让她们在乡下住一个月。她希望这个月已经结束了。没有她们，这个家既没有实质，也没有意义。家里很寂寞，这就是问题所在，巴戈特夫人感觉这个家让她很寂寞。但当孩子们回来时，家里会看上去很漂亮。她已经在计划她要做什么来欢迎她们了。她会在家里各处摆上鲜花——她会剪下花园里所有的花。她还会烤一个蛋糕，把她俩的名字都写在糖霜上："莉莉""玛格丽特"。接着她还有其他事情要做，但这些准备工作，尽管她已经记住并且精确计算好了时间，还是让她一个月里无事可做，除了期待，她明白一个成年女人本该有更多自己的生活。即使她有孩子，一个女人也本该有她自己的生活，无论孩子们离家多久都没关系。她明白那点。让你自己迷失在孩子中间，当她们不在时，你就对自己毫无头绪，是不对的。她们长大后，她该怎么办？当然，这样想很傻；不是很傻——是病态的。她在让自己胡思乱想。她该给自己泡杯茶，让自己振作起来。喝茶会让她振作起来。但是，她却没有动。她继续站在大窗户边，望着外面她的花园。

大窗户是餐厅的窗户。它是一扇很大的框格窗，几近方形，此时它光秃秃的，因为她把窗帘拿下来洗了。花园在雨中几乎看不见。黄色的玫瑰花丛似乎很遥远，呈现出一团稳定的明亮，犹如雾中的一盏街灯。其他花，不像玫瑰花那么亲密地聚成一团，也不像玫瑰花丛那么边界清晰，似乎正在自动迁移，慢慢地在潮湿的灰色空气中游动，自动形成各种图案，不同于她原先想象随着夏季到来而变得鲜活的那些形状。这是很长一段时间里下得最大的一场雨，她为此很高兴——这场雨来得很及时。她很高兴今天下雨，而不是昨天下雨。孩子们不会喜欢在雨中旅行的。她们一直很期待火车窗外的风景。然后下雨还得担心她们的脚和脑袋被淋湿。是的，很幸运雨一直忍到今天才下。

今天早些时候，早上，当她看见雨开始下大时，她出去把所有完全盛开和半开的玫瑰都剪下来了。她剪下白色、粉色和红色的玫瑰——除黄色外的所有颜色。黄色的玫瑰花丛，她和马丁搬来这里时，它们就在了，她对它们有一种特别的喜爱，因为她感觉它们鼓励她开始干活，把外面的花园搞成它现在美丽的样子。她很少剪黄色的玫瑰，今年，随着它们的绽放，那根枝条上的玫瑰神奇地自动排列组合，仿佛是一位伟大的艺术家叫它们长成那样以契合他脑海中的一幅画面。于是今天早上，她没有动任何黄色的玫瑰，任由它们一起自然生长或凋零。就她所见，它们维持住了那个顶部略有变小的圆形——一个密实精美的黄色球体，像圣诞树上的装饰或一个东方款式的屋顶。这种花团是偶然形成的。或许永远不会再出现。她很高兴自己没有去弄乱它。

白色的玫瑰，以及所有粉色的玫瑰和所有红色的玫瑰，一起构成很大一束花。她把它们放在这个房间、前面的房间和客厅各处，她还傻气地在孩子们的房间里放了一小束花，好让它看上去没那么空荡荡。当她今晚给莉莉和玛格丽特写信时，她会告诉她们有鲜花在她们的房间里，在她们的窗户边，在她们被粉笔、墨水、油灰和橡皮泥弄得污迹斑斑的小桌子上，等她们。孩子们房间里的窗户跟她现在站在旁边的这扇窗户是相呼应的——她们睡的后面的卧室。那个房间里的墙纸是奶油色的，上面布满了蓝色小花构成的微小花环。那些花褪色后就跟今天她花园里雨中的真花一样模糊。它们是旧墙纸，跟黄色的玫瑰花丛一样，是多年前她和马丁搬进来时，就在这里的。

家里所有的窗户都关得紧紧的，以免雨水打进来，但无论如何湿气还是偷偷地钻进来了。巴戈特夫人转身离开窗口。她的脚和腿都很冷——人们就是这么患上风湿病的。像这样坏的天气，如果孩子们在这里的话，她肯定几小时前就把火点上了，即使那是一种奢侈。没必要冒患上感冒和咳嗽的风险。她从壁炉架上拿了盒火柴，在壁炉前的地毯上跪下。他们需要生火取暖大约有两三个星期了，煤几乎被一堆小纸团掩盖住了，她知道那堆纸团是莉莉扔进去的。她非常不愿将它们点燃烧掉。她取出一个纸团，将它抚平，正如她所料，上面写着一个密码。莉莉总是希望能发现一个容易写却除了她自己没人能理解的密码。巴戈特夫人想把其他纸团也取出来，只为看看它们，但接着她改变了主意。如果她继续这样想孩子们，她会给她们带去坏运气。她不耐烦地划亮火柴，用它去点燃炉栅底部各处的报纸。她的眼睛里噙着泪水。她想要孩子们玩得开心，但她好奇当她们不在她身边时，她们到底有没有想她。她们会爱上她的大姨和舅舅们。她们月底回来时会怀念农场、动物和她们在乡下拥有的所有自由。好吧，这是难免的。或许这样是最好的。

她开始站起来，这时一个温暖的身体碰到了她的腿。那是伯尼，白色的㹴犬，它在折叠门边的小地毯上睡觉醒来，听到火柴被划亮，火被点燃的声音。它抬头看着她。它长着一双楚楚可怜的棕色小眼睛和两只耷拉着的耳朵，但从鼻子到下巴的线条却优美硬朗，她经常跟孩子们说伯尼血统很优秀。她用胳膊抱住它，感觉它紧贴在扁塌白色卷毛下面的骨骼。她好奇它有多老了。你从来都不知道流浪狗有多大，那天早晨她做完弥撒回家，在街上发现伯尼并把它带回家时，可怜的伯尼已经奄奄一息了。她本可能只是从它身边走过，但几个小男孩正在折磨它，她明白假如她任由它被他们残忍对待而不管，她将永远也无法正视她自己。如今它已经在家五年了。有时它看上去像一只小狗，有时则是一只非常体贴的成年狗。它非常忠诚。它从来没有咬过孩子们。它从来没有咬过猫咪们，尽管大橘猫鲁伯特非常贪心，经常把它的脸埋在伯尼的食盆里，希望在那里找到一口它自己喜欢吃的东西。"伯尼乖。"巴戈特夫人说，让它更贴近自己，它抬头对她伸长了脖子，它眼睛里的忠诚是永远无法用语言表达的。它的沉默中透出强烈的忠诚，只要它活着，都将如此。

她抚摸它的肩膀，对它微笑，然后她站起来。她的动作很轻盈，毫不费劲地从膝盖跪地变成站起来，但当她站直时，却感觉头晕。这是她自己的错。她早饭时间什么东西都没吃。她起来时喝了一杯茶，然后中午，又喝了更多的茶，仅此而已。早饭时间，她在生孩子们的气，因为在她可以感觉生气时，她认为自己并不想念她们，接着到了中午，当她虚假的愤怒，她的装腔作势，逐渐消退后，想到自己费心准备食物，孩子们却不会在那里分享，她感觉羞愧。

那么，她将必须停止那么思考。此时她应该明白事理，不让自己陷入这种思路。起初，在他们刚结婚时，马丁就经常告诫她不要多思考，因为思考会导致自哀自怜，这世界已经有足够多的自哀自怜了。他真正告诉她的是她必须停止强迫她自己，停止试图思考，因为她的智商不够高，她一定不能给它太多压力，否则她会把自己弄得不快乐。"我不想让你把自己弄得不快乐。"他说，她记得他跟她说话时，他的好声好气。自从吉米死后，他俩之间的情况就变得不一样了。吉米活着的话，现在就十岁了——几乎比莉莉大三岁。可怜的小东西，他只活了三天，之后她在很长一段时间里都状态不对劲，她可能会说一些她本不该说的话。现在她为那些她本不该说，也不能清楚记得说了的事情，感到抱歉，但当她想到那个时候，她的脑子就一片空白，她就变得很困倦，她明白这很不健康，不是她该有的正常心态，当孩子们在家时，她总是忙着她们的事情，没有时间让她回想过去。而且她必须始终记住马丁对莉莉和玛格丽特很好，是一个很好的父亲。他很宠爱她们，要是在周日的下午，他会带她们去散步。他总是问莉莉关于她学校作业的事情，关心她。他还会发明游戏给玛格丽特玩，逗她大笑。莉莉像他——她非常聪明，总是成绩很好。莉莉有点太过自信，或许，但她是一个好孩子，明天将会收到她的来信，巴戈特夫人对此很确定。孩子们现在呆的地方，是乡下，邮递员骑自行车去每家每户送信，莉莉今天下午一定是在等他。

那里一定也在下雨，雨水落在树上、田野上，落在村里小路尽头的房子上。那条小路有一英里长——任何人骑车都要骑很久——但邮递员会来的，带着她前天秘密寄给她们的信，前天她们还在这里跟她在一起，莉莉应该会在等他，为了给他她写给母亲的信。莉莉的信会乘晚上的火车来都柏林，它会在明天早晨抵达这里。好吧，巴戈特夫人想，运气好的话，她明早就能收到它，但如果它在早上的邮件里的话，她则必须把它交给马丁——他肯定会问是否有莉莉的来信，那么他就能把它带去办公室，秀给他的朋友们看他有一个多么聪明的女儿。然后十有八九她是再也不会看到那封信的。它会被留在办公室里，跟他办公桌上的其他文件混在一起，可能会被扔掉，除非有人拿了它。她会叫马丁把它带回来，他会承诺把它带给她，但他会忘记，她或许会第二次问他，但不会问第三次——那样就太过了，会像唠叨。而所有这些都让她认清，在这个世界上，她对别人而言是多么无足轻重，除了她的孩子们。还有伯尼和猫咪们。马丁反对养动物，他叫她把它们处理掉，但她拒绝把它们处理掉。在这件事上，她与他据理力争。总之，他也很少见到它们。他醒得很晚，这很自然，考虑到他晚上必须工作到很晚，她每天把他的早饭装在餐盘里送上去，然后他穿好衣服，去上班，第二天凌晨才回来。他不喜欢她熬夜等他，而且她也不能那么做，她得睡足觉，好给孩子们足够的关注。但她总是会熬夜等他，如果她觉得这是他想要的。但她还没睡的那些时候，比如，当他十一点到家，而不是凌晨一两点——在那些时候，他会走进来，在前厅里挂好他的外套和帽子，然后径直上楼去他的房间，甚至都不会跟她道一声晚安。这些时候，他似乎无法控制他对她的讨厌，然而她非常明白他没有讨厌她。不久之前的一天晚上，他走进她睡的前面的卧室，叫醒她，叫她为他热牛奶，当她把牛奶端给他时，他感谢她，告诉她说他不知道没有她怎么活。她回到自己的床上，躺在那里，沉浸在感激的狂喜中——她不理解这种感激，却也没有质疑它。她明确知道一切都会没事，她对此很确定——一切都会没事——她甚至都没有怀疑自己是什么意思，或者她在想的是谁，是什么。她只知道她的记忆被点亮，她只记得那些非常快乐的时光，它们一定会把它们的光辉投射进遥远的未来，投射进未来的很多年里，那些远得她甚至都无法想象的岁月中。

她和马丁婚后不久，他们搬来都柏林后不久，有一次，她想要买后面卧室的窗帘面料，当时后面的卧室依然没有装修好，因为家里只有他们两人。马丁说他听说过一家很好的店，并主动提出跟她一起去，她记得非常清楚，他说他会带她去那里，保证有人接待她，但然后他将不得不把她留在那里，因为他要去赴一个约。但当他们到了店里，马丁却没有离她而去。他留下来，看着柜台后的男人向她展示他们店里的大花帘布。柜台后的男人拿了一把椅子给巴戈特夫人，但马丁却拒绝坐下。"我感觉像是瓷器店里的一头公牛，"他说，"但至少我不需要成为一头坐着的公牛。"他们全都大笑起来，一个站在附近等待她的包裹被包装的女人也大笑，并朝巴戈特夫人微笑，柜台后的男人朝巴戈特夫人眨眼说："您有一个诙谐的丈夫，夫人……"她自己说"巴戈特夫人"声调是如此高，导致马丁笑了出来，他对柜台后面的男人说："她的新名字依然让她吃惊。"然后马丁又说："我们结婚才四个月。"他说的时候是如此自豪，连她都能看出他的自豪，她无法将目光从他身上移开——她注视着他，眼神忠诚且孤注一掷，正如伯尼一直看她的样子。

是的，那天很美好。他们离开商店后，那天也没有结束；他们没有分开。她肯定当他们走到外面的街上时，他会赶紧离开，她准备好了——转身，自己独自走路回家——但马丁上下打量熙熙攘攘的街道后说："我可以喝杯茶，你呢，迪莉娅？费了这么大的劲，你想喝一杯好茶，不是吗？"他对她咧嘴一笑，然后用一种好笑的假音说:"给家里的女主人奉上一杯好茶?"这么多年来有两三次,她回去过那个茶室,但里面的桌子总是坐满了,于是她就再也没去过那里。那天的茶很好喝,蛋糕也是如此,服务的女孩给予他们特别的关注,就像商店里的男人。喝完茶,他们去散步,随便闲逛,浏览商店的橱窗,当她提醒他要赴的约时,他说:"他们可以等,我随时可以见他们。但我什么时候才会再有机会像这样把你秀给大家看呢?"这是多么奇怪啊,从很久之前的那一天开始,当她早上起床时,她完全没料到她目睹的这天的开始,将永远不会停止在她的记忆中展开,并总是在那里等她,永不暗淡,完好无损,为她提供一处她的身心可以休息并找到勇气的地方。

马丁不再睡在前面的大卧室里了,因为她和孩子们很早起来,走来走去,会打扰到他,现在他睡在卫生间隔壁的小房间里,它位于往上楼梯半途的平台上。最近她一直希望他能对她说些什么,好给他俩一个谈话的机会,但他什么也没说。她知道他俩之间的情况不是很正常,但孩子们在家时,她不想说什么,因为害怕争吵可能会吓到孩子们,现在孩子们不在家,她却发现自己害怕说话,因为害怕打破平静,害怕假如平静被打破,它会揭露出许多她不想看到,而且她肯定他也不想看到的事情。或许他看到它们了,却保持沉默,出于恻隐之心,出于绝望,或出于一种希望,希望它们会消失,如果没人关注它们的话。

但现在她在这里,做着对她自己毫无益处的事情——这只是在积聚麻烦,让她自己因为渴望而变得懦弱,只因为她渴望找到一个真正能让她为自己感到难过的理由。她会烤面包,配茶一起吃。但在她做事情前,她先要打开通往前面起居室的折叠门,让壁炉的暖气透进来一些。她所站的房间不像餐厅,而更像是一个后面的起居室，因为她和孩子们不在厨房时，就会在这里呆着。大桌子的活动桌面被放下来了，它紧贴墙壁立着，上面摆着一瓶她今天早晨剪下来的玫瑰。地上铺的是油地毡，伯尼穿过房间去躺在壁炉散发出的暖气中，之前它睡的小地毯非常整齐地铺在折叠门下面，很像是定制的，让房间有一种装饰精美的感觉。她小心翼翼地向后打开门。前面的房间很昏暗。这个房间的窗帘依然堆在窗户上——朝外延伸成弓形的落地窗——街对面的灰色房子在大雨中显得很阴暗。她自己的房子，她猜想，在那里的邻居们看来一定也是很阴暗。她看见一些人家里开着灯，虽然现在只有五点。这个房间的壁炉对面，靠墙摆着一架立式钢琴。今天早些时候，她在钢琴上摆了一捧粉色的玫瑰，还在壁炉架上摆了一小瓶玫瑰。她觉得房间里的光辉是来自这些玫瑰和钢琴闪亮的木制面板。而且，相比她站了良久的后房间，玫瑰的香气在这个房间里更加浓郁。站着无所事事，她想。但她没有责备自己，而是走到窗前，望着外面的街道，两边面对面各有一排房子的狭窄街道，所有的房子都跟她家的一模一样。她喜欢看人们在街上走来走去，有时她进来照料她的蕨类植物，这样她就能观看外面所发生的一切，而不显得好管闲事。

蕨类植物，它们全都很高，长着羽毛般的叶子，全都是同一种明亮的绿色——明亮的苔绿、草绿——它们被摆放在站在落地窗弓形内的一张桌子上。她不得不在中间的两盆蕨类植物间留出一个空当，好让小黑猫米妮能睡在那里。米妮最喜欢的地点是桌子正中的蕨类植物之间，如果没有为她留出一个合适的空间，它会自己创造一个空间，硬挤进花盆之间，直到花盆危险地咯咯作响。现在米妮就在那儿，半睡半醒，巴戈特夫人一边抚摸它，一边望着街道。这条街很安全，孩子们可以在街上玩耍。它是一条死胡同，没有车库，反正也极少有人有汽车。送奶工每天清晨会来，卖面包的人上午十一点来，但其他时候，巴戈特夫人几乎从不需要打开前门，除了孩子们下午三点半放学回家时，她需要为她们开门。每天中午，她会带着孩子们的午饭走路去学校。

学校不是很远——沿着主路走一小段，然后沿着比这条街更宽更忙的一条小巷再走一段略长的路，这条小巷里的房子要比她住的那条街上的大许多，但小巷尽头的房子却骤然变得很小，而且互相挤在一起。学校就在那些小房子的对面，在一堵高高的水泥墙后面，墙的正中有一道窄窄的铁门。铁门通往一个水泥院子，孩子们午休时会在那里玩，学校的楼，灰色的，很高大，上面有几扇整齐划一的长方形大窗户，它和院子完全匹配，仿佛是一个孩子画出来并涂上颜色的作品。院子完全被高大的水泥墙围住，站在铁门处往右看是一条非常长的木头矮凳子，最小的孩子们有时会在上面坐成一排做功课。学校里有些孩子的年龄不会超过三岁，巴戈特夫人怀疑一些孩子只有两岁。但他们都能走路——学校只要求这点——巴戈特夫人不会对任何人承认，她不辞劳苦每天去给莉莉和玛格丽特送午饭的原因之一是，这样她就能看看那些刚会走路的小男孩小女孩。学校里最小的学生最先被放出来玩耍，等她走到学校铁门时，他们一般都在跑来跑去，像飞蛾一般跌跌撞撞地从院子的一头跑到另一头，双手在空中挥扑着，边抬头看着他们的老师，仿佛他们想象是她发出光线，让他们能在光线下玩耍。没人质疑巴戈特夫人是否有权站在那里观看小孩。如果有人问她，她就会说她不得不来给莉莉和玛格丽特送午饭。好吧，暂时不需要送饭。她们五个多星期后才会重返学校。

巴戈特夫人将视线从街上、米妮身上、蕨类植物上转开，她惊讶地发现后面房间里光秃秃的大窗户是多么像一面镜子，不过是像一面你能看透的镜子，一面两边都能照、能照出两边东西的双面镜。它像一幅画。她看到花园里潮湿、勉强的日光，雨水是如此笔直有力地倾泻下来，让她肯定她能分开每一道水柱。透过大雨，大雨之外，犹如梦境一般的是花园朦胧的色彩，然后通过窗户玻璃的反射，她能看到她自己，折叠门在她的后边，她的身后是蕨类植物摇曳的绿色顶部，蕨类植物后面是上过浆的白色网眼窗帘，它构成一道鬼魅的最后屏障。她知道她的所见是美丽的，但同时她也知道她不想再看窗户、花园、蕨类植物或任何东西。她累了。她匆忙走出房间，走到下面的厨房里，她注满水壶，把它放在炉子上，为泡茶烧水。当水壶烧开时，她会洗脸，洗手，梳头。往脸上泼冷水会让她清醒——她感觉自己像是睡了好几个小时，却睡得不开心。她匆忙走上楼梯。从客厅往上走的窄楼梯上有一块酒红色的长条地毯，每级楼梯上都有一根用以固定地毯的细铜棒，她每个星期一都会把细铜棒们抽出来擦亮。铜棒在晚上昏暗的光线中比任何晴朗的日子都显得更加闪亮，木头的楼梯扶栏也同样闪烁着温暖深邃的微光，仿佛垂死的日光召唤来了在自足的白天里未被注意到的力量源泉。房子里充满了孩子们在家时她从未注意到的秘密光亮。

　　洗手之后，她匆忙走上五级台阶，来到上面的楼梯平台，那里有两扇门，分别通往前面的卧室和一个孩子们睡的较小的后房间。两扇门都关着，她没有去放着发刷和梳子的她自己的房间，而是转身走进孩子们的房间，她横穿房间，去照她们衣柜上一面带框的小镜子。她开始用手抚平头发，但镜子里她的映象是如此迷失苍白，让她害怕，于是她打开灯，好让自己安心。她再度俯身凑近镜子，仔细地把一缕碎发塞进脑袋后面整齐的发髻里，但随着她的移动，某样东西也在跟着她移动，某样远比她大，甚至远比她沉默的东西。她的影子投射在镜子旁边的墙壁上，它跟随着她，现在它跟她一起俯身，俯身凑近她，她盯着它看。她自己房间里的光线从来没有投下任何她注意到的影子。她停下来，然后影子也停下来，在她等待它时，它也在等着她。她仔细审视，这一刻，当它垂下脑袋时，她知道她正在注视的是什么。那是她母亲的影子在墙上。不会有错；那是她的母亲。

巴戈特夫人无法理解这点。她和她的母亲看上去并不像。但它在那儿，她母亲的影子，就是她过去经常看到的样子——脸颊的消瘦轮廓，凹陷的眼眶，高高的额头曲线，还有，最重要的细节是，那几小缕总是逃脱梳子、独立荡在她母亲额头边上和脖子后面的头发。那几小缕头发从来都不超过大头针的长度，而且只有那么几缕。巴戈特夫人想她认识它们中的每一缕，就在那里的影子上。她想如果她伸出手，肯定能再度感觉到那些头发。她关掉灯，接着又立刻把它打开。那里又出现了一个优雅低垂着、头发稀疏的脑袋，它在墙上投下一个朦胧的影子，此刻这个朦胧的影子比墙纸上的图案更为真实，就像中国水墨画中用笔墨画出来的雨水比后面浓重不朽的景观更为真实。那是我的母亲，巴戈特夫人想；她在那儿，她是多么耐心啊！

她叹了一口气，没有朝自己看，却冲自己笑了笑，然后关掉灯，走到下面的厨房里，发现水壶已经在那儿烧得滚沸了。

很快茶泡好，面包烤好。她把马丁的早餐餐盘拿下来，仔细地为她自己安排茶点，她甚至还在餐盘上铺了一块干净的白色餐巾，但当一切都安排好时，她却没有把餐盘端到上面的壁炉边，而是拉了一把椅子到厨房的桌子边，坐下来，给自己倒了一杯茶。她太饿太渴了。她无法再忍受任何耽搁；她必须立刻吃一点东西。她想到所有这些年一直在上面孩子们的房间里等待她的影子，它一直躲到今晚才被她发现。她从来没有在家里的其他房间里见过它，她不认为可以在家里的其他房间里见到它。

她看看自己的周围，但影子不在厨房里。伯尼坐在她脚边的地砖上，她从一片烤面包上掰下一小块，给它吃。鲁伯特和米妮突然出现了，若有所思地坐在通往花园的门附近的牛奶碟子旁边。她站起来，给猫咪们倒了一些牛奶，然后她回到桌子边，给自己又倒了一杯茶。她决定再烤几片面包，并吃一些鸡肉，鸡肉是昨天她为孩子们做的特别正餐剩下的。她感觉完全不同了——不再伤心，不再疲惫。突然之间，她感觉非常有希望。看见那个影子，让她情绪大振，真是太好了。知道那个影子在楼上，知道它永远也不会消失，真是太好了。这几乎就像是有一个人在家里陪她。

沙发

新沙发会在今天被送到，今天是星期二，但送货时间是"白天的某个时间"；店里的人没有给出确切的时间。当他们告诉她说她肯定会在星期二收到沙发，巴戈特夫人太高兴了，都没想到问她会在早上还是下午收到。她本该叫他们给一个确切时间的，至少说明沙发会在一天的早些时候，还是晚些时候到。结果是，她整个上午都在等待，现在已经是下午两点钟了。她把一天的大部分时间都浪费在满屋子闲逛、无所事事上了，可你也几乎不能说浪费，鉴于她是真的在等待，等待一件值得等的东西。终于房子的楼下部分将家具齐备。沙发将让一切都变得大不相同。

她坐在后面起居室壁炉边的一把安乐椅上，她和孩子们的大部分时间都是在这里度过的。已经做好了生火的准备——纸头，木棍，一块块的煤，全都被码成了整齐的一堆，准备好在被火柴接触到的那一刻，燃烧起来，火星四溅。炉前那小小的一片地，铺的是浅绿色的地砖，它被擦洗得很干净，闪着一种暗淡干净的微光。壁炉前的小地毯，薄薄的，四边有流苏，织的是深色的东方图案，红色和绿色的线条，圆圈，花饰和未完成的曲线，它和铺在地上的油地毡的唯一共同点是，小地毯和油地毡都被护理得很好。小地毯和油地毡呈现出它们最好的状态。小地毯被刷得磨损处看起来几乎跟色彩浓艳的图案融为一体，被勤加护理的油地毡上的红绿棕三色鸢尾图案则跟玻璃一样亮。仿佛在说"我是一块普通的、不起眼的油地毡，即使在一个有孩子的家庭，我也准备好了服役很多年"。壁炉的右边，嵌在壁龛里的搁板上摆着巴戈特夫人所有的书，作者包括西德尼 ① 和比阿特丽斯·韦伯，达尔文，莎士比亚，屠格涅夫，埃德加·华莱士，沃尔夫·托恩，W. B. 叶芝，詹姆斯·乔伊斯，契诃夫，易卜生，莫里哀，埃德加·爱伦·坡及其他。大部分书都很老很旧了，但它们很整洁，此刻它们几乎被折叠门完全遮住了，这扇折叠门可以连通前面的起居室和后面的起居室，把它们变成一间相当大的房间。

巴戈特夫人把折叠门尽量朝后打开，这样前面房间空着时，她就能看到里面的情况，现在它几乎是空的，之前占据了很大一块空间的旧钢琴被处理掉了，沙发则还没送到。沙发在那个房间里会看上去很棒。她做出了一个很好的选择。那里的地毯是米色的，上面有粉色的大玫瑰花，胖鼓鼓的沙发也是米色的，几乎可以够四个人坐。沙发会面对壁炉。那里的壁炉跟后面房间里的是一样的，除了壁炉前的地砖是金棕色的，炉围上的铜条是平的，不是圆的，而且铜条之间有铜制的金银丝细工，铜炉围环绕着整片炉前砖地，就像环绕在墙纸之上，紧挨着天花板下面的希腊横饰带一样。装潢房子的人能想到用横饰带，真是非常聪明，它中和了原本可能出现在粉刷的天花板和贴着墙纸的墙壁之间的生硬线条。墙纸不再是它们的最佳状态。毕竟，它在墙上至少已经有十五年了，或许更久。但即便如此，房间还是看上去很雅致。让巴戈特夫人感到好奇的是，在只有地上的地毯，以及那张摆放着蕨类植物的桌子的情况下，这个房间就看上去布置得足够完善了，那些植物在对着外面小前院和花园外面窄窄的都柏林街道的凸窗

---

① 西德尼（Sydney，Lady Morgan）是十九世纪爱尔兰的一位女作家，以书信体小说《爱尔兰野姑娘》(*The Wild Irish Girl*) 最为人所熟知。

前摆得满满的。今天早晨孩子们在这里走来走去，仿佛发现自己置身于一栋新房子里。她们说她们以前从未见过一个没有家具的房间。她们走在之前被钢琴盖住的地毯的每一部分，以及之后将被新沙发盖住的地毯的所有地方。

家里只有两个孩子——九岁的莉莉和七岁的玛格丽特。当她们在地毯上走累时，她们坐在上面，然后她们躺在上面。她们穿着上学的衣服，几乎没有时间了，但巴戈特夫人不忍心催促她们。她们下午放学回到家时，大部分地毯都会被新沙发盖住，她们再也不能像这样在这个房间里玩耍了。她觉得她以前从来没有如此全面地观察过她们，当然除了在户外——在花园里，或在街上，诸如此类的地方。她们躺在地上，脑袋对着窗户，脚对着她所在的后面的起居室，她们经常把它叫做餐厅。她们在地毯上，她站在覆盖餐厅地板的闪亮的油地毡上。她能看到她们的鞋底，她们的膝盖，她们的裙边，罩着裙子的外套的边缘，以及她们的掌心——她们的手伸在外面，她能看见她们所有手指的内侧。她几乎无法忍受。她们就是她们一贯的样子，但她却双手合十，仿佛她要为她们鼓掌。她想要大声笑出来。她感觉虚弱，冒着自豪、吃惊的傻气，快乐得没有一丝一毫的恐惧。孩子们很安全。没人在附近伤害她们，教训她们，或用讨厌的怀疑眼神看着她们，说她们太自负了。没人会叫她们停下。巴戈特夫人觉得，这世上最糟的事情就是被要求停下，而你根本就没打算做什么，也不知道你正在做某件你应该停止做的事情。

折叠门下面的地板上钉着一条实心的装饰嵌线。折叠门中的一扇可以用插销闩在嵌线里，那么当折叠门连接在一起时，它们就构成了一道坚固的立墙，前面和后面的房间都会密不透风。现

沙发 | **215**

在折叠门大敞着，巴戈特夫人能看见满是玫瑰花图案的地毯的边缘，它跟嵌线隔着约两英寸的距离，整齐地与嵌线平行。只需在嵌线的这边安一排脚灯，就能将地毯变成一个舞台。它是一个舞台。她能看见孩子们，仿佛她们是在舞台上。她们的鞋底，她们的膝盖，她们的掌心，她们的脖子和下巴，她们的鼻孔，她们的前额，还有她们的直发——头发披散在她们脑袋的周围，仿佛在风中飘扬或随着她们的动作飞舞，尽管她们一动不动，那里也没有风。她们望着她，盯着她看，微笑着。她们的眼睛闪闪发亮。她们在等她说她们上学要迟到了，她则觉得她们可能在一个远高于她的重要舞台上，正跳着某支疯狂的慢舞——某支她们自己即兴编出来的舞蹈。白色狍犬伯尼走进房间查看孩子们时，蹭了蹭巴戈特夫人的腿。门之间有足够的空间，而且巴戈特夫人是个很娇小的女人，但伯尼一定要蹭蹭她的腿。伯尼一有机会就一定要蹭她，她坐在椅子上时，它一定要用鼻子贴着她的手，当她在前门跟任何人说话时，它一定要殷勤地跟她走到那里，站在那里殷勤地摇尾巴，总之就是它一定要知道她依然很好。核实，确认，重视，还有沉默——伯尼体现了炽烈谦逊的完美之爱。巴戈特夫人想要跟孩子们一起躺在地上，拥抱她俩，用她的双手将她们按入记忆里，好让她像现在这样永远让她们在她的眼前——生龙活虎，自信独立，而且能看见她。她们看见她了。她知道她们看到了。她们的微笑快乐却隐秘。她们在测试她。她们在等她说话。她没有说话，也没有动。她保持微笑，几乎开心地要大笑起来。她把自己干燥的掌心合在一起，然后开始拍手，任由她们在一段距离之外的姿态仿佛是在说："就是这样的。"伯尼分别闻闻孩子们的脸，然后在她们的脸之间坐下。伯尼一坐下，莉莉就跳了起来。

"胡闹够了，"莉莉说，"我们上学要迟到了。"

"你自己才胡闹呢。"玛格丽特说。但她也跳了起来，并从莉莉身边挤过去，好率先抵达客厅。伯尼从她俩身边跑过，开始闻她们摆在客厅椅子上的书包。伯尼对书包特别感兴趣，因为每只书包里都装着一份包好的午饭。今天巴戈特夫人不会把孩子们的午饭送去学校。今天她必须呆在家里，等沙发。孩子们对沙发了如指掌，她们也像她一样期盼它的到来。这是家里重要的一天，其重要性在她们睡觉的一夜之间有所增加。昨天似乎是遥远的过去，消失了，完全消失了。而明天则似乎还要过很久才会降临。明天依然是遥远的未来。巴戈特夫人没办法想明天。实际上，她没办法想任何事情——沙发阻挡了一切，它烦躁不安，仿佛渴望来到这个家安顿下来，好让日常生活重新开始，让每个人得以像平常一样生活。

时间到了下午两点，然后是过了两点。当巴戈特夫人坐下来，开始盯着钟时，她对自己说当指针走到两点时，她会站起来，找点小事给她自己做——某件她能随时放下的事情。但两点钟到了，然后是两点过一分，时间一分一秒地过去，她却依然坐着，平静地什么也没做。那个大钟非常可靠。总是分秒不差。家里其他所有的钟都是根据这个大钟调定的，它主宰着巴戈特夫人婚后生活的日日夜夜。多年来，她一直盯着它看；焦虑，兴奋，恐惧，满足，放松，期待，失望和烦恼时，她都曾盯着它看，现在她只是坐在那里，盯着它看，仿佛她在看它敢不敢叫她站起来做点什么。但大钟，所有这些年来一直是如此霸道的大钟，今天却对她毫无作用，随着时间一分一秒地被浪费，在她眼前消逝，她却开始微笑。她不知道她给大钟的微笑，正是过去当还是婴儿的孩子们睡过头时，她常常给她们的微笑，她对她们微笑，仿佛是在说："继续睡吧，你们很快就会醒的。"那是一种隐秘的微笑，愉悦顽皮、心不在焉且若有所思。当巴戈特夫人像那样微笑时，她的眼睛里反射出某些她自己都不知道的东西。当时她在跟一种她不知道自己拥有的精神接触，当她微笑时，她的脸庞被一个信念微弱且遥远的微光所点亮，这个信念真的属于她，却又真的被埋住了，被深深地埋在一片可靠肥沃的土壤之下，这片土壤是三十五年来她盲目顺从的生活所构成的。她觉得大钟开始显得很友好，她还觉得它已经平静下来，变得从容不迫了，就跟她一样。

她没有睡觉，甚至都没有打盹，但她一定是被大钟天真无邪的钟面催眠了，因为当她听到敲门声时，她被吓了一大跳。她沿着狭窄的前厅，跑到前门口，一边跑，一边想它来得太快了；她还没完全准备好迎接沙发。但当她打开门，看到送货员真的站在那里时，她说："你带沙发来了吗？我希望他们送来的货是对的。我希望没人出错。"送货的男人吃惊地看着她，说："我只是想看看前厅有多宽。"他从她身边看进去，说："我们能设法搬进来的。"然后沿着铺着地砖的小径，走到小铁门边，他让小铁门敞开，绕到厢式货车的后面，那里两个男人已经打开车门，正毫无热情地等着他。巴戈特夫人紧跟在他的后面，绕到货车的后面，往里看。没错，是她的沙发。

刚才来门口的身材魁梧的男人已经爬到货车里面去了，正在把沙发搬出来。她看见他高兴地对她咧嘴笑，她困惑地转身离开，急忙走回到前门口站着。她感觉出了洋相，让自己显得毫无尊严，她想这几个男人一定是在嘲笑她的急不可耐。她决定等身材魁梧的男人走进家里时，她要非常严肃地看着他。

　　沙发开始现身，从厢式货车里怯生生地露出来，这时莉莉和玛格丽特沿着街道跑过来，进入她的视线中。附近其他人家的一些孩子也出现了，并站着好奇地观望。莉莉和玛格丽特很快就跟那些不会有一张新沙发的不幸孩子分开了，她们沿着铺着地砖的小径跑过来，跟她们的母亲一起站在前门口。她看上去是如此严肃和担忧，以至于她们也变得严肃和担忧起来。买一张新沙发不是一件她们想的那么简单的事情。沙发不会自动漂进家里，落在前面起居室里它的位置上。可能会有困难。现在沙发被完全从厢式货车里搬出来了，它看上去很大很无助，既高又干地搁浅在两个男人的肩头，他们似乎不喜欢搬它。"它的腿非常细。"玛格丽特说。

　　她们都担心男人们会把沙发摔在地上，摔断它的腿。

　　"我希望他们不要把它从栏杆上拽过来，划破它下面的部分。"巴戈特夫人说。她在颤抖。"听我说，"她对孩子们说，"我们必须非常小心，不要挡男人们的道。当沙发通过铁门时，你俩跑回去坐在楼梯上，我会回来站在厨房楼梯的头上。那样的话，我们就会完全空出客厅，不会造成任何损害，男人们会有空间搬动它。好了，你们在听我说吗——当他们把它搬进铁门，我们全都要回屋里去。"

　　制定好这个策略并一致同意后，她们又得以全神贯注于沙发。"他们永远也没办法让它通过那扇小铁门而不把它弄坏。"巴戈特夫人说。但当男人们走到铁门前时，他们把沙发高举到半空中，耀武扬威般地把它搬了进来，迅速来到前门口，巴戈特夫人和孩子们几乎都没时间跑回去，在楼梯上各就各位。沙发挤在前厅里，片刻之后它开始横着进入前面的起居室里。巴戈特夫人赶紧走进后面的起居室，站在早上她站着注视孩子们的地方。"请把它放在面朝壁炉的地方。"她说，这样说很没必要，因为沙发没有其他可以面朝的地方。

沙发在房间里看上去很合适——甚至比她预期的还要好。"看上去仿佛像是您特别定做的一样。"身材魁梧的男人说，她忘记严肃地盯着他看了。

她把男人们送到前门口，看着厢式货车驶离，然后回去加入莉莉和玛格丽特，跟她们一起打量沙发。她们绕着它走来走去，坐在上面，抚摸沙发的背和两边，尽情地说着她们能想到的话，她们吃饭时继续从头到尾谈论着它，跟往常一样，她们是在厨房吃的饭。

最大的孩子

巴戈特夫人自从结婚起，在这栋房子里住了十五年。她的三个孩子都是出生在这里，在楼上前面的卧室里，她对此很高兴，因为她的第一个孩子，她的儿子，死了，想到她依然谙熟他在这世上瞥过一眼的地方，让她感觉欣慰——他生下来三天就死了。他死的时候，她对自己说她永远也不会习惯它，她的意思是只要她活着，她就永远不会像其余人那样以一种顺从机械的方式接受它。他们继续做事，说话，在她的房间里走动，仿佛他们把婴儿清理走，就是真的把他清理走了，而在她看来，他们却是在表达希望不要再谈论它。他们表现得好像所发生的事情已经完结了，仿佛发生的是某件稀松平常的事件，仿佛事件已经自然地结束了。那不是一个稀松平常的事件，而且它没有结束。

巴戈特夫人躺在床上，觉得她的丈夫和其余人似乎都非常奇怪，或是什么的，她担心地想，或许是她自己奇怪，神志不清，甚至有点精神错乱。要是她精神错乱的话，她不会让他们知道——甚至都不会让马丁知道，马丁一直惊恐地盯着她看，叫她一定得尽量休息。可能不要说话比较好，但她非常急切地想要解释她的感受。言语不起任何作用。不是他们不想听她讲话，就是他们无法听见她讲话。已经发生的事情不会结束，就是如此。它无法结束。没有记忆，那个婴儿如何找到他的路呢？巴戈特夫人很想问这个问题，但她想要确切地表达它，她想如果他们能让她单独呆一会儿，她就能找到合适的词语，那么她就能让自己说的话被清楚地理解——但他们不会留她独自一人。他们一直试图唤醒她，但她一说话，他们就告诉她说那是上帝的旨意，总是试图叫她安静。她已经毫无异议地全身心地接受了上帝的旨意，现在她也不会提出异议，但她明白所发生的事情没有结束，她肯定上帝的旨意不是将她留在这种困惑中。她只想说说她的感受，但他们提到上帝的旨意，仿佛他们正在猛力关上她和某片禁止她入内的领域之间的门。但禁止入内只是针对她；其他每个人都对它了如指掌。只有她必须安静沉默地躺着，躺在这种无知的伪装之下，它犹如一块裹尸布，被他们用来裹住她。他们希望她保持沉默，不要谈及她现在拥有的这种认识，这种让她害怕的认识。这种认识，他们全都拥有，当然了，但他们不想要它被谈及。关于她的一切似乎都是虚假的，巴戈特夫人厌倦了所有的一切。她厌倦了被告知她必须为了对她自己好而做这做那，她很烦他们说她很勇敢——她只是在做她不得不做的事情而已，她别无选择。她感觉很不自在，很格格不入，仿佛她很失败，但她不知道是该忘掉自己的失败，还是该自我安慰，但无论如何，它似乎都漂出了她的能力范围。

她脑子一片混乱。她不能理清自己的思路。某样东西漂走了——这是她脑子里唯一确定的一点。难怪她不能好好说话。她真正想说的事情其实相当简单。她想说两件事。第一件事是，失败清空模糊了她的头脑，直至现在她脑子里除了一片黑暗，什么都没剩下。第二件事是，有一样东西漂走变小了，一直在变小，直到现在它不过是一个形状，非常小，无法辨认，只知道它是一样被丢失的东西。巴戈特夫人认为她是唯一一个依然能辨认出那个形状的人，她害怕将目光从它身上移开，因为它一直在变小，一边缩小一边展示它正在触及的新地平线，但它漂得很轻柔，似乎根本就没在动。巴戈特夫人从来做梦都没想到自己的思绪能延伸得如此远，没想到她的想法能理解得如此准确，也没想到她能如此沉着地观察，没有流泪或睡着。

对她的身体和注意力的严苛要求已经结束。她本可以满足所有那些要求，甚至更多。她本可以移动山峦。她发现孩子对她要求越多，她就必须给予更多。她的力量一波波地涌来，它们源于一片平静、不可战胜的奉献之海。孩子的神圣信任让她睁开眼睛，审视她自己，她发现一切都会没事，她可以面对任何出现的挑战，可以很好地面对它们，她不需要为任何事情道歉——相反，她完全有理由感到高兴。她的日子呈现出一种秩序井然，让她感觉到一种她以前从未被告知过的轻松自信。房子变成了一个王国，重要，私密，安全。她经常微笑，一种天真骄傲的微笑。

或许她让自己变得太骄傲了。当时她立刻就看出来这个孩子很独特。她很感激，但或许她感激得不够。她在臂弯里抱着他的第一分钟，在他刚出生后，她就看到了他的友善。他很优秀。他很健康，没有任何毛病。她自言自语说他的小脸有一种非常幽默的表情，仿佛他已经完全明白正在发生的一切。而且他下定决心要活下去。他充满了斗志。她全力感受到他想要活下去的斗志，而且他也在拼尽全力。一会儿之后，他会认出她。

她现在注视的东西没有对任何人提出任何要求。那里没有不耐烦，她的内心也没有不耐烦。她侧躺着，她的手轻轻地拍打着枕头，顺着在她脑海里回荡了一些时候、她现在也开始聆听的歌词。这是一首老歌①，非常舒缓，一个男高音在很久远的地方吟

① 这里指的以及下面的歌词出自爱尔兰诗人托马斯·穆尔的诗《常常在静夜里》(*Oft in the Stilly Night*)，这首诗被改编成歌曲后广为传唱。

唱。她懒散地听着。

常常在静夜里，
　　睡链尚未捆绑住我，
美好的记忆
　　带回往日之光笼罩着我。

一遍一遍又一遍，同样的词语，同样的一种简单的词语。巴
戈特夫人想那首歌她一定是听过无数遍了。

常常在静夜里，
　　睡链尚未捆绑住我，
美好的记忆
　　带回往日之光笼罩着我。
　　微笑，眼泪
　　少年的岁月，
当时诉说过的衷肠情话，
　　闪烁的眼睛
　　如今都暗淡消逝，
开朗心境如今已被破坏。

这是一首非常亲切的歌。她以前从来没有注意过歌词，虽然
她对它们很熟悉。爱的语言，爱的眼神，爱的心境。有其他人加
入了她在聆听的遥远人声，就像其他鸟儿加入黎明时分的第一只
鸟一样，因为这是他们唯一知晓的故事。

低吟浅唱的歌曲，还有那个从遥远的地平线上毫无怨言地飘向更远的地平线的小形状。巴戈特夫人闭上眼睛。她感觉自己正被召唤去一个她能暂时躲起来的地方。

大约在过去的一天里，她厌烦所有的人，包括马丁。他不再试图碰她。自从那晚他跪在她的床边，尝试用胳膊环抱她后，他就连她的手都没碰过。当时她拼命反抗他，他不得不松开她，他站起来，从她身边走开。看上去情况真的像是，她可能在反抗他时伤着她自己，她宁可伤着她自己，也不愿贴着他安静地躺着，哪怕只是片刻的时间。他无法理解她。跟她一样，这对他而言也是巨大的失去，但她表现得仿佛这只跟她有关。她把他推开，接着当她摆脱他后，她将脸转离他，开始以一种向某人祈求关注和安慰的方式哭泣，但这个某人不是他——显而易见。但在此之前，当她把他推开时，他看到了她的脸，看到了她脸上仇恨的表情。她可能是一头野兽，尽管当时他完全控制住了她，但如果是这样的话，她是一头被困住的野兽，因为她太虚弱了，无法走远。他可怜她，他的脑海中闪过一个念头，如果她能起来跑或飞的话，他会让她按她的心愿远走高飞，希望当她的愤怒和悲伤耗尽时，她能自动回到他的身边。但在对她的悲痛的惊恐中，他立刻就忘掉了这个念头，来帮忙料理家务的女人在楼下，他大喊着叫她立刻上来。她听到动静，其实已经在上楼了，他一喊，她几乎立刻就出现在房间里——诺克斯夫人，一个脸红红的、头发灰白的娇小女人，她喜欢幻想自己无所不通，无所不晓。

"哦，我一整天都在担心这事。"她自信地说，并开始把巴戈特夫人扶起来，这样她就能放直枕头，把她撑起来吃东西。但巴戈特夫人打她，开始大喊："哦，别管我，别管我。你俩为什么就不能让我独自呆着呢。"然后她哀嚎道:"哦,别管我。"音调高且古怪,是一种假音,这一刻巴戈特先生变得确信她是在演戏,最好的处理办法就是走开,留她独自在那儿,无论这是不是她真正想要的。哦,但他爱她。他盯着她看,对自己说看到她躺在那儿,臂弯中抱着婴儿,他会无比开心,但尽管那是真的,反过来则不然——看到她像现在这样躺在那儿,却没有让他感觉无比悲伤或任何诸如此类的情绪。他感觉羞愧、孤单且不耐烦,他渴望对她说:"迪莉娅,停止所有这些胡闹,让我跟你说话。"他想要显得老练、亲切且善解人意,但他被她的哀嚎所淹没,他断定她是在演戏,如果她感受到的悲痛是真的,那么它是过度的悲痛,可能无药可救。她每天都在康复变好,医生如是说,她最好学会控制她自己,否则她会变成一个神经兮兮的人。完全不为他着想,完全不在乎他可能受到的痛苦,这一点也不像她。压根一点也不像她。她总是很体贴。他开始害怕她从此会变得不同。他本想跪在她的床边,轻声细语地跟她说话,让她明白他知道她经历了什么,他自己也在经历同样的事情,叫她不要躲避他。但他感觉怕她,而且诺克斯夫人也在房间里。他很无助。他试图想出些话说,不要沉默地走出去,这时诺克斯夫人绕到床尾,亲热地碰碰他的胳膊,仿佛他俩是同谋。

"可怜的孩子很难过,"她说,"我们必须让她一个人呆一会儿,然后我会拿点东西给她吃。现在,你去楼下吧。我已经准备好了你的饭。"

迪莉娅在枕头上转过脸,看着他。"马丁,"她说,"我没有生你的气。"

这时他本会走向她,但诺克斯夫人立刻接口了。"我们都知道你没有生气，巴戈特夫人，"她说，"好了，你好好休息，我一会儿回来，把你的餐盘端进来。"她轻轻地推了马丁一下，叫他离开房间，既然迪莉娅已经把脸转开了，他便走出去，走下楼梯。

似乎损伤永无止境——就连房子也看上去很惨淡凄凉，家具看上去又破又廉价。他们搬进这栋房子才一年，当时一切都看上去很漂亮。才一年。他开始害怕迪莉娅已经与他为敌。他想象出未来的各种可怕景象和紧张压力，一种悲惨的生活。他希望他们能回到最初，彻底重新开始，但他们一起所站的地方，他们曾经感到快乐的地方，都被糟蹋破坏了，似乎再也不可能修复。而且带着这段记忆，他们怎么可能修复它呢，他们本该共享这段记忆，但它却像一个敌人一般站在他俩之间，让他们也变成彼此的仇敌。他不愿让他自己去想那个婴儿。他可能永远也无法忘记他抱在臂弯里，抱出卧室的那个被命运挫败的可怜的小蜡烛包，他在楼下的客厅里为此哭泣，但他不会让自己的思绪纠结于此，一刻也不行。他想要迪莉娅恢复成她过去的样子。他想要那个永远也不会打击她，或对他说狠话的女孩。他开始看到她身上的一些他从未料到也不想知道的事情。或许明天她就会恢复常态。他想象当他下次接近迪莉娅时，他会踮起脚尖，蹑手蹑脚地走路，几乎屏住呼吸，走到她的面前，不发出任何可能让她惊恐、惊讶或惊醒她的响声，这样他就可能发现她跟他第一次见到她时一样，安静，没有烦恼，几乎不说话，独自一人，总是独自一人，只属于他。

当巴戈特夫人告诉马丁说她没有在生他的气时，她说的是实话。他认为只要他用胳膊环抱住她，她所有的悲伤就会烟消云散，这让她恼火，但她并没有真的生他的气。事实是——他把她抱得太紧，她怕自己会看不见婴儿，这种恐惧让她发狂。婴儿一定不能漂离她的视野，这是她唯一的念头，所以她打马丁，求他让她一个人呆着。当他走出房间时，她把脸别过去，这样他就不会看到眼泪再度从她的脸上滚落下来。然后她睡着了。当马丁再次进到房间里时，她在熟睡，不是像他怀疑的那样在装睡，但如果那是装睡，他也对此很感激，他悄悄地离开，回到楼下去看书。

　　巴戈特夫人睡了很久。当她醒来时，房间里很黑，房子里寂静无声。外面也是一片寂静；她听不到任何动静。这是前面的卧室，她和马丁的卧室，她躺在他们的大床上。房间因为窗户而显得形状不规则——有一扇凸窗，对着门的墙壁上是落地窗。落地窗没有全开，覆盖它们的白色网眼长窗帘在巴戈特夫人感觉不到的微风中轻轻飘动。上个星期，她清洗了所有的窗帘，给它们上浆，为婴儿准备好这个房间。在街灯昏暗的光线下，她能看到街对面那排房子的黑色屋顶线，房子后面是一片非常柔和的黑色，那是天空。她比之前平静了许多，不再害怕她会看不见那个小形状，她注意到，在她睡觉时，它已经漂远了许多。他有很长的一段旅程，但她会看着他。她是他的母亲，现在这是她唯一能为他做的事情。她能做到的。她很虚弱，世界摇摆不定，但往日之光坚定地照耀着，揭示出真相。她不再困惑，下一次马丁进来，充满希望地站在她身边时，她会对他微笑，用她平时的声音跟他说话。

非洲的故事

一位南非传教团的退休主教会来吃饭，巴戈特夫人和她的两个小女儿正非常忙碌地为迎接他做准备。他四点来。孩子们直到三点以后才会放学到家，巴戈特夫人必须叫她们吃完她为她们凑合做的饭，接着她们必须脱掉上学穿的衣服，穿上她们的好裙子。然后她必须给她们梳头发，为她们绑上新发带——浅蓝色的宽缎带。她给她们穿得一样，犹如双胞胎，尽管她俩之间几乎差了三岁。莉莉将要满十岁了，玛格丽特是七岁。她说她们将会听到关于非洲的精彩故事——关于鸵鸟羽毛、猴子、食人者、大野鸟、狮子和热得让人受不了要逃跑的太阳的奇怪故事。

"那里不下雨吗，妈妈？"莉莉问，然后又说，"我长大一点后，将能在你给我梳头发时照着你的镜子。"

她正站在衣柜的旁边，衣柜上有一面直立的小镜子，镜子前摆着发刷、梳子和发带。

"你长大一点后，你要自己梳头发。"玛格丽特快速说道。

玛格丽特正坐在她母亲的大床边缘，等着轮到她梳头。她有点不耐烦。主教随时都会到。莉莉和巴戈特夫人在她说话后都很沉默。巴戈特夫人沉默是因为她急着要把莉莉的头发用新发带扎起来，要扎得对称，让蝴蝶结的两个圈大小完全一样，并且角度也保持完全一致。而莉莉沉默则是因为当玛格丽特说出任何显示思考能力的话时，她总是很吃惊。玛格丽特说的话通常表达的是要求、抗议或喜爱。此外莉莉沉默还有另一个原因。她能感觉到她母亲的手指在努力扎着蝴蝶结，她明白她的整体造型取决于接下来的一分钟左右的时间，因为如果蝴蝶结第一次就扎歪了，就得把它解开取下来，发带就会皱掉，没时间用熨斗把它烫平，第二次把它扎好的可能性就很小。现在她说一句话就可能让她母亲手上出错，所以她保持沉默，并努力屏住呼吸。

她们在前面的卧室里。大铜床架的头部靠着墙。床尾是玛格丽特和她的母亲及姐姐之间的一道闪亮的床栏杆。她们站在床的一边，玛格丽特则坐在床的另一边等着，她望着衣柜门上的长镜子里的自己。床上从头到尾铺着一条拼布被子，它很大，两边都几乎垂到地上了。被子很旧，但它对巴戈特夫人而言很珍贵，她通常把它折好收起来，但今天她把它拿出来铺好，以示对主教来访的敬意，也是为了满足孩子们，他们一直烦她，要她把它铺在床上让她们可以好好看看它上面的各种图案和颜色。主教永远不会看到被子，当然，但它今天铺在床上却让整个家显得较为漂亮和艳丽了。被子是不许坐的，玛格丽特非常轻地坐在上面，希望她的母亲不会注意到她。在镜子里，她能看见自己的手晃来晃去，摸着古董裙上被拼接成精致小八角形的不同碎片间的坚硬线条。这是不听话的行为，她知道她必须得在忏悔时说明它们，她想她的罪过像是李子——她无中生有地摘下来的坏李子，之前它们完全不存在。之前，是指在她满七岁、到了可以讲道理的年纪之前。然后，到了一周结束的时候，她把所有的坏李子都在忏悔室里交给神父。在她进忏悔室前的最后一刻，她总是感到害怕，好奇他会对她说什么，但他从来都不说什么，总是给她一个小小的赎罪惩罚。现在她坐在被子上，看着她自己，坐在罪过之中。她注视着她自己，想着忏悔和罪过，她感觉她掌控着局面，能很好地管理自己。

衣柜又高又大，破坏了它所站的凸窗的样子，但房间里没有其他可以摆它的地方。它几乎遮住了窗户的中间部分，但透过右手边的侧面板，莉莉能看到外面狭窄的都柏林街道，以及对面那排跟她自己家完全一样的房子。街道的尽头，她能看见主路。一辆从城里出来的有轨电车驶过，她希望主教不在上面。还有玛格丽特的头发要梳，而且她们全都想在他敲门前，在楼下准备就绪。然后她感觉到头发被最后确定地拉了一下，她的母亲站直身体，从她身边，往后退了几步。

"这是我能做到的最好了，"巴戈特夫人说，"现在转过来，让我看看你。玛格丽特，从被子上下来，到这里来，我要给你梳头。我们能在主教来之前准备好的话，那真是奇迹了。"

玛格丽特从床上滑下来，走去站在她母亲的旁边。她的母亲始终知道她坐在被子上，她什么也没说，因为她希望主教到达时，家里一片平静祥和。玛格丽特本想发脾气尖叫的。她的母亲又让她看上去犯傻了。莉莉笔直地站着，等她母亲最后给她梳一下发尾——莉莉看着自己的侧面，想知道玛格丽特是否会说什么。她本想推莉莉的，但她更想对她母亲说点什么，向她显示她不再是一个小孩了。她们把她当成小孩，由着她做错事，而不说什么，因为她们害怕她会当众大吵大闹。主教要来，她不会当众大吵大闹的。她们像不信任一个小小孩那样，不信任她。玛格丽特希望她能说句机智的话，挫挫她们的锐气，但她什么都想不出来。没有词语闪现在她的脑海里，而且就算它们现身的话，也没地方呆，因为她的脑子里满是往前冲着寻找她的眼眶的泪水。她将让她自己丢脸。她紧紧闭上眼睛，但眼泪还是喷涌而出，她感觉到它们开始从她的脸上滚落下来。她大声啜泣。第一声啜泣愤怒地响起来，因为她努力想憋住它，它却让她无力抵抗那些涌上她胸口、直接冲进她脑袋的小啜泣，于是每次她睁开眼睛看着她母亲时，又不得不快速闭上眼睛，直到啜泣放过她，让她不再渴望发出更多的响声。讨厌的啜泣声让她羞愧，让她感觉又脏又困。但她无能为力，只能害怕地盯着她的母亲看。她随波逐流，在尴尬的小孩子气的愤怒中上下翻腾，这种小孩子气的愤怒似乎总是能逮住她，哪怕是在街上当着大家的面。主教快来了。玛格丽特张开嘴巴，尖叫起来。

听到第一声啜泣时，巴戈特夫人从莉莉的头发上抬起梳子，迟疑了一下，才转身去看玛格丽特。这一次，她无法面对它。玛格丽特正哭得起劲，巴戈特夫人无法在主教快来时面对它。她感觉很累，她怨恨地想主教本可以另选一天来访的。玛格丽特的脾气发作，总是很难处理。倒不是说处理起来有多难，而是得花时间，首先得让她平静下来，接着得把她送上床，让她可以睡觉，直到她的困劲过去，再度开始恢复她的常态，恢复那个人人都喜欢的正常的漂亮小孩的常态。街上的陌生人总是会瞥一眼玛格丽特，当巴戈特夫人带孩子们乘电车进城时，坐在她们对面的人总是朝玛格丽特——朝她漂亮焦虑的小脸——点头微笑。玛格丽特是一个娇气的婴儿，现在她依然很娇气。她出生时非常瘦小非常虚弱，在她满一岁前大家对于她是否能活下来一直存有疑虑。如今，她发脾气地拼命啜泣，这全是因为她不稳定的健康状况。上学对玛格丽特造成很大的压力。她总是会缺勤好几天，总是因为感冒或咳嗽，然后她又得挣扎着赶上其他的孩子。她的平衡能力不佳——她总是摔倒，伤到自己。她个子很小，体重很轻，不像莉莉那样在地上站得很稳。眼下的这阵哭闹是太过担心主教的来访造成的。想到看见一位真正的主教，并跟他说话，对玛格丽特而言就是不堪重负了。巴戈特夫人为时已晚地意识到，她本该今天让玛格丽特不去上学呆在家里的。为时已晚。但当然了，那是她本该做的。她本该把玛格丽特留在家里，避免所有这种最后一刻过分讲究地匆忙给她们梳头。在一个令人作呕的恐慌瞬间，巴戈特夫人看到她这辈子所有的错误都赶在一起，凝结成一个让一切从最初就出错的致命大错。但这个瞬间过去了，她瞥到一眼那个最初的错误，那个致命的错误，要是它在她眼前逗留得久一点，让她有机会好好看它一眼，她或许能给它取个名字，这样她就能看到它，认出它，用它的名字叫它，并最终彻底弄明白她究竟是做了什么，才把她和她知道其他人都拥有的智慧分隔开来。她无法处理任何事情，尤其是无法处理玛格丽特的哭闹。好吧，主教随时都会到，现在没有其他办法，只能跟玛格丽特讲道理。讲道理，巴戈特夫人的意思是她将不得不向玛格丽特做出一点承诺，给她奖励。巴戈特夫人完全明白收买小孩是错的，但现在除了收买，没时间做其他了。她会向玛格丽特承诺她明天不需要去上学。是的，明天她会让她呆在家里，并宠她一下。

这时玛格丽特又尖叫了。巴戈特夫人迅速弯下腰，用胳膊环抱住她。她依然拿着梳子，玛格丽特把它从她手里打掉。莉莉大喊着弯腰去捡梳子，但巴戈特夫人稍微推了她一下，说："莉莉，跑去楼下，去前面的房间里，站在窗前，留意主教的身影。看到他来的话，就叫我，然后打开前门，让它敞着，走出去，站在铁门边，为他开铁门。现在立刻就去，你看到他时，就叫我。"

莉莉下楼时，听到她的母亲以一种非常平和的语气说话，莉莉把这种语气跟严肃、悲伤、耐心和疲惫联系在一起，仿佛她正试图解释某件她永远也无法解释的事情，因为它不是语言可以描述的。

今天老早的时候，巴戈特夫人把闹钟从她的卧室里拿到楼下，现在她的厨房里有不止一个钟在走，厨房里总是摆着一个钟，后面的起居室里摆着她最好的一个钟，那是她的结婚礼物，多年来一直被摆在壁炉架上，而且客厅里，在以前从未摆过钟的客厅桌上也破天荒地摆着一个钟。一整天她不是在看这个钟，就是在看那个钟，一整天她都感觉自己在失去时间，但现在她走下楼梯，牵着玛格丽特的手，小心翼翼地一起同步走下每一级楼梯，这不容易做到，因为楼梯很窄，玛格丽特又很不情愿——当她谢天谢地慢慢走下楼梯时，她看见客厅桌上的钟显示时间为四点缺五分。总之，时间充裕。

前面的房间通常都是关着的。巴戈特夫人每天进去照料她放在窗户内桌上的大堆蕨类植物。今天早上，她把桌上的蕨类植物都清空了，现在窗户焕然一新，上面挂着带蕾丝边的白色窗帘，白色的瓷茶具在壁炉光线的映衬下闪闪发亮。壁炉的炉火让房间非常暖和舒适。已是五月下旬，今天天气温和，但巴戈特夫人知道从南非回到爱尔兰的神父们能明显感觉到气候的变化，而且主教也是一位年纪很大的老人了。主教和巴戈特夫人的父亲同岁，他们一起上学，并在韦克斯福德的相邻农场里一起长大。巴戈特夫人的父亲在她两岁时去世了，于是她总是感觉自己的童年还没开始，就在那时结束了。在她对遥远过往的记忆中，她和她的姐姐和兄弟们像是小男人和小女人，一个共和国的公民，在那个共和国里她的母亲是一位严厉、冷漠、全知的首领。据说凯莉夫人，巴戈特夫人的母亲，从未从她丈夫去世的阴影里走出来。她是一个沉默、不苟言笑的寡妇，她用来笼罩她自己和她的孩子们的悲痛斗篷，成为一种替代品，替代他们由于他的死亡而失去的保护，而且，之后它又成了他的意愿的象征。凯莉夫人的孩子们，总是做着他们被吩咐做的事情。

巴戈特夫人想要问主教关于她父亲的事情。她想要听人再度告诉她说，她是她父亲的最爱。她以前经常听到这点，从她的母亲、她的姐姐和她的兄弟那里。巴戈特夫人小的时候，以及长大的过程中，一直有人告诉她说，她过去是她父亲的最爱，她厌倦了听人这么说，但突然之间她想要再听人说一遍。她希望主教会记得她是她父亲的最爱，希望他会那么说。但主教很老了。他可能已经开始忘记了。

她为晚饭买了一只白色的糖霜蛋糕，因为她不信任自己做糕点的手艺，但她做了面包，黑白两种面包都做了，还做了烤饼。她准备了果酱和蜂窝蜜。她希望他会来。她等他，等得有点紧张了。

当她的母亲和妹妹开门看进来时，守在窗边的莉莉转过身。房门必须一直关着，以防猫咪们进来，必须让它们远离饭桌，但白色的老猎犬伯尼则侧躺在壁炉前的地毯上，假装熟睡，眼睛却睁得老大，等着切蛋糕。莉莉看见她的母亲充满希望地微笑着，因为出错的一切，现在都修复好了，玛格丽特的脸虽然闪着泪光，却很平静。

"我们要去下面的厨房，把水壶放在火上烧水，"巴戈特夫人说，"你目光一刻也不能离开那扇窗户，听到我说的了吗，莉莉？"

仿佛是莉莉让她的母亲几乎失去耐心似的。"你现在听到我说的了吗，莉莉？"她又说了一遍，"你一看到主教，我就要知道。"

巴戈特夫人不再微笑，当莉莉看着她严肃恳切地绷紧的小脸时，她突然感到一阵不耐烦和苦恼。无论如何，这天肯定是会被搞砸的。但没机会说任何话，因为那两张脸，巴戈特夫人和玛格丽特的脸，都消失了，门又被关上。沙发、椅子、饭桌和所有的植物，让小房间显得很拥挤，莉莉看不到伯尼，只能看到它的后腿和短尾巴，现在它的短尾巴开始在壁炉前的小地毯上有节奏地摇动。伯尼听到了巴戈特夫人不同寻常的语气，于是就保险地摇起尾巴。好运让蛋糕出现在饭桌上，伯尼想要确定它会被允许跟蛋糕呆在同一个房间里。

"蛋糕，伯尼。"莉莉说，伯尼的尾巴迟疑了片刻，接着又开始摇动，轻轻地拍打着壁炉前的地毯。

前面的起居室比它上面的卧室要小一点，因为要扣除通往前门的前厅的宽度和莉莉所站的窗户，莉莉守着看主教有没有来的窗户跟楼上她站着让她母亲给她梳头的窗户是对称的。没人沿着街道走来，没有高大的老人像先知一般大步朝铁门走来。主教迟到了。

窗户的下面，就是巴戈特夫人在前院草坪上辟出的弧形花坛。花坛紧贴着有凸窗的那面墙，像一个由水仙花、番红花和雪花莲构成的项圈。非常小的那块草坪，颜色翠绿，修剪得很整齐。巴戈特夫人前晚刚剪过草，今天早上她又清洗了通往前面铁门的那条红砖小径。前花园跟前面的起居室差不多大，红砖小径跟前厅、衣帽架和现在放着钟的桌子差不多宽，前厅桌上的钟显示现在是四点十分。

主教没有从主路上匆忙赶来，他没有大步从街上走来。他是乘着一辆汽车来的，一辆黑色的汽车慢慢地从街上驶来，停在房子的前面。那是一辆看上去很有身份的汽车。莉莉边跑边尖叫地喊她的母亲，之后一切都很顺利。她跑去打开前门，跑到前面的小径上，打开铁门，就在司机打开汽车后门，开始帮一个穿着一身黑、戴着黑帽子的大块头老人下车的那一刻。莉莉从未如此近距离地见一位私人司机，她惊奇地看着他的绑腿。玛格丽特从她身边挤过去，走到街上，背靠花园栏杆僵硬地站着，小脸上写满了兴奋。巴戈特夫人迈步上前，伸手去帮忙，尽管虔诚的敬畏和迷信让她不愿去碰神圣的主教。她被教导，她也教导莉莉和玛格丽特，你永远不该去握一位神父的手，此时，司机的手牢牢地托在他的胳膊下面，主教下了汽车，靠在他的两根拐杖上，几乎站直了。他是一个风烛残年的老人。就连站在无法抗拒的崇拜之中的巴戈特夫人也能看出这点，她还看到他的蓝眼睛模糊冷淡，仿佛它们已经看够，不能再接收更多的印象，也不再想努力去区分他以前见过的人和陌生人的脸庞。他把拐杖放在一起，对巴戈特夫人伸出手，姿态谦逊，透着神父式的宽恕，这种宽恕太过平静不含同情，却又庄严得不带任何责备。

动物园里被囚禁的猴子，悲痛和年纪将她发配到笼子里最远最低贱的角落，她看着猴群，猴群也接纳地盯着她看，这种接纳是如此深奥，几乎闪烁着同情的光芒。所有的挣扎都从这位老神父的眼睛里消失了，巴戈特夫人明白他已接近死亡。她抬起手，给了他一个非常愤慨的微笑，向他展示某天早晨她将如何面对她自己的死亡。

"我们把晚饭都为您准备好了，大人。"她说。

"上帝保佑你，"他说，"但不必用'大人'的称呼。我只是一个非常平凡的神父。按你的喜好，在'神父'或'汤姆神父'中选一个叫我就行了。迪莉娅，是吗？我叫得对吗？你跟你的祖母活脱活像，迪莉娅。"

巴戈特夫人惊讶于主教的声音。她本来预计会听到一种优雅神圣的语调，一个身居神职高位的人的声音，但她听到的却是那种粗犷、温暖、单调的家乡口音。巴戈特夫人想，他听上去就像是我自己的一个兄弟。她在他身边走，跟着在他另一边的司机，他们一起引导他走上红砖小径，这条小径被清洗了两遍，巴戈特夫人洗了第一遍，然后一阵小雨又把它冲了一遍，草坪和花床里黄色、白色和淡紫色的花上面依然闪烁着雨滴。

主教扶着把巴戈特夫人的红砖小径和邻居家隔开的栏杆，稳住他自己。

"我现在没事了，"他对司机说，"非常感谢你。"

"妈妈，汽车里有一位女士。"莉莉轻轻地说。

"那是谢菲尔德·史密斯夫人，"主教说，"非常好的一个人。要不是她，我是彻底没办法今天来这里的。"

巴戈特夫人从未听说过她，她开始焦虑地想她应该跑回去，邀请这个陌生人进来跟主教一起吃饭，但她正忙着把他引进家里，进入起居室，坐在她为他准备好的椅子上。

巴戈特夫人不怀疑谢菲尔德·史密斯夫人是一个非常好的人，但她想她一定是一个非常奇怪的人，自视甚高，所以她甚至都不高兴看一眼车外的玛格丽特，玛格丽特依然背靠栏杆站着，注视着汽车。谢菲尔德·史密斯夫人一定非常有钱。她住的房子一定非常大，毫无疑问她肯定对很多东西都不屑一顾。她把主教送来这里，已经算是对他们仁至义尽了，但很遗憾，她不能花片刻的时间欣赏一下身穿她最好的裙子站在那儿的玛格丽特。

但当巴戈特夫人看到主教在椅子上坐下时，她扫了一眼外面，吃惊地发现汽车依然停在那里，同时，司机也出现在了起居室的门口。

"我请您原谅，夫人，"他说，"但谢菲尔德·史密斯夫人想知道她是否能带两个孩子出去兜风。我们将开车转转，直到该接主教大人回去的时候。"

巴戈特夫人注视着他。莉莉和玛格丽特正站在他的身后。她们渴望地沉默着。

"哦，巴戈特夫人，"司机说，"我希望您能让她们来。这对谢菲尔德·史密斯夫人来说将是一件很开心的事情，对我也是。她不能下车，但她正在朝您挥手，请您走到窗前就能看到。"

"让小孩出去乘大车兜兜风吧，迪莉娅。"主教说。

"好的，"巴戈特夫人说，"好的，她们可以去。穿上你们的外套，莉莉。"

她走到窗前，望着外面，对闪现出的灰色手套和面纱的一角挥手、微笑并点头，但转瞬间谢菲尔德·史密斯夫人便又沉入车内她的角落里消失了。前门关上，司机和两个孩子匆忙沿着小径走向汽车。他抱起玛格丽特，把她送进后座，然后又帮莉莉爬进前座。刚才孩子们在前厅里穿上外套时，她们很安静，她们走向外面的汽车时也很安静。这是她们表现好的方式之一。

"她们走了。"巴戈特夫人对主教说，抑或是对她自己说，她转身离开窗户，坐在主教对面的椅子上。

"我简直无法相信你长得如此像你的祖母，"主教说，"你就是她的模样。我知道我今天来这里是来对了。我很高兴见到你。你的祖母很灵动，就像你。她非常灵活"——主教说成了"如活"——"脚步极其轻盈，个子小小的，但她非常勤劳。你跟她很像。我能看出来，光是看看这个房间就知道。你有一个很漂亮的家。"

他看着巴戈特夫人，看着她朴素的藏青色裙子、朴素的白上衣和顺滑的棕色头发，他还好奇地环顾这个拥挤的小起居室，双手搭在椅子的扶手上，仔细地打量天花板和环绕墙纸整条上边缘、构成一道装饰界线的希腊横饰带。他看看把后面的起居室隔开的折叠门。巴戈特夫人觉得后面的起居室非常普通，它的地上铺着油地毡，有一个煤气取暖炉，一张孩子们做作业和他们周日吃正餐的大桌子。主教非常急着想看看折叠门后面是什么。他对巴戈特夫人充满了好奇。她出生在普尔维，他喜欢这个农场超过这世上的任何地方。他自己的家人都陆续过世了。周围没有留下任何跟他有血缘关系的人，但他依然对普尔维一往情深。他的目光从折叠门上移到巴戈特夫人身上，接着又扫回到折叠门上，然后他问了他的第一个问题。

"我猜想你在那里面还有一个房间吧。"他吞吞吐吐地说。

"哦，是后面的起居室，"巴戈特夫人说，"你喜欢的话，也可以叫它餐厅。它跟这个房间很不一样。孩子在那里的大桌子上复习功课，做作业，我有一台缝纫机，星期天我们都在那里吃正餐。有时我会把折叠门往后开。今天我把它们关着，因为有穿堂风。我不想让您患上感冒，神父。"

主教没说话。

"您想看看那里面吗？"她吃惊地问，冲他微笑。

"我不介意穿堂风，"主教说，"无论如何，坐在壁炉边，都是冷不着的。"

她站起来，打开门。为了对主教来访表示敬意，她打扫了整栋房子，现在她很高兴她之前也把这个房间收拾得一尘不染。她闻到蜡和上光油的气味，前面的房间里有饭桌、蕨类植物和大块头的主教，与之相比，后房间显得昏暗静止。主教身体倾向椅子的一边，试图看清楚一切，然后他站起来，非常缓慢地朝她站的地方走去，半途还扶着她刚才坐的椅子背借力。当他走到油地毡的边缘时，他驻足，用手撑住折叠门。巴戈特夫人搬来餐厅的一把椅子，他用两只手扶住椅背，靠在上面，仿佛它是一道栏杆。

"现在我有了一个正面看台的座位。"他说，从他脑袋缓慢刻意的移动和他眼睛里开心地闪动着的兴趣来看，你大概会以为有金鱼在半空中天花板下面的角落里游进游出，或是有小鸟在周围忙碌地飞来飞去，并且它们中的一些在唱歌。"哦，很棒！"他说，"你的秩序感特别好，迪莉娅。她也是如此，上帝保佑她安息。"

巴戈特夫人明白主教是在说她的祖母，普尔维的凯莉夫人。她从来都对她的祖母没什么了解。

"你在这里有一个煤气取暖炉，"他说，"这很方便。外面是你的花园。我看到了许多黄色。"

"那是金链花树，"巴戈特夫人说，"侧墙上覆盖的是旱金莲。"

"而你在那里的桌上也摆了花。你的祖母总是在会客室的大圆桌上摆着春季和夏季的鲜花，即使从来没人进去那里。她有一个沃特福德① 玻璃花瓶，她非常看重。"

---

① 沃特福德（Waterford Crystal）是一个水晶和玻璃制品的品牌，名字源于爱尔兰东南部的一个同名海港城市。

"哦，插花用的沃特福德玻璃瓶，"巴戈特夫人说，"它依然在普尔维。它像一个喷泉。"

"是的，一个喷泉，"主教说，"它把玫瑰花变成了一个喷泉。它们看上去就像是从玻璃瓶中蹦出来的一样。我从来没见过那样的色彩。而且它们常常倒映在木头的桌子上，就像这里你的花倒映在这张桌子上一样。我看到的外面花园里黄色的金链花，跟我看到的倒映在桌子上的它们的映象差不多。我的视力就是那么差。"

他转身，慢慢地走回到他在壁炉边的位子，巴戈特夫人把他刚才倚靠的餐厅椅子搬回到桌子边，然后在他的对面坐下。她让身后的折叠门敞开着。

"最近，我越来越多地注意到我能看到什么，我不能看到什么，"主教说，"这就像是在梦里进进出出，只要我这样那样走几步，东西、房间和人脸就会消失。诚然，我们只会走这条路一次。这是真的。这是真的。这是真相。确实如此。这就是真相。另一个真相是一切都是虚华。没错……那些你现在摆在那儿桌上的花，它们在我眼里很模糊，仿佛它们只是它们自己的映象。那里的整个房间都很昏暗，非常朦胧，但我知道它看上去是什么样子，这得感谢你……我很高兴今天得以来到这里。要不是谢菲尔德·史密斯夫人，我永远也不会有办法来到这里。他们告诉我说他们有车可以送我，然后她就送我来了。他们明天或后天会送我去帕克那斯勒。修道会在那儿有一栋供我这样的老家伙住的房子。"自从他执行传教任务归来后，主教就一直住在克隆塔夫的一家疗养院里。克里郡的克隆塔夫是爱尔兰西部的一小片乡村，但大自然心血来潮的鬼斧神工却让它有着亚热带的气候，温暖芬芳的空气，植物，鲜花，棕榈树，竹子和其他，这在爱尔兰的其他地方不是很常见。"他们说那里的气候像西班牙，或里维埃拉，"主教继续说道，"里维埃拉！你觉得么样？他们跟我描述它的时候，仿佛他们是要送我去天堂。"

他看着巴戈特夫人，仿佛他自己也吃惊于说了一个笑话，并想要确定她注意到了。

"仿佛他们是要送我去天堂。"他重复道。

但巴戈特夫人不想听懂主教的笑话。她一脸严肃，跳起来取走他半空的杯子，为他倒上一杯热茶，然后又重新坐下来。

"我这辈子一直在听说帕克那斯勒，"巴戈特夫人说，"那只是一个小地方，但他们那里有很漂亮的植物和鲜花。"

"他们也是这么告诉我的，"主教说，但他已经对帕克那斯勒失去了兴趣，"好吧，嗯，你这里有这两个房间，当然你还有一个厨房。"

巴戈特夫人笑了。"当然我有一个厨房，"她说，"这是一栋很好的小房子，造得很好。厨房在前厅的尽头，就在你进来的地方外面。去厨房，你要走下三级台阶。然后楼上有两个房间，在这两个房间的上面，楼梯走到一半的地方有一个半层平台，上面是卫生间，卫生间隔壁有一个非常小的房间。我们叫它储藏室。它里面有一扇眺望外面花园的精美窗户。"

巴戈特夫人的丈夫独自一人睡在储藏室里，但她不会把这点告诉主教或任何其他人。主教对她点点头，然后问了一个他自从走进这个家里就一直等着想问的问题。

"那么整栋房子就住着你们自己一家？"他说，意思是说巴戈特夫人不必跟其他租客分享她的房子。

"哦，是的，"她说，接着她又迅速说道，"我们完全拥有这栋房子。我们钱足够用的。"

"我想也是这样的，"主教说，"但我很高兴你告诉我。那么你有一个好男人，一个好保护人。"

证实了巴戈特夫人的丈夫能养活她和她的孩子们，而且如她所言，他们有足够用的钱，他继续问了她许多问题，她从容自豪地逐一回答，仿佛她正领着他逛她的花园，或是跟他一起走在一条他不认识、她却谙熟于心的乡村街道上。他询问她的生活，他们谈话时，她感觉是在跟一个她很熟悉的人说话，虽然他们之间从未见过。她聊到关于她自己的事情，并惊讶地发现居然有那么多关于这个人，即她自己的事情可以说，每说一个词，这个不知道从哪里进入谈话的人，现在就变得越发真实，虽然依然看不见她。为了回应主教对她的信任，她说话时仿佛是在用盲文，她热切自信地在一条路上摸索前行，这条路她牢记在心，熟悉它的每一寸，即使在黑暗中也是如此。随着她说话，那条路，她的人生，变得清晰可见——这是一条自然的路，与周围的乡村和谐无间。她明白尽管她没有自信地走在这条路上，但她保持了她该走的方向，她没有越界，她没有提出过分的要求，她也没有沿途糟蹋掉任何东西。至少这个人，她自己，毫无预警地来到这个世上，此时在这个房间里却是如此真实，这个人，依然默默无闻，却至少为主教所熟知，主教对她如此好奇，对她如此感兴趣——这个人，巴戈特夫人明白，没有做任何缺乏合适理由的事情。不仅如此，这个主教欣赏的人，没有做任何错事。事实上，一切都很有趣。巴戈特夫人深深地叹了一口气，然后她看上去十分害怕。她忘记了自己是在主教面前。主教正面带羞怯的微笑凝视着她，仿佛他知道她的想法。他的微笑在他椭圆形的大脸上就像是一轮新月，非常白，仿佛他在瞬间生病失去了所有的血色。他的下嘴唇很厚，上嘴唇中间很尖，看上去像一只鸟嘴。这两片嘴唇在他年轻的时候一定让他的嘴巴显得很坚定。巴戈特夫人虔诚地看着这张年老、苦修的胖脸，他的鹰钩鼻，还有他暗淡的蓝眼睛，这双眼睛从遥远的非洲怀有希望地注视她。主教似乎知道她现在正在想到他，因为他又开始说话了。

"你有两个小女孩，"他说，"可爱的孩子。你还有其他的孩子吗，迪莉娅？"

"最大的是一个男孩，"她说，"唯一的男孩。他该十三岁了。他生下来三天就死了。"

"迪莉娅，"主教说，"我亲爱的孩子。但现在不用等很久了。我将见到你的儿子。我一见到他，就会认出他。我们会进行长长的谈话。我会告诉他关于这个下午的一切——所有关于他的妹妹们的事情，关于这儿的老狗，所有的事情。承蒙主的恩典，他比我早十三年去了那里。他是出生在这栋房里的吗，迪莉娅？"

巴戈特夫人点头表示是的，然后她说："他出生和死去都在楼上前面的卧室里。"

"在楼上前面的卧室里，"主教说，一字一句地重复她的话，仿佛他被告知了他从来就不希望获得的信息，"哦，迪莉娅，今天我来这里真是非常幸运。我本来不知道你儿子的事情。我来是为了找你，现在还找到了他。他会给我讲解各种注意事项，我希望我在那边能比我在这里时过得好。但愿上帝能让我如愿。但我首先会见到你的儿子。或许，甚至在那之前，他就会在最后一刻帮助我。"

巴戈特夫人无力地微微一笑，仿佛是在试图展示她感激一句她并不能真正理解的评论。

"最后一刻。"她说，附和着他的话，而非他的想法。然后她说："有许多个最后一刻。"

"我们每个人都有一个，"主教快速说道，"哦，这是我们的主对我们的又一个眷顾，所有其他时间之外的最后一刻。最后一刻。它充满我的内心，想到它就让我的内心充满了恐惧，也充满了喜悦。"

"恐惧，神父？"

"我的肉体恐惧，迪莉娅，但我的灵魂充满了喜悦，此刻，当我坐在这里注视着你，想着你和你的祖母，你是她嫡亲的后代，我内心满是感激。我想到那些我沿着小道从小村庄奥伊尔盖特走到普尔维的日子。那是走路一英里的一段路。你跟我一样对它了如指掌。那条小道你一定也曾走过千万遍。哦，我能想象你在那条小道上，一边走，一边欣赏风景，将一切尽收眼底。我的灵魂充满了喜悦，因为我想到最后一刻会让其他所有的时刻都燃烧起来，熊熊烈焰，以赞美我们万能的上帝，表扬我们自己，表扬我们始终奋发向上，始终竭尽全力做得更好。你的父亲和我过去每天放学都沿着那条小道走，然后我会横穿田野走向我们住的地方，库德格。库德格已经消失了；连房子都消失了，被拆掉了，不剩下我的任何家人。但普尔维依然在那里，还是老样子。你的父亲和我过去在那里度过了快乐的时光。我们从婴儿起就是最好的朋友。我们有很多令人印象深刻的谈话。我经常想，要是我们能唤回记忆，想起我们孩提时说的话，我们就会对自己有许多了解，而且这些了解会是我们自己最好的部分。我在外面执行传教任务时，经常观察孩子们——小黑孩们，非常神秘，非常友善开朗。我经常观察他们互相说话，但我走近他们时，他们就会停止，或是继续说话，但他们知道我在场，所以他们说的内容不会一样。你的父亲和我，我们小时候，也是一样。哪怕只是你的祖母在场，我们也会更注意自己的言行。我们单独在一起时，我们说的内容非常不同于有老一代的人在场时。于是从来没人记得孩子们说什么，因为孩子们消失了。从来没人知道孩子们说什么。"

"那些日子似乎离现在非常久远了，"巴戈特夫人说，"然而那条小道还是完全一样。从村子奥伊尔盖特去普尔维足足一英里，但似乎从来不像有一英里。小道很漂亮，在田地间蜿蜒前行，然后一到树篱之间则是一路笔直。我以前很喜欢走在这条路上，开开关关那些铁门。我从来不会爬着翻过铁门。我总是打开铁门，然后在身后关上它们。你转过最后一个大弯后，就能看到房子，小道在此变宽，随着你走近房子，它越变越宽，最后一段路的两边都有很高的树木。我在那里的一个地方常能看到白色的天竺葵。"

普尔维是一栋很长的两层农舍，有着厚厚的茅草屋顶。房子被粉刷成白色，前门则刷着绿色的油漆。打开前门是一个正方形的前厅，大小只够你走进去站着。前厅的右边是一扇通往会客室的门。那扇门总是关着。前厅的左边是门总是敞开着的厨房。厨房里面对着你的内墙上一扇非常小的窗户，于是任何坐在厨房炉台边的人都能盯着外面，看谁正走在那条小道上。

"你的祖母经常守候我，"主教说，"我一拐过最后一个弯，她就会出现在门外面，站在那里等我。我沿着小道走近时，能感觉到她在微笑。上帝保佑她，她从不羞于向你显示你受到欢迎，从不羞愧，从不害怕。她非常亲切，对她不是很了解的人或许会小看她……我第一次传教回到家——是我的第一次也是最后一次，因为那次以后我直到现在才回家——我每天早晨在奥伊尔盖特的教堂主持弥撒，然后我会沿着小道走去普尔维，你的祖母会准备好早饭等我。我离开爱尔兰已经有十四年了。我被授予神职后，便外出传教，十四年后我才再度见到爱尔兰。我的母亲死了，家里只剩下我的弟弟。他从未结婚，我猜想孤独占据了他的脑海。他丧失了信心。我在那里的时候，他总是说他要卖掉那地方，去美国。在那以前，他已经卖掉了所有的牲口和会客室里所有的家具，属于我们曾祖母的家具。我试图劝说他振作起来，他说这对我而言很容易。我总是被视作家里的学者，他对此很介意。他说我是我母亲最喜欢的那个，他可能是对的，但她一直打算让他继承农场，虽然他是年纪小的那个。他的处境很糟糕，偶尔逮个兔子当饭吃。白天黑夜的大部分时间，他都在睡觉。他对于自己老是睡觉感到羞耻，他不喜欢有人接近那个地方，逐渐大家都开始远离。我从不知道一个地方能像我最后一次见到的库德格那样迅速衰败。我没有收到任何预警。离家十四年后，我竭尽所能，尽快赶回库德格，看到它的模样，我非常震惊。非常震惊，对我也是一个非常大的教训，让我抑制我从来不知道我有的虚荣心。魔鬼总是等着在我们最脆弱的时候抓住我们。我的弟弟走出房子，我唯一能做的就是阻止自己去把他打倒在地。然而我离开的那天，他一路陪我走到奥伊尔盖特，我在那里搭车去韦克斯福德，当我们说再见时，我转身，在小道上陪他往回走了一段，然后我们握手，再度道别，眼泪从他的脸上滚落下来，也从我的脸上滚落下来。我看着他走远。他从未转身，直到他走到第一个拐弯处，然后他转身，对我抬起胳膊，然后他就消失了。我再也没有见过他。

他像他说的那样，卖掉了那个地方，去了美国。我从未收到他的来信。但我在那里时，最后那次，我每天早晨在奥伊尔盖特主持弥撒，然后我会沿那条小道去普尔维吃早餐。我能给你画一张关于那条小道的地图。我传教时经常跟孩子们玩一个游戏。我们把它叫做'去普尔维'。他们得以几乎跟我一样了解那条小道，以及沿途的每一片田野，他们从来都听不厌关于房子的故事。"

一度，那条从奥伊尔盖特到普尔维的小道，被主教视作他在一个迷宫里唯一认识的一条路径，这个迷宫没有中心，没有形状，没有秘密——最糟糕的是，没有秘密。没有任何秘密的、隐藏的东西可以让他搜寻，摧毁，惩罚他自己，并为此赎罪。没有任何东西。只有那个迷宫。作为一个年轻的男人，主教不明白当他成为一个传教的神父时，他也就成了一个流亡者，"神父"和"流亡者"，在他看来并不协调，他感觉一名神父将他自己视为一名流亡者是不合适且危险的。他感觉他的思乡情绪是一种自我放纵，但他依然很想家。他对自己的价值有所怀疑，但对于自己天职的权威却毫不怀疑。他唯一的欲望就是为主效力。有信仰并有机会展示它。主教在深深的谦逊中感激上帝赐予他这个机会。他发现，离开奥伊尔盖特后，他不再是家里人想的那样的伟大学者。他感觉自己是一个笨拙的大汉，在外面永远不像在农场上那么自在，然而当他穿上长袍主持弥撒时，他感觉像是一个穿着制服的士兵，正走在为他的信仰而战的路上。即使在他年轻的时候，主教也从不渴望成为圣人或烈士。而是渴望有一天，他能成为一位真正优秀忠诚的仆人，供奉他所爱的上帝——这是他最大的愿望。

三十六岁时，他依然是平凡的汤姆神父，离成为一名主教还有十万八千里，他提醒自己我们在这世上全都是流亡者，流亡在万能上帝的圣土之外。但这种他所感觉到的流亡——一边是居住在他自己的肉体内慢慢地走，一边则是内心的神父自豪地大步前行——是一种完全不同的流亡——那是一个伤心欲绝且倔强顽固的流亡者，他没有聪慧到足以理解他自己的祖国和其他国家之间的世俗一致性，因此他在困惑中纠结痛苦于个中的不同。或者你可以说，流亡者了解一个国家，这个国家让其他所有的国家显得奇怪。在这种意义上，神父内心的流亡者，或者说与神父共同生活、依附于他的流亡者，可能是一个有益的存在，让神父能有时做梦，能在记忆和故地的宁静中找到一点喘息的时间。三十六岁的主教，沉思地跪在圣坛前，在脑海里编排着一句话：坚强果断的神父在故地的宁静中找到喘息的时间，在那样的喘息中获得上帝的恩典，变得更谦逊，在照顾他的羊群时变得更警觉……然后他不耐烦地搓着双手，他不许自己如此不耐烦，不耐烦表达了一种他害怕的痛苦，因为他理解这种痛苦。他虚构、修改、编出那些根本什么都没说的词语，是在干什么？任何听他说话的人都会猜想他认为爱尔兰是一小片漂亮的绿洲什么的，一种家庭乐园。他想到他的祖国，想到的则是一个极度的自豪和极度的谦逊并存的地方，这两种崇高的产物被定义它们的东西奴役、束缚，定义它们的是爱尔兰人对羞辱的苦涩嗜好。不，那里没有洋洋自得，没有洋洋自得，没有任何洋洋自得的机会。他想到他的祖国，发出赞叹，咧嘴一笑，尽管他知道他是在犯自满的过错。然后他控制住自己的思绪。他是在把精力花在不该花的地方。他感到心烦，遭受所有这些意志薄弱的痛苦，原因是他感觉局促不安、笨手笨脚且糊涂困惑，仿佛正走在一个迷宫里，一个形状不明的迷

　　情感之泉：都柏林故事集

宫，直到他犯下一个错误，然后在他的错误里，他触及到了某种让他退却的东西。或者，换个方式说，在他的错误里，他触及到了某种强烈到足以让他驻足不前的东西，某种不可调和的东西。当他把自己的弟弟留在一片苦涩的荒地上等死时，他又怎么可以期望自己能帮助拯救周围人的灵魂呢？

为了被准许走进自己的家里，莉莉和玛格丽特不得不按门铃，这让她们非常惊讶。她们本来肯定地以为她们的母亲会不耐烦地等待她们的归来，或许还会有点生气她们在外面玩到那么晚。谢菲尔德·史密斯夫人告诉她们说，主教吃晚餐要迟到了，她会被责怪，但她笑了，于是她们明白她是在开玩笑。她们等着，抬头望着门，仿佛当她们的母亲听到门铃出现在门口时，她的脸会比平时至少高一英尺。她们不记得她有多高，她们脖子后仰，抬头望着很高的地方，就像伯尼。她们每人都抱着一大盒巧克力，盒盖上有一张身穿老式衣服的孩子们的图片。

当门打开时，伯尼激动地跑出来，孩子们跑进起居室里，主教正站在那里，摆弄拐杖准备去外面上车。巴戈特夫人把孩子们领到主教面前，然后赶紧跑出去跟谢菲尔德·史密斯夫人打招呼，感谢她带孩子们去兜风。

巴戈特夫人说："这对她们而言很难得。"

谢菲尔德·史密斯夫人说："对我们来说也是难得。我希望你不要介意巧克力。每次只吃一颗，我嘱咐她俩的。她们是讨人喜欢的小女孩。起初她们不肯说话，然后她们又说了很多。你一定很为她们自豪。"

"哦，是的，"巴戈特夫人说，"谢菲尔德·史密斯夫人，谢谢您今天送主教来这里。他来家里，对我们来说具有无比重要的意义。"

当巴戈特夫人回到起居室里时,主教冲她微笑,然后才开口说话。

"你有两个很会说话的孩子,"他说,"我告诉她们说,周一我看到的狮子比猴子多,周四我只能看到长颈鹿。"

然后他站直身体,把拐杖换到左手。"好吧,"他说,"我将给你们我的祝福。"

巴戈特夫人和孩子们跪下来,巴戈特夫人开始哭泣。主教抬起右手,仰起脸,祝福她们,然后他低头看着她们,伸出手让她们每个人亲吻他的戒指。当她们准备站起来时,他开始穿过房间,她们跟在他的后面走出房间,走到前门,司机正站在那里等着。司机和主教慢慢地走下红砖小径,当他们走到铁门时,巴戈特夫人和孩子们走在他们的后面,她们在围栏外站成一排,目送主教被扶进汽车后座。他立刻沉入后座,在她们的视野中消失了。司机转身,潇洒地跟她们道别,他对玛格丽特眨眨眼睛,接着钻进他自己的座位上,汽车发动沿街道驶离,它会在这条死胡同的尽头转回来。巴戈特夫人和孩子们依然站在原地,等着汽车驶回来。它慢慢地沿着街道开,驶近她们时,越发放慢了速度,然后它停下来,主教身体前倾,又看看她们,她们也看看他。她们挥挥手,他朝她们点点头,然后汽车再度发动,开到街上,在街角转弯驶离。主教走了。

巴戈特夫人和孩子回到起居室里,为巧克力吵了一架,但最后两盒巧克力都被打开,巴戈特夫人率先从每一盒中选了一块。巴戈特夫人把她的巧克力放在壁炉架上,稍候再吃,但孩子们各自吃了三块,伯尼则吃了蛋糕。

圣诞前夜

　　孩子们卧室里的壁炉必须清扫除尘，好让圣诞老人从烟囱上下来时有地方下脚。莉莉·巴戈特和玛格丽特·巴戈特注视着她们的母亲，她跪在紧靠炉栅的地方，把最后一点灰烬从角落里扫出来。莉莉八岁，玛格丽特六岁，她们穿的白色睡衣皱皱地垂到她们的脚踝。她们没有穿便袍，虽然房间里很冷——她们马上就要上床了。这个正方形的房间是后面的卧室，蓝粉绿三色花环图案的墙纸有点褪色，靠天花板中间垂下来的一个单独的灯泡照明。一扇大窗户眺望着外面的花园和毗邻的别家花园。巴戈特夫人把遮光帘拉下来，一路拉到窗台。她希望孩子们不受打扰，除此之外，她希望她们安全。她并不真的明白她说的安全是指什么——可能是体面，或在她毫无概念的某些方面的成功。她希望她们拥有一切，或者说她希望她们能拥有一个在她眼里由律师或医生之类的人所代表的地方。她希望她们能继续相信圣诞老人，而且她希望她自己也能继续相信圣诞老人。她喜欢相信家门之外有一个和善的大个子了解她的孩子们，这个人知道她们的名字和年龄，也知道莉莉可能会进入社会做出一番成就，因为她总是在阅读，但玛格丽特则很脆弱，很不自信。莉莉或许有点太过自信，但同时她也非常温柔，对人非常友善，人们可能不明白这是她的天性，她并不像看上去那么傻。圣诞老人知道莉莉很聪明，在学校成绩一直很好。无论礼物来自哪里，巴戈特夫人肯定，圣诞老人是从烟囱里下来的。他现在大概正盘旋在都柏林上空，看看城市自去年起有了哪些改变。孩子都大一点了，这是很大的变化。每一天，而不仅是每年一次，都有很大的变化。她把除尘刷搁在煤桶里的纸上，站起来。

"现在圣诞老人将有地方下脚了。"莉莉说。

"他穿着大大的红靴子。"玛格丽特轻轻地说。

"现在到上床的时间了，"巴戈特夫人说，"快来吧，上床去，你们两个。玛格丽特都快睡着了。"她让她俩玩得远超过了她们平时的上床时间，玛格丽特很困了。莉莉依然很清醒；如果继续这样下去的话，她整晚都会醒着。但这是圣诞前夜，马丁比平时早下班回家。现在他在楼下看报纸，等着上来跟她们说晚安。因为马丁在家，所以两只猫和狗狗伯尼都被关在厨房里。他讨厌在家看到动物，动物们似乎也知道这点——她一叫它们别乱走，它们就全都舒适地躺在炉灶周围。它们曾经都是流浪动物，但都在这里找到了它们的家，它们从来没失去警觉。它们知道哪里欢迎它们。伯尼是巴戈特夫人特别喜爱的宠物。它是一只毛乱蓬蓬的白色狾犬。多年前巴戈特夫人从一群折磨它的小男孩手里救下它，自那以后她就很少脱离它的视线。晚上它睡在她的床上。马丁·巴戈特不知道这点。马丁在房子的后部有他自己的房间。他通常下班回家很晚，在巴戈特夫人、孩子们、伯尼和猫咪们全都睡着后。他不喜欢让巴戈特夫人熬夜等他，她早上必须很早起来送孩子们上学。他以为动物们全都睡在房子后面的小木棚里。

瘦瘦的黑猫米妮属于莉莉，但鲁伯特则是玛格特丽特的。鲁伯特是一直橘色的胖猫，脾气好到尾巴被厨房门夹住时，它只会呜呜地喘息。马丁知道动物们的名字，有时他会问孩子们"米妮好吗"或"鲁伯特好吗"。但他不喜欢它们呆在屋内。他多少相信动物们会传播疾病，以及孩子们会因为周围有动物而生病。

楼下前面的起居室里，马丁注视着炉栅里的火苗。他已经把晚报放到一边了。里面没啥内容。他在想，晚上跟其他男人在同样的时间回到家，很不错。无论如何，偶尔一次，很不错。他不会想要每天晚上像其他男人那样准时回家，走进一个喧嚣吵闹的家，目睹孩子们试图在她们母亲正在摆晚饭的同一张桌子上做作业。但是，当然了，他跟其他男人不一样。他一点也不喜欢家庭生活。没人能把他叫做家庭动物。在都柏林，有多少男人能拥有他们自己的房间，里面摆着他们自己的书，还能在家有他们自己的一套惯例呢———套牢不可破、不受约束的惯例，完全合乎情理，因为它取决于他的工作，而他的工作又倚赖着它。迪莉娅有她的房子和孩子们，他则有他自己的生活，但他们全都在一起生活。他们是一个正常的和谐家庭。没人能否认这点。迪莉娅是一个很好的母亲。他在这点上不需要有任何担心。普通男人可能会希望在家当家做主，能总是耀武扬威，但马丁不是这样的。再多一点派得上用场的钱，但你不可能事事顺心。

房间为圣诞节做了布置。他和孩子们为此忙了一下午，迪莉亚则从厨房跑上跑下来查看他们做得怎么样。他们全都玩得很开心。就连玛格丽特也自信地提了一些建议。一条条红色和绿色的纸带子从天花板上垂下来，他还在每张照片后面摆了一小枝冬青。通往前厅的门上挂着槲寄生。一度迪莉娅急急忙忙地上来说他们必须留下一点冬青，以插在圣诞布丁上，他在槲寄生下面抱住她，亲了她一下。她的皮肤非常柔软。当她抬起手贴着他的胸口，佯装把他推开时，她看上去就像她过去的样子。然后孩子们跑过来，也想要被亲。他先亲亲她们，接着迪莉娅亲亲她们。他们全都贴在一起抱了一会儿,然后孩子们开始尖叫:"爸爸,再亲亲妈妈!爸爸,再亲亲妈妈!"迪莉娅说:"哦,我必须回厨房去了。所有这些闹着玩都不能替我把活干完。"莉莉说:"女人们的活儿是干不完的。"莉莉总是会像这样冷不丁说点什么。你永远也不知道她接下去会说什么。玛格丽特说:"我想要亲吻小耶稣。"她走到窗边,窗户上已经贴好了耶稣诞生场面的窗花,马棚的周围和屋顶上都贴满了假雪。

这扇窗户相当大,是一扇朝外面的街道的凸窗。迪莉娅在弧形里面摆满了她的蕨类植物。它们大多是铁线蕨,有些很高,她把它们摆在一张桌子上。有时马丁感觉蕨类植物有点太多了,它们让房间变得有点暗,但今晚它们给耶稣诞生的画面充当背景非常合适,让马棚、圣家庭、牧羊人和他们的牲口都被一片宜人的树林包围保护着,在这片树林中他们将永远安全,下雪也永远不会让他们感觉寒冷。东方三贤士站在马棚外,仿佛他们刚刚才赶到。莉莉仔细地在他们的肩头撒上雪花。一些雪花撒落在地毯上,在火光的映衬下闪闪发光。

今天在回家路上,马丁给孩子们买了两支金色的小铅笔。每支铅笔都装在一个独立的盒子里,商店里的小姑娘用白色的纸把盒子包了起来,并用红色的缎带系好。现在它们在外面前厅他外套的口袋里,跟在同一家店给迪莉娅买的一份特别礼物放在一起,他想去把它们拿来放在厨房的桌子上,这样就不会忘记它们了。他知道迪莉娅把孩子们的其他礼物都藏在厨房里。他最好趁现在想到这事时,就去把它做掉。他走出房间,朝前厅走去,快速关上身后的房门,以免暖气从起居室里跑出去,当他在口袋里摸索铅笔时,他听到迪莉娅在楼上的房间里跟孩子们说话。她的声音很低，但非常镇定明确，仿佛是在给她们解释什么，或制定关于某事的规矩。现在他拿到了铅笔，一动不动地站在那里。他听不到她在说什么，只能听到她的声音，有一两次他觉得他听到了孩子们轻声地对她说话。这样站在前厅里感觉很安宁，非常安定舒适，尽管相比温暖的起居室，前厅有点冷。但他感觉非常舒适，非常满意。突然，他感觉跟世界和未来都能和平相处了。仿佛全世界的重量都从他的肩头卸除了，他之前并不知道全世界的重量压在他的肩头，甚至都不知道自己在担心。几年后，他赚的钱会更多一点，然后情况会更轻松一点。他没有欲望知道迪莉娅在说什么，也没有欲望上楼加入。他现在上楼去只会惹她烦——他还是等她喊他吧。前厅很黑，除了外面的街灯通过前门的玻璃面板透进来的微弱光芒。他倾听着迪莉娅的声音，它是如此平静且有威信，他感觉自己是在暗中监视她们。好吧，就算他在监视她们，那又如何呢。他不是经常有机会，在黄昏时分，像这样观察她们的。这栋小房子是多么大呀，大到可以分别容纳他们所有人。就她们对他的了解而言，他在千里之外可能也是一样。她们以为他在房间里阅读晚报，事实上他却是在她们上面千里之外的地方，观察她们，监视她们。要不是他，她们都会在哪里呢？啊，但她们让他脚踏实地。他想到这种"可能"的情况时，忍不住想笑。如今他能一睹各个世界之都的机会很小了。他从来都不确知迪莉娅和孩子们究竟是他的精神支柱还是他的负担，但此时他并不是很在乎。他极少能像现在这样与自己和平共处。像这样入睡应该是很令人愉快的，然后在早晨醒来，发现生活很轻松。他经常觉得房子很逼抑，想象它在压制他，但今晚他知道他能向上伸展胳膊，透过前厅的天花板，穿透屋顶，一直伸到上面，却不会造成任何损害，也不会有人责备他。他跟任何男人一样自由，至少在这一天、这个年纪，他跟任何人一样自由。现在他要拿着铅笔跑到下面的厨房里。迪莉娅随时都会叫他。但上面楼梯平台上的灯亮了起来，迪莉娅出现在楼梯口，看见了他。

"哦，马丁，我正要下来叫你呢。"她说。

"我正要上来。"他说，于是他开始一步两级地走上楼梯。

越是接近睡觉的时间，孩子们就越兴奋，虽然她们保持着安静。迪莉娅担心她们不肯睡觉，或者就算睡觉，她们也会恰好醒来发现她和马丁带着她们的礼物溜进她们的房间里。她站在她们的床边，跟她们讲话安抚她们，她发现她们越是困倦，她自己就越是忧虑。她正在变得她自己所谓的"紧张"，她无法理解这点，因为她很期待圣诞节。她不知道自己究竟是出了什么问题。很久以前在家时，当她躺在床上聆听风在周围和房子里呼呼地吹，她会感觉恐惧，今晚她就跟那样一样感觉恐惧。在这栋房子里的恐惧是一样的，完全一样，只是这栋房子的两边都跟别的房子连在一起，所以风无法在它周围吹来吹去，只能横吹过它。但这种恐惧是一样的。她厌恶风。白天，她能保持忙碌，但夜晚当她独自躺在黑暗中时，她的思绪就会倒退，不是倒退回白日梦那样的梦境里，而是倒退回猜想，从那里又退进困惑。她没有按照自己的意愿构筑过去，也没有让事情像它们理应发生的那样发生，而是被风吹在那些痛苦障碍物上的噪声所打击，天气好的时候她倒是能够避开那些障碍物。"为何""何时"和"如何"之类的词语奋起反抗能让她休息的梦境，她被迫变回现实中的自己，于是她不得不面对它们，而非重新安排它们。过去通往现在——这正是令人苦恼的问题。她无法看见过去的自己和现在的自己之间有任何联系，她无法理解家里有一个丈夫和两个孩子，她为何依然感觉孤单害怕。她站在那里，一边跟孩子们讲明天她们将度过十分美好的一天，一边却清楚地意识到自己正在坠入一种病态的心境。她毫无借口。她没有任何需要担心的事情，无论如何今晚是没什么可担心的。甚至都没有什么风，尽管今天早些时候下过雨，明早之前大概还会下。此刻真的没什么可担心的，当然，除了如何把伯尼弄出厨房，弄进她的房间里，而不让马丁发现。如果马丁发现伯尼每天晚上都睡在她的床上，那就糟糕难看了，但她不会在寒冷之中把它留在外面的棚子里的。猫咪们总是睡在孩子们的床上，但它们在棚子里过一晚应该不会有事。但伯尼不能去外面——她会太想它。她希望她能跟马丁谈谈，跟他解释伯尼很重要，但她知道这样希望毫无用处。现在到了下楼，叫他上来，跟莉莉和玛格丽特道晚安的时间，但当她走到外面的楼梯平台上时，却看见他站在下面的前厅里。

前厅很狭窄，铺着油地毡，却很实用，既是通往室内的入口，又是一个有利位置，可以一览整栋房子，了解它的全貌——它是一个小且朴素的家庭一隅，此时在冬季有一种被隔离在外的外观，因为所有的门都关着，以保持屋内的暖气。前厅里有一个带钩子的衣帽架，还有一个伞架和一把从来没人坐的椅子。从来没人坐在那把椅子上，因为从来没人在前厅久留。它是一条过道——不是通往名望和财富，而只是通往寻常的家庭生活，那些常规做法、习惯和普通的惯例，它们是我们大部分人唯一了解的真正现实，对我们中的一些人来说，它们构成的记忆深刻到足以让我们紧握住它直到我们生命的终结。这是一个关于爱的问题，无论这种爱的表达形式是每天每小时的温暖拥抱，还是那种动物们给它们幼仔的本能关注，无论这种爱是不是像巴戈特夫妇之间那样大部分都不表达出来，从长远来看都不是很重要。是爱的切实存在给予记忆活力和力量，在一些情况下，如果儿时的记忆缺乏公开表露感情的柔软娇嫩色彩，孩子长大后，在黑暗中则只知道他手里的那块石头是永远不会屈服的。

在楼上后房间的大床上，莉莉·巴戈特躺在她妹妹的旁边睡觉，如果她们做梦的话，也没人知道她们梦见什么，因为她们早上醒来从来就不记得她们的梦。圣诞节那天早晨，她们醒得非常早，比平时早许多，仿佛床边的包裹朝她们吹了一口神奇的气，在天依然黑着的时候就把她们唤醒了。起初她们的动作很慢，把手伸到床边和床尾的下面，去感觉那里有什么，留给她们的是什么。她们用手摸了摸每一个包裹，感觉包裹的轮廓，努力通过形状猜想里面装的什么。然后她们再也等不及了，莉莉从床上起来，打开灯，这样她们就能看见给她们的礼物是什么。

情感之泉

　　迪莉娅·巴戈特突然悄无声息地死了，房门紧闭，独自一人死在她的床上，六年后，在卧床不起八个月后，她的丈夫，马丁，在一位护理修女和他八十七岁的双胞胎姐姐珉的照料下，也死了。珉强加在她自己身上的责任是只要他需要她，她就得陪在他身边，她终于可以从这种责任中解脱出来了。在迪莉娅的死讯将她唤来都柏林的城郊之前，她享受着平静和安宁，现在她可以回家了，回到她在韦克斯福德的公寓，重享那份平静和安宁。迪莉娅的死讯将她唤来都柏林的城郊，让她自由使用这栋她经常在幻想中徘徊的房子。自从迪莉娅突然出现，让生来就是单身汉的马丁为之着迷与之结婚后，她就在他们的私生活中徘徊了五十年。珉不可能忘却婚礼的那天，那种不幸，那种痛苦，那种被剥夺后的憎恶，她和她的母亲站在一起，注视着他，快乐的新郎，站在那里咧嘴笑得难以自已，仿佛他升上了天堂。她和她的母亲，还有她的两个妹妹，现在她们三人都死了，马丁也死了。珉想到排列整齐的坟墓，一个挨着一个——一个妹妹的坟墓，另一个妹妹的坟墓，一个母亲的坟墓，一个弟弟的坟墓——全都死了，又全都在，像世上的奖章。她想她应该是依然活着的那个，因为在他们所有人中间，她是始终忠于家庭的那一个。她是他们中唯一没有离家结婚的人。她从来就不想像那样坚持肆意妄为，也从来不需要那么做。她惊愕于他们炫耀自己时的缺乏羞耻，克莱尔和波莉跟她们的丈夫，马丁跟可怜的迪莉娅。他们陷在兴奋中时，似乎不在乎别人怎么想他们，动物一样的。这很恶心，而且他们似乎知道的，他们假装只关心他们的新衣服和他们在自家的花园里种的鲜花。现在对他们而言一切都结束了，他们之前倒不如自控一点，既然他们已经得到了所有的好处。而她，总是独自一人站着，活到了为他们所有人盖棺论定的时候。珉认为不是很多人体验过这种满足感。看着一切结束跟看着一切开始，区别并不大，如果你无论如何都不会参与的话，那么看着一切结束显然是更好。你可能会嫉妒刚开始一段人生旅程的人，但你几乎不会嫉妒死人。

　　倒不是说我嫉妒过，珉想。上帝保佑我不要纵容自己的小想法，但那天我却忍不住鄙视迪莉娅，她站在那儿仰视马丁，仿佛她准备在他面前一下子跪下来。那天她让自己丢人现眼。我们出发去参加婚礼有点晚了。我们一开始就有点晚了，然后我们到达那里时也晚了，大家都在等我们。一切结束后，他们成了夫妻，我们全都在花园里，她跑到我母亲的面前，说："哦，我担心您不会来。我开始想象马丁对我改变主意了。我以为我会急躁渴望地哭出来。我是多么渴望看见他的脸庞，然后当我看到您的马车驶来，我依然很害怕我们之间可能会出现什么问题。我永远也无法忘记我是多么心急——我意识到为爱痴狂是容易发生的一件事。"她对我的母亲那样说。"为爱痴狂。"她说。我的母亲只是看着她，当她跑开时，她很臭美，那天她就是如此，我的母亲转身，看着我，对我说："珉，我是一个老妇人了，但我这辈子从来没有那样说过话。我这辈子也从来没有说过那样的话。我活到现在，从来没有，从来没有允许自己对任何人有那样的感觉，更别提公开谈论它了。那个姑娘有点问题。我非常担心马丁，我可以坦白告诉你。她身上缺了点什么。"

珉记得马丁的大婚之日是非常漫长的一天，涉及许多不同的景色和场面，乡村道路，乡村小径，花园，果园，田野和溪流，还有一栋房间在回忆里不断变多的房子，因为她只参观过它们一次，它们很吸引她——昏暗的老房间，保持着一种简朴无情的拘谨气氛。她羡慕即使当你站在里面时，这些房间依然能保持其不为人知的特点。乡村里的人也是一样——即使在他们最友善最开放的时候，他们依然隐藏了他们的大部分自我。珉觉得他们就像是一个陌生部落，只在节日里大批露面。

　　婚礼前的那些日子压力巨大，珉总是说她始终不明白她们是如何在婚礼那天早晨让她们自己离开家的。要不是马基带着马和她们租用的马车站在外面，她们或许全都会呆在家里，让马丁尽其所能自己想办法去奥伊尔盖特。那么他可能会改变主意，留在他是一员的家里。驶出韦克斯福德，他们在斐里卡里格过桥，下面的斯拉尼河①滚滚而去，径直大模大样地流向港湾，仿佛那天跟以往的任何日子毫无区别。然后是驶往奥伊尔盖特的漫漫长路。当他们抵达奥伊尔盖特时，教堂的庭院正在恭候他们，看上去像是一个舞台而非宗教场所。教堂本身一派庄严，围满了鲜花，盛开的它们似乎花瓣都要溢出来了，连空气也都是流光溢彩的感觉。珉深吸了几口气，肺里充满了惊骇。惊骇在她的胸口积聚——她能感觉到它开始令她窒息。这个地方完全没有空气。她之后对她的母亲说："我在教堂里几乎要头疼了。我以为我或许将不得不走到外面。那里太闷了。我开始感觉虚弱。我以为我们永远也无法离开那个地方。"波莉在听。波莉似乎总是在听，为了最后用你自

---

① 斯拉尼河（River Slaney）是爱尔兰东南部的一条大河。

己说的话来针对你。

波莉说："你总是告诉每个人你这辈子都没头疼过。你总是说你从来就没时间头疼。你把头疼留给我们其他人。克莱尔和波莉有时间感觉所有那些玩意儿，想象她们自己很娇弱——你总是这么说。然后下一刻，每当有任何事不合你的意，你就告诉我们你几乎要头疼了。如果你几乎要头疼的话，它应该会反应在你的脸上。你不过是输给了你自己的坏脾气罢了——这就是你的全部问题。"

"看在上帝的分上，"她们的母亲说，"这不是你们两个开始吵架的时候。你们想让我们全家出丑吗，他们已经在笑话我们了，是想让他们所有人更加笑话我们吗？"

婚礼之后，她们走过教堂的庭院，珉走在前面，看上去匆匆忙忙的，仿佛她把什么东西留在外面的路上了，她想要去找它。她在波莉的声音里听出了一整天都在压迫她的敌意，当他们开始驶向这里时，来自镇上街道的敌意朝她袭来，冷漠、难懂的敌意从斐里卡里格的桥上升起来袭向她，还有一些敌意是来自道路本身、田野、树木和他们经过的村舍，就连天空本身也透出敌意，尽管它湛蓝、洁白、充满了夏日气息。就连遥远的天空也显得很满意看到她处在这种状态中。她知道她一说什么就会被误解。她知道发生的某件事使她丧失了一种自然到她视为当然的认可。她由于想念它，才注意到它——仿佛全世界都变得与她为敌。波莉一定排练过那段话——波莉恶意满满。但波莉是从哪里找到那种语调的呢，如此冷酷无情，居高临下？她突然非常自信，珉想。我一定是不知怎的暴露了自己。但有什么可暴露的呢——珉知道她没做任何事情让她妹妹有理由用那种鄙视的语调跟她说话。她有一种很糟糕的感觉，感觉她受到一个她从未见过的人的羞辱，这个人从来就不是很喜欢她，哪怕在她还是小孩，在试图帮她母亲照顾更小的孩子时。是的，无论它从何而来，在她的整个人生中，这种没有人情味的厌恶始终都在埋伏着等待她。从大家注视她的方式来看，显然每个人都知道这点。她甚至不能对她的母亲说一句关于头疼的话，而不被攻击，仿佛她是一个骗子。她在学校获得的所有好成绩都被遗忘了。现在除了她自视甚高之外，大家对她一无所知。她曾相信她的头脑能像翅膀一样让她一飞冲天。没人注意到真正的我，珉想；他们只能看到失败。我被不公正地对待，但他们大概会说，她太自负了，骄傲是一定会失败的。她不得不面对这点。她不能说任何话来为自己辩护，如果她保持沉默，她又会谴责自己。证明你不是一个沮丧的老姑娘，是一件不可能的事情。

珉记得马丁婚礼的那天，记得那是他们家中一切都发生改变的一天。我的母亲在马丁结婚后再也不一样了，她想，也是从那时起克莱尔和波莉变得躁动不安，很难相处，并不再加入我们一直进行的关于家庭境遇的谈话，她们转而开始谈论她们将如何过她们自己的生活。她们的生活——难道不该想想如何作为一个家庭同舟共济，就像我们从小被教育的那样吗？她们突然一下子变得很自私，家里似乎变得空荡荡，仿佛马丁死了。婚礼后，除了做客，他从来没回家过。他们就住在附近，但知道他不是睡在他自己的床上，一切都不一样了。

迪莉娅和马丁之间的年龄差距是八岁，然后他在她死后又活了六年，那么他们之间就隔着十四年，如今他们都死了，这些数字根本就不重要了。或许他们的出生相隔了几百年，珉满意地想。

但除了他自己的家，马丁不太可能会属于其他家庭，不太可能有不是珉、克莱尔和波莉的姐妹，也不太可能有另一个女人做他的母亲，除了他们自己的母亲，他们的母亲为他们牺牲了一切，她唯一要求的回报就是他们作为一个家庭同舟共济，强健自身，在他们自己周围建起一道没人能看穿、更不用说攀爬的屏障。她想到的是一个堡垒、一个要塞，在那里他们能秘密地强健自身，加强他们对世事的掌控，因为从长远来看这是最重要的——一个坚实的据点，一个栖身之所。但所有那些希望都化为了泡影，当迪莉娅·凯利走进他们的生活时，他们所有的努力工作都遭受了嘲笑。她将我们摧毁，珉想，让我们全都暴露在外，血缘不再重要，不再是血浓于水，唯一让人想不通的事是，他觉得她哪里好。知道他被一个家族之外的人摆布，就像世界末日一样。她不过是一个农民的女儿，即使她在洛雷托修道院上过学，并取得证书以显示她受到了良好的教育。

珉坐在韦克斯福德她自己公寓的煤气取暖炉边，根据算数的规律思考着人生、罪过和惩罚。她往前往后数着年份，加减着问题和答案，发现她得出了一个非常有利于她的大幅余额。她扫了一眼那只棕色的旧箱子，里面装着所有那些证书，它们依然放在迪莉娅保存它们的棕色大信封里。珉打算处理掉它们，但还没到时候。她喜欢看着它们——尤其是那张小提琴演奏的证书。很奇怪，尽管她记性很好，她却差不多忘记迪莉娅初次遇到马丁那会儿，她在音乐方面还小有名气。小有名气，她轻易获得了它，因为她被给予了所有的机会。珉自己的家庭里，所有的机会都给了马丁，因为他是男孩，当他离开时，他也把她们所有的机会都带走了。他永远糟蹋掉了他自己的机会，因为他在余生中一无所成，受到牵绊，奴隶般地工作以支持一个妻子和孩子们，把他自己变成了无名小卒。在所有那些希冀，所有那些谈话，所有那些计划之后，他一无所成。银行里有几镑钱，有几件家具，有几本书，有一个六年没人打理却依然鲜花绽放的花园——这总结了他的全部人生，是所有他得以展示给他自己看的东西。他若是想着他的母亲，呆在家里，得到他自己家人的鼓励，做每件事都有她们一起敦促他，他会更有成就。他的能力，他的头脑，外加他讨人喜欢的举止，他本可以做成任何事情。他本可以到达任何高度，他天生就是一个领袖，能在任何地方在任何人面前泰然自若。结果却是，他死时毫无朋友。他羞于邀请任何人来家里，又怎么可能有朋友呢？他对迪莉娅感到羞耻，他对他家感到羞耻，尤其是他不愿让别人知道他的不快乐。在这方面他跟我们所有人一样，珉想，自豪，敏感，喜欢保护我们的隐私。迪莉娅完全是来自另一阶层的人。他们是不同的一种人，比我们粗俗，乡下人，习惯不论晴雨都在户外劳动，犁地，收割干草，料理动物。除了拯救玉米，他们脑子里没有任何想法。他们努力显得友善；这点珉是认可他们的。她想要公平。但她不信任他们，无论如何他们都在以她和她的母亲为乐，因为马丁把自己变成了一个极易俘获的对象。珉不喜欢看到她的母亲被愚弄，也不喜欢看到马丁被愚弄，因为当他改变一切去结婚时，他并不知道他在做什么。他对那个女孩失去了理智，欲火焚身，失去了所有的体面。他就像是一个精神错乱的人。看到他如此无助，珉忍不住感觉有点鄙视他。然后同样的事情又制服了克莱尔和波莉，克莱尔嫁给了一个讨厌、寒酸的家伙，几乎老得可以做她的父亲，波莉则嫁给了一个旅行推销员，一个接一个地生孩子，直到她差点让珉和她的母亲因为分担她的花销而流离失所。是马丁开始了这一切，他随便地就从他们的生活中消失，仿佛他从来就只是家里的一个租客。

所发生的事情，是一种耻辱，他们所有的计划都化为泡影。那个时候，他们全都在外面工作——波莉在一家针织厂，克莱尔在一间报亭，马丁在郡测绘办公室，珉从事女装裁制。她从一开始就是一个女装裁缝，这不是她自己选择的结果，但她干得很好。每个人都说她非常可靠，做的衣服款式也很好。一旦她能自立了，她就立刻把缝纫机从她母亲的前会客室里搬出来，搬到她现在住的梅因街的寓所里。不管怎样，她拥有这个寓所的使用权已经有六十年了。房子变更主人，但珉始终住在里面。她没有任何放弃她的公寓的打算，尤其是她的房租还包括房子最顶上三楼的三个小阁楼房间。许多年前，她把这几个顶楼的小房间包括在她最初的租约中，显示了她的非凡远见。现在她把顶楼变成了一套小公寓，一个非常好的权宜住处。她发现年轻的夫妻婚后的前几年很喜欢它。而且她依然持有乔治斯街和奥利弗-普伦基特街拐角处的那栋小房子的租约，这是他们还是小婴儿时，她的母亲带他们所有人一起住过的地方。珉用她非正规的方式把那栋小房子变成了两套公寓，她收着它们的租金。她有退休金，银行里也有点钱——没人知道有多少，尽管有许多猜测。有些人说她太精明、太狡诈了。她公寓楼下的屠夫就很憎恨她。她不在乎。她笑到了最后。他可以站在他的店门口，看着她从街上走来，随他的意愿给她所有的白眼——她不在乎。当他买下那栋房子时，他非常确定他能赶走她，只需跟她说不想要她住在这里，他需要整栋房子来安顿他那个规模变大的家庭，想到这点，她就忍不住要大笑。

她才不会死命迎合他呢，她不在乎他是否想要她住在这里。他自以为是地想象她会在乎他是否想要她住在这里。他甚至不得要领地告诉她说，他和他的妻子都非常尊重她。珉不认识他的妻子，但她了解他妻子出身的那类人。没必要见那个阶层的人，去了解他们是什么人，以及他们的"尊重"有什么价值。她当面叫屠夫不要烦她。她是不会让步的。当然，如果他每天晚上关店后，只要走上楼梯就能吃饭，对他而言确实是很方便舒适，但他将不得不等待这种方便。他的铺子入口旁边有一扇狭窄的铁门，通往一条隐蔽过道，她在楼下的前门就在房子的侧面，你想要多私密就有多私密。她在那里过得非常好。那个地方修缮得很好。她喜欢独自呆在那套公寓里，锁好楼下的门，锁好她公寓的门，点着取暖炉，开着肩头的电灯，看一本有趣的书，或手里拿着当天的报纸，如果她想再看一遍的话。她用迪莉娅的小脚凳把脚抬离地面。她觉得最终一切变得正常，就像是一个奇迹。所有那些年里，她兜兜转转，上下求索，尽她的义务，尽量按照她的理解遵守人生规则，她的脚步最终就停在她脚下的路到头的那个地方——就停在这个房间里，所有东西都聚集在她的周围，所有东西都各就各位。她的母亲总是说，无论如何，珉都会是不屈不挠的那个。珉这辈子从来都不满足于坐下来无所事事，但现在她相当满足于闲坐着。在房间里，环顾自己的周围，她看到的是一份圆满的成果。直到现在，她才知道一份圆满的成果会创造出一个你可以依靠的高处。

她坐在取暖炉边，这个她几乎在此度过她所有时间的房间，过去是她的工作室。它位于房子的前部，占据了这栋狭窄老房子的整个宽度，有一个高天花板，还有三扇高窗。窗户上挂着很薄的蓝色窗帘，当她晚上拉上窗帘时，外面的黑暗依然能从缝隙中透进来。她通常不会费心拉上它们，而是让它们敞着。房子的对面全都变成了办公室，晚上一片死寂，而且她总之也没什么要隐藏的……这只是她的一种说法，她没什么要隐藏的：她的意思是她不怕晚上独自一人呆着，窗户大敞着面对黑夜。

墙上有三扇门，对着三扇窗户。两扇门通往这套公寓中较小的两个房间，中间那扇门通往外面的客厅。一个较小的房间过去是她的试衣间，镀金的高镜子依旧挂在那里的墙上。现在它是珉的卧室，虽然她越来越多地睡在大房间里靠墙的窄沙发床上。煤气取暖炉几乎一直开着，所以大房间里总是很温暖。她渴求温暖。她认为韦克斯福德比都柏林气候温暖，她把自己现在感冒缠身归咎于她跟她的弟弟一起住的那六年。她穿两件羊毛开衫，有时在羊毛套衫外面还会披一块披肩。穿在外层的那件羊毛开衫，她只扣最上面的那粒纽扣。穿在里层的那件羊毛开衫，她则纽扣从头扣到尾。她的羊毛套衫是长袖的，于是她裹得厚厚的胳膊尽头的手腕露出三层旧衣服边——绿色的羊毛套衫，米色的内层羊毛开衫，土黄混色的外层羊毛开衫，外层开衫的质地是很厚的羊毛，珉把它叫做阿伦羊毛①织物。她手的颜色也是混杂的，粉红的底色上散布着棕色，她长着非常小的黄色指甲，总是剪得很短。她非常瘦小，只有一点点驼背，她在街上走得很快，不带丝毫的犹豫。她每天出门去买一份报纸，外加买食物。面包，牛奶，有时是一片熟火腿，或是一个番茄。她喜欢全熟的水煮蛋。她走在街上时，对极少的几个人点头致意，也极少有人跟她讲话。她是一

---

① 阿伦是指爱尔兰西部的阿伦群岛（Aran Islands），盛产羊毛制品。

个非常瘦小的老妇，穿着一身黑，头戴一顶她自己做的、带眼部面纱装饰的小帽子。

她聚精会神地身体后倾，就着她从迪莉娅床头柜上拿来的台灯的微弱光线，读了不少东西。在拿到这个台灯前，她依靠的是拧在天花板中央的灯座上的一个光秃秃的灯泡。她很节省，以她自己的方式——她从来就没丢掉艰苦日子里养成的习惯，事实上她享受精打细算。她没有攒下一笔巨大的财富，但它在增长，她关注着自己财富的增长。她算计地看着别人，不是在想她可能从他们那里得到什么，而是在想他们可能从她身上搜括到什么，如果她给他们机会的话。她不喜欢嚼舌头。她承认她不喜欢或憎恶有些人，只因他们让她想起某一类或某一阶层的人。"哦，我憎恶那个阶层的人。"她会说，或是，"哦，那压根就不是一个体面的阶层。"扮鬼脸，眨眼睛，点点头，摆手势来假装警惕，假装害羞，假装生气，假装虔诚是她的保留节目，还有一些她年轻时觉得有用的讽刺或幽默的词组。但她极少见人。

过去当这个房间是她的工作室时，摆的家具是缝纫机、熨烫板、存储架，还有房间中央的巨大的裁剪台，它上面总是堆满了时装书、纸样、茶杯、剪刀、一片片和一条条的布料。脚下总是一堆线和大头针。在珉单调、波澜不惊的平静晚年之下，淹没在这个房间里的是排山倒海的色彩和万亩无垠的质地。煤气取暖炉闪着橙红色的火光——这是她唯一的奢侈之举。地上铺的是一块花朵图案的地毯，它曾是迪莉娅都柏林家里前面起居室的骄傲，房间里还装饰着珉的纪念品——迪莉娅的书，马丁的书，迪莉娅的安乐椅，马丁的扶手椅。她还有迪莉娅的针线篮和马丁装在镜框里的都柏林地图。她左手的无名指上戴着马丁的婚戒。她把它从死人手上脱下来的。她告诉自己她想把它从盗墓者手里救下来。

如果她把目光从书上移开，抬头看的话，她能看见狭窄小巷尽头，港湾上方的天空，如果她站起来，走到窗边，她能看见水。她的窗户下面是梅因街。韦克斯福德的街道非常狭窄，不是蜿蜒，而是歪歪扭扭的。梅因街上有几处的宽度只够让一辆车通过，旁边的人行道则缩水到一块木板的宽度。总是有孩子一只脚在街上，另一只脚在人行道上，蹦蹦跳跳地经过，孩子们在慢慢移动的自行车和汽车之间避闪、奔跑，辟出错综复杂的行进路线。这是一个有棱角的破旧小镇，有着互相不匹配的各种朴素房子，太阳把它们晒干成一种样子，雨水又把它们冲刷成另一种样子。韦克斯福德一点也不阴郁。太阳离小镇很近，有时似乎是从房子之间升起来的。风把种子吹散到墙壁和屋顶边缘上，于是你抬头能看见万寿菊在你和天空之间绽放。

珉的父亲比她的母亲布丽姬特大许多，他既不会阅读也不会书写。他的妻子是活泼的急性子，跟孩子们一起阅读狄更斯、司各特和玛丽亚·埃奇沃思①，他在她面前很沉默，他打零工，如果能找到活干的话。他毕生的梦想是把猪出口到英国市场，令每个人都吃惊的是，他居然有一次获得了足够的资金，买了几头猪，并租了一个猪圈把它们养在里面。他立刻发现拥有这些猪让他自动认识了一小群跟他自己一样的外行，他们聚在一起严肃地探讨他们的牲口，他们的雄心，他们的希望，还有他们的机会。那些猪很小，很干净，粉嘟嘟的，很健康，它们都非常贪吃。他发现

① 玛丽亚·埃奇沃思（1767—1849），生于英格兰，以创作富有想象和道德教育意义的儿童故事，以及反映爱尔兰乡土生活的小说闻名。

自己非常喜欢给它们喂食，并不介意跟在它们后面打扫卫生。他开始谈论它们多么爱干净，多么有礼貌，多么友善。他惊讶于它们嘴巴张开闭上的方式，他觉得它们大大的圆鼻孔看上去很自然，一点也不像猪鼻子。他喜欢看它们抬起脑袋，用它们瞎了似的小眼睛望着他。他说人们说了许多关于猪的谎言。他把它们的咕哝和尖叫理解为它们对他表达喜爱的方式，过了一两天后，布丽姬特跟孩子们说他们的父亲搬去跟猪一起住了。"他喜欢猪超过他自己的孩子。"她说。他确实喜欢猪。他喜欢做一个生意人。他开始在孩子们的身边微笑，仿佛他在对他们保守一个小秘密。马丁为他记账，写下猪的头数，他买它们的价格，以及他期望以多少钱把它们卖出去。马丁去参观过一次猪圈，看到了猪。他被禁止再去第二次。布丽姬特说家里有一个疯子就够了。马丁大哭，说他想要一只他自己的狗。他本该更明事理的。那个家里从来就没有狗或猫。布丽姬特说她养他们自己就够忙了。

要把猪卖掉的大日子终于到来了。在所有人醒来之前，他们的父亲就走了，他回家时，早过了他们本该上床睡觉的时间。他们全都熬夜等着他。他进来时，他们全都坐在厨房的炉子边等着他。他们听到他从位于乔治斯街的房子的侧门沿着走廊进来，按照他们母亲要求的那样，他们保持安静，这样他就会以为没人还醒着。他在门口看到了他们所有人，他看上去很吃惊，不是很高兴。然后他把手伸进最上面的口袋里，掏出他包在牛皮纸里的钱，他走到厨房的桌子边，把它放下。

"钱在这里，"他对布丽姬特说，"血腥的金钱。"

他看上去非常冷，但他没有走近炉子取暖，而是在桌边坐下，把手肘放在桌上，用手支着脑袋。

"这算哪门子表演？"布丽姬特问，"你又是怎么了，在孩子们面前谈论血腥的金钱。你倒是回答我呀？"

"我不比一个谋杀犯好，"他说，"我永远也无法忘记它们的眼神，直到我死的那天。我本不该卖掉它们的。昨晚我一整夜都躺着无法入睡，思考留下它们的办法，今天卖掉它们后，我一整天都在想我本可以把它们藏在一个没人会发现它们的地方——我太喜欢它们了。它们看到我时，它们认识我。"

布丽姬特站起来，走到桌子边，拿起钱，把它们放进她的围裙口袋里。她是一个非常矮小、结实、精力充沛的女人，长着一双蓝色的圆眼睛和一头黑直发，她非常自豪于她坦率直言的名声。她自豪、伶俐、多疑且机智，在她迟钝且优柔寡断的丈夫眼里，她很冷酷无情。她不希望孩子们长大后像他。她不希望他们被人看到跟他在一起。她告诉他们她不希望他们跟在他的屁股后面。她早就厌烦了试图去理解是什么让他畏缩不前，并因此拖累他们所有人。但今晚，就这一次，对她来说很清楚的是，他将用猪来做未来几周甚至几个月游手好闲的借口。这会很好笑，要不是他的懒惰可能对孩子们造成坏影响。但他在家对她还有用处，可以作为一个坏榜样。孩子们有点怕他，因为他们害怕被卷入他的坏运气。他们对他感到羞耻。珉相信任何人都能从她父亲说话的方式看出他不会阅读和书写。或许这正是他和猪之间的巨大吸引力。他似乎总是在乞求更多的时间，好让他说话跟上他的记忆，他似乎从来都没有靠他自己理解过任何东西。他似乎总是在环顾四周，仿佛有人可能会替他安排好那种理解，告诉他有关的信息。

他卖掉猪后回来很晚的那个晚上，他是如此痛苦，以至于忘记脱掉帽子。自任何一个孩子记事起，他就戴着这顶帽子，布丽姬特告诉他们说她第一眼看到他时，他就戴着这顶帽子。她说她对这顶帽子印象极其深刻，让她起初几乎没有注意到他。这是一顶大大的黑色宽边帽，一顶样子非常醒目的帽子，尽管它现在破旧得惹眼。它旧得发绿，那天晚上当他坐在桌子边，手撑着脸，为他的猪感到悲痛时，帽子在灯光下绿得很明显。他从来不会不先戴上帽子就出门。他从来不会不戴它。他依赖它，孩子们则靠它及时发现他，以免在外面路上的某个地方碰到他。钱被安全地放进她的深口袋后，布丽姬特伸手猛地把帽子从她丈夫的脑袋上摘掉。"我没跟你说过永远不要在家里戴着这顶帽子吗？"她说。

他抬头困惑地盯着她看，接着他站起来，伸手去拿帽子。"把我的帽子还给我。"他看着她说，仿佛他准备好微笑了。

珉讨厌她父亲懦弱、愚蠢的微笑。有时当马丁试图证明他理解某样他无法理解的东西时，他会那样微笑。她认为马丁和她的父亲都是她母亲身边的懦夫。她希望她的母亲会把帽子扔到她父亲的脸上，让他离开。她希望一切都会不同——没有猪，没有旧帽子，没有挣扎和诡计。她希望她的母亲没有猛然把帽子从她父亲的脑袋上摘下来。她不喜欢她母亲率先发难，有时候看起来她总是在吵架。有时她甚至走出家门，去惹到她的别人的家里，在那儿跟别人吵架。然后她会回到家，告诉孩子们她说了什么，以及别人对她说了什么。

有一次布丽姬特的妹妹玛丽冲进家里。布丽姬特和玛丽互相憎恶。她们开始吵架，然后她们开始互相击打。布丽姬特打得最重，玛丽跑出去，她的孩子们尖叫着紧随其后。马丁和珉目睹了这一切，他们告诉他们的母亲说她很勇敢，但他们其实很害怕。之后，当布丽姬特讲述这场争斗时，她总是以这句话收尾："就这样我的妹妹脸上淌着她珍贵的血落荒而逃。"珉鄙视她的父亲，但她希望她的母亲不要打他。她不想看到他珍贵的血从他的脸上淌下来。她开始哭，当克莱尔和波莉看到她们坚强的姐姐哭泣时，她们开始跟她一起哭。马丁站起来，哀求道："把帽子给他，妈妈，把帽子给他！"接着他也开始哭，边哭边把腿抬起放下，仿佛他正在准备一场赛跑。

"你会把孩子们吓坏的，"他们的父亲说，在他的人生中，这一次他听上去仿佛知道自己在说什么，"现在就把那顶帽子给我。我要出去。我要从这里出去。"他去抓布丽姬特握在身后的帽子。

她向他发起攻击。"不要违抗我，我警告你！"她尖叫道。但他避开她的手，伸手从她身后抢过帽子，然后他匆忙走出厨房，他们听到开在乔治斯街上的门在他身后被重重地关上。

那天晚上他没有再回来，但第二天早上他在那里，坐在厨房的桌子边，布丽姬特像往常一样给他端上茶。孩子们环顾周围找帽子。它在惯常的地方，在通往外面院子的门旁边一个橱柜的顶上，他总是把它留在那里。他经常从头上摘下帽子，一下扔到橱柜上面。当他从外面走进来时，他总是把帽子往上一抛，仿佛是在跟家里的墙壁行礼。当他出去时，他会一下子抬起胳膊去拿帽子，戴到头上，经常连看也不需要看它一眼。一天下午，他们放学后全都呆在厨房里，布丽姬特决定捉弄一下他们的父亲，跟他开个玩笑。她说他反正也需要一顶新帽子，一顶更适合他的帽子。一顶更防雨的帽子——一顶好看的深蓝色或深灰色的帽子。他戴着旧帽子像一个形迹可疑的人，到了他扔掉它的时候了。一旦扔掉它，他会很高兴的，他会感谢他们所有人，但试图说服他，叫他自己扔掉它，是没有用的——他只会说不。他能对任何一样东西死心塌地，哪怕是一项旧帽子。瞧他对那些猪是怎么样的就知道了。他不能应对自己的感觉，这是他的弱点。一个人只能忠于一些东西，但他不懂这点。帽子一旦消失了，他就会很快忘记它，看到他头戴那破玩意儿走来走去，真是一件丢脸的事情。他们会把帽子拿下来，把帽顶从帽边上剪下来，然后把整顶帽子重新放回到橱柜顶上，然后看着下次他要出门前把它从橱柜上拿下来时会发生什么。他们取下帽子，布丽姬特剪掉帽边，但她留了一条很细的棉绒——几乎不比一根线粗——这样当他们的父亲拿起它往头上戴时，帽子的两部分会依然连在一起。一切都像他们预料的那样发生了——帽边塌下来，顺着他们父亲的脸掉下去，挂在他的脖子上。他抬起双手，摸摸他的脸庞和脖子的各处，想弄明白发生了什么，然后他摘掉帽子，看着它。

"这是你们哪个人干的？"他说。

"我们一起干的。"布丽姬特说。

他举起帽子，盯着它看。"它不能戴了。"他说，但他没有显得很生气——只是很困惑。然后他把帽子拿在手里，出去了，他们再也没听到它被提起。

那件事后不久，布丽姬特去见了一个她认识的人，那人在梅因街上的弗农商店工作，他为她安排分期付款买了一台缝纫机，她开始学做衣服。珉是给她母亲帮忙的那个孩子，于是珉就被决定这辈子要以缝纫为业，虽然当时她一心想要去上大学并成为一名教师。珉想要教书。她想要在镇上有一定的地位，被指定为各个不同委员会的秘书，能与来韦克斯福德的重要人物会面，有许多父母亲服从她，因为他们的孩子在她的控制之下。但她学会了剪纸样和使用缝纫机，她唯一任职的委员会是她在梅因街上她自己的住所成立的"单人委员会"。她总是想，要是她的父亲当时继续做猪的生意，并学会控制他的感觉，要是他当时关心她一点，她就会有更好的机会。但家里所有的机会都会给马丁了，因为他是男孩，因为他脑子最好使，因为他是他们努力摆脱贫困生活的唯一希望。当时他过得很好，显示出有很好的商业头脑，但他却丢掉一切去结婚了。马丁遇上迪莉娅的那天，他们最好的时光就结束了。珉记得往昔的那些夜晚，他们都围坐着交谈，有时一直聊到午夜之后。那些年，当他们都在外工作时，晚上他们有那么多可聊的事情，他们都不知道该从哪里开始，到什么时候结束，他们都非常幸福。克莱尔经常偷偷从报亭带很多新书、报纸和周刊回家供他们阅读。波莉和马丁加入了业余戏剧社，他们总是在外面排练和朗诵，他们开始有见识地谈论布景、服装、对话和幕后。他们不谈别的，只谈论戏剧和表演，他们知道将要上演的一切——他们有将要举行的音乐会、表演和比赛的所有信息，不仅仅是韦克斯福德的那些，还有都柏林的。珉认为当你至少了解几件将要发生的事情时，未来会变有趣许多。每时每刻都有事发生，熟悉内情真是很好。人们在街上不嫌麻烦地向巴戈特一家问好。接着他们有了一架钢琴，二手的，但状态很好。它跟他们的小会客室是一样的形状，占据了那里一半的空间。他们轮流学习曲子，但克莱尔比他们所有人都有优势，因为她跟一户德国人家的女儿学过几节课，那户人家在街上住过很短的一段时间。德国人很懂他们的音乐——你不得不承认这点。克莱尔感觉要是她能多上几节课的话，她或许可以成为一名优秀的伴奏者。他们都喜欢唱歌——他们从布丽姬特身上继承了这点。马丁有时会一个人去都柏林，只去一个晚上，他总是会带回一点新东西——一份歌谱，或一本书。他总是会去参加一场音乐会，看一出戏，或听一场讲座。

马丁和波莉喜欢把一些场景演出来，珉经常在他们后面模仿他们的姿态，直到她的母亲说任何时候她都宁愿看珉，而不是真的演出。珉很高兴她找到了一个凑热闹的方式。她不像其他人那样善于表达，她不能胜任严肃的表演。

从一方面来看，他们的父亲没有在那儿目睹他们的茁壮成长是一件憾事，但从另一方面来看，这样也好，因为他可能会做出某种把情况弄糟的事情——不是因为他有什么恶意，而是因为他不能控制他自己。珉记得他在近旁时是多么让人心烦，他就像宴席上的骷髅 ① 一样让人扫兴。他也让他们的母亲心烦，因为他们都知道他不理解他们所说的任何一句话。他死得很平静。他一定是很高兴离去。他从来就不过是他自己，还有其他人的一个负担。

珉一直记得他们的父亲死后，马丁安慰她的母亲时是多么伟岸善良，她永远也无法理解他怎么能如此体贴，许下所有那些诺言，那样装模作样，然后在一得到机会时就跑掉，抛下她们所有人。她总是说："我可以在没有男人的环境下生活。他们造成的麻烦和烦恼总是超过他们的价值。"但她很喜欢生活中有马丁。她很喜欢他悄悄爬上楼梯，去她在梅因街上的工作室，站在门外大喊："这屋里有一个男人。你能放我进去吗，珉？"他会站在外面讲笑话，而所有的女人则会匆忙跑来跑去，假装大为震惊，以保她们的体面。女人们经常拿她有一个如此英俊的弟弟来逗她，问她是

---

① 宴席上的骷髅（a skeleton at the feast）出典于莎士比亚的《麦克白》第三幕第四场，剧中刚被麦克白下令谋杀的班柯的鬼魂出现在一场宴席上，让麦克白几近发狂。

否担心某个女孩会把他偷走。珉总是回答，马丁为他的母亲考虑得实在太多了，不会离开家。

"他全部心思都在我的母亲身上。"她总是放低目光看着手上的活儿说，态度显示马丁的忠心奉献是如此之多，多到几乎让人惊吓，于是光是提到它，就会让她希望屋内陷入肃静。肃静，或希望终止这种好管闲事、不负责任的谈话。

"马丁没时间到处游荡。"她对一个太过尖刻地逗弄她的顾客说。

"哦，珉，你实在是一个老姑娘了，"那个顾客说，"有那么一天，马丁会让你们所有人大吃一惊的。会有一个女孩，让他一见倾心。等着瞧吧。"

珉把这句评论告诉她的母亲。"不要理她，珉，"布丽姬特说，"马丁不是傻瓜。他知道什么日子好过。他太舒服了，不会想要离开家的。他跟一个四十岁的男人一样按部就班。马丁生来就是一个单身汉。"

当然，她们知道的下一件事就是，马丁结婚并离开了。然后波莉跟旅行推销员跑了，一个新教教徒，原来他是厌倦了出差，想要安定下来。安定下来也不适合他；他从来就不能干成任何事情。克莱尔嫁的也是一个新教教徒，一个以抓兔子为生的老家伙，他经常来家里，仿佛他拥有这个家，他手上挂着的兔子，总是把布丽姬特干净的地板上滴得到处是血。

珉从来不理解有些事情怎么会如此快速、如此秘密地告终。仿佛他们所有人都被狠狠地耍弄了。秩序、节俭、书籍和唱歌都结束了，家里似乎充满了可恶的混乱和噪声。你转到每个地方，面前都是克莱尔的丈夫或波莉的孩子们，他总是拿着他的死兔子和他臭烘烘的烟斗，孩子们则总是想要一袋糖果，要上厕所，或摔倒在地，尖叫着必须要被抱起来。她无法忍受他们中的任何一个，无法忍受看到他们。然后马丁生气地搬去了都柏林，告诉她们说他的母亲不能让迪莉娅有片刻的安宁，迪莉娅在这个地方根本没有自己的生活，无论如何在韦克斯福德都是没有前途的。布丽姬特总是说迪莉娅毁掉了马丁的生活，珉赞同她，不过珉说迪莉娅毁掉了他们所有人的生活。在迪莉娅出现之前，他们是一个好团队。俗话说，一对夫妻结婚后，他们会独自离开，把世界拒之门外，但珉认为在她家里，大家做的却是结婚，然后把整个世界都带进家里，以至于任何人这辈子都不再有片刻的宁静或丝毫明智的想法。这些婚姻让一切变得如此喧嚣，如此吵闹混乱，耗费钱财，争吵不断。她想，兄弟姐妹可以通过做一些跟你毫无关系的事情而决定你的整个人生，这真是太糟了。她感觉他们都在拖累她，而且她的母亲站在他们那边。

珉在马丁死后回到韦克斯福德，将她的公寓彻底清空，并摆上她新获得的东西——迪莉娅的东西，马丁的东西，他们成套的婚礼家具，他们的书，照片和灯——她突然意识到她可以永远呆在家里了。不再有对她而言重要的人，不再有人会打扰她。家庭圈子闭合了。她是他们中唯一剩下的人。她只能想念他们，他们是很久以前挤在家中厨房里的那群人，她感觉最终死去的是厨房里的那群人，而不是他们所成为的男男女女，那些男男女女是如此让她恼火。她对迪莉娅不予考虑。迪莉娅只是一段将马丁和他的双胞胎姐姐分开的长插曲，但双胞胎最终还是像他们开始时那样连在一起了。现在珉是马丁的家人。

很难想象她父亲的死和马丁结婚之间只隔了九年。那是最好的几年。她记得她父亲死的那天，那让他们全都非常惊恐。他们中没有哪个真正想念他。不用再担心他，这解除了大家的负担——他是一个不会写自己名字的老头，一直在四处找活干，或是在假装找活干。他无法呆在家里。早上他们中的任何人醒来之前，他就出去了，但他总是会在那里破坏他们的正餐时间和晚饭时间。而且晚上他经常在那里听他们讲话，虽然他们全都知道他们说的话，他一句也无法理解。最让珉讨厌的是，他想当然地认为他有权进来，加入他们，在角落里坐下，呆在那里，仿佛他也可以提供什么。除了他的躁动，他什么都不能提供。他看上去总是像快要离开的样子。他甚至会打断他们的谈话，描述他可能踏上的长途旅程，但他从来就没去任何特别的地方。他只是四处游荡。将他带来韦克斯福德的躁动，一直折磨他到死。

或许，如果他学会阅读，他大概会更满足。他本可以学的，如果他想学的话。他们刚结婚时，布丽姬特本来想教他阅读，但他说不要，他要等到孩子们足够大，他们学习时，他再学。但孩子们做作业时，不喜欢他跟他们坐在一起，他自己也说他感觉他在碍事。布丽姬特感觉他确实在碍事，他让孩子们失去了某样他们远比他更需要的东西的一部分。布丽姬特惊讶于她如此强烈地感觉他不该翻看他们的书本。她担心他会耽误孩子们。她鄙视他，鄙视他谈论他成为水手的梦想，每个人都知道他怕水。哦，他对他们所有人而言，都是一个巨大的考验，在他生命的末期，大家都变得有点怕他，就连孩子们似乎也明白他有点不对劲。

导致他们父亲古怪的躁动，大概也是让马丁像那样一时冲动离家去结婚的原因。他在一瞬间就下定了决心，没办法跟他争辩。

珉永远也不会忘记婚礼那天，她们费尽力气才让布丽姬特穿戴整齐。她从头到脚都穿着黑色，仿佛是要去参加葬礼。她通常都穿黑色，对于一个中年寡妇而言，很合适，但那天的黑色似乎比平时更黑。珉为她参加婚礼做了一顶带黑玉装饰的黑缎软帽，还有一件领子上绕着一圈黑玉的黑缎披肩。这是一套引人注目的服装，但布丽姬特拿着她那本夹满了圣像、宣传单和纪念卡片的旧祈祷书，破坏了自己的造型，她把她那串黑色的念珠绕在祈祷书上，让念珠上的大金属十字架自由地垂挂下来。她看上去非常时髦，像一位巴黎妇人，直到她把祈祷书拿在手里。她铁灰色的头发在脑后紧紧梳成一个发髻，一如每一天，她的软帽被长发夹插住，扣在发髻的上面，让她显得高了几英寸。珉和她的妹妹们戴着白色的硬边帽，穿着白色的衬衫和灰色的套装，珉觉得她们给乡村婚礼增添了一丝大都会的气息。但是，当然了，克莱尔破坏了一切，她非得跟任何会听她说话的人讲："我们是马丁的姐妹。我们虽然不漂亮，但我们头脑很聪明。"克莱尔总是在错误的时间说错误的话。这是她试图讨好别人的手段。无论她是否喜欢一个人。克莱尔非得曲意逢迎。她控制不住自己。你可以确信，她不但会让自己出丑，也会让你出丑。波莉受够了，说："哦，众所周知马丁是我们家好看的那一个。"自然，婚礼上除了迪莉娅的亲朋好友和家人，并没有任何其他人；布丽姬特没有邀请任何人，因为她说，根本不确定马丁是否会将它进行到底。

确实，有着一头发亮的鬈发和一双明亮蓝眼睛的马丁，是家里最好看的那一个。克莱尔脸上的生硬，波莉脸上的粗糙，珉脸上的消瘦苍白，这些特点在马丁脸上都变得匀称且和谐。在他结婚前，他们经常一起去各个地方，三个姐妹都因为马丁的脸而容光焕发，这很合理，因为她们的脸如此忠实地反映了他的脸，人们可以说："他显示了她们真正的模样。"但他离开她们后，他们之间的相似之处就变成了她们不希望被注意到的东西。她们不再是马丁的映象，而是变成了彼此的拷贝，或者说是对于一张已经消失的脸庞的三个不幸拷贝。仿佛马丁是传家宝。他离开她们的生活后，她们的价值全都下跌了。

马丁的婚礼日在珉的记忆里开始时，总是犹如一场爆炸。因为他们坐着租来的马车上路时，他们全都充满了恐惧，然后，当他们抵达奥伊尔盖特时，所有人都准备好了，在等他们，神父们，所有的陌生人、蜡烛和鲜花，还有那种可怕的感觉，即被卷入一场仪式、不得不坚持坚持再坚持，却自始至终知道你在这件事中没有任何发言权，现在你做什么都无关紧要。那天驶向奥伊尔盖特的旅程相当糟糕。当他们最终得以让他们的母亲走出家门上车时，她闭起眼睛，一直闭着，直到她在教堂门口下车。直到最后一刻，她还在希望马丁会改变主意。

"马丁，我叫你为了你自己考虑一下，"她说，"难道你就不能把它推迟到明天？我永远也无法习惯失去我的小儿子，但明天我可能会感觉更坚强一点。"她甚至提出给马丁钱，让他独自去都柏林发展，远离她所有人，至少直到那里的任何大惊小怪都平息下来。

"啊，这有什么用呢，母亲？"珉说，"来吧，我们所有人一起笑容满面地出去，不要让镇上的任何人知道您有多伤心。"

珉想从马丁那里获得一个感激的表情，她得到了。她想，虽然他头脑很聪明，却能被极其轻易地说动。哦，我本可以留住他，并让他把他的机会给我，她想。但实在不能怪珉对马丁心怀怨恨。

她可以生他的气，但她却无法恨他或不喜欢他。他是她的双胞胎弟弟。我俩之间只该存在一个的，她绝望地想，看着迪莉娅·凯利随意利用珉·巴戈特的一部分，珉十岁时对于辛勤工作的认识就远超过迪莉娅·凯利在任何时候所能知道的。她好奇迪莉娅用她那双奇怪朦胧的绿眼睛能看到什么，能注意到多少东西。巴戈特家的所有人都有着明亮的蓝眼睛，目光非常犀利，他们全都长着乌黑的头发，但只有马丁是鬈发。凯利家的人头发颜色要浅许多；他们长得一点也不像爱尔兰人，布丽姬特说。除了迪莉娅，他们的体型全都比巴戈特家的人大，个子大、模样强壮的乡下人。珉感觉被他们击败，却不知道为什么。她感觉对她而言重要的东西永远也不会让他们觉得有一星半点的重要，她不知道什么对他们而言是重要的。他们足够友善，但他们为什么不呢，马丁让他们可以少负担一个姑娘了。他们根本就不是我们这种人，她想。东是东，西是西。在某种程度上而言，这比马丁娶一个来自外国的女人还要糟糕。

　　在去参加婚礼的路上，布丽姬特叫马基放慢行驶速度。他们缓慢前行，他们本来就已经晚了；他们离家晚了。马匹不停地甩动尾巴，仿佛是对他们很不耐烦。马基很恼火，因为他在屋外等了很久，但他努力假装没事地进行哲理性的聊天，没完没了地聊着婚礼、婚姻和年轻的男人们。布丽姬特对他丧失了耐心，问他是否要对陪说话额外收费。马基感觉如此受辱，他开始站起来，这让马车摇晃起来，导致马匹试图转过头来看他们，波莉害怕地尖叫起来，问她的母亲是不是打算让一匹逃跑的马把他们全杀了。布丽姬特回答："我不会介意的。"

　　这是一辆乘客面对面坐的轻便双轮敞篷马车，他们三人坐一排，马基和克莱尔坐在一边，珉坐在他们的中间，面对他们的是布丽姬特和波莉，马丁坐在她俩中间。波莉说话时，马基看着她，接着他冲她眨眨眼睛，一言不发地坐下来，他们继续慢速前进，直到抵达教堂门口。

进入奥伊尔盖特时，他们经过一条小道的一头，这条小道上下起伏、曲里拐弯地通往迪莉娅住的房子。小道在他们的左边，他们的右边是一家看起来生意很好的食品杂货店和与之相连的一间客栈。杂货店和一排刷白的草顶农舍之间隔着一道空隙。一栋草顶农舍外，一个白头发的老妇人蜷缩着坐在一个木头短凳上。她农舍的窄门在她身后敞开着，显示即使在六月阳光明媚的一天，一间小屋内还是可以一片漆黑。她的腰上扎着一块粗麻布，作为围裙，头上戴着一顶男式布帽。她抽着一个陶土烟斗，饶有乐趣地打量着巴戈特家的这车人，眼神中没有任何恶意，只有无邪。马基碰碰帽子向她致意，说："天气很好呢，夫人。"其他人没有注意到她——他们的眼睛全都在看前面教堂门口的一小群人。珉知道迪莉娅肯定在等，但她想，一件好事是，我们让她焦虑了几分钟。马丁看上去仿佛是对他将要做的事情产生了一阵疑虑。他说："我突然感觉完全像是一个陌生人。"

"还有时间，马丁，"珉说，"我们可以快马加鞭，驶过他们所有人，去恩尼斯科西，坐火车回韦克斯福德，永远也不会再见到他们中的任何人。"

布丽姬特转过头，睁开眼睛，注视着马丁。"跟我们回家吧，宝贝，"她说，"你永远也不会再听到一句关于此事的话。"

马基叫马停下来，对马丁说："好了，您到了。"

马丁站起来，一下子让小马车变得有点不稳，他从她们的裙子间挤出去，跳到外面的路上。在那一刻，当她听到他的脚落在地上时，那天开始在珉的记忆里旋转。她早就清楚地知道那天会充满憎恶，但她不知道所有的一切都会如此不自然，不知道她自己会感觉疲惫、口干舌燥且无法应对，因为她只想逃离这一切，但她不能离开她母亲的身边。珉从来没有像那天一样感觉受困过。她感觉像是一个囚犯。她渴望回到她自己的工作室，在那里她是俯瞰一切的君王。她不喜欢这里的乡村人的声音。他们说话不容易听懂。她知道他们在她背后议论她，她心照不宣地看着他们，试图让他们明白她对他们的行径一清二楚。马丁表现得仿佛他忘记了她还活着。她觉得很奇怪的是，世界在欢乐的时刻熠熠生辉，但当灾难降临时，一切却完全还是老样子。当马丁在教堂门外跳下马车时，他变成了一个不同的人。从此以后，她和他之间除了在街上偶遇，将不再有任何关系。

婚礼仪式结束后，他们全都乘马车行驶在一条通往恩尼斯科西的长路上，驶下那条路后，他们又拐上一条把他们带往斯拉尼河的颠簸的乡村道路。迪莉娅母亲的娘家、她的哥哥和三个姐姐都住在斯拉尼河边一栋很大的农场住宅里，大宅被刷成白色，有一个高耸的茅草屋顶。房子的规模和这个地方繁荣的模样，让珉印象深刻。迪莉娅的阿姨们和她的舅舅都没有结婚，他们全都出生在这里。珉听说这个房子很古老，他们家族在斯拉尼河畔的这个好地方已经生活了几个世纪。她和她的母亲惊叹于她们在会客室和会客室以外的其他房间所见到的家具。有这样的家具真是太气派了。

"这栋房子的楼上一定非常漂亮。"布丽姬特对珉耳语，珉为她的母亲感到难过。她母亲竭尽全力所能做的只是努力离开一个人们赤贫潦倒的地区，搬到一条穷人住的街上——这些人自尊自爱，却很穷。现在她们在这里，在马丁的婚礼上，周围是农场的女主人们，她们中的一些拥有一栋以上的房子，她们所有人都拥有大片大片的土地，就连她们中最穷的人也对自己的地产拥有牢固的掌控权，即使那只是一间农舍或是半英亩的土地。

珉环顾四周。这里的这些乡下人，全都属于彼此，他们从遥远的过去就开始互相关联。这些家族的历史可以追溯到很久以前，他们记得一百年前举行的婚礼。他们不像珉理解的那样说话。在这里的乡下，他们把名字、日期和地点交织在一起。死去的人和活着的人被提及时用的是同一种声调，于是已经离世几十年的父亲们、姐妹们和叔叔们都能结队走过房子、果园和花园，感觉舒适自在，一如既往，他们甚至能指望在他们之后的几代人中发现他们自己的名字，他们自己的脸庞被忠实地记在某个地方。珉想到所有在这里被众所周知的死去的人，她希望她的名字也能以某种方式交织在人们的谈话中。她注意到视线中没有任何小孩——他们一定是被送去什么地方自己玩了。这里有很多给小孩玩的地方——农场很大，有一百英亩。

她思忖，大片大片的土地似乎都给了果园——它一望无垠，从她站的地方看，眼前的景色更像是一片森林，而不是满野的果树，跟她理解的果园有点不一样。首先，脚下的地不是很平，不是朝这边就是朝那边倾斜。在她读过的书里，她总是把一个果园想象成一个几何形状的地方，正方形或长方形，果树均匀分布。这个果园看上去野性而陌生，仿佛它是很久以前规划耕作的，然后又被忘却，直到婚礼这天。珉想到韦克斯福德，想到树木、房子和商店，她还想到港口。即使在深夜里，当人们熟睡时，城镇依然鲜活忙碌，等着早晨复工，港口则始终不眠不休。城镇总是一样，非常古老，总是忙个不停，每个角落里都有人，无论他们是谁，你知道你跟他们一样有权呆在那里。珉了解韦克斯福德的每一英寸，港口里的每一升水，她想即使属于她的每个人都死了消失了，只要她能在她毕生熟知的街上走动，她就永远不会感到迷失或格格不入。可是在乡下，情况就不同了。你必须拥有你自己的地方——不仅仅是房子，还要有一些土地。而且房子之间相距很远，家族按照只有他们知道的继承法则生活，人们必须依赖一张松散的关系网来获得承认，一张他们记在脑子里的复杂家谱，并通过重复今天这样他们聚在一起的日子而加以强化。珉想天气好的时候，偶尔在果园里走一走，应该是很惬意的，但要是她有兴致好好散步的话，她也可以随时走上韦克斯福德的街道。

珉站在果园入口处不知通往何处的一条狭窄小径上——它似乎停顿消失在树中间某个地方的草丛之下。小径两边都有一个个圆形的草堆，但它们都消失在小径尽头之外的高地上。在一个不是很高的草堆边缘，珉的母亲坐着与迪丽娅的两个阿姨说话——玛格阿姨和安妮阿姨。几个少年搬出来三把厨房椅子，好让女士们观赏果园时能坐下来休息。女士们愉快地聊天，她们全都很高兴能有一件让她们从婚姻里暂时脱身的事情，虽然把她们聚在一起的正是她们的婚姻。布丽姬特丢掉了她的一点犀利，赞美了房子几句，还说在这样的一天出门来乡下是一桩乐事。随着时间如潮汐般一分一秒地推进，这天越变越美。周围有很多蝴蝶。珉看见一只金铜色的蝴蝶，她觉得很适合做裙子的图案，但她不可能有机会穿这样的颜色，而且即使在最好的丝绸中，也很难找到这样的图案设计。

"哦，珉很理智。她是天生的老姑娘。我总是能依赖珉。"她听到她的母亲说，但她的眼睛始终盯着脚下，仿佛是在沉思。她不在乎她们说什么，她也不想卷入她们的谈话。她想漫步去花园。大多数年轻人都在那儿，她猜想马丁也在那儿，有迪莉娅在他身边。她好奇马丁和迪莉娅什么时候会离开去车站。他们要乘火车去都柏林。他们要去那里的一个旅馆。好吧，她是不会去车站送他们的。她不会参加这场小小的亲情表演，即使意味着她得走路回韦科斯福德。现在她要移步去花园，为了不必听她母亲跟这些陌生人胡说八道。有时候，她母亲表现得跟克莱尔一样糟糕。

花园四周围着一堵石墙，墙里面有一道长得很高的翠绿色树篱，它被修剪成拱形，架在花园的窄门之上。去果园的路上也有一道同样的绿植拱门，但果园没有门。当珉和她的母亲之前走进果园时，珉在一瞬间有种自己正从一条黑暗隧道里出来的印象，她的两边和头上的绿植是如此厚重——如此稠密，你可以说——感觉她们正在走进一个陌生的、光线璀璨的地方，里面满是阴影、绿洞和一地似乎在她们眼里炫目起伏的破碎阳光。把椅子从厨房里搬出来的男孩们正在把它们摆在一块有点下陷的空地上——这片草地很不错，珉想。但迪莉娅的阿姨玛格却想要坐在一棵她说是她最爱的树旁边，于是她的椅子就被放在那里，附近还摆着另外两把椅子。男孩们没办法把椅子放得离树足够近以满足迪莉娅的阿姨玛格，当她坐下来时，她非常灵活地快速把身体移向一边，然后把她的胳膊环绕在树上，贴着树干仰起脸，仿佛是在拥抱它。"我爱我的老树。"她说。她脑袋后仰，抬头望着树，开始大笑。"透过这棵树能看到天空最好的部分。现在你们知道我的秘密了。"珉觉得她有点奇怪。

她告诉她们，这棵树长的苹果跟你们的脑袋一样大，但吃起来太酸，只能用来烹饪。迪莉娅的阿姨玛格和她的三个妹妹，包括迪莉娅的母亲，全都穿着长袖高领的连衣裙，剪裁凸显她们刻板的胸部和腰部线条，以及她们笔直的后背。她们都是个子高大的女人，她们厚重的长裙摆在地上扫来扫去，让她们显得像修女。是的，她们看上去像是属于一个宗教修会的女人。珉觉得她们看上去令人生畏，她惊讶于玛格阿姨用胳膊抱住树后在转瞬间的改变。她的脸显得年轻许多，看上去有点淘气。她是一个奇怪而任性的老妇人，珉好奇迪莉娅是否像她。迪莉娅身上有种不切实际的东西，让珉不能真的信任。

　　三十年后，当珉被迫把克莱尔关进恩尼斯科西的一家疯人院时，她想起迪莉娅的阿姨玛格，她好奇这世上有多少在外面的人其实应该被关起来免遭伤害。那个时候，当然，布丽姬特已经死了。布丽姬特总是说他们的父亲最终会沦落到救济院，要是让他自生自灭的话。珉认为或许他会在救济院过得很好。或许那是适合他呆的地方。有些人就是在这个世上过不下去。但布丽姬特永远不会让克莱尔进疯人院。她总是说："可怜的克莱尔，她像她的父亲。"珉完全不能理解这点。他们的父亲很沉默。但克莱尔永远不会闭嘴，她唯一会做的事情就是为他们所有人祈祷。听到念珠日夜转个不停，让珉心烦意乱。克莱尔那个抓兔子的丈夫也根本没用。他只会笑，大概是打心眼里高兴看到祈祷者被嘲笑。当珉发现克莱尔送掉了他们母亲珍爱的整套蓝白双色德国瓷器，只留下其中的一件东西时，她终于丧失了耐心。只剩下那只盖子很重的汤盘。珉始终没能克服失去这套瓷器的怨恨。她本来会去把它要回来，但克莱尔不肯告诉她它在谁的手里。它永远消失了，没有再见到它的希望。克莱尔声称这套瓷器是她的，所以它去了哪里不关珉的事。珉知道事情不是这样的。克莱尔被关起来后没有活很多年，珉把她的遗体运回韦克斯福德，安葬在他们全都会被安葬的地方。他们所有人，除了马丁。马丁和迪莉娅一起被葬在都柏林的圣杰罗姆墓地。

　　迪莉娅死后，她跟马丁一起生活的那些年里，珉发现他变了很多。跟迪莉娅一起的五十年在他身上留下了它们的印迹。他不再是她记得的那个弟弟。她见过其他男人像这个样子——如此深埋于习惯之中，当他们的妻子死后，他们的生活对他们而言毫无价值。马丁会开始阅读，然后他拿着书的手会往下沉，他会盯着椅子的一边看，仿佛他在努力回忆某件事。更有可能他是在试图理解某件事，珉想。他年轻时有这样的习惯，当事情不顺他的心时，他会目不转睛地盯着墙壁，或盯着空无一物的前方。他不想要她跟他一起呆在家里——那很显然——但他不得不忍受她。她不在乎。她是在忠于他们的母亲，这是最主要的。他继续每天散步，直到他的腿脚不行了。他从来不去外面的花园，从不，但每隔一段时间，他会走到大窗户前望着外面的花园，他会站在那里凝视，转身走开时总是会说："花园想念她。"
　　珉厌烦了这点，一天她突然说："哦，她是一个好园丁。她在那方面有天赋。她擅长园艺。"他从窗边转过身，对她说："你说什么？你刚才说了什么？"她重复自己说的话。她不怕他。"我说她是一个好园丁。那方面是她擅长的，我说。"接着他对珉说的话让她十分震惊。"那么你擅长过什么，我们可以问一句吗？"他说。在所有人中，马丁应该知道她总是擅长任何她选择去做的事情。

每次她来这里拜访他们时，他经常会拿她给迪莉娅做榜样。他经常跟迪莉娅说，要是珉没有受到缝纫机的束缚，她本可以大有作为的。马丁应该为他自己感到羞愧，但她没有立刻说什么为她自己辩护。他是一个老头了，像他们的父亲一样头脑不清楚了。

马丁也很躁动，他越是虚弱，就越是不愿呆在家里。他说他想要再去看看水。他想要去海边。他想要走在海滩上。他甚至谈到想最后去一次爱尔兰西部。他想要再在大西洋海边走一下。他说那里的空气会给他注入新的活力。一旦他开始谈到康尼马拉 ① 和克里 ②，就停不下来。他喜欢回忆很久以前他独自一人在康尼马拉和克里度假时的冒险经历。他经常独自一人去徒步旅行。每次他会在外面呆一周。他喜欢回忆那些他一个人的时光。他似乎自豪于曾一个人外出，远离这个家、迪莉娅和孩子们，远离所有他熟悉的东西。当他谈论他如何在这样那样的时候离开家，谁和谁在火车上跟他说了什么话，以及他怎样除了背囊和李木手杖，什么都没带时，他听上去像是一位在描述某个魔术绳子技巧的魔术师。珉不喜欢听这些。她了解他的冒险经历，对他毫无同情。如果他真是如此渴望摆脱迪莉娅——那他为什么不回到韦克斯福德看看他的母亲，看看他的姐妹，去镇上四处转转，跟老朋友们好好聊聊呢？那时他们中的大部分人依然在镇上。

他本可以跟我一起在镇上走走，珉想。那个时候，被人看到跟他在一起，小小地炫耀一下，本可以有助于帮我介绍对象的。很多次，他都可以来看我们的，但他没有，他却去了康尼马拉或

---

① 康尼马拉（Connemara）是爱尔兰西部面对大西洋的一片区域，位于高威郡（County Galway），与爱尔兰传统文化有着极强的联系，是爱尔兰境内最大的爱尔兰语区。
② 克里（Kerry）是爱尔兰西南部的一个郡，分布着很多说爱尔兰语的小块地区。

克里，去享受又一个大西洋边的单人假期。爱尔兰海 ① 对他来说不够好了，韦克斯福德湾也完全无法跟高威湾 ② 的美相提并论。他谈论野性的梅奥 ③ 海岸，仿佛野性是一种美德，一种你在韦克斯福德找不到的美德。她提醒他说，他曾经很喜欢他们自己家乡的罗斯莱尔 ④ 海滨，她描述他曾在那儿度过了他生活中一半的时间，一有机会就会骑车去那里。他在罗斯莱尔度过了他能获得的每个闲暇时刻。他听着她说，但仿佛是在耐心地对待她。"我会非常高兴再去看看罗斯莱尔。"她讲完时，他说。

然后他停止谈论康尼马拉和克里，他开始希望出门去邓莱里 ⑤ 一天。他说他想去格雷斯通 ⑥ 一天。他还想外出去基里尼 ⑦ 一天。珉最喜欢哪个地方呢？或许他们可以进行这样的一日游。珉不明白他们怎么能进行这样的一日游。一整天在外面，而且不能保证天气会怎样。万一突然下雨，他们可能无法轻易找到躲雨的地方。如果他把脚弄湿了，后果可能会很严重。就算他们会开车，他们也没车，坐公交车去基里尼再回来，路途极其漫长，如果他们想乘火车的话，情况也是一样。为此花钱去雇一辆车的话，就太傻了。她不明白他们怎么能进行这样的一日游。

他似乎放弃了这个念头，然后一天他说："珉，你记得那天在

---

① 爱尔兰海（the Irish Sea）指的是爱尔兰和英国之间的那片海域。
② 韦克斯福德（Wexford）在爱尔兰的东南面，高威（Galway）则在西面。
③ 梅奥（Mayo）是爱尔兰西海岸的一个郡。
④ 罗斯莱尔（Rosslare）是韦克斯福德郡境内的一个海边小镇。
⑤ 邓莱里（Dún Laoghaire）是都柏林市郊的一个海边小镇。
⑥ 格雷斯通（Greystones）是爱尔兰东海岸上的一个小镇，位于威克洛郡（County Wicklow）。
⑦ 基里尼（Killiney）是邓莱里–拉斯当（Dún Laoghaire-Rathdown）郡内的一个海边度假区。

花园里看到的斯拉尼河的美景吗？你记得那天斯拉尼河是如何流经我们，流入韦克斯福德的样子吗？我们全都站在那里望着它？我想到时间的流逝。我站在那里，一度我想花园正在随大河一起流动。后来，当我和迪莉娅在艾德曼车站等候去都柏林的火车时，车站里满是鲜花，站长对我们笑，跟我们说话，白色的石头拼写出车站的名字。迪莉娅说站房边的花坛一定是一位专业园丁打理的，站长说都是他自己种的，为她来这个地方做好准备。他们在斯拉尼河边的花园——非常美丽。不是吗，珉？"

珉记得站在花园里，被花头沉甸甸的玫瑰所环绕，听到她母亲说她非常想带一束花回韦克斯福德。他们全都带着花束回家。而且还有一束花给马基带回家送给他的妻子。马车里摆满了鲜花，花园却依然像没被动过一样。

"他们那里非常漂亮。"珉说，但她很高兴得知那个花园现在成了一片废墟，房子空荡荡地耸立在那儿，屋顶向内塌陷，大门敞开，显露出里面的空房间和厨房里的旧灶台。"现在一切都消失了。"她说。

"那是非凡的一天，"马丁说，"我永远也不会忘记迪莉娅的阿姨玛格对我说的话。你记得吗——她说空气就像珍珠母贝。一个乡村老妇说出那句话，是不是很好玩？我好奇是什么让她脑子里闪出那样的一个想法。'空气就像珍珠母贝。'她说，看着我，仿佛我们是同样的年龄，并且互相认识了一辈子。"

"她没有像那样看着我，"珉说，"但我记得她说那句话。她有点矫揉造作，我想——讲话容易自命不凡。我不喜欢她。她身上的某种东西让我感觉非常不安。"

"啊，不会吧，"马丁说，"迪莉娅非常喜欢她。"

"哦，迪莉娅，"珉不耐烦地说，"迪莉娅想到什么就说什么。你经常这样跟她说，当着她的面，我就坐在这个房间里听你骂她。她没办法说话让你满意。迪莉娅没有坏心，但她从来就不知道她在说什么。一半的时间里，她都让人摸不着头脑。迪莉娅毫无内涵。"

她话一讲完，就觉得抱歉。她不想引发吵架。但马丁很沉默，然后他说："迪莉娅毫无内涵。那是真的。我从来没想过这点。但正如莎士比亚所言，是真的，是真的，真可惜，可惜是真的①。迪莉娅毫无内涵。莎士比亚那时没说错。"

"莎士比亚没说这话。是我说的。"珉愤怒地喊道。

"你还是莎士比亚，现在都不重要。是真的，迪莉娅毫无内涵。但她是一个可爱的姑娘，不是吗？"

"你是要把这写成一首诗歌吗？"珉说，"你是中了什么邪，马丁？"

她看着坐在她对面，灶台另一边的他。他顶着一头雪白的鬈发。他的窄脸庞跟她自己的脸是同样的形状。他的蓝眼睛透过他的无框眼镜注视着她，他很容易笑，仿佛他们正在讨论一件过去的乐事。她想到那天早晨来接克莱尔去疯人院的车驶离时，克莱尔唱着"你们坚守着船，小伙子们……"②。他们后来告诉珉，当克莱尔明白她正在去哪里时，她很快就停止唱歌了。珉好奇克莱尔体内的那支古怪血统是否也影响到了马丁，她很高兴她自己没

---

① 马丁说的这句话，原文出自莎士比亚的《哈姆雷特》第二幕第二场，波洛尼厄斯（Polonius）对王后说哈姆雷特因为爱奥菲莉娅而疯了。

② 这句歌词来自英国词曲作家菲利克斯·麦克格莱农（Felix McGlennon）在 1898 年写的歌曲《我爱的船》(The Ship I Love)，原文是"我将坚守着船，小伙子们"（"I'll stick to the ship, lads..."），这里发疯的克莱尔有点唱错了歌词。

　　情感之泉：都柏林故事集

有遗传到。马丁似乎在跟踪她的想法。

"你把可怜的克莱尔送去了疯人院。"他轻轻地说。

"她疯了,让我们全都心烦意乱,她试图把整个家都送掉!"珉愤怒地说,"你在都柏林,远离所有的不愉快,你又帮了什么忙?"

"克莱尔疯了,"马丁说,"迪莉娅毫无内涵。这就让我放心了。如今我知道我在哪里了。我总是知道跟她在一起时我在哪里,尽管我不知道她是怎么回事,如今我依然不知道她是怎么回事,上帝知道,没有她,我不知道自己在哪里。但她毫无内涵。"

"母亲说迪莉娅没啥大不了的,"珉恶狠狠地说,"从一开始,她就说了。"

"她没有内涵。这是你说的,"马丁说,"我要给你看一张她的照片,在她十六岁时拍的。"

他慢慢地自己站起来,穿过房间走到那只上面是玻璃门、下面是实木门的橱柜边。玻璃门后面,迪莉娅的沃特福德玻璃大酒杯和沃特福德玻璃水壶闪着微光。它们独占着一层架子。另一层架子上摆着她上好的阿克洛瓷器。马丁费劲地俯身拉开橱柜下面的门,当它们敞开时,他伸手进去取出一只棕色的大信封。他推门把它们关上,走回到珉坐的地方,珉坐在迪莉亚的椅子上,坐在迪莉娅坐的灶台那边。他打开信封,小心地把照片从里面滑出来,拿着它,仿佛它是薄玻璃。这些日子他的手抖得更厉害了,珉想。当照片彻底从信封里滑出来时,他把它举起来给珉看。

"这就是她,"他说,"这是她当年的模样。瞧她的头发。谁会有那样的头发呢,那种颜色?他们说她像她的父亲。他死得早。瞧瞧这个,珉。"

"这张照片美化她了。"珉说。

"她非常好看，"马丁说，"我记得我们结婚的那天，我独自一人站着，望着斯拉尼河。我对它赞叹不已。我透过树篱中的一道缝隙——有一个孩子在那里拉开了一个口子——望出去。河流似乎非常接近花园，就在我的脚下。非常接近。那时河水就在侵蚀花园底下了，他们告诉我说那里他们曾有的一片小河滨消失了，或几近消失了。我记得我独自站在那里——河水让人目眩神迷。我不知我在哪里。我在一个梦里，一切都很安全，我知道。那天的斯拉尼河非常宽阔，非常雄壮，势不可挡——你知道它过去的样子的。一条非常重要的爱尔兰大河，督察员在他巡视学校的那天说。那天望着斯拉尼河，我感觉很好。我知道，这是我自己祖国的河流，在我出生前很久，它就存在了。我像那样站在那里时，迪莉娅的阿姨玛格来到我的旁边。'我在找你呢。'她说。我的天哪，我是如此清楚地记得她的声音，仿佛那就发生在五分钟以前。我们可能依然在那里。'我在找你呢。'她说。那么你知道她做了什么吗？她把胳膊环绕在我的肩膀上。她比我高——他们家里的女人很高大——她把脸凑到我的前面，好看看我在看什么。我开始朝旁边移动，以给她空间，但她拉住我。'你呆着别动。'她说。我说：'我挡住你了。''你没挡住我，孩子，'她说，'你比任何人都更有权站在这里，难道不是吗？我只是想赶在威利过来发现这个洞，并开始把它补起来以前，稍微看一眼。"小家伙们又淘气了"——威利会这么说。他说他们正在拆毁树篱，加速花园融入河水。河水正在侵蚀花园，你知道的——要不是威利总是看着，我们会被吞没。'我说：'看到斯拉尼河的这个样子，真好。''我非常喜欢水，'她说，'除了在这里，我出生、成长的地方，我在任何地方都不会满意的。我这辈子从来就没有在这个家之外的地方过夜过，你知道吗？今天天气这么好，真是老天保佑。也没人生病或什么的。每个人都能来看迪莉娅结婚。斯拉尼河河水高涨，情感之泉在我们周围涌起。'她说的是实情。那天的斯拉尼河河水高涨。"

"那纯粹是胡说八道，"珉说，"斯拉尼河怎么可能在一个晴朗的六月天里河水高涨？那天的斯拉尼河跟其他任何一天都没两样。"

马丁走到他自己的椅子边，坐下来。"我的腿没有好转，"他说，"这些日子，我自己都站不住。"

"你发表演讲把自己累着了。"珉说。

马丁依然拿着迪莉娅的照片。他把它举起来细看。他颤抖得太厉害了，珉想。她想知道她是否能让他去他的房间，躺下来。"你在耗尽你自己的体力。"她说。

马丁凝视着颤抖的照片。"这很像她。"他说。然后他抿紧双唇，皱着眉头，要把它重新装回信封里，像一个正在努力做一件超越自身能力的事情的傻老头。

"我来帮你装。"她边说，边准备站起来，走到他身边。

"你呆着别动。"他说，把照片安全地装回后，他把信封放在他桌子下面的矮架子上。"我不该站那么久的。"他说，然后他从桌上拿起书，开始看，但片刻之后，他站起来，拿着书，走出了房间。"我要去我的房间，"他说，没有看她，"我可能会躺一会儿。"

珉很高兴看到他走。现在可以安静了，安静一会儿。她不喜欢看到他进入这种说话太多的状态。所有那些旧事重提是一个坏迹象。她原本会叫神父来跟他谈谈，但她知道马丁只要还有一口气，就会反对神父来。马丁不喜欢神父来家里。对此他心意已决，跟他争论没有用。珉只是希望到时候她能及时召来神父。她不希望自己的弟弟死去时没有吃到最后的圣餐。她不理解马丁对教会的仇恨态度。当然，波莉也变得差不多。珉永远也不会忘记波莉的第三个孩子，那个他们叫做玛丽的小孩死时，波莉说的那些亵渎神明的话。当时珉试图安慰波莉，告诉她说小孩会在天堂里被照顾得很好，波莉却突然大哭大笑地说她能照顾好她自己的孩子，比上帝、圣母和所有的圣人、天使合起来照顾得更好。"他们本可以把可怜的小玛丽留给她自己的妈妈的！"波莉说，"他们一定是看到了她握住我的手，想要跟我呆在一起。天上的他们心肠很硬，如果你叫我说的话。"马丁从来没有在言谈中如此过激地反对过教会。至少，就珉所知，他从来没有如此过激，但她知道她将不得不稍微谋划一下，才能把神父请到家里来。"情感之泉正在涌起。"她不喜欢听他那样说。珉记得那天在斯拉尼河边的花园里，她感觉疲惫不堪，口干舌燥，受困于一心只想看到这种场合光鲜表面的人群中，被他们碾压。他们可以把它叫做一场婚礼或任何他们喜欢叫的名字，但她知道它是一场大屠杀，她是受害者，但没人会承认这点。

　　她想他们全都非常笨拙。倒不是她想受人注意。但她知道她获得的任何注意都是同情或取笑。她说的任何话都是错的。她没有参与，但没办法让那些人相信她不想参与。她恨不得回到韦克斯福德像往常一样工作，但她不得不去参加婚礼，否则就会引发流言蜚语。现在她们在这里。布丽姬特透露出的每一个迹象都表明她很开心，波莉和克莱尔也是如此，在珉看来，她们正在让她们自己这方的人丢脸。她像一名战争的受害者，坐在一辆双轮马车的后面被拉到这里，全是为了支持马丁，而他不需要支持。

她站在花园的门外。孩子们全都消失了，她想象他们自己去什么地方玩了，但突然这个地方满是跑来跑去的孩子，她想他们之前一定是在吃饭。无论如何，总是得把孩子们喂饱。这群孩子看起来很健康，大部分都是金发或红头发。珉记得她和马丁小时候头发是多么黑，马丁是一头黑鬈发，她则是黑直发编成辫子。他们是很瘦的一对，非常不同于这群孩子。一个小男孩极其突然地跑到她跟前，让她以为会撞到她，但他及时停住脚步，抬头盯着她看。他大约五岁，是一个看上去很结实的小家伙。他的眼睛如此蓝，像是两朵花在盯着你看，他长着一只很短的鼻子，额头上汗津津的。他的头发几近银白色。他穿着一套小衣服，一件小外套、一条裤子和一件白衬衫，裤子下面的黑色长袜一直拉到腿上。他张开嘴巴，却没说任何话，只是盯着她看。珉没有给他任何鼓励。她不是不喜欢小孩，但她也没有很喜欢他们，她不想要一大群小孩跟在他的后面，问她问题，让她变得显眼。他脸红了，举起胳膊遮住眼睛，从袖子下面偷看她，并开始微笑。她也对他微笑。他是一个讨人喜欢的小家伙。她应该对他说点什么。

"你是一个好孩子吗？"她问他。他转身，像一只家禽一般在身体两边拍着胳膊，跑开了，跑到隔着一点距离的地方时，他扭过头看她是否在看他。然后他跑出花园。她没有再看到他。

她记得的第二件事是一个非常不愉快的时刻——它让她震惊。事情是马丁和迪莉娅的一个哥哥，还有一个她甚至都不认识的女人走到她跟前，开始谈论火车。他们不停地说迪莉娅和马丁错过火车就不好了。珉始终都不知道这个女人的名字，但她记得她非常大惊小怪，仿佛她想象这一天的成败就要靠她了。每个地方总是有这样的人，试图发号施令。她想要告诉那个女人少管闲事。所有这些陌生人都在接管马丁。他们认为他们现在拥有他了。

"情感之泉正在涌起。"那些人会说一句这样的话，把每一个人都包括进他们鼓舞人心的赞许，每一个人，甚至是那些不愿被包括在内的人。珉想到那个花园。她想到那些绿植树篱，智利南美杉树，粉色和白色的玫瑰，所有深色的大花和白色星形的花朵，她想到迪莉娅的阿姨玛格坐在烹饪苹果树下的厨房椅子上，她记得迪莉娅的哥哥、姐姐和迪莉娅的母亲，还有那个银白色头发的小孩。她没有忘记关于那个闪亮日子的任何事情，她看见它们全都被围在一股发光的泉水之内，这股泉水向上喷涌而出，在洒下的阳光里与它在上面之所遇一起欢庆——天堂，天父，耶稣，每个人都想拥有的一切，绝妙的奖品，无比的幸福。

珉明白这不过是记忆的变形。她不是傻瓜，她也不太可能误以为她自己是一个爱幻想的人。美丽的泉水像是一片海市蜃楼，只不过在海市蜃楼里，人们看到了他们想要看到并极度渴望看到的东西，在泉水里，珉却看到了她不想看到，也从未想要看到的东西。当她告诉人们她不想跟所有那些喧嚣有任何关系时，为什么从来没人相信她？命运的沉浮将她置于一种彻底曲解她的沉默之中，就像那些她太过骄傲而说不出口的话也会彻底曲解她一样，她明白所有这一切。马丁的轻率改变了她的人生轨迹，但她对此彻底无能为力。他改变了她们所有人的人生。他不再关心他的母亲、姐妹和发生在她们身上的事情，好像一个正在赶去一个好许多、人也更有趣的地方的陌生人，只是在路上经过了这个家。

他让他的母亲哭泣。作为结婚礼物，布丽姬特想给马丁一套上好的餐厅家具，这套家具是她在负担不起的情况下一分一厘地逐渐付清的。一张桃花心木的大圆桌和四把配套的椅子，它们一定是曾经被骄傲地摆在某栋大宅里。她精心呵护着这套家具，又是擦拭又是打蜡，直到你做头发时可以拿它当镜子照。但马丁瞧不上它。他和迪莉娅不要二手货，桃花心木也太笨重了。他不想要它。他和迪莉娅去订购了专门为他们定做的家具；新家具，全部是胡桃木的——一张床，一个斗柜，一个衣橱，一个脸盆架，还有两把起居室的椅子，这样他们有客人来访时，迪莉娅就能气派地接待他们。这些是马丁的原话。"现在迪莉娅可以气派地接待他们了。"他说，丝毫没有注意到他母亲脸上的表情。珉注意到那张床从马丁都柏林的家里消失了，她从来没有查明发生了什么事。但其他东西依然在那里。最重要的是，两把起居室的椅子依然在那里——马丁坐在他自己的椅子上，她坐在迪莉娅的椅子上。到时候，她会把整套家具带回它们所属的地方。把事情纠正做好从来都不会太晚。

在韦克斯福德，她自己的公寓里，她坐在迪莉娅的椅子上，有时作为改变，她也会在靠垫的支撑下，坐在马丁的大椅子，即他的扶手椅上。有两把椅子很好。衣柜和斗柜被摆进她的卧室，脸盆架则摆在她充当厨房的房间里。迪莉娅的旧起居室地毯已经磨损得有点露出织纹，但它的颜色依然保持得很好，铺在地上看上去很漂亮，几乎像是一块古董地毯。从都柏林房子里拿来的壁炉前的地毯铺在珉的旧壁炉前面也十分合适，过去很多姑娘女士来为裙子量尺寸或试穿时，都在这个旧壁炉前取过暖。

沿着房间面对壁炉的根墙，靠墙摆着迪莉娅的书架，书架上摆着迪莉娅的书，还有一些马丁的书。马丁的有些书，珉不会把它们摆在家里，她把它们卖掉了。如今她很高兴她从来没有花钱买书；这些书一直在等着她。房间看上去非常高雅，非常有文学气息。这是她始终应该拥有的。她希望他们能看到它。这里有地方给他们呆，他们会受到欢迎。根墙和远处的窗户之间甚至有一个幽深昏暗的角落，可供她父亲偷偷进来坐在那里默默地听他们讲话，就像他过去常做的那样。他们所有人都能在这里拥有各自的地方——有一个给波莉的地方，也有一个给可怜的克莱尔的地方。中间的地方是给布丽姬特的。给马丁的一个地方是他自己的椅子。他们全都可以随时进来，感觉自在，虽然这个房间比他们过去习惯的一切更暖和，家具也更好一点。

情感之泉：都柏林故事集

译后记

　　翻译完梅芙·布伦南的短篇小说集《情感之泉：都柏林故事集》，这些故事在我身上留下的痕迹却挥之不去，仿佛跟一个爱人分别后，却无法忘怀彼此共同度过的时光。布伦南的身世很特别，她的父母罗伯特①和乌娜都参与了爱尔兰一九一六年的"复活节起义"，父亲罗伯特在爱尔兰内战期间，负责爱尔兰共和军反对英爱条约的宣传工作，之后还成为爱尔兰自由邦驻美国的第一任公使，是为爱尔兰独立做出贡献的重要人物之一。

　　布伦南十七岁随家人来到美国后，便一直定居美国。她在四十年代搬去纽约，先在《时尚芭莎》担任广告撰稿人，后从一九四九年起在《纽约客》工作，五十和六十年代在《纽约客》上发表了一系列广受欢迎的专栏文章和短篇小说（《情感之泉》中的绝大部分故事就是写于这一阶段），但她在世时作品却从未被引介给爱尔兰的读者。更令人难以想象的是，布伦南作为一个"英雄的女儿"，从七十年代起却因精神问题逐渐变成了流落街头的无家可归者，经常睡在《纽约客》办公楼的厕所里，最终于一九九三年在纽约的一家老人院孤独地死去。一九九七年，时任霍顿米夫林出版社编辑的克里斯托弗·卡德夫将她的专栏文章和短篇小说分别集结为《冗长女士》和《情感之泉》出版，重新唤起了英美文学界对她的关注。我自己也是在极其偶然的情况下接触到了布伦南的文字。

　　二〇一七年十月末的一天晚上，我在美国的家中快准备睡觉时，突然收到群岛图书的出版人彭伦先生的信息，通知我说爱尔兰文学会驻都柏林圣三一学院的译者项目在接受申请，截止日期在两周后。他向我提到了包括布伦南在内的三位爱尔兰作家的作品，问我是否有兴趣选一部翻译，并以此申请爱尔兰文学会的译者项目。我记得自己第二天早早起床，开始上网了解那三位作家的信息。当我读到布伦南的生平和《情感之泉》中的第一个故事《大火之后的早晨》时，我一下子就知道自己要选什么了。《大火之后的早晨》讲的是一个有别于大家对小孩寻常认识的故事，故事的主人公是一个爱看热闹的小女孩，她早晨起来发现附近的车库昨晚被烧掉后，便抢在其他小孩出门前激动地去告诉街上的邻居，故事结尾时小女孩心想："如果某天夜晚一个小孩拿着一根火柴偷偷地去那里，再度让它猛烈地烧起来的话，我是永远不会责怪她的，只要她让我做第一个发布新闻的人。"那一刻，我明白选择翻译布伦南的这些故事，我自己也是永远不会后悔的。

之后我很幸运地被爱尔兰文学会和圣三一学院文学文化翻译中心选中，成了二〇一八年的驻院译者。二〇一八年一月底，我抵达都柏林，开始翻译《情感之泉》。我当时所用的美国版将里面的故事分为三组——第一组是比较轻快、带有自传性质的童年故事，第二和第三组则分别是关于德顿一家和巴戈特一家的故事。第一组里的主人公是跟布伦南同名的小女孩梅芙，情节以布伦南对童年生活的记忆为基础，题材比较多样，既有《大火之后的早晨》这样的风趣小品，也有对天主教信仰表示好奇或质疑的故

---

① 本书"序言"中的鲍伯是罗伯特的昵称。

事——如《流言之桶》《谎言》《附身于我们的魔鬼》。《谎言》讲述的是年幼的梅芙紧张不安地第一次去忏悔，却在神父面前想不出任何罪过，在神父的再三启发下，才以一些无关痛痒的小错交差，之后每次忏悔都是如此一成不变、例行公事，与其他等待忏悔的妇女的郑重其事形成鲜明对比，倒是让梅芙觉得有点好笑。一次，她在炉忌中故意摔坏了妹妹最心爱的玩具缝纫机，却骗母亲说是自己失手，她本以为忏悔这件事会受到重罚，结果神父只是让她多念两遍"万福马利亚"，但故事结尾处当梅芙如实告诉父亲她这次忏悔的结果时，母亲却责怪她多话。

《谎言》被安妮·恩莱特拿来跟弗兰克·奥康纳的经典短篇《第一次忏悔》相比较，因为两者都描写了孩子第一次去忏悔时的忐忑心情，但与奥康纳笔下完成第一次忏悔后轻松走出教堂的杰基不同，《谎言》中的梅芙却未能从一次次的忏悔中获得救赎，因为她的母亲让她意识到说话本身就是一种罪过。恩莱特评论《谎言》几乎像是跟《第一次忏悔》唱反调，不知道这是布伦南的刻意而为，还是纯属巧合，但布伦南确实调侃过作品中经常出现神父人物的奥康纳。布伦南在《纽约客》的同事、好友兼导师威廉·麦克斯威尔曾提过这么一件事：一名读者致信《纽约客》，询问杂志是否还会发表更多布伦南写的故事，布伦南居然幽默地亲自回信说："我非常遗憾地不得不做第一个告诉你这件事的人，我们可怜的布伦南小姐死了。忏悔星期二，她在圣帕特里克大教堂的主圣坛脚下借助一面小镜子从背后开枪自杀了。弗兰克·奥康纳像平日里的下午一样，坐在一个忏悔室里假装是一名神父。"

《我们的复仇日》是全书中篇幅最短的一则故事，原文不满五页，却可能是第一组童年故事中最引人注目的。我在都柏林参加雷纳拉艺术中心举办的布伦南故居步行之旅时，它也是导游全篇朗读的重点推荐故事，因为它以孩子的视角描写了布伦南父母在爱尔兰独立斗争中的亲身经历——罗伯特受到通缉潜逃在外，乌娜则孤身带着孩子们在家应付持枪士兵的频繁突击搜查。这本该是相当令人心惊胆战的局面，但《我们的复仇日》却对此轻描淡写，几乎没有提及任何害怕的情绪，而是另辟蹊径描写了年幼的梅芙对于自己沉着表现的自得："想到那个陌生男人居然在搜捕中也对我问话，让我再度沦陷在感激、兴奋和震惊之中。"翻译第一组故事时，我在网上阅读了许多关于天主教和爱尔兰历史的材料，但它们却是全书中翻译起来最轻松的部分，因为它们的基调并不灰暗，不时穿插着一些幽默的元素。而且小女孩"梅芙"经常让我想起玛丽凯特——我在二〇一七年冬天翻译完的雪莉·杰克逊的《我们始终住在城堡里》的主人公，她们淘气、叛逆，甚至经常带着一点恶意，都颠覆了天真无邪的常规孩童形象。

翻译《情感之泉》的真正挑战来自布伦南在第二、第三组故事中对德顿夫妇和巴戈特夫妇不幸婚姻的精准描述。跟中国电视剧里动不动就又吵又闹的不合夫妻不同，布伦南笔下的不幸家庭充满了爱尔兰旧时代的气息，不和睦的夫妻依旧日复一日"平静"地生活在同一屋檐下，毫无生气，毫无希望，毫无出路，只有在绝望中默默地互相憎恨，用一些极其琐碎的小事来硌硬、报复对方——比如在对方进来时算准时间关上厨房门，一方在明知另一方在楼下等自己时故意磨蹭不下楼。翻译这些故事时，我在爱尔兰新生代女作家伊玛·麦克布莱德的小说《波希米亚未满》中读到一句可以完美概括这种爱尔兰旧式不幸婚姻的话："没有争吵或暴力。没有任何那样的事情，只是两个人一起生活，默默地互相厌恶。"

作为家庭主妇的妻子被彻底囚禁在布伦南描绘的"家的壁垒"之中，只能终日纠结于一些琐事。罗斯·德顿一遍遍地打扫房子，等待乞丐上门，梦想她唯一的儿子放弃神职回归家庭，或想象有朝一日她能替主持一个教区的儿子打理家务。迪莉娅·巴戈特则忙于瞒着马丁照料她的猫狗，清洁地毯，或是等待新沙发被送到家，仿佛新沙发是能解决她所有烦恼的万灵药。这两个女主人公，无论说话做事，还是思考问题，都是絮絮叨叨，冗长无比。布伦南经常用各种反复、从句接从句，甚至从句套从句来描绘她们，生动地传递出一种永无休止的痛苦唠叨的效果。罗斯和迪莉娅经常就是如此在脑子里自言自语和自怨自艾，因为她们都无法对丈夫表达自己的真实想法。

不过，这种"家的壁垒"禁锢住的不仅仅是女性，男性又何尝不是受害者呢？休伯特·德顿在《年轻姑娘可能会糟蹋掉她的机会》中说："他们自从结婚以来发生的事情都是错误，或许一切都是一个错误，最大的错误就是结婚"。在《结婚十二周年纪念日》中，马丁·巴戈特一边循规蹈矩地尽着做丈夫的义务，一边深深地痛恨"丈夫"这个角色，他"想能够无限期推迟回家。他希望能休息一阵，不做他自己。他在家时就厌恶自己"。相比第一组童年故事的轻松幽默，布伦南在第二、第三组故事中笔锋异常冷酷无情，这种冷酷无情体现在布伦南写德顿夫妇和巴戈特夫妇时太过自然写实，没有制造任何戏剧冲突，没有渲染丁点的"异常"：德顿夫妇和巴戈特夫妇都是最平凡的老百姓，没有哪一方是十恶不赦的坏人。丈夫上班养家，妻子操持家务，没有一个人犯下原则性的错误，却也没有一个人感到丝毫的快乐。于是一切都如鲠在喉，读者没有任何释放压抑绝望情绪的机会，因为你不知道该怪谁，也不知道究竟是哪里出了错。

这种对婚姻生活极度负面却又极度细腻的描写，不禁让人联想到布伦南自己的婚姻。一九五四年，时年三十七岁的布伦南毫不明智地嫁给了自己在《纽约客》的同事圣克莱尔·马克威。马克威是纽约文人圈内著名的疯癫酒鬼，比布伦南大十二岁，当时已经结婚离婚三次，因而被他自己的一些朋友戏称为"娶妻大王"。威廉·麦克斯威尔在《情感之泉》的美国版序言中则是如此评价布伦南的这段唯一的婚姻："它或许不是所有可能的婚事中最糟糕的一桩，但它也不是什么你能怀有希望的事情。"麦克斯威尔补充道："他的历任妻子全都是美丽动人的女子，他的婚姻一般都不长久。他热烈地追求女人，直到海誓山盟被说完，然后他对她们的兴趣就逐渐消失了。"果然不出所料，布伦南和马克威在五年后离婚，除了一九五二年发表在《时尚芭莎》上的《可怜的男男女女》，第二、第三组里所有关于德顿一家和巴戈特一家的故事——通常被认为是布伦南最好的短篇小说——均写在她跟马克威离婚后，或许当她写马丁·巴戈特"生来就是单身汉"时，也是在写前夫马克威。

在都柏林翻译布伦南的过程中，让我感觉比较意外也比较有趣的一点是，我在讲座和活动中接触到的爱尔兰人，无论是专业的文学编辑，还是普通的热心读者，无一例外都很关心我是如何翻译"notion"一词的。布伦南在各个故事中多次用到这个词，通常上下文是：一个小姑娘／女人被教育说不要"develop too many notions"。我觉得在这样的上下文里理解"notion"一词并不困难，它是指旧时的爱尔兰文化认为小姑娘／女人应该明白自己在社会和家庭中的角色，不该有任何不切实际的非分之想。中文里的四字成语"想入非非"与"develop too many notions"的意思就很契合。

每当我给出上面的这个答案，提问的爱尔兰人都会表示满意，还会跟我开玩笑说："你能理解'notion'一词，我们就放心了。"然而，作为一名译者，我却一直在想象当布伦南的《情感之泉》中文版问世时，国内的读者们会像我一样立刻爱上这些充满爱尔兰历史文化气息的故事，但愿这种想象不是爱尔兰人担心我可能理解错的"notion"，而是一个即将成真的现实。

金逸明

Maeve Brennan
THE SPRINGS OF AFFECTION: STORIES OF DUBLIN
Copyright © 1997 by The Estate of Maeve Brennan.
Copyright © 1969 by Maeve Brennan. Copyright © 1954, 1955, 1958, 1960, 1961, 1962, 1963, 1964, 1965, 1966, 1967, 1968 by The New Yorker Magazine, Inc. Copyright © 1955, 1962, 1967 by Maeve Brennan. Copyright © 1969, 1970, 1973, 1976, 1981 by The New Yorker Magazine, Inc.
Introduction © Anne Enright, 2016
Chinese Simplified Characters Copyright © 2023 by Archipel Press
Simplified Chinese language edition published in agreement with Massie & McQuilkin Literary Agents, through The Grayhawk Agency Ltd.
All rights reserved.

本书出版获得 Literature Ireland 资助,特此鸣谢。

LITERATURE IRELAND
Promoting and Translating Irish Writing

图字:09-2022-0666 号

图书在版编目(CIP)数据

情感之泉/(爱尔兰)梅芙·布伦南
(Maeve Brennan)著;金逸明译.—上海:上海译文
出版社,2023.10(2024.5 重印)
书名原文:The Springs of Affection:Stories of Dublin
ISBN 978-7-5327-9318-1

Ⅰ.①情… Ⅱ.①梅… ②金… Ⅲ.①短篇小说-小
说集-爱尔兰-现代 Ⅳ.①I562.45

中国国家版本馆 CIP 数据核字(2023)第 168236 号

情感之泉

[爱尔兰]梅芙·布伦南 著 金逸明 译
特约策划/彭伦 责任编辑/管舒宁 封面设计/一亩幻想
上海译文出版社有限公司出版、发行
网址:www.yiwen.com.cn
201101 上海市闵行区号景路 159 弄 B 座
常熟市文化印刷有限公司印刷

开本 889×1194 1/32 印张 10.25 插页 3 字数 204,000
2023年 10 月第 1 版 2024 年 5 月第 2 次印刷
印数:5,001—7,000册

ISBN 978-7-5327-9318-1/ I·5808
定价:68.00元